Über ein halbes Jahrhundert ist vergangen, seit Jadrans Großvater nach Istrien kam und dort eine Familie gründete. Nun ist er tot, und auch Jadrans Vater hat nach Ausbruch des Bosnienkrieges die Familie verlassen. Mit dem Besuch im Haus des Großvaters beginnt die Suche des jungen Mannes nach der eigenen Identität und führt ihn unweigerlich in die Wirren auf dem Balkan. Der Zerfall des Staates und dessen neue Grenzen haben auch die Familienbande zerschnitten. Einzig der Feigenbaum im Garten seines Großvaters scheint alle Stürme unbeschadet überstanden zu haben.

GORAN VOJNOVIĆ, geboren 1980 in Ljubljana, studierte Regie an der Theater- und Filmhochschule Ljubljana und gilt als einer der talentiertesten Autoren seiner Generation. Sein Romanerstling »Tschefuren raus!« sorgte für großes Aufsehen. 2020 wurde er für seinen Roman »Vaters Land« mit dem Literaturpreis Angelus ausgezeichnet. Er ist Regisseur zahlreicher Filme. Seine Bücher sind in viele Sprachen übersetzt worden.

Goran Vojnović

Unter dem Feigenbaum

Roman

Aus dem Slowenischen
von Klaus Detlef Olof

btb

Für die beiden.

I

Kommissar Risto Marjanović erwartete den künftigen Forstverwalter Aleksandar Đorđević im Jahre 1955 in Buje so, wie es sich in seinen Gegenden gehörte. Er legte ein Tuch auf den Tisch in seinem Büro und breitete darauf alle guten Dinge aus, die seine Frau Jovana aus Užice mitgebracht hatte. Der berühmte Užicker Kaimak, knusprige Grammeln, Bratwurst, Speck, ein scharfer Marillenbrand, alles das erwartete Aleksandar, der zwar aus der Bruderrepublik Slowenien anreiste, der aber dem Namen nach zu urteilen ein Mann aus seiner Ecke war, mit dem man sicher dieses oder jenes Wort in seinem Heimatidiom reden konnte. Risto hatte den Posten eines Politkommissars im nördlichen Istrien gerade erst angetreten, und schon sehnte er sich nach seinen heimatlichen Gegenden, schon hatte er erkannt, dass in seinem geliebten Jugoslawien auch fremde Menschen leben, die zwar eine fast verständliche Sprache sprechen, ihm aber trotzdem unverständlich sind. Seltsam waren diese Menschen, hier in Buje. Risto wäre ihnen am liebsten aus dem Weg gegangen, und anstatt ihnen im Nacken zu sitzen und die Geeigneten unter ihnen zu Parteimitgliedern zu machen und die Ungeeigneten aus dem gesellschaftlichen Leben auszuscheiden, ließ er sie lieber ihren Weg gehen und sorgte vor allem dafür, dass sie möglichst wenig mit ihm zu tun hatten, und er noch weniger mit ihnen. Als man ihm mitteilte, dass aus Ljubljana ein junger Mann namens Aleksandar Đorđević kommen werde, hatte er sich über diese Nachricht gefreut, als hätte man ihm den Besuch von Josip Broz Tito angekündigt. Etwas sagte ihm, dass Aleksandar sofort verstehen werde, was mit den Menschen in Buje nicht stimmte, und dass ihm Risto schon sagen werde, was man in der Welt der Brüderlichkeit und Einheit nicht sagen darf, dass Aleksandar genauso wie er feststellen werde, dass man mit diesen Menschen sich weder brüderlich unterhalten noch brüderlich betrinken, noch brüderlich prügeln kann, dass er selber auch erkennen wird, dass der Sozialismus mit diesen Menschen nichts anfangen kann, und dass er begreifen wird, dass es besser ist, sie in Ruhe zu lassen und nicht zu versuchen, „Gott aus ihren sturen Köpfen herauszuprügeln". Risto hoffte, vor Aleksandar nicht so tun zu müssen, als würde er Tag und Nacht für den Fortschritt seiner Heimat kämpfen, und zugeben zu dürfen, dass er sich lieber in seinem Büro versteckt, die Tür hinter sich zusperrt und so tut, als wäre er nicht da, wenn angeklopft wird, lieber seinen Marillenbrand trinkt und an die Heimat denkt und daran, dass er, wenn er nur könnte, sofort zurückginge, „in den Wald", zu den Partisanen, dass ihn sein kriegerischer Mut verlassen hat und dass er jetzt, im Frieden, ein armer Kerl geworden ist, der nur darauf wartet, dass es dunkel wird, und der dann durch die Stadt schleicht, durch die Stadt, der er befiehlt, durch die er aber wie ein Illegaler in Kriegszeiten schleicht, dass er vor diesen Leuten, diesen Istrianern, mehr Angst hat, als er jemals vor den Deutschen gehabt hat. Alles das wollte Risto Aleksandar erzählen, obwohl er wusste, dass er, säßen sie sich erst einmal gegenüber, nur schwer die rechten Worte finden würde, dass er diesen Aleksandar überhaupt nicht kennt, dass er jünger ist als er, dass er aus Ljubljana kommt und dass er vielleicht genauso seltsam ist wie diese Leute in Buje. Wenn er zu viel getrunken hat, kommt Risto sogar der Gedanke, dass es vielleicht überhaupt keine normalen, ihm ähnlichen Menschen mehr gibt, dass jetzt auch in Užice alle anders sind, dass sie dich, genauso wie hier, auch dort reden lassen und dich nie unterbrechen, sondern dich nur mit weit offenen Augen anstarren, dass du nicht ergründen kannst, was sie wirklich denken. Vielleicht gibt es nirgends mehr jemanden, überlegte Risto, dem er gestehen könnte, dass er Angst hat vor so geöffneten Augen, in die er wie in einem Sumpf versinkt, niemanden, dem er, der Politkommissar, das Mitglied der kommunistischen Partei, eingestehen könnte, dass er vor Menschen Angst hat, die vor ihm nur dastehen und ihm zuhören. Aleksandar Đorđević war deshalb seine letzte Hoffnung, er würde das alles verstehen, er müsste wissen, wovon Risto spricht, denn er ist einer von uns, und unsere Leute denken gleich und sehen die Dinge auf die gleiche Weise.

Aber während er in seinem Büro ungeduldig auf Aleksandars Ankunft wartete, vom vorbereiteten Aufschnitt naschte und seinen scharfen Marillenbrand leerte, konnte Risto natürlich nicht wissen, was für ein Mensch sich hinter dem heimatlich klingenden Namen verbarg. Er konnte nicht wissen, dass Aleksandar Đorđević in keiner Hinsicht ein typischer Vertreter seiner Sippe war, denn eine Sippe, auf die sein Name hindeutete, hatte er überhaupt nicht. Geboren in Novi Sad im Jahre 1925, hatte Aleksandar zuerst den Nachnamen seiner Mutter getragen, der Krankenschwester und Buchhändlerin Ester Aljehin, während sein Vorname den Worten seiner Mutter zufolge der seines Vaters war. Über seinen Vater aber hatte er nie etwas erfahren, außer dass er aus der Ukraine gebürtig und dass sein Name Aleksandar gewesen war und dass er ebensolche starken buschigen Augenbrauen gehabt hatte, was mein Großvater bis zu seinem Tod bezweifelte. Für Ester, die von ihrem Vater Moša die kleine Novisader Buchhandlung geerbt hatte, hatte der Krieg schon viel früher begonnen, schon als die ersten Nazis in Novi Sad aufmarschiert waren, und auch sie hatte ihren Kampf um die Freiheit viel früher aufgenommen als die Freiheitskämpfer, derer sich die Geschichte erinnern würde. Ein trüber, regnerischer Frühling des Jahres 1937 reichte ihr, um den Zahnarzt Milorad Đorđević zu verführen, ihn dazu zu bringen, sie zu heiraten, und dann als Frau Đorđević mit ihrem Sohn Aleksandar Đorđević ohne Begründung ihren neuen Mann und ihren Geburtsort zu verlassen und nach Belgrad zu übersiedeln. Nach Belgrad kam sie als Branislava, fand als Erstes eine Stelle als Krankenschwester, wozu sie eine Ausbildung hatte, und stellte sich allen als Milorads Witwe vor. Sie ging sogar in die Kirche und entzündete für ihn Kerzen, der kleine Aleksandar musste lernen, für den Seelenfrieden seines angeblich verstorbenen falschen Vaters zu beten und die mitleidsvollen Blicke der Belgrader Damen auf sich zu ziehen, alles dafür, damit sich ihnen die Gestalt der Frau Đorđević und ihres Sohnes vor dem Kirchenaltar so tief wie möglich ins Gedächtnis einprägte. Alles im Leben der Ester Aljehin oder Branislava Đorđević war überlegt und dem einfachen Zweck des Überlebens ohne Erniedrigung und Unterdrückung untergeordnet. Gegenüber niemandem fühlte sich meine Urgroßmutter verpflichtet, sich mit ihrem wahren Namen vorzustellen, vor niemandem fühlte sie das Bedürfnis nach Aufrichtigkeit, niemand verdiente es, sie so kennenzulernen, wie sie unter ihrer Maske war. Sie verachtete diese Welt, die keine Anstrengungen machte, ihre triviale Feindschaft allem Andersgearteten gegenüber zu verbergen, und log ihr mit besonderem Genuss ins Gesicht und gab sich vor ihr so, dass sie genau so war, wie diese niederträchtige Welt sie sehen wollte. Sie spielte die Rolle einer von ihnen, hingebungsvoll verinnerlichte sie ihre Ängste und Vorurteile, ihre Primitivität und ihr Unwissen. Wie ein Chamäleon nahm sie die Gestalt der verachteten Umgebung an, freundlich lächelnd und sich verbeugend und ihre Lügenhaftigkeit von Tag zu Tag vervollkommnend, bis sie ganz in ihr aufgegangen war und diese schlaue, berechnende und über die Welt erhabene Ester Aljehin, die zu Hause dem kleinen Aleksandar leise Joseph Roth auf Deutsch vorlas, ganz hinter dem falschen Antlitz der kleinmütigen Branislava Đorđević verschwunden war, die männlichen Bewunderern entrüstet erklärte, dass eine einmal verheiratete Frau immer eine verheiratete Frau bleibt und dass sie sich ihrer sündigen Gedanken schämen sollten. Aber auch eine solche Branislava Đorđević konnte nicht die Angst der Ester Aljehin in sich unterdrücken, als sie in der Stadt die ersten Nazi-Uniformen erblickte und als sie von dem ungeklärten Verschwinden des Doktor Štiglic hörte und als sie davon flüstern hörte, dass nachts auf dem alten Belgrader Messegelände etwas vor sich ging. Die Angst vertrieb Branislava Đorđević aus Belgrad, wo niemand sie gefährdete und ihr drohte und wo niemand ihr Geheimnis kannte, aber die Angst der Ester Aljehin war groß und ihr Überlebenswille noch größer, und so kamen Branislava und Aleksandar Đorđević im Februar 1942 nach Ljubljana, das sich in den Händen der Italiener befand, vor denen Ester aus irgendeinem Grund weniger Angst hatte als vor den Deutschen. Außerdem schienen ihr auch die Slowenen weniger schrecklich als die Serben, vor allem deshalb, weil Ljubljana noch weiter von Novi Sad entfernt war und es unter den Slowenen mit Sicherheit weniger Menschen gab, die ihr Geheimnis kennen konnten. Aber auch mit ihrer Ankunft in Ljubljana verging die Angst nicht, im Gegenteil, sie vergrößerte sich noch, denn die Slowenen beäugten sie mit Argwohn, ähnlich dem, mit dem die Einheimischen in Buje dreizehn Jahre später Risto Marjanović beäugen sollten. Argwohn gegenüber Fremden war das, und Branislava konnte nicht beurteilen, was genau die Laibacher in ihr sahen und wessen deren Blicke sie beschuldigten. Deshalb duckte sich Ester Aljehin in Ljubljana noch mehr. Im Krankenhaus verrichtete sie ihre Aufgaben schweigend, und nach dem Dienst verschloss sie sich in ihr bescheidenes Heim. Sie machte weder Spaziergänge in die Stadt, noch ging sie in die Kirche, sie ging nicht auf den Markt, sie ging überhaupt nicht unter Menschen, sie versuchte keine neue Rolle zu übernehmen, sie wollte kein Teil der Masse sein, denn ihr war diese Masse so sehr fremd, dass das ihre schauspielerischen Fähigkeiten überstiegen hätte. Aleksandar unterrichtete seine Mutter an den Abenden zwar im Slowenischen, das er mit seinen Mitschülern sprach, aber sie sprach diese Sprache mit niemandem. Er unterrichtete sie auch im Italienischen, das sie in der Schule sprachen, und sie tat es bei ihm im Deutschen, das sie von ihrem Vater gelernt hatte. Es ist die Sprache des Feindes, aber auch die Sprache, in der Joseph Roth geschrieben hat, erklärte sie ihm. Auf dieser Welt gibt es nichts Eindeutiges, sagte diese Frau zu ihm, die die wahnsinnig gewordene Welt mit anderen Augen sah. In diesen Augen hatte der Krieg die Welt weder in Gute und Böse noch in *unsere* und *andere* geschieden, der Krieg hatte die Welt endgültig in sie und Aleksandar auf der einen und alle Übrigen auf der anderen Seite geteilt. Und in diesem eigenen Krieg kämpfte sie Tag um Tag, immer auf der Hut, eine ewige Gefangene der Angst der Ester Aljehin, die zum ersten Mal in jenem fernen Jahr 1936 in Novi Sad in ihr aufgebrochen war, als ein Mann in ihre Buchhandlung gekommen war und gesagt hatte, dass es nicht mehr lange so bleiben werde, dass die einen in Büchern blättern und die anderen die Äcker pflügen, dass bald eine neue Ordnung kommen werde. Diese Ängste waren in Ester Aljehin die ganze Zeit gewachsen, und in Ljubljana erlaubte sie Aleksandar an den Abenden nicht, Licht anzumachen, sie begann zu flüstern, vom Krankenhaus bis nach Haus ging sie immer schneller, und wenn sich im Winter die Nacht schon früh am Nachmittag herabsenkte, lief sie durch die Straßen von Ljubljana, lief zu ihrer Wohnung, schloss die Tür ab und lehnte sich an sie, als wären dahinter ihre Verfolger. Im Jahre 1944, als in Ljubljana schon die Deutschen herrschten, kam Aleksandar spät am Abend aus der Schule und fand Ester vor der Wohnungstür liegend vor. Ihr Herz war der Angst erlegen, und sie war vor der verschlossenen Tür zusammengebrochen, mitten in Ljubljana, das sich nicht um sie gekümmert hatte, das ihr Geheimnis nicht kannte, das nicht verstand und auch nicht verstehen konnte, wovor sie solche Angst hatte, sie, Branislava Đorđević, die einstige Buchhändlerin, die Witwe des Milorad Đorđević, die Krankenschwester, die ihre Arbeit im Laibacher Krankenhaus mustergültig versah. Aber unerklärte Tode waren in jenen Zeiten häufig und beunruhigten niemanden, niemanden überraschte der Herztod einer jungen Frau, niemand schien in diesen ungewöhnlichen Zeiten darin etwas Ungewöhnliches zu sehen. Man kam, sprach Aleksandar sein Beileid aus und ging des Weges, ihn ließ man allein in der Wohnung, in der er nicht wagte, Licht zu machen und anders als flüsternd zu sprechen, um seine verstorbene Mutter nicht zu erschrecken.

In dem vereinsamten Kommissar Risto Marjanović, der ihn im Jahre 1955 in Buje mit Resten von Kaimak, Grammeln und gedörrtem Rindfleisch und einer fast leeren Flasche Schnaps erwartete, erkannte Aleksandar Đorđević die Überreste der Welt, die Ester Aljehin Schrecken eingejagt hatte, einer Welt, die die seine hätte sein müssen, die aber alles andere war als die seine, einer Welt, die er im gleichen Maße verachtete und fürchtete. Er, Aleksandar Đorđević, der Fremde mit dem heimatlich klingenden Namen, in dem Risto Marjanović seinen künftigen Freund sah, eine ihm dringend benötigte verwandte Seele, konnte als Freund für diesen unglücklichen Menschen nicht ungeeigneter sein. Und das stellte Risto vermutlich schon in dem Augenblick fest, als Aleksandar durch die Tür seines Büros trat. Etwas war in seiner Haltung, in seiner Ernsthaftigkeit und Schweigsamkeit, in dem geduldigen Warten, dass Risto zu sprechen anfinge, im Siezen, in allem. Noch einer, dachte Risto enttäuscht, noch einer dieser fremden, ihm unverständlichen Menschen, noch einer, vor dem ich mich verstecke und dem ich aus dem Weg gehen werde. Er musterte Aleksandar, der an der Tür stand und auf Anweisungen wartete, er nahm noch den letzten Schluck von seinem Marillenbrand, dann erhob er sich und ging zur Tür.

Gehen wir. Je früher wir für dich ein Quartier finden, desto besser für uns beide.

Risto führte Aleksandar über die Straße zu einem Haus, das am unteren Ende des Hauptplatzes stand. Risto öffnete die Tür und trat ein.

Schlüssel habe ich keine, aber die brauchst du auch nicht. Niemand wird bei dir eindringen. Eher werden sie vor dir flüchten.

Er zeigte ihm die Küche, das Bad und das Schlafzimmer. Er öffnete einen Schrank, der voller Kleidung war.

Falls du Platz brauchst, kannst du das hier wegtun oder wegwerfen.

Risto nahm ein paar Kleidungsstücke von den Bügeln und ließ sie auf den Schrankboden fallen.

Wem gehört das hier?, fragte Aleksandar.

Das? Weiß ich nicht. Irgendwelchen Italienern.

Und wo sind die?

Wer? Die Italiener?

Ja.

Woher soll ich das wissen! Irgendwo sind sie hin.

Ohne ihre Sachen?

Risto hatte keine Geduld mehr für ihn und seine Fragen.

Schau, ich kann morgen früh jemanden herschicken, damit er die Schränke leermacht, wenn du willst.

Ich kann in diesem Haus nicht leben.

Warum?

Sie sehen doch, dass hier Menschen leben?

Was willst du? Dass ich dir ein Hotel baue? Alle Häuser sind so. Sie sind weggezogen, wir sind gekommen. So ist das im Leben.

Und was, wenn sie zurückkehren?

Dann kochst du ihnen einen Kaffee und bietest ihnen etwas zu essen an.

Als Risto weg war, ging Aleksandar ins Schlafzimmer zurück und klaubte die Kleidungsstücke, die Risto hinuntergeworfen hatte, vom Boden auf. Er hängte sie wieder auf die Bügel, schloss den Schrank und ging in die Küche. Vorsichtig umrundete er den Esstisch, er wollte nichts berühren. In einem Glas, das in der Spüle stand, sah er unter einer dünnen Staubschicht hart gewordenen Kaffeesatz, am Boden eines Geschirrs auf dem Herd waren geschwärzte Speisereste, im Ofen verkohltes Holz und daneben kleine Stücke Zeitungspapier mit einem schmalen verkohlten Rand. An der Wand befand sich in Augenhöhe ein rechteckiger heller Fleck, die Spur eines Bildes oder eines Fotos, das dort gehangen hatte. Aleksandar dachte, dass es sich jemand angeeignet haben musste, vielleicht Risto oder jemand anders, der sich erlaubt hatte, das verlassene Haus zu betreten. Er war schon müde und ging zurück ins Schlafzimmer, aber vor dem Bett hielt er inne. Er konnte sich nicht in das fremde Bettzeug legen. Deshalb legte er sich auf den Boden zwischen Bett und Schrank, stopfte sich seine Jacke unter den Kopf und schlief bald ein. Zum Glück hatte sich sein junger Körper noch nicht an die Bequemlichkeit gewöhnt, die ihm sein weiches Lager in Ljubljana bot.

Am nächsten Morgen erklärte Aleksandar Risto noch einmal, dass er in dem Haus nicht bleiben könne. Der Kommissar saß wegen unerträglicher Kopfschmerzen hinter zugeklappten Fensterläden im Dunkeln und erklärte Aleksandar mit geschlossenen Augen, dass alle Häuser in der Stadt gleich aussähen und er, sollte er einen Neubau wollen, sich den selbst errichten müsse. Der verkaterte Risto meinte das natürlich nicht ernst und wollte sich nur so schnell wie möglich des lästigen Forstverwalters entledigen, aber zu seinem Bedauern erschien es diesem seltsamen jungen Mann leichter, sein eigenes Haus zu bauen als ein fremdes zu beziehen.

Als Risto einsah, dass ihn Aleksandar nicht verstand, öffnete er die Augen und begann in einem anderen Ton.

Hör mal, Đorđević, wenn alle in solche Häuser einziehen konnten, dann kannst du es auch. Verstanden? Spiel hier nicht den Heiligen und versuch nicht, mich zu verarschen, sondern zieh ab in dein Haus.

Es ist nicht mein Haus, Genosse Marjanović.

Nicht deines?

Nein, nicht meines.

Jetzt ist alles unser. Ist es so?

Ja.

Wenn ich also sage, dass das Haus deines ist, dann ist es deines.

Unser ist nicht dasselbe wie meines.

Was hast du gesagt?

Unser ist nicht dasselbe wie meines.

Du willst mich verarschen?

Nein.

Komm her.

Risto führte Aleksandar zur Straße und zeigte mit der Hand nach Norden.

Siehst du die Berge dort? Bis dahin reicht mein Kommando. Bis zur Grenze. Und dort kannst du dir dein eigenes Haus bauen. Mit Blick nach Slowenien.

So legte der verkaterte Risto Marjanović die Fundamente zu Aleksandars Haus im Weiler Momjan unmittelbar an der slowenischen Grenze, fünf Kilometer von der Stadt entfernt, in der Meinung, den jungen Förster auf diese Weise für seine Dreistigkeit angemessen bestraft zu haben.

Eine Woche danach marschierten Aleksandar und seine schwangere Frau Jana die langen fünf Kilometer von Buje nach Momjan. Aleksandar sah sich alle paar Meter nach seiner Frau um, in der Erwartung, einen anklagenden Blick zu erhalten, in der Erwartung, dass die erschöpfte Jana stehen bleiben, ihn fragen würde, ob er vielleicht vergessen habe, dass sie schwanger sei, und wie weit es noch bis zu ihrer Parzelle sei. Aber Jana ging nur in aller Stille hinter ihm her.

Aleksandar wusste, dass das Schweigen seiner Frau kein gutes Zeichen war und dass ihn am Ende des Weges keine Begeisterung erwarten würde, aber ihm blieb nicht mehr übrig, als den Weg schweigend fortzusetzen, ohne die Situation mit einem falschen Wort noch zu verschlimmern. Nie war ihm, weder vorher noch später, der Weg von Buje nach Momjan weiter vorgekommen als an diesem Morgen, nie hatten mehr zurückgelegte Wege hinter ihnen gelegen, und nie hatten mehr nicht zurückgelegte auf sie gewartet, nie war ein Weg steiler emporgestiegen, nie hatte er sich mehr durch das istrische Hügelland gewunden.

Aber Jana blieb trotz des schon sichtbaren Bauches nicht stehen. Wie emsig er ausschnitt, so schritt auch sie aus, und Aleksandar wusste, dass das nicht gut sein konnte, und hoffte, dass Jana noch vor Momjan stehen bleiben und ihm schon auf dem Weg sagen würde, was sich an Worten in ihr angesammelt hatte. Aber Jana schwieg auch, als Aleksandar stehen blieb und die Arme ausbreitete.

Da sind wir.

Dann zeigte er ihr die Bucht, die unter dem Berg in der Sonne lag, und fuhr mit dem Finger die Küste hinunter ganz bis nach Umag, das sich im Frühlingsnebel verlor, er zeigte ihr Buje, das von hier wie ein winziger gedrängter Weiler aussah, etwas größer als Momjan, und die Republik Slowenien, die am Fuß ihres Berges begann.

Als hätte mir die Natur die Augen geküsst, so hatte Aleksandar Risto die Aussicht beschrieben, um ihm zu sagen, dass seine Strafe für ihn ein Gottesgeschenk sei. Ein Gottesgeschenk hatte Aleksandar, ein geschworener Atheist, seine Parzelle genannt, um den anderen, mindestens ebenso sehr geschworenen Atheisten zu ärgern, ohne sich darüber im Klaren zu sein, dass er damit mehr als diesen depressiven Verzweifelten jemand anders gegen sich aufbringen werde ...

Ein Gottesgeschenk.

Jana schrie nie. Wenn sie wütend war, sprach sie die gewählten Wörter langsam aus, eines nach dem anderen, mit langen Pausen, fast unhörbar, mit einer Unerbittlichkeit, die bei allen in ihrer Nähe sich die Haare sträuben ließ. Mit leerem Blick sah sie vor sich hin, als wäre das Blut in ihren Adern erstarrt, und weckte Angst, zuerst bei Aleksandar, später auch bei ihren Kindern und am Ende noch bei ihren Enkeln. Aleksandar erzählte, dass ihr Blick nie so schauerlich gewesen sei wie an diesem Morgen in Momjan.

Ein Gottesgeschenk, sagte Jana und kein Wörtchen mehr, bis sie nach Buje zurückgekehrt waren, zurück in das Haus am Rande des Platzes, wo sie sich am Abend auf dem Küchenboden eine Matratze herrichteten, die sie aus Ljubljana mitgebracht hatten, und wo sie ihre kleine Notunterkunft innerhalb des großen fremden Hauses einrichteten.

Alles hatte sie Aleksandar mit diesen zwei Wörtern gesagt, die die Geschichte der Reise einer schwangeren Frau von Buje bis Momjan waren, eine Ode an das Haus am Ende der Welt und eine Klage um das Heim in Ljubljana. Diese beiden Wörter waren der Widerstand gegen alles, aber Aleksandar glaubte in seinem jugendlichen Überschwang noch immer, dass er Jana in dieser Geschichte auf seine Seite bekommen könne, und begann das Haus in Momjan zu bauen, im Glauben, dass sie in diesem Haus, wenn es einmal erbaut sein würde, ihr Heim finden werde.

Wer will wissen, ob ihn dabei der Wunsch trieb, zum ersten Mal in seinem Leben auf eigenem Grund und Boden zu stehen, um sich endgültig auf das Seine zu flüchten und die Angst der Ester Aljehin in

sich zum Verstummen zu bringen, oder ob es nur sein Gerechtigkeits-
gefühl war, mit dem er Tag für Tag der ganzen Welt ins Gesicht sagen
wollte, dass er, Aleksandar Đorđević, lieber jeden Tag zehn Kilometer
zu Fuß von Momjan nach Buje und zurück marschieren werde, als
sich in ein fremdes Bett zu legen. Und dass die Tatsache, dass es viele
so tun, noch nicht bedeutet, dass das auch gut ist und dass es für ihn
akzeptabel ist. Wie immer es war, eines war klar. Aus Aleksandar
sprach mit jedem Tag und mit jedem zum Fundament gelegten Stein
seine Mutter, die ihn gelehrt hatte, dass es von Zeit zu Zeit normal ist,
wenn alle verrückt sind, und dass sich bei der Menge anzubiedern
nicht immer ausreicht, um zu überleben.

Jana ging nicht mit ihm nach Momjan, sondern blieb in Buje und
verwandelte in kleinen, unmerklichen Schritten das fremde Haus, in
dem sie zu leben gezwungen waren, in ihres. Alle Sachen der früheren
Hausbesitzer räumte sie aus Aleksandars Sichtkreis. Das Geschirr ent-
fernte sie aus der Küche, die Kleidungsstücke aus den Schränken, das
Bettzeug nahm sie vom Bett, sogar die Vorhänge nahm sie von den
Gardinenstangen und brachte sie in den Keller. Sie entblößte das
Haus und vertrieb seine Geister, alle, damit Aleksandar einziehen
konnte, er aber war damit beschäftigt, dort oben einzuziehen, am
Ende eines langen gewundenen Weges ins Nichts.

Mit jedem gelegten Stein war er mehr auf diesem Stückchen ihm
geschenkter Erde und weniger bei ihr. Mit jedem Tropfen Schweiß,
der von seinem Gesicht auf den Boden tropfte und sich in die rote
Erde saugte, saugte auch er sich mehr ein in dieses Land. Dieses
Stückchen Land war jetzt seines, nicht unser, nur seines war es. Er
fühlte den Unterschied und schämte sich seiner nicht, sondern empfand in diesem Besitzen eine Gerechtigkeit, den Lohn für die Jahre
der Unbehaustheit. Unzählige Male blieb er am Abend allein auf seinem Land sitzen, sah hinunter zum Meer und fragte sich, ob das das
Glück sei, von dem sie gesprochen hatten, oder ob es jenes Gefühl sei,
dass du nur existierst, dass du nirgends hinmöchtest und dass du regungslos so sitzen könntest, um dich nie mehr wegzurühren.

Aleksandar und Jana bauten ihr Heim jeder auf seiner Seite und
luden einer den anderen zu sich ein. Es war ein kindliches Spiel zweier Frühgeburten, zweier unreifer Liebenden, die sich das erwachsene

Leben unterschiedlich vorstellten. Seine Rechtfertigung war die Kindheit, die er in der Angst der Ester Aljehin durchlebt hatte, ihre Rechtfertigung waren ihre noch nicht zwanzig Jahre, ihre gemeinsame Rechtfertigung aber war ihre Liebe, eine unauflösbare magnetische Kraft, die sie anzog und gleichzeitig abstieß und die sie ihr ganzes Leben hindurch anziehen und abstoßen würde.

Eines Morgens beschloss Aleksandar, auf seinem üblichen Weg durch die Stadt einen kleinen Umweg zu machen und beim Haus zuzukehren, bei Jana. Tagsüber war er gewöhnlich mit Arbeit eingedeckt, die er sich größtenteils selbst suchte, sodass er häufig nur ziellos durch die Wälder streifte und Bäume zum Schlagen kennzeichnete, und die Nachmittage verbrachte er in Momjan, wo das Haus erste Umrisse annahm. Dann aber wollte er dieses sich wiederholende Muster durchbrechen und seine Frau mit einem unangekündigten Besuch überraschen. Nach langer Zeit betrat er wieder das von der Vormittagssonne beschienene Haus und begriff im selben Moment, was Jana aus ihm gemacht hatte. Sofort war ihm alles klar, was seinem müden Blick bisher Abend für Abend entgangen war. Alle fremden Gegenstände waren verschwunden, und das fremde Haus war jetzt vollständig ihres. Ihre Essensreste, ihre Schmutzwäsche, ihr Geschirr, ihre Zeitungen.

Er ging hinauf ins Schlafzimmer und sah, dass das Bett mit neuem, mit ihrem Bettzeug überzogen war und dass im Schrank seine und ihre Hemden und Blusen hingen. Die Kleidungsstücke, die Risto auf den Boden geworfen und die er nach ihm aufgeklaubt und auf die Bügel zurückgehängt hatte, waren nicht mehr da. Von den Menschen, die hier einmal gegessen und geschlafen hatten, waren alle Spuren verschwunden. Endlich waren sie in dem Haus allein, endlich gab es niemanden mehr, der unsichtbar neben ihnen gesessen hätte, niemanden, der unhörbar die knarrenden Stufen hinaufgestiegen wäre, der mit dem Zugwind von einem Raum in den anderen gewechselt wäre.

Jetzt sah er in dem Haus nur Jana, die unten in der Küche das Abendessen zubereitet, die die Wäsche auf den Strick hängt, der zwischen zwei Häusern über die Gasse gespannt ist, er sah sie, wie sie am Fenster lehnt und wartet, dass er müde aus Momjan zurückkehrt, er sah sie, wie sie, während er den Tisch wegrückt und die Matratze auf dem Küchenboden ausbreitet, im Badezimmer das Nachthemd anzieht und wie sie an der Tür steht und wartet, dass das Lager bereitet ist und sie sich hinlegen kann. Und er wusste, dass er sie deshalb sieht, weil seine Erinnerungen alle Ecken dieses Hauses ausgefüllt und jene anderen, fremden Erinnerungen aus ihm vertrieben haben. Das Haus hatte sich ihnen ergeben, und ihn überkam der Wunsch, sich in ihm einzuschließen und mit ihr Liebe zu machen und die Tage und Nächte zu vergessen.

Erst jetzt begriff er, dass Jana überhaupt nicht im Haus war, und in panischer Hast stürzte er hinaus und rannte kopflos durch die Stadt und suchte seine schwangere Frau.

Sie aber stapfte währenddessen in Momjan zwischen den Mauern von Aleksandars nicht fertig gebautem Haus herum und strich mit der Hand über die Wände, als wollte sie von ihnen seine Gebundenheit an diesen allem entrückten Ort herunterkratzen, als wollte sie sie betasten, sie fühlen, sie in sich aufnehmen.

Sie ging zwischen den Wänden umher und stellte ihn sich vor, wie er an den Nachmittagen mit dem Abend kämpft und sich bemüht, so viel wie möglich zu schaffen, solange man noch sieht, solange die Dunkelheit ihn und sein Haus noch nicht umfängt und ihn zurückschickt in die Stadt, zurück zu ihr. Sie stellte sich ihren Mann vor, wie er vor den nackten Wänden steht, wie ein Maler vor der Leinwand, und versucht, ihr Heim zu malen. Etwas Warmes, Prasselndes, mit dem Geruch nach aufgewärmtem Ragout, mit Wänden, die bei Berührung so zart sind wie nackte Haut. Sie sah ihn in sie eingeschlossen, zusammen mit ihr und ihrer beider Kind, verborgen vor allem, was nicht sie drei sind. Sie hatte ihn nie gefragt, wie er sich sein Heim vorstellt, aber jetzt sah sie klar, wie Aleksandar mit seinen Fingern ihr warmes Asyl gestaltet.

Und dann begann es. Sie fasste sich an den Bauch und wusste sofort, dass sie nicht bis Buje kommen und dass sie genau hier niederkommen würde, in Momjan, in dem Gerippe von Aleksandars unfertigem Haus. Sie trat auf die Straße und sah sich um, sie suchte jemanden, gleich wen.

Weder beim ersten Mal, als Aleksandar sie hergeführt hatte, noch jetzt, wo sie den Weg allein gegangen war, war sie einer lebenden Seele begegnet. Die Häuser an der Straße sahen leer aus, aber leer sahen sie auch in Buje aus, obwohl in ihnen noch Menschen lebten. Geistererscheinungen, die sie aus dem Augenwinkel wahrnahm, wie sie aus dem Fenster sehen oder in der Ferne über den Hof gehen. Manchmal hatte sie unverständliche Stimmen gehört, die über den Platz zu ihr drangen, und sie waren ihr wie die Stimmen der Menschen erschienen, die in ihrem Haus gelebt hatten und die sie, den Eindringling, von hier vertreiben wollten, und vor Angst hatte sie die Fenster geschlossen und sich in der Küche hinter dem Klappern des Geschirrs versteckt.

Aber jetzt hätte Jana gern diese Gespenster gesehen. Gerne hätte sie ihre Stimmen gehört, die Sohlen ihrer Schuhe, die den Boden berühren, die Klingen der Messer, die in die Kartoffelschale schneiden, das Scheuern von Tuch am Waschbrett, was ihre Anwesenheit hinter den geschlossenen Fensterläden verraten würde. Sie wollte der Grabesstille nicht glauben, das Kind auf seinem Weg aus ihr wollte ihr nicht glauben, und so trat sie an eine Tür und begann gegen sie zu hämmern. Mit aller Macht schlug sie gegen das dicke Eichenholz und ihr schien, als hörte sie Stimmen, genau solche wie in Buje, unverständliche Stimmen, vor denen sie sich fürchtete, aber sie schlug weiter, denn das Kind auf seinem Weg aus ihr kannte keine Angst und fürchtete sich nicht vor den Gespenstern, und die Tür musste sich öffnen, sie musste sich vor dem Kind öffnen, das ins Haus hineinwollte.

Das Kind war kein Eindringling, es wollte sich nicht verstecken, es wollte unter die Gespenstererscheinungen und unter die Menschen, ihm waren sie alle gleich und alle verständlich, es klopfte weiter, und endlich wurde ihm die Tür geöffnet, und die kleinen Augen einer Alten sahen es an und sagten etwas Unverständliches zu ihm, aber jetzt verstand auch Jana alles.

Stolpernd vor Erschöpfung erblickte Aleksandar die Alte, die mitten auf der Straße stand. Sie schien auf ihn zu warten, und er dachte, es müsse sich um ein Trugbild handeln. Er hatte sie schon gesehen, aber immer war sie unhörbar um ihr Haus gehuscht, vor ihm zurückgewichen und hinter der Hausecke verschwunden, doch jetzt sah sie direkt zu ihm hin und bedeutete ihm, näher zu kommen. Auch Trugbilder sind besser als Verzweiflung, dachte Aleksandar und folgte der

Alten ins Haus, und dann hörte er das Kinderweinen, ging wie gebannt darauf zu, bis er neben einer Unbekannten stand, die seine Tochter im Arm hielt.

Ein Gottesgeschenk, sagte er, als die Unbekannte das winzige Kind in seine großen Hände legte. *Ein Gottesgeschenk,* wiederholte hinter ihm Janas erschöpfte Stimme, und erst jetzt erblickte Aleksandar auf dem Bett in der Zimmerecke seine Frau. Er setzte sich zu ihr und wollte sie küssen, aber sie wich ihm aus.

Versprich mir, sagte sie und hielt inne. Ihr Körper zitterte noch immer von der überstandenen Anstrengung.

Versprich mir, dass du nie mehr zulassen wirst, dass sie uns beide ... dass sie uns in der Welt herumstoßen.

Ich verspreche es, sagte er und küsste sie auf die schweißnasse Stirn.

Durch das Zimmer schwebten jetzt unverständliche Stimmen, die sie streichelten, sie umfassten und ihnen sangen. Aleksandar suchte die Alte mit dem Blick.

Grazie, donna sante.

Zum ersten Mal nach dem Krieg hatte er Italienisch gesprochen. Er hatte seinen sich selbst auferlegten Bann gebrochen, und die Stimmen im Haus waren plötzlich verständlich geworden. Die Unbekannten flüsterten von der Schönheit seines kleinen Mädchens, von den Augen der Mutter und von den Lippen des Vaters.

Mit den Jahren wurde das Gottesgeschenk in Aleksandars Erzählungen zum Gotteszeichen, das bestimmt hatte, welches von ihren beiden Häusern in Buje und Momjan das richtige war. Für ihn war es ein Gotteszeichen, dass seine Erstgeborene in Momjan geboren wurde, und nicht in Buje, das nur amtlich als ihr Geburtsort galt, weshalb die Familie Đorđević-Benedejčič in Momjan blieb, das Haus in Buje aber neuen Eindringlingen überließ.

Jana sprach lieber von einer Strafe Gottes und davon, dass Aleksandar wegen seiner Halsstarrigkeit und weil er seine Frau gezwungen hatte, den Weg von Buje nach Momjan zu Fuß zurückzulegen, von Gott damit bestraft worden sei, die Geburt seiner Tochter zu versäumen. Worauf er jedes Mal zur Antwort gab: *Wenn das wahr ist, ist Gott ein ganz gewöhnlicher Trottel.*

II

1.

Vom Schemel neben dem Bett, der Großvater auch als Nachttischchen diente, nahm ich das Buch und schlug es an der Stelle auf, wo zwischen den Seiten ein abgerissenes Stück Zeitung eingelegt war. Immer hatten ihm die aus Leder, Leinen oder Papier gefertigten Lesezeichen leidgetan, die anstatt in Büchern in unaufgeräumten Schubladen und anderen wüsten Ecken seines Hauses vor sich hin schimmelten, während ihre Aufgabe von Bleistiften, Zahnstochern, Münzen und anderen spitzen oder flachen Gegenständen, die gerade bei der Hand waren, wahrgenommen wurde. Sein spätes Leben war eine Ansammlung unbedeutender Details. Angetrocknete Flecken auf den Hemden, angeklebte Essensreste auf den Tellern, verschiedenfarbige Schnürsenkel, durchgebrannte Glühbirnen, angestoßene Gläser, ausgeschriebene Kulis, ungültige Ausweise, längst abgelaufene Horoskope, Schlüssel ohne Schlösser und Schlösser ohne Schlüssel, alles das waren für ihn nur Kleinigkeiten, die niemandem wehtaten und für die sich nicht lohnte, die ihm zugemessene Zeit zu vergeuden.

Wegen des Ablaufens der Stunden stöberte Großvater im Haus auch nie nach Sachen, die für einen bestimmten Zweck geschaffen waren, etwa um zwischen Buchseiten gesteckt zu werden, denn es gab für ihn und seinen selbstverordneten Gleichmut immer genügend andere Dinge in der Nähe, die ebenso wirkungsvoll diese oder eine andere, noch anspruchsvollere Aufgabe erfüllen konnten. Den Kaffee bewahrte er in einem Mayonnaiseglas auf, aus dem er ihn in die *džezva* schüttete, um ihn dann mit dem Griff des Gasanzünders umzurühren und in einen Joghurtbecher zu gießen, während Großmutters schöne Keramikgefäße für Zucker, Salz und Kaffee, die vergoldeten Kaffeelöffel und Porzellantässchen in der Vitrine Staub ansetzten.

Mutter konnte aus der Haut fahren, wenn er zur Kennzeichnung der Stelle, bei der er beim Lesen stehen geblieben war, seinen Personalausweis verwendete, dann das Buch mit ihm zusammen in die Bücherei zurückbrachte, woher er ihn erst zurückbekam, wenn das Buch erneut ausgeliehen worden war. Dann begab sie sich wütend auf die Jagd nach Lesezeichen, durchwühlte die Schubladen, verrückte die Sessel, Schränke und sogar den Kühlschrank, kroch auch unter die Tische und Betten und legte am Ende völlig außer Atem sieben Lesezeichen auf Großvaters Schemel und schärfte ihm ein, sie endlich auch zu verwenden. Gegen alle Erwartung versprach er ihr, es zu tun.

Aber Großvater las nur abends vor dem Schlafen, in der Nähe des Schemels, und nur wenige der Bücher, die er las, landeten auf ihm, sodass er schon bald wieder alles Mögliche zwischen ihre Seiten steckte, von Visitenkarten der Elektriker bis zu Reklamezetteln der Zeugen Jehovas. Meistens aber riss er einfach ein Stück von der Zeitung ab, und einmal, als er ein wirklich dickes Buch las, ragte aus ihm mehrere Monate lang eine Todesanzeige mit dem Foto der verstorbenen Julija Morosin heraus.

Ihr schicksalsergebenes Gesicht sah mich vom Tisch im Wohnzimmer an, von der Lehne an Großvaters Sessel, vom Ofen, von der Kommode im Vorzimmer, sogar vom Fußboden im WC. Mehrere Male zählte ich ihre achtundsiebzig Jahre, ihre drei Töchter nebst Familien und die Tage bis zum Begräbnis, bevor ich aus Rücksichtnahme meinen Blick vor ihr abzukehren begann, bis ich die arme Julija endlich ihrer postumen Pflichten entband und sie ganz im großväterlichen Stil durch die Hälfte eines Artikels über eine Segelregatta ersetzte.

Und obwohl die Dinge in seinem Haus eine unermessliche Freiheit genossen und die Badezimmerhandtücher sich auf dem Boden des Schlafzimmers sonnten und die Wörterbücher auf der WC-Muschel ruhten, war mein zerstreuter Großvater ein außerordentlich disziplinierter Leser. Seine Lektüre beendete er nie mitten auf der Seite, geschweige denn mitten im Satz. Wenn er las, ließ er sich nicht stören, auch wenn die Hausglocke läutete oder etwas Graupenähnliches auf dem Küchenherd brodelte. Ein Kapitel las er immer von Anfang bis Ende, und wenn die Kapitel zu lang waren, hörte er mit dem Lesen am Ende des ersten Absatzes auf der linken Seite auf. Deshalb war es einfach festzustellen, wo Großvater am Abend zuvor seine Lektüre beendet hatte, welcher Satz der letzte war, den er im Leben gelesen hatte.

Ich schlug das Buch, das ich auf dem Schemel vorgefunden hatte, dort auf, wo das Stückchen Zeitungspapier eingelegt war. Oben auf der linken Seite stand nur der letzte Teil des Satzes, deshalb blätterte ich zurück und las den Absatz von Anfang bis Ende.

Vor einem guten Jahrhundert hatten meine Vorfahren väterlicherseits das verlassen, was damals Galizien hieß, den östlichsten Teil des österreich-ungarischen Kaiserreichs (heute die Westukraine), und sich in Bosnien und Herzegowina angesiedelt, das kurz zuvor von der Habsburgermonarchie annektiert worden war. Meine bäuerlichen Vorfahren brachten ein paar Bienenstöcke, Pflüge, ein paar Lieder über die verlassene Heimat und ein Rezept für einen vollkommenen Borschtsch mit, eine Speise, die bis dahin in diesem Teil der Welt unbekannt gewesen war.

Während des Lesens spürte ich, dass sich hinter meinem Rücken der Leichenbeschauer aufgestellt hatte und darauf wartete, dass ich ihm Platz mache, damit er die Totenflecke auf Großvaters Scheitel zählen, die Pupillenweite und Lichtdurchlässigkeit der Hornhaut messen könne, um festzustellen, wann der Tod eingetreten war, aber ich musste, genauso wie mein Großvater, den Absatz zu Ende lesen. Das war meine Verpflichtung, eine verspätete Entschuldigung für alle abgesagten Besuche. Ich wusste, dass diese Entschuldigung keinen Adressaten finden würde, aber ich fuhr mit dem Lesen doch so lange fort, bis ich zum letzten Wort gekommen war, bis zum letzten Buchstaben, und hörte genau dort auf, wo am Abend zuvor auch er aufgehört hatte.

„Wenige Menschen haben ein Buch neben dem Kopfkissen. Frauen vielleicht noch, aber Männer fast nie. Zeitschriften, Zeitungen, aber am liebsten haben sie die Fernbedienung bei der Hand. So sind die Zeiten. Die Menschen sind sich nicht bewusst, dass sie sich mit Büchern die Bilder ihrer Träume selbst schaffen, dass sie mit Lesen ihre Fantasie entwickeln und pflegen, während das Fernsehen ihnen Bilder aufdrängt. Bilder, die wir uns beim Lesen von Büchern schaffen, sind unsere eigenen, im Fernseher hingegen sehen wir fremde.

Die Fernsehprogramme üben eine Gewaltherrschaft über unsere Traumwelt aus. Alle Bilder, die wir sehen, gehen in unser Unterbewusstsein ein, deshalb werden wir immer zerstreuter und unruhiger. Die Bilder in unserem Unterbewusstsein sind Bilder des Grauens."

Ich drehte mich um und sah einen jungen Mann aus Piran vor mir, der auf der kroatischen Seite der Grenze Arbeit gefunden hatte und der, vermutlich so unterwiesen, einen Respektabstand zum Trauernden einhielt, zu mir, dem er einen angemessen mitfühlenden Blick schenkte. Tode waren sein Beruf und er sprach ungezwungen, aber mit Ernsthaftigkeit in der Stimme, als würde er auch vor mir den Eindruck erwecken wollen, dass für ihn jeder Leichnam, den er sich ansehen kommt, eine neue Geschichte sei und er noch nicht der Abstumpfung erlegen sei, die die Routine mit sich bringt. Trotzdem schien mir, dass er, einem Regelbuch für Totenbeschauer folgend, die Stille, die sich vor seiner Ankunft angesichts des Leichnams ausgebreitet hatte, absichtlich füllte und dass die leeren Phrasen zu seinen Berufsaufgaben gehörten.

Mich kam es an, dieses Konzept zu zerschlagen, aufzuhören, ihm freundlich beizupflichten und ihn allen Ernstes zu fragen, wie seiner Meinung nach im Mittelalter all die unwirklichen Dunkelmännergestalten ins Unterbewusstsein der Menschen gelangt seien, die uns von mittelalterlichen Träumern überliefert sind, woraus seiner Meinung nach die Albträume vor dem Aufkommen von Film und Fernsehen entstanden seien, woher bei unseren fernen Vorfahren all die dreiköpfigen Drachen und einäugigen Menschenfresser stammten, wenn die sie nicht im Nachtprogramm des kommerziellen Fernsehens gesehen haben.

Aber ich ließ es doch schweigend zu, dass er an mir vorbei ans Bett trat, auf dem Großvaters Leichnam lag.

Großvaters Tod war mein erster. Ich wandte mich von dem Körper ab, der auf dem Bett lag und mich erschreckte. Mit den Augen überflog ich den Raum und suchte nach einem Eckchen, wohin ich meinen Blick lenken könnte, aber alles um mich herum sprach zu mir. Auf dem Esstisch lag Großvaters Fernsehbrille, nachlässig auf dem speckigen Tischtuch liegen gelassen. Unten lagen einige größere Krümel, die die unter den Tischrand gehaltene Hand verfehlt hatten. In der Zimmerecke lag ein Haufen alter Zeitungen, der tief unter sich einen längst überfüllten Korb verbarg. Vom Bettrand hing ein Strumpf, den er sich wohl in einer der vorhergehenden Nächte abgestreift hatte. Ich musste daran denken, dass in ihm vermutlich noch immer sein Geruch, sein Gestank eingefangen war, aber auch ein Loch oder zwei, das seine schlecht geschnittenen Fußnägel gemacht hatten. Auf dem Fußboden unter dem Fenster lagen zwei offene Bücher, die wer weiß wann vom Fensterbrett gefallen waren. Auf der anderen Seite des Zimmers stand neben dem Fernseher ein leeres Glas, höchstwahrscheinlich am verstaubten Schrank festgeklebt. Der Teppich war an einer Ecke umgeschlagen, und ich sah Großvater vor mir, wie er an ihm hängen bleibt. Zwei der vier Kommodenschubladen waren nicht ganz geschlossen, bei beiden hatte etwas geklemmt. Unter der Couch sah ich den Schattenumriss eines Löffels, der ihm vor ein paar Tagen vermutlich unbemerkt vom Tisch geflogen war. Oder er hatte, noch wahrscheinlicher, keine Lust gehabt, sich zu bücken, und ihn einfach dort liegen lassen.

Großvater war überall, nur dort, auf dem Bett, wo er letzlich lag, war er nicht mehr. Er war nicht mehr hinter den entfärbten graugrünen Augen, nicht mehr hinter den in alle Richtungen strebenden weißen Augenbrauen und den Barthaaren, die sich jetzt zum ersten Mal ergeben ans Gesicht angelegt hatten. Ich saß unmittelbar neben seinem reglosen Körper, berührte ihn fast mit der Hand, war mir seines Todes aber noch immer nicht bewusst. Alles im Haus war so gleich, so alltäglich. Ein dichter Geruch nach Rauch füllte noch immer das Zimmer, Straßengeräusche kamen ungehindert durch die alten Fenster, und Staubteilchen tanzten in den Lichtgarben. Allem Anschein nach hatte sich seit meinem letzten Besuch nichts geändert. Nur Großvater war gestorben.

Das wiederholte ich mir, und das bestätigte auch der Totenbeschauer. Und Mutter nickte.

Als Großmutter starb, war alles anders gewesen. Damals kam ich erst nach dem Begräbnis ins Haus, als Mutter Großmutters Sachen schon aufgeräumt und das Haus schon gründlich saubergemacht hatte, sodass von Großmutter nur das Bild über ihrem Bett geblieben war, auf dem sie sich überhaupt nicht ähnlich sah. Und zurückgeblieben war Großmutters Zahnbürste.

Mutter glaubte, dass der Tod das Leben nicht zum Stillstand bringen darf und dass man die Spuren des Verstorbenen so rasch wie möglich wegräumen, wegreiben, abwischen und abwaschen und Stück für Stück aus dem Haus tragen muss, so wie man zuvor den Leichnam weggetragen hat. So füllte sie nur einen Tag nach Großmutters Tod die alten Lederkoffer, die oben auf den Schränken geduldig auf ihre letzte Reise gewartet hatten, mit ihren Kleidern und brachte sie zur Caritas, Großmutters Bijouterie warf sie in eine Plastikbox für Speiseeis und schenkte sie der Enkelin der Nachbarin, und die Kosmetiksachen warf sie in den Müll.

Großvater sah ihr dabei die ganze Zeit nur stumm zu, und als Mutter aus dem Badezimmer zwei Zahnbürsten anbrachte und ihn fragte, welche seine und welche Großmutters sei, sagte er: *Weiß nicht.* In der Meinung, er hätte sie nicht verstanden, erklärte ihm Mutter, dass sie Großmutters Zahnbürste gern wegwürfe und er ihr bitte sagen solle, mit welcher er sich die Zähne putze. Aber Großvater verharrte bei seinem *Weiß nicht.* Mutter durchschaute die Lüge und wiederholte genauso hartnäckig ihre Frage, weshalb Großvater seine Antwort änderte.

Beide sind meine. Bring sie ins Badezimmer zurück.

Kannst du mir dann sagen, welche du lieber hast?, fragte sie ihn.

Warum?

Es hat keinen Sinn, dass du zwei Zahnbürsten hast.

Ich kann so viele Zahnbürsten haben, wie ich will.

Möchtest du, dass ich dir Mutters Zahnbürste zur Erinnerung lasse?

Wenn ich etwas zur Erinnerung haben wollte, würde ich mir ein Kleid behalten. Oder eine Halskette.

Ich habe dich gefragt, ob du etwas dagegen hast, wenn ich sie wegbringe.

Ja.

Und was hast du gesagt? Dass ich tun soll, was ich will, oder nicht?

Ja.

Und jetzt sagst du mir, du hättest gern eine Halskette oder ein Kleid behalten.

Das habe ich nicht gesagt, Vesna.

Was hast du dann gesagt?

Ich habe gesagt, wenn ich etwas zur Erinnerung hätte haben wollen. Wenn.

Und was ist das, wenn nicht ein Vorwurf?

Das ist kein Vorwurf.

Was ist es denn?

Es ist kein Vorwurf.

Wenn Mutter ein schlechtes Gewissen hatte, wurde sie bissig. Sie hielt Großvater die Zahnbürsten vors Gesicht.

Du hast drei Sekunden, dich zu entscheiden, welche deine ist, denn nach drei Sekunden fliegt eine von den beiden direkt in den Müll.

Ich habe beide gern.

Drei, zwei, eins ...

Mutter ließ eine der Zahnbürsten los, sodass sie in den Müllbeutel fiel, in dem sie die ausgemusterten Sachen sammelte.

Großvater sagte nichts, und Mutter dachte, dass die Geschichte mit den Zahnbürsten beendet sei, aber als sie am nächsten Tag zurückkehrte, stand in dem Becher im Badezimmer eine neue Zahnbürste, die Großvater an diesem Morgen gekauft hatte und mit der er sich die Zähne bis zu seinem Tod putzte.

Jene alte aber, ob Großmutters oder Großvaters, jene, die nicht in Mutters Müllbeutel gelandet war, stand neben ihr, wurde aber nie mehr von jemandem benutzt. In dem roten Plastikbecher am Rand des mit Wasserstein und anderen Ablagerungen überzogenen Waschbeckens standen seither zwei Zahnbürsten. Und taten es noch immer.

„Einen schöneren Tod kann sich der Mensch kaum wünschen. Im Schlaf zu sterben bedeutet, ohne Schmerzen zu sterben. Das nennen wir einen königlichen Tod."

So hatte der Totenbeschauer gesagt, während er sich im Vorzimmer langsam die Schuhe anzog. Er war einer von jenen, die die Schuhe ausziehen, auch wenn ihm die Hausbewohner klarzumachen versuchen, dass er es nicht zu tun braucht. Mutter schenkte ihm ein Kopfnicken, ich schloss die Tür hinter ihm, dann kehrten wir zu Großvater zurück.

In der Hand hielt ich noch immer das Buch.

„Jeden Morgen hat er ihr beim Kaffee daraus vorgelesen. Jeden Morgen ein Kapitel. Wie einem Kind."

„Sie war ja ein Kind", sagte Mutter.

Sie war es. Ein Kind mit Greisenarmen, die dich so zärtlich umfingen und dich kraftlos an sich zogen. Ein Kind, das dich ansah mit schutzsuchenden Augen, mit kindlich neugierigen Augen, die beinahe zur Gänze von schwerer, schlaffer, fleckiger Haut, voller Warzenmale, verdeckt wurden.

Ich erinnerte mich an dieses Kind aus der Geschichte von Tante Maja, ein Kind, das sich an seine Tochter wandte, die zu einem kurzen Nachmittagsbesuch gekommen war, und sie mit leiser, furchtsamer Kinderstimme ansprach.

Gnädige Frau, kennen Sie meine Mutter?

Ja, hatte meine Tante geantwortet, die ihre Großmutter Marija, die Näherin, die jung an Tuberkulose gestorben war, nie kennengelernt hatte.

Könnten Sie sie anrufen, damit sie mich holen kommt, sagte Großmutter. *Ich möchte gern nach Haus.*

Die erschrockene Maja begann um Hilfe zu rufen, sie rief ihren Vater, von dem sie annahm, dass er die Antworten auf diese Fragen kenne, dass er wisse, was man diesem altersschwachen Kind, das neben ihr saß, sagen müsse.

Großvater kam erschrocken aus der Küche angelaufen, und als Maja ihm erklärte, dass Oma ihre Mutter zu sehen wünsche, drehte er sich beruhigend zu seiner Frau um.

Wir haben sie schon angerufen, sie wird bald hier sein.

Maja konnte diese ungeheure Leichtigkeit des Lügens nicht verstehen. Großvaters Worte waren für sie ein unerlaubter Betrug, eine Schamlosigkeit, die nicht einmal Großmutter verdient hatte. Ihr Vater erschien ihr gefühllos, die Gleichgültigkeit, mit der er seine tote Schwiegermutter zum Leben erweckte, war für sie schauerlich.

Bis sie kommt, spiel mit der gnädigen Frau, hatte Großvater gesagt und war wieder zurück in die Küche gegangen.

Maja wollte ihm etwas nachrufen, aber Großmutter kam ihr zuvor.

Können Sie Galgenmännchen spielen?

Er las ihr jeden Morgen vor. Großmutter saß am Rand der Couch, vorgeneigt, über den Tisch, zum Kaffee und den Keksen, und Großvater im Sessel unter dem Fenster. Das Buch hielt er immer mit der linken Hand, während er mit der rechten die Brille leicht anhob, damit er unter ihr hindurch zu ihr hinübersehen konnte, um aufzupassen, dass sie ihm während des Lesens nicht entwischte. Dann ließ er sie wieder los, sodass sich die Nasenpolster erneut an den Nasenrücken anschmiegten und sich die Buchstaben scharf stellten, und las weiter. Immer langsam, Wort für Wort, Satz für Satz. Die Zeit floss während seines Lesens träge durch den Raum wie dicker Honig, der sich unmerklich über die Ränder der Gläser wälzt. Die Helden verliebten sich ineinander und gingen wieder auseinander, wurden geboren und starben, seine kratzige Stimme lief ungestört weiter, nie ganz in die Erzählung eingelebt, die er ihr erzählte. Seine Aufmerksamkeit war immer bei ihr, sie lauerte auf eine für die Augen unsichtbare Bewegung, wartete, dass sich etwas in ihr bewegte. Aber sie blieb regungslos, nur mit den Fingern wanderte sie zwischen den Tässchen umher, nahm Zuckerwürfel oder Kaffeelöffel auf und legte sie wieder zurück. So zelebrierten die beiden ihr Ritual, losgelöst von der Welt.

Wenn sie seiner metronomischen Stimme lauschte, verflochten sich die unhörbaren Ströme ihrer Gedanken zu unentwirrbaren Knoten, denen folgend sie dahin abirrte, wo die Wörter keine Bedeutung mehr hatten und wo die Gedanken nur noch undeutliche Bilder waren. Ihr Blick leerte sich, ihre Atemzüge wurden flacher, ihre Hände ruhiger, bis sie wie betäubt erstarrte. Großvaters Pausen waren die stillsten Teile des Tages. Und wenn er endete, legte er das Buch und die Brille auf den Tisch und trug das Tablett mit dem Kaffee in die Küche. Nur ihr Tässchen ließ er auf dem Tisch zurück. Dieses Tässchen würde bis zum Abend vor ihr stehen, als Erinnerung, dass sie an diesem Tag schon Kaffee getrunken hatten, dass noch einer ihrer gezählten Morgen abgezählt war.

Wenn Großvater aus der Küche zurückkehrte, rief er sie zurück. Manchmal reagierte sie, sagte zu ihm, er soll ihre gebrauchte Kaffeetasse wegbringen, manchmal sah sie ihn nur fragend an, manchmal wartete er nicht auf ihre Reaktion. Der Tag ging weiter, und es wurde Zeit für andere Verpflichtungen, für andere Rituale.

Du brauchst nicht allein zu sein, um einsam zu sein, hat er einmal zu mir gesagt, aber damals habe ich diesen Satz nicht verstanden. Oder mich nicht bemüht, ihn zu verstehen. Ich ging über ihn hinweg, überhörte, dass er von sich sprach, dass er von Großmutters langsamem Weggehen sprach, vom Abfließen der Erinnerungen, von seinem Verzweifeln. Damals machte ich mir keine Gedanken darüber, wie viel seines Bewusstseins zusammen mit dem ihren verloren ging, ich kam nicht auf den Gedanken, dass es ohne dieses Bewusstsein auch sie beide nicht mehr gab, dass es dasjenige war, was ihrer beider Geschichte bewahrte, und dass er all diese Jahre mit ansehen musste, wie sich alles das vor seinen Augen auflöste und verging, dass er in ihr sein eigenes langsames Sterben mit ansehen musste.

Ich habe nie darüber nachgedacht, wie traurig der Augenblick sein muss, wenn man sich bewusst wird, dass einen jemand nicht wiedererkennt, der unter derselben Decke schläft wie man selbst, wenn man sich in Augen, in denen sich die eigene Nacktheit und gesträubte Haut gespiegelt hat, in einen völlig Unbekannten verwandelt. Wie schrecklich allein man da ist. Und wie einsam. Wie unendlich einsam.

Ich dachte, wie immer unendlich naiv, wenn es nicht um uns selbst und unsere eigenen Schmerzen geht, dass es für Großvater am schwersten sei, das Leiden der erlöschenden Großmutter mit ansehen zu müssen, Tag für Tag mit ihrem Vergessen konfrontiert zu sein, Wege zu finden, dass sie die grüne Tablette vor dem Mittagessen und die gelbe vor der schwarzroten nicht vergisst, bis ins Unendliche zu wiederholen, dass es erst Mittag ist, und dass sie, wenn sie jetzt einschläft, es nachts nicht mehr kann, ihr ihre Töchter vorzustellen, sie davon zu überzeugen, dass er nicht lügt und dass sie beide tatsächlich zu Hause sind, dass das hier wirklich ihrer beider Haus ist. Ich dachte, dass es am schwersten sei, die ewige Angst zu ertragen, zu fürchten, dass sie, während du um Brot anstehst oder die Stromrechnung bezahlst, aus der Eingangstür tritt, die du vielleicht vergessen hast abzuschließen, denn du bist auch schon alt und vergesslich, und hinausmarschiert auf die Straße, allein, ohne dass es jemand sieht, denn alte Menschen sieht wirklich niemand.

Nie habe ich daran gedacht, dass Fürsorge und Erbarmen genau genommen die einzigen Dinge waren, die Großvater geholfen haben zu überleben, dass sie die einzigen waren, die ihn an der Oberfläche der Einsamkeit gehalten und ihm verwehrt haben, sich in das größere All des Verrats zu verdrücken. Vermutlich war es so verführerisch, sich betrogen zu fühlen, es wäre damals so einfach gewesen, sich dem zu überlassen, aber das hat Großvater nie getan. Er hat nie aufgehört, sich Sorgen zu machen, ihm hat es nie an Erbarmen gemangelt.

Mutter saß mir gegenüber am Tisch und wirkte ungewöhnlich ruhig und überlegt. Nur ihre rechte Hand näherte sich in unregelmäßigem Rhythmus ihrem Gesicht und entfernte sich wieder von ihm. Zeige- und Mittelfinger legten sich an die leicht geöffneten Lippen, wie damals, als sie noch die Zigaretten zum Mund führte. Und jedes Mal, wenn sich Mutter des eingebildeten Rauchens bewusst wurde, fiel ihre Hand wie gemäht zurück auf den Tisch.

„Man müsste ein bisschen aufräumen. Es werden Leute kommen."

Sie wartete meine Antwort nicht ab, sondern stand auf, ging in die Küche und begann das Geschirr abzuwaschen, das sich im Abwaschbecken angesammelt hatte. So wie damals, als Großmutter gestorben war, verwischte sie auch jetzt die Spuren hinter dem Verstorbenen. Aus dem Abwaschbecken stieg der Dampf auf, und sie beobachtete, wie die Reste von Großvaters letztem Abendessen im Abfluss verschwanden. Aber als hätte sie es sich aus irgendeinem Grund anders überlegt, stellte sie die noch nicht abgewaschene *džezva* aufs Küchenbord und kehrt mit einem Tuch, mit dem sie sich die Hände abtrocknete, ins Zimmer zurück.

„Weißt du, woran ich mich gerade erinnert habe? … Ich weiß ja nicht, ob ich das jetzt darf … aber hier sind ja nur wir beide … Als ich jünger war, als ich noch zu Hause wohnte, was weiß ich, so um die fünfzehn muss ich gewesen sein, damals, als ich wirklich viel gelesen habe … hatte er die entsetzliche Angewohnheit, dass er, wenn er dich lesen gesehen hat, wenn er, sagen wir, abends vom Dienst kam und ich in meinem Zimmer las, dass er dann zu mir kam und anfing, mir irgendetwas auseinanderzusetzen. Es ging um nichts Wichtiges … eigentlich lauter dummes Zeug. Und er hat nie gefragt, ob er stört … Damals hat er nie gelesen. Er hatte keine Zeit für Bücher. Wir, die wir lasen, gingen ihm wohl auf die Nerven. Weil er sich unterhalten woll-

te. Er hat sich gern mit uns unterhalten. Und jetzt sieh dir das an …
all diese Bücher. Er ist mit einem Buch in der Hand gestorben … Und
ich erinnere mich überhaupt nicht, wann wir das letzte Mal miteinander geredet haben, so richtig geredet … Damals hat sich wirklich alles
geändert. Dieses Ägypten hat ihn verändert. Ihn und sie. Uns alle. Als
hätte sich das ganze Kairo zwischen ihn und den Rest der Welt gedrängt, ihn von uns entfernt. Früher war er so sehr unser, nur unser.
Voller Wärme, dass du dich an ihn pressen wolltest. Ich weiß, dass
sich das seltsam anhört, aber es war etwas Weibliches an ihm … etwas
so Sanftes, Liebes … Und dann …"

Obwohl ich wusste, dass sich Mutter keine Tränen gestatten würde, trat ich zu ihr und umarmte sie. Sie war kein Mensch der Umar-
mungen, aber sie lehnte sich an mich und schlang ihre Arme um meine Schultern. Für einen Moment verharrten wir mitten in Raum und
Zeit, und sie ließ es zu, dass ihr das Tuch aus der Hand glitt und zu
Boden fiel.

Die Hausglocke mitten in der Nacht überraschte mich, und ich blieb
in der Überzeugung sitzen, dass der Nachtschwärmer, wer immer es
auch war, seinen Irrtum erkennen und seinen Weg fortsetzen werde.
Aber dann läutete es wieder, und als Mutter sich erhob und unwillig
zur Tür schlurfte, ging mir ein Licht auf, wer davor stand. Dem Öffnen der Tür folgte eine lange Stille. Eingegraben in einer falschen
Stellung konnte ich Mutter nur von weitem vor der Tür stehen sehen
und mir zwei ähnlich reglose Gestalten auf der anderen Seite vorstellen. Für einen Moment fürchtete ich schon, dass Mutter sie draußen
stehen lassen werde, wozu sie mit Sicherheit fähig war, trotz des Toten,
der neben mir lag, aber dann trat sie doch einen Schritt zurück.

Noch immer stand sie mitten in dem kleinen Flur, in dem sich die
Menschen nur schwer aneinander vorbeidrängelten, beziehungsweise
es überhaupt nicht konnten, wenn einer dieser Menschen Tante Maja
war. Was bedeutete, dass die beiden Besucher das Haus noch immer
nicht betreten konnten. Das Haus betreten bedeutete nämlich, gegen
Mutter zu prallen oder zumindest an sie anzustoßen, was der erste
Kontakt der zerstrittenen Schwestern nach mehr als sieben Jahren
wäre.

Als Mutter etwas Platz machte, trat Maja über die Schwelle, sodass ich sie sehen konnte, doch sie blieb unsicher stehen und wusste nicht, ob sie weitergehen oder warten sollte, dass Mutter noch einen Schritt zur Seite machte. Vielleicht erwartete sie meine Hilfe, aber ich wollte bei ihrem Spiel nicht mitwirken und wich ihrem Blick aus.

Als wäre sie der Verwirrung überdrüssig, trat Maja entschlossen vor, schlang ihre Arme um Mutter und drückte sie kräftig an sich. Jetzt konnte ich wieder beide sehen, und auch Dane, der sich aus dem Hintergrund auf Majas Platz auf der Schwelle vorgearbeitet hatte.

Meine verwirrte Mutter klopfte der verweinten Maja auf den umfangreichen Rücken, während mich der Anblick Danes belustigte, der erfolglos versuchte, die Tür zu schließen und im Haus zu bleiben, ohne die umarmt dastehenden Schwestern wegzuschieben, was infolge fundamentaler physikalischer Gesetze nicht möglich war.

Endlich beschloss er, die Schuhe auszuziehen, stellte aber schnell fest, dass er sie nirgends abstellen konnte. Er hielt sie in den Händen, drehte sich um sich selbst, aber der Schuhschrank befand sich nun einmal hinter Mutters Rücken, wohin Dane aber nicht vordringen konnte.

In diesem Augenblick, sich die Nase mit dem Ärmel der verzogenen Jacke wischend, kam Maja auf mich zu. Dane und sie waren von jeher ein unvereinbares Paar, er ein geschniegelter Büromensch, während sie auch im Abendkleid und mit frisch gemachter Frisur vernachlässigt aussah. Es war nicht nur die Körperfülle, aus ihr wehte eine Verschlissenheit, als hätten sich in der Dame aus dem Personalbüro der pädagogischen Fakultät alle Sorgen ihres Mannes, eines Staatssekretärs im Innenministerium, angehäuft.

„Warum habt ihr ihn nicht zugedeckt?"

Maja hatte sich an mich gewandt, aber ich wusste über das Zudecken von Verstorbenen gar nichts und hatte sogar den Verdacht, es könnte sich um einen der unbewusst aus amerikanischen Filmen übernommenen Bräuche handeln.

„Das wollten wir nicht, bevor du kommst", sagte Mutter, die das Gefühl hatte, als wäre Majas Frage an sie gerichtet.

Mutter begeisterte mich mit der Leichtigkeit, mit der sie mit den Menschen zu spielen verstand. Sie konnte erraten, was die Leute hören wollten, und wenn sie gut drauf war, wartete sie ihnen mit ausgesuchter Spontaneität auf.

„Danke."

Maja, gerührt durch die erfundene Geste, schluchzte wieder auf und begann gleichzeitig, die Decke unter Großvaters Körper hervorzuziehen. Mutter wollte ihr dabei helfen, aber Maja bedeutete ihr mit der Hand, dass sie das gern allein machen würde.

Der schwere tote Körper hatte die Decke unter sich eingezwängt, und Maja, die ihn offensichtlich nicht bewegen wollte, zog Stück für Stück ein bisschen unter den Schenkeln, dann ein bisschen unter den Schultern, und noch ein bisschen unterm Hintern, dort wo die Decke natürlich am meisten feststeckte. Aber Maja war hartnäckig, und Mutter und ich und Dane, dem es inzwischen gelungen war, seine Schuhe abzustellen und ins Zimmer einzutreten, sahen ihr schweigend zu. Es sah aus wie eine Begräbnisfeierlichkeit vor dem Begräbnis, denn sie umrundete den Körper so langsam, als würde sie ein feierliches Ritual vollführen, und nur ihre Schwerfälligkeit und ihre zu kurzen Arme, mit denen sie oft nicht dorthin reichte, wohin sie wollte, machten diesen Eindruck zunichte.

Als es Maja endlich gelungen war, die Decke hervorzuziehen, und sie begann, Großvater mit ihr zu bedecken, drehte ich mich weg. Ich war nicht bereit, das Bedecken seines Gesichts mit anzusehen. Die Symbolik dieser Szene war zu stark. Auch wenn alles zusammen noch so unernst und meine Tante noch so ungeschickt war, war das doch ein Akt des Abschieds, den ich nicht vollziehen wollte.

Deshalb ging ich in die Küche und schenkte mir ein Glas Wasser ein. Ich war nicht durstig, ich wollte nur nicht, dass meine Mutter das Gefühl bekäme, ich würde mich absichtlich zurückziehen.

„Dane, kannst du, bevor wir fahren, mit Jadran in die Garage gehen und den Tisch holen, von dem wir gesprochen haben?"

Maja bestimmte gern, was alles getan werden muss, und auch wer es wie und wann tun wird. Dane widersetzte sich zumindest in meiner Gegenwart nicht und nahm seine Untergeordnetheit demütig hin. Genau genommen war nicht zu verstehen, was sie miteinander verband. Das konnten nicht die Kinder sein, denn Miha und Špela hatten sich schon längst von ihren Eltern abgesetzt. Miha schuf mit Millionen anderer technischer Genies in Silicon Valley die Schöne Neue Welt, und Špela war nach zahlreichen Streitereien mit Maja nach Postojna gezogen und kam nur selten nach Ljubljana. Dane und Maja lebten allein in der für sie zu großen Wohnung in der Župančičeva jama, aber ihr Zusammenleben blieb mir ein Rätsel.

„Wir müssen nämlich bald fahren."

„Dann geht doch gleich."

Dane ergab sich in unser beider Namen und forderte mich mit einem Kopfnicken auf, ihm zu folgen. Mutter drehte sich zur Seite, sie wollte sich nicht einmischen, und auch mir blieb nichts weiter übrig, als mitzugehen.

Aus dem Haus marschierten wir in ein dichtes Schwarz hinein, aber beide kannten wir den ausgetretenen Weg durch den Garten gut, und so gingen wir einer hinter dem anderen zur Garage, ohne darauf zu warten, dass sich unsere Augen an die Dunkelheit gewöhnten und sich die Umrisse des Hauses und der Bäume zeigten. Dane hatte es eilig, er wollte den ihm erteilten Auftrag so rasch wie möglich erledigen und nach Ljubljana zurückkehren.

Die Lampe über der Garage war mit verschmorten Leibern allzu neugieriger Motten übersät und gab nur ein schwaches Licht ab. Dane blieb darunter stehen und hielt Großvaters dicken Bund Schlüssel ins Licht, die in der Hauptsache längst ausgetauschte Schlösser und ausgediente Automobile aufgesperrt hatten. Seine Hände zitterten. Als er an das Tor trat und die Schlüssel einen nach dem anderen ins Schlüsselloch steckte, erhellte das Licht sein Gesicht und begann seine Stirn von den angesammelten Schweißtropfen zu glänzen.

„Verflucht!"

Dane sammelte die Schlüssel wieder vom Boden auf und begann von neuem. Dieses Mal konzentrierte er sich, trennte die Schlüssel, die er schon probiert hatte, von denen, die noch nicht dran gewesen waren, und fand bald den einen, der das Garagentor aufsperrte.

Hinter dem Garagentor zeigten sich Haufen ausgemusterter Dinge, die alle Abstellräume, Schuppen, Keller und Garagen dieser Welt füllen. Großvaters Garage war nur einer der möglichen Wartesäle auf dem Weg zur Müllkippe. Irgendwo zwischen dem ganzen verrotteten und verrosteten Kram war dieser Tisch, um den uns Maja geschickt hatte, aber in der Dunkelheit war er schwer auszumachen.

Dane zog sein Telefon aus der Tasche, beleuchtete den Boden vor seinen Füßen und ging weiter, musste aber schon nach zwei Schritten anhalten. Nervös leuchtete er auf die Plastikkanister, einen Kinderwagen, zwei hölzerne Liegestühle, eine Fernsehantenne, drei Autoreifen, einen Haufen vergilbter Comics, eine Tiefkühltruhe, Frostschutzmittel, einen Regenschirm, eine Schaufel und noch manches andere im Halbdunkel undefinierbarer Gegenstände. Dabei rempelte er andauernd an irgendwas an, als hätte er sich in einem Spinnennetz verfangen und würde an allem in der Garage kleben bleiben.

„Verfl…"

Das Licht von Danes Telefon flüchtete unter lautem Krachen und flog bis unter das Dach der Garage, an mir vorbei und wieder auf den Boden, und sein Schatten sprang zurück und prallte gegen etwas Gläsernes an der Wand. Als die umgeworfenen Sachen über den Boden kullerten und das Klirren und Scheppern verklungen war, hörte ich Danes infarktmäßige tiefe Atemzüge. Von Panik ergriffen marschierte er hinaus und schlug wütend das Garagentor zu.

„Ach fick dich! Wer holt in dieser Dunkelheit einen Tisch aus der Garage! Das hat überhaupt keinen Sinn. Wir müssten die halbe Garage ausräumen, bevor wir an ihn rankommen. Das sind so Scheißideen!"

Dane ließ mich stehen und ging zum Haus zurück, ohne meine Reaktion abzuwarten. Ich erinnere mich nicht, ihn jemals so nervös gesehen zu haben, und mir kam der Gedanke, ob vielleicht das Unbehagen, das er schon lange in meiner Nähe fühlte, zu guter Letzt in Angst umgeschlagen war.

Er hätte Angst haben können vor dem, was ich über ihn wusste, über ihn und meinen Vater Safet, über Danes Rolle bei seinem Weggang. Ich bezweifle, dass er wusste, was mir Mutter über die Ereignisse vor Safets Verschwinden erzählt hatte, aber vermutlich ahnte er, dass ich schon fast alles herausgekriegt hatte, was sich herauskriegen ließ.

Dane ging mir genau genommen schon lange aus dem Weg, und es war schon Jahre her, dass wir so nahe beieinandergestanden hatten, völlig allein, Auge in Auge.

Als Dane im Haus verschwunden war, blieb ich im dunklen Hof allein zurück. Ich hatte es nicht eilig, ihm nachzugehen, meine Augen hatten sich schon an die Dunkelheit gewöhnt, und ich konnte die Umrisse von Großvaters kleinem Garten ohne Schwierigkeiten erkennen. Ich ging zum Feigenbaum, unter den sich Großvater eine hölzerne Bank gesetzt hatte, auf der er, wie er sagte, seinen Früchten beim Wachsen zusah. Meine Hand streckte sich von allein zu den Zweigen und ertastete eine von ihnen. In der Dunkelheit konnte ich ihre Farbe nicht erkennen, aber anhand der Schwellung und Weichheit stellte ich fest, dass es Feigenzeit war, die Zeit von Großvaters Marmelade.

Aber noch bevor mich die süßen Erinnerungen an das Feigenpflücken überkamen, sah ich Großvater, wie er am nächsten Morgen, der nie kommen wird, wie ein Kind durch die breiten, mächtigen Äste des Feigenbaums steigt und mit seinen langen dürren Armen die unter den großen rauen Blättern versteckten Feigen pflückt. Ich sah ihn, wie er Mutter anruft, um ihr zu sagen, dass die Feigen reif sind und sie sie holen kommen soll. Er wusste, dass sie nicht kommen würde, aber er wusste auch, wie gern Mutter Feigen hat und dass das einer seiner seltenen Anrufe ist, über die sie sich freut. Ihre Antwort war immer die gleiche. Er kann ihr die Feigen mit dem Bus schicken oder soll warten, dass ich komme.

Ich sah Großvater, wie er die Feigen vorsichtig in Vesnas Schüssel legt, so nannte er seine größte Plastikschüssel, ich sah ihn, wie er Feigenmarmelade kocht, für mich, für Palatschinken, und ich sah ihn, wie er aus der Gefriertruhe sein Feigeneis nimmt, das er niemandem anbot, weil es nicht die geringste Ähnlichkeit mit Speiseeis hatte.

Ich sah ihn. Er stand direkt neben mir und lehnte sich an den Baum, und mich schauerte bei dem Gedanken, dass Großvater in diesem Jahr seine Feigen nicht pflücken wird, der Baum aber trotzdem weiterwachsen und weiterhin seine süßen Früchte hervorbringen wird, nur er wird nicht mehr da sein, um wie ein Kind auf seine Äste zu klettern.

Am Ende übermannten mich nicht die Erinnerungen an ihn. Die Feigen werden nach seinem Tod genauso sein, wie sie vorher waren. Mich übermannten die Bilder der künftigen Tage, die uns genommen waren und die ich mir vorzustellen versuchte. Mich übermannte das traurige Bild des Baumes, der einsam vor Großvaters leerem Haus steht und auf dessen geschlossene Tür sieht.

Es würgte mich in der Kehle. Vor mir auf dem Boden sah ich eine dicke, überreife Feige, die das Gewicht der angesammelten Säfte vom Ast gerissen hatte. Ich sah sie auf dem Boden traurig faulen, und mein Blick verschleierte sich. Ich setzte mich, den Rücken noch immer an den Baum gelehnt, und ließ meinen Kopf in den Schoß sinken. Großvaters Tod hatte mich endlich doch erreicht.

2.

Als ich wieder ins Haus ging, waren Maja und Dane schon im Weggehen, alle Entschuldigungen, nicht länger bleiben zu können, waren schon gesagt, und Mutter hatte sie in unser beider Namen bereits angenommen. Uns blieb nur noch der Austausch mitfühlender Blicke. Niemand hatte das Bedürfnis, sich beim Abschied noch etwas zu sagen. Als mich Maja umarmte, spürte ich ihr unhörbares Schluchzen. Dane bot mir seine Hand und einen verständnisvollen Blick.

„Pass auf deine Mutter auf", sagte er.

Maja sah noch einmal zurück zu Großvater, der mit der Decke zugedeckt war. Dane öffnete währenddessen die Tür, und sie ging hinaus, er blieb stehen, als wollte er noch etwas sagen, überlegte es sich aber. Ich wartete, dass ihnen das Flurlicht den Weg zum Auto finden half, dann schloss ich die Tür und kehrte zu meiner Mutter zurück.

Ich fand sie am Tisch sitzend, der voller alter Fotografien war. Sie hatte sie vor sich hingeschüttet und stöberte in ihnen, nahm sie in die Hand und besah sie lange. Sie war völlig in ihr Tun vertieft, und wenn sie etwas sagte, hob sie nicht den Blick, um sich zu vergewissern, dass ich zuhöre.

„Weißt du, dass es keine Bilder von ihrer Hochzeit gibt? Sie haben keine Bilder aus der Zeit, als sie jung waren. Keine Bilder, als Maja und ich klein waren, von den Ferien, von den Geburtstagsfeiern. Nichts. Sie haben Bilder für die Personalausweise. Die ersten Bilder, auf denen sie beide sind, sind von unserer Hochzeit. Aber davor nichts.

Ihre Geschichte ist nicht verewigt. Wir kennen sie nur so, wie sie sie uns selbst erzählt haben. Wie in Büchern. Niemand kann ihre Geschichte anders erzählen, als wie sie sie selber erzählen wollten. Ist das nicht schön? Wie im Märchen. Geblieben sind nur die Bilder, die wir uns bei ihrem Erzählen in unseren Köpfen gemacht haben."

Ich bückte mich unter Großvaters Bett und hob ein leeres braunes Fläschchen vom Boden auf. Ich kannte es. In ihm waren einmal blauweiße Kapseln gewesen. Großmutters Medikamente gegen den hohen Blutdruck. Zuerst dachte ich, dass dieses Fläschchen die ganze Zeit seit ihrem Tod dort gelegen hätte, dass es wie so viel anderer Kleinkram in den Ecken von Großvaters Haus herumgekullert und unbemerkt vollgestaubt wäre. Aber es war kein Staub auf ihm, was bedeutete, dass es erst einen Tag, höchstens zwei, dort unten lag.

„Schau her, sie haben überhaupt keine Fotos, auf denen sie zusammen sind. Hier ist Großvater auf einer Konferenz. Hier ist er mit seinen Mitarbeitern. Hier ist Großmutter mit ihrer Schwester. Wie schön sie waren, nicht? Hier ist Großvater auf einem Gewerkschaftsausflug in Plitvice. Ich erinnere mich, dass er davon erzählt hat, wie sie den Direktor am Morgen nackt im See gefunden haben, halb tot. Hier sind unsere Bilder aus der Schule. Sieh dir diese Frisuren an. Heute, wo wir alles fotografieren und aufnehmen, wo wir alles notieren, kann unsere Geschichten jeder erzählen, denken alle, dass sie sie erzählen können, und am Ende werden sich die Geschichten, die wir selber über uns erzählen, in der Vielzahl der anderen verlieren. Es wird keine aus der Erinnerung heraus geschriebenen Geschichten mehr geben, keine romantischen Geschichten, zugeschnitten nach unserem eigenen Willen und unseren eigenen Bedürfnissen."

Vielleicht hatte Großvater das Fläschchen mit Großmutters Medikamenten zum Aufbewahren seiner eigenen Sachen verwendet, hatte in ihm Gummibänder, Knöpfe oder Schrauben aufbewahrt. Es hätte mich nicht überrascht, wenn er darin Salz, Nüsse oder Lorbeerblätter aufbewahrt hätte. Vielleicht hatte ihm geschienen, dass das Fläschchen für etwas davon genau die richtige Größe hat. Ich konnte ihn mir leicht vorstellen, wie er Großmutters Schublade mit den Medikamenten ausräumt, die Fläschchen öffnet und ihren Inhalt in die Klomuschel schüttet, sie oberflächlich wegspült und dann Zucker, Pfeffer und Vegeta einfüllt. Und ich sehe, wie ihm ein Fläschchen aus den Händen rutscht und unbemerkt unter das Bett kullert.

„Was weißt du über ihre Hochzeit? Was? Dass sie sich nach der Arbeit vor dem Magistrat getroffen haben, dass sich Großvater verspätet hat, weil er vergessen hat, die Blumen abzuholen, und sich ihrer erinnert hat, als er schon auf dem Weg war, dass Großmutter beim Robba-Brunnen auf ihn gewartet, dass sie sich müde an seinen Rand gesetzt und sich das Hochzeitskleid schmutzig gemacht hat, das kein Hochzeitskleid war, sondern ein gewöhnliches Kleid, in dem sie zur Arbeit ging, und dass es egal war, weil ohnehin alles rasch zu Ende war, dass man ihnen die Gesetze vorgelesen hat und dass sie die Ringe getauscht haben und dass sie dann alle, die beiden und Darja und Miljenko, ins *Evropa* auf ein Stück Torte gegangen sind, dass dort jemand schön auf dem Klavier gespielt hat und dass Großvater und Großmutter dann getanzt haben. Welche Bilder brauchst du? Bilder würden diese Geschichte verderben, glaubst du nicht? Wenn ich Bilder hätte, hätte ich diese Geschichte schon längst vergessen, so aber erinnere ich mich noch immer an sie; noch jetzt sehe ich sie, wie sie tanzen, jedes Mal, wenn ich am *Evropa* vorbeigehe, sehe ich sie, wie sie tanzen, zu Klavierbegleitung. Und ich sehe sie, wie sie im Bus aneinandergepresst werden und wie Großmutters Blumen zerdrückt werden, sodass sie nur noch die gerupften Stängel mit nach Hause bringt und sagt: *Ein Glück, dass wir nicht abergläubisch sind,* und diese gerupften Stängel in eine Vase stellt und dann aus ihnen am nächsten Morgen eine neue Blüte wächst und Großvater sagt: *Schade, dass wir nicht abergläubisch sind, das wäre ein schönes Zeichen.* Auf Bildern wäre diese Blüte nie so schön, vielleicht würde es sie überhaupt nicht geben. Auf Bildern würde man auch den Fleck auf Großmutters Kleid sehen. Und Großvaters komischen Schnauzer würde man sehen. Und ihre kleine, kümmerliche Mietwohnung, den schrecklichen Ofen in der Ecke und die schwarzen Rußflecke, die sich über das halbe Zimmer ausbreiten. Aber so siehst du sie umarmt, verliebt, glücklich. Genau so, wie sie sich selbst sehen wollten, wenn sie zurückgeblickt haben."

Möglich war sogar, dass Großvater ähnliche gesundheitliche Probleme hatte wie Großmutter und dass er, als ihm die Medikamente ausgingen und er nicht in die Apotheke gehen wollte, ihren alten Vorrat aufgebraucht hat. Schon bei den Esssachen glaubte er nicht an das Ablaufdatum, geschweige denn bei Medikamenten.

„Ihre Geschichte gehörte nur ihnen beiden. Auch wenn sie erfunden war, war sie doch wahrhafter als alle unsere dokumentierten Geschichten. Was für ein hässlicher Ausdruck. Dokumentiert. Wir dokumentieren heute unser Leben, unsere Hochzeiten, die Geburten der Kinder, die Matura, Diplome, Reisen, alles dokumentieren wir, sie hingegen haben sich der Dinge erinnert, sie erzählt, haben in den Schachteln ihrer Erinnerungen gekramt und sie zu Geschichten zusammengesetzt. Haben sie zusammengeklebt, wie sie es wollten, denn wichtig war nur, dass die Geschichte schön ist, dass sie selbst schön sind in dieser Geschichte. Weshalb sollte man hässliche Geschichten erzählen, nur weil sie wirklich geschehen sind? Warum sollte man sich an sie erinnern? Das Leben war für sie wirklich das, was sie selbst erinnerten, uns aber drängt man, sich an alles zu erinnern, zwingt uns unser eigenes, nach fremden Wünschen gestaltetes Leben auf. Wir haben keine Freiheit mehr. Denn Freiheit gibt es im Zurechtbiegen, im Betrügen, im Erfinden, im Irreführen. Seiner selbst und anderer. Das ist Freiheit. Dass du dich siehst, wie du dich sehen möchtest, nicht, wie dich die anderen sehen. Wir sind unfrei, weil wir unser Bild im Spiegel akzeptieren. Aber hier hat er sich endlich diesen schrecklichen Schnauzer abrasiert. Dieses Bild würde ich auf seinen Grabstein geben, was sagst du? Hier ist er sich am ähnlichsten. Und annähernd im selben Alter wie Großmutter auf dem Bild, das wir für sie ausgesucht haben. Oder? Ich weiß nicht, da muss noch Maja sagen, was sie meint."

Würde man in einem Film auf dem Fußboden unter dem Bett, auf dem ein Verstorbener liegt, ein leeres Fläschchen sehen, würde man als Zuschauer sofort einen unnatürlichen Tod vermuten. Aber im Leben tun wir das nicht, denn wir glauben, dass so ungewöhnliche Dinge, wie es der Selbstmord eines Siebenundachtzigjährigen ist, nie wirklich vorkommen. Zumindest nicht hier und nicht bei uns. Etwas Ähnliches ist vielleicht 1963 geschehen, auf den Philippinen oder in Wales, und wir haben in der Rubrik *Glauben Sie es oder nicht* darüber gelesen. Und es nicht geglaubt.

„Sieh mal, hier sind sie auf unserer Hochzeit. Wie wir aussahen. Siehst du, unsere Geschichte ist schon verzeichnet, alle diese betrunkenen Gesichter, die komischen Kleider und die gelockerten Krawatten, die Schweißflecke auf den karierten Hemden, die weißen Tischtücher über den roten Tischtüchern und die Plastikblumen in den Plastikvasen. Wenn du diese Fotografien siehst, vergisst du uns sofort. Uns gibt es überhaupt nicht. Du siehst Metod auf dem Stuhl, Darinko und Petar, die sich in den Armen liegen und singen, Irfan, der am Tisch schläft, Roman, Blanka und all diese Schminke, die roten Wangen, das war damals modern, alles siehst du, aber wir sind nirgends, wir sind nur zwei Gesichter auf den Fotos. Wenn du dir die ansiehst, wird für dich eine andere Geschichte daraus, als würde ich sie dir erzählen. Und du kennst diese Geschichte, von den Fotografien. Die betrunkene Version der Hochzeit. Und du kennst die Geschichte, wie wir am Morgen die Tische auf die Wiese hinter dem Gasthaus hinausgetragen und uns dort das Frühstück bestellt haben. Sogar die Kellner haben mit uns zusammen gegessen. Dort auf der Wiese haben Vater und ich um zehn Uhr morgens gesungen: *Bila je tako lijepa.* Diese Geschichte ist noch immer schön, weil niemand mehr fotografiert hat. Der Fotograf war auf der Strecke geblieben, und wir zwei haben für die Erinnerung gesungen. Und dann haben sich auch die anderen angeschlossen. Es war wirklich schön an diesem Morgen."

Und auch jetzt glaubte ich es nicht. In Gedanken spielte ich mit filmischen Verwicklungen, mit Polizisten, die uns zu Großvaters Vergangenheit verhören, im Haus Fingerabdrücke abnehmen und uns bitten, das Land nicht zu verlassen. Nichts von all dem konnte wirklich geschehen sein. Deshalb stellte ich mir Großvater vor, wie er an die Schublade mit den Medikamenten tritt und sie ungeschickt zu sich heranzieht, die rechte Seite stärker als die linke, weil sein rechter Arm stärker ist. Die Schublade verschiebt und verklemmt sich, und Großvater zieht hartnäckig weiter. Erst als die Kraft nachlässt, hört er auf und drückt sie zurück, dann aber zieht er sie erneut heraus, dieses Mal langsamer, sodass er sie dabei immer wieder gerade rückt. Unüberlegt und überlegt zugleich, weiß er und weiß nicht, was er in der Schublade sucht. Er weiß nicht, was für Medikamente er in ihr finden wird, aber er ahnt sie, er ahnt das Todbringende dieses Schatzes. Er ist schon entschlossen, in seinem Bett zu sterben, so wie auch sie gestorben ist, er möchte nicht unkontrolliert mitten im Haus auf dem

Fußboden zusammenbrechen, in der Küche oder im Flur, deshalb hat er schon den Pyjama angezogen, er wird sich ins Bett legen, wird die Medikamente einnehmen und einschlafen. So ist es einzig richtig, denn nur so wird niemand vermuten, dass er sich umgebracht hat. Sein Tod ist seine Sache und muss es bleiben, niemand braucht zu wissen, dass er ihn zu sich gerufen hat. Deshalb nimmt er das braune Fläschchen mit den Kapseln zum Senken des Blutdrucks aus der Schublade. Ein volles Glas Wasser, mit dem er sie herunterspülen wird, wartet schon vorbereitet auf dem Nachttischchen, und Großvater legt sich ins Bett und löscht das Licht. Aus der Dunkelheit vernimmt man bald darauf sein Schlucken. Und dann Stille.

„Sieh mal, wie Safet hier aussieht, auf diesem Bild. Er ist schon betrunken, und dabei hat die Hochzeit noch nicht einmal angefangen. Stell dir vor, er ist betrunken zur eigenen Hochzeit gekommen! Morgens, dort auf der Wiese, war er noch am nüchternsten. Er hat mich angesehen und gelacht, so auf seine Art, und dann hat er zu mir gesagt, dass man in Bosnien sagt, wer die Hochzeitsnacht im Kaffeehaus verbringt, dessen Ehe wird voller Lieder sein. Und Wein. Und hat gegrinst. Noch immer höre ich dieses Lachen. In diesem Augenblick hatte er sich das ausgedacht, das wusste ich, aber so war er eben, das hat mir an ihm gefallen. Ein ewiger Improvisator."

Ich sah zu Großvaters Nachttischchen, und die Sorglosigkeit, mit der ich in Gedanken mit dem Bild des selbstmörderischen Greises gespielt hatte, verschwand. Neben dem Buch stand wirklich ein Glas. Ein oder zwei Schluck Wasser waren noch in ihm. Mutter kramte zum Glück noch immer in den Fotografien herum und bemerkte mein Erbleichen nicht.

„Weißt du, welche Geschichte auch nicht dokumentiert ist? Die Geschichte, wie Safet und Aleksandar sich kennengelernt haben. Das sind nur zwei Geschichten, die von ihnen beiden, die sich aber überhaupt nicht decken. Ich war dabei, als sie sich offiziell kennenlernten, als ich Safet Aleksandar vorstellte. Sie kamen mir sofort verdächtig höflich vor, überhaupt Safet, Großvater verstand sich zu benehmen, aber Safet zog keine Show ab, er versuchte nicht, ihn mit seinen Witzchen für sich einzunehmen, fing nicht an, ihm Geschichtchen zu erzählen. Und auch Aleksandar kam nicht mit seinen Marotten an.

Gewöhnlich fragte er ja immer gleich, wenn ich ihm einen Jungen oder Freund vorstellte, ob er wisse, wer Bata Živojinović in *Sutjeska* gespielt hat. Das waren so seine Fragen. Oder weißt du, was Nikola Tesla gemacht hat, als ihm eine Glühbirne durchbrannte? Lauter solche Fragen. Einmal hat er mir gegenüber zugegeben, dass ihm keiner von meinen Freunden Sorge bereitet habe, weil er wusste, dass mir keiner gewachsen war. Das stimmte vielleicht, aber noch heute weiß ich nicht, was er in Safet gesehen hat. Denn ich war nicht dabei, als sie sich kennengelernt haben."

Sie redete weiter, während ich auf Großvaters toten Körper starrte. Vermutlich ist auch der Selbstmord eines Siebzigjährigen nicht leichter zu verstehen als der Selbstmord eines Siebenundachtzigjährigen. Vermutlich geht es um dasselbe Extrem. Der Mensch kann nichts Extremeres tun als sich das eigene Leben nehmen. Nichts weniger Ergründbares. Und zugleich nichts weniger Menschliches. Der Verzicht auf das Leben reicht über unsere Animalität, über den angeborenen Wunsch nach Überleben hinaus. Alle Gräueltaten, die wir Menschen anderen antun, sind leichter zu verstehen.

„Ihre beiden Geschichten darüber stimmen nur insoweit überein, dass Aleksandar Verkaufsleiter bei Lesnina war und dass auch Safet einen Monat dort gearbeitet hat. Ein Studentenjob. Safet hat diese Geschichte immer wie einen Witz erzählt, als großen Betrug, seinen, Irfans und Romans, die während des einen Monats Arbeit im Möbellager von Lesnina alle Betten im Studentenheim renovierten. Wer hätte kein neues Bett haben wollen, das nicht quietscht, wer hätte kein gutes Holzbett in seiner kleinen Studentenbude haben wollen, kein Zusatzbett für einen Freund, die haben sie fast umsonst besorgt, Brett für Brett, Irfan und Safet haben sie für ein paar zusätzliche Dinar auch noch zusammengebaut, es war ein gutes Geschäft, aber sie haben sie bald zu fassen gekriegt. Ein Bett geht in keine Schublade, waren Safets Worte, aber hier fängt die Geschichte in Wirklichkeit erst an. Aleksandar nämlich, anstatt in lautes Geschrei auszubrechen und ihnen die Polizei auf den Hals zu schicken, brachte mit Erlaubnis des Direktors die Meldung in die Zeitung, dass sich Lesnina entschlossen habe, dem Studentenheim in Ljubljana zweiunddreißig Betten zu schenken, und führte als Kontaktperson für zusätzliche

Informationen ausgerechnet Safet an. Er wusste, wenn sie den Studenten die Betten wieder wegnähmen, konnte es böse ausgehen, dann könnte ihnen sogar eine Art Revolte drohen, ein Geschenk aber erweist sich immer als gute Investition. Auch in der Partei fanden sie es super, dass Lesnina auf diese Weise die Jugend unterstützt. Und dann rief er Safet zu einem Gespräch zu sich. Aleksandar sagte immer, dass ihm im selben Moment klar gewesen sei, mit was für einer Art Bosnier er es zu tun hat, und dass Jugoslawien, wenn es solche wie ihn patentieren oder exportieren könnte, eine globale Großmacht wäre. Safet wiederum sagte, dass Aleksandar ein typischer Arschkriecher gewesen sei, so typisch, als wäre er nach dem Modell aus dem Parteihandbuch gemacht, und musste über sich selbst lachen, du erinnerst dich doch an sein Lachen. Niemand wird jemals wissen, was genau die beiden bei diesem Treffen miteinander beredet haben und wie sie gemeinsam auf die Lösung gekommen sind, die beiden aus der Bredouille half, die Safet vor der Rache der betrogenen Studenten rettete und Aleksandar Fragen zum Hintergrund des Geschenks an die Studenten ersparte, in einer Zeit, wo die Studenten nicht die größten Freunde des Regimes waren. Darüber haben beide, durchtrieben wie sie waren, weise geschwiegen, und auch als ich Safet Aleksandar vorstellte, waren beide ganz höflich und freundlich, als wären sie reinrassige Slowenen. Ich hätte mir denken können, dass da etwas nicht stimmt. Aber ich war verliebt …"

„Seit wann hat er in diesem Bett geschlafen?"

„Was?"

Mutter hob den Blick von den Fotografien, aber es war nicht erkennbar, ob es mir gelungen war, sie aus der Zeit zurückzurufen, die auf ihnen eingefangen war.

„Hat er nicht im Wohnzimmer geschlafen? Auf dieser Ausziehcouch?"

„Wer? … Ich weiß nicht … Weshalb?"

„Wann hast du ihn zum letzten Mal gesehen?"

„Wen? … Großvater meinst du? … Ich weiß nicht."

Das konnte ich nicht laut sagen, aber Großvater war nicht in seinem Bett gestorben. Großvater war nicht in dem Bett gestorben, in dem er die letzten fünf, vielleicht zehn Jahre geschlafen hatte, sondern er war in dem Bett gestorben, in dem er zusammen mit Großmutter geschlafen hatte. Er war in dem Bett gestorben, in dem sie gestorben war.

„Wieso weißt du das nicht?"

Mutter war zu ehrlich, um zu verbergen, was sie fühlte. Oder wusste.

„Und du weißt nicht einmal, in welchem Bett er geschlafen hat?"

Vielleicht hat er ja gespürt, dass er sterben würde. Es heißt, dass die Sterbenden manchmal den herannahenden Tod spüren. Vielleicht hat er sich in ihrer beider Bett gelegt, weil er spürte, dass diese Nacht seine letzte sein würde.

„Letzte Woche habe ich ihn gesehen … aber nur auf die Schnelle …"

Sie zog sich wieder zurück zu ihren Fotografien. Sie war nicht nach Momjan gekommen. Sie hatte ihren Vater nur gelegentlich am Telefon angerufen. Dann aber war sie zu ihm gegangen, ohne dass sie es mir gesagt hätte. Nur ein paar Tage vor seinem Tod.

„Sieh mal, hier sind wir alle zusammen vor dem Haus. Wie fröhlich es manchmal hier war, nicht? Und immer mussten wir uns fotografieren. Weil wir alle auf einem Haufen waren, und wer weiß, wann wir es wieder sein würden. Wie blöd es mir damals geschienen hat, aber dann waren wir plötzlich nicht mehr alle zusammen hier. Das hier ist unser einziges Foto, wo wir alle zusammen sind. Das war kurz, nachdem Aleksandar aus Ägypten zurückgekommen war. Und siehst du, wie Großmutter auf diesem Foto ist? Siehst du … Deshalb mag ich keine Fotografien … Meine Erinnerung … ist schöner … ist schöner … aber jetzt sehe ich, wie sie ist, und dann … Ohne das würde ich mich nur erinnern, dass es hier schön war für uns, weil wir alle zusammen waren. So aber sehe ich das und …"

Ihre Stimme brach. Sie zerbrach. Für einen Moment hielt sie inne, wandte den Blick aber nicht von der Fotografie ab, die sie mit zitternden Händen hielt. Ich spürte, dass sie ihre Geschichte beenden musste. Sich überwinden und sie bis zum Ende erzählen.

„Deshalb würde ich gern alles hinter ihm wegräumen. Deshalb habe ich alles hinter ihr weggeräumt. Ich will nicht, dass … dass … ich will nicht, dass mir etwas meine Erinnerungen bestimmt, dass es mich daran erinnert, was ich vergessen habe. Wenn ich es vergessen habe, ist es in Ordnung, dass ich es vergessen habe. Und ich will nicht, dass … ich will nichts … nichts davon … keine Bilder. Sieh doch, wie sie ist … Alles werde ich wegräumen und wegwerfen. Alles. Bis zum Letzten."

Schnell kam sie auf die Füße, nahm die graue Schachtel von Großmutters italienischen Schuhen und warf die Fotografien wieder hinein. Die schludrig hineingeworfenen ragten hoch heraus, und es war klar, dass sie die Schachtel nicht würde zumachen können, aber Mutter legte den Deckel oben drauf und trug sie unverschlossen zum Schrank. Der Raum zwischen den Regalen war zu eng, deshalb stellte sie die Schachtel auf den Boden und stützte sich mit den Händen auf den Deckel, als wollte sie die Fotografien darunter mit ihrem Gewicht flachpressen.

Dann richtete sie sich auf, setzte sich auf den Boden und nahm die Fotografien wieder aus der Schachtel. Jetzt sortierte sie sie sorgfältig der Größe nach, schlichtete jedes Häufchen genau, wischte irgendwie abwesend noch den Staub von ihnen und rieb die an den Rändern angesammelten Schmutzkrümel ab. Mir schien, als wären ihre Hände von allein tätig.

„Du brauchst doch meinetwegen nicht hier zu sitzen. Es wird mich schon nicht umhauen."

Das war die Bitte, ich möge nichts mehr fragen. Wortlos beugte ich mich zu ihr und berührte, wie jedes Mal, wenn ich mich verabschiedete, ihre rechte Wange. Und auch sie berührte, wie jedes Mal, mit ihrer Hand meine und ließ es zu, dass ihre Finger über mich hinglitten, während ich wegging.

III

Ich erinnere mich nicht, wann ich das letzte Mal nachts allein zu Hause war, ohne Anja und Marko. Das muss wohl noch vor Markos Geburt gewesen sein. Ich machte mir einen Tee und erlaubte meinem müden Körper, in der Couch zu versinken. Ich hatte schon vergessen, wie die Nacht ohne Anjas stilles Schnurren und Markos Hin- und Herdrehen im Bett klingt. Ich hatte vergessen, wie die Stille klingt. Ich wollte nicht über Großvaters Tod nachdenken, über das braune Fläschchen, über das Glas an seinem Kopfende. Auch über Anja und ihren Weggang nicht. Noch nicht. Meine Zeit war unbegrenzt, und das beruhigte mich. Am Ende dieser Nacht wartete nicht der Weg zum Kindergarten oder zum Dienst auf mich, und ich konnte sie frei bis zum Morgen verlängern.

In meinem Leben war alles genau abgemessen. Eine halbe Stunde für den Kaffee vor dem Dienst, zwanzig Minuten beim Mittagessen sitzen, eine Stunde fürs Bier nach dem Basketball, eine halbe Stunde Fernsehen vor dem Schlafengehen. Alles hatte seine im Voraus bestimmte Dauer. Weil stets etwas auf mich wartete. Jetzt war ich raus aus allen Stundenplänen. Nirgends wurde ich mehr erwartet. Großvaters Tod hatte mir diesen kleinen Luxus vermacht, und den genoss ich schamlos.

Aber schon überkamen mich die Gedanken. Mit ihr parfümierte Gedanken.

Aus der Erinnerung heraus versuchte ich den Dienstag zum Leben zu erwecken, den Tag vor Anjas Weggang, und in ihm die Ahnung dessen zu finden, was geschehen würde, aber es war ein Tag wie alle anderen gewesen, und ich ertappte mich mehrmals dabei, wie ich während des Zurückspulens des Dienstags Szenen und Gespräche an anderen Tagen einreihte. Ich war mir nicht mehr sicher, ob es am

Dienstagmorgen war, als ich vor dem Weggehen den schlafenden Marko streichelte, ihn, was Glück bringt, am Kopf berührte, was mein einziger Aberglaube war, und ob Anja noch schlief oder schon im Bad war. Das Geräusch des fließenden Wassers vermischte sich mit dem Bild Anjas, die am rechten Bettrand zu einem Knäuel zusammengerollt lag. Genau erinnere ich mich nur, dass mich Anja kurz vor Mittag anrief und mir sagte, dass sie von der Erzieherin im Kindergarten erfahren habe, dass Marko am Vortag Teja geschubst hatte, die daraufhin umgefallen war. Mich interessierte, ob sie sich was getan hatte, aber Anja sagte nur *Es hätte sein können.* Ich wollte das Gespräch aus einem Grund, der mir schon aus dem Gedächtnis entschwunden ist, nicht fortsetzen und sagte, wir würden uns zum Mittagessen sehen, und Anja sagte *Ja,* gelangweilt, sogar ein bisschen frech, und legte auf.

Als ich nach Hause kam, waren Anja und Marko schon beim Essen. Anja entschuldigte sich, sie sagte, der Hunger sei zu groß gewesen, als dass sie auf mich hätte warten können. Früher habe ich es gehasst, allein zu essen, aber mit Marko wurde auch das zu einer Gewohnheit. Manchmal tat es mir sogar gut, dass ich, müde wie ich war, während des Essens nicht auf Anjas Fragen antworten musste.

Den Mittag vor ihrem Weggang habe ich fast aus dem Gedächtnis gelöscht, geblieben ist nur das Vermeiden eines Gesprächs über Teja. Wir ließen Marko in seinem Zimmer spielen, vielleicht hatte mich Anja gebeten, ich solle nach ihm sehen, vielleicht habe ich ihr gesagt, sie solle ihn rufen, aber wir haben nicht aufeinander gehört, und Marko blieb dort und spielte ungestört. Was wir zwei getan haben, habe ich vergessen. Der Fernseher lief, eingeschaltet waren auch unsere beiden Computer, die Zeitung lag aufgeschlagen auf dem Esstisch, und sicherlich haben wir etwas zueinander gesagt, aber die Worte sind in der Leere zwischen uns versunken.

Fährst du uns in die Pleteršnikova, wenn du zum Basketball gehst?, fragte sie mich am Abend, und ich fuhr sie zu Stanka und Mira, ohne zu fragen, weshalb. Ich fragte nur, wie sie zurückkommen würden, und Anja sagte, sie kämen schon zurück, und ich solle mir keine Sorgen machen. Dann fragte sie, wann ich nach Hause komme, obwohl ich vom Basketball immer zwischen zehn und halb elf gekommen bin.

Bevor sie in der Pleteršnikova ausstiegen, küsste sie mich, was nicht ihre Gewohnheit war, und ich ließ es zu, dass der Kuss nur ein Kuss blieb, und beobachtete schweigend, wie sie mit Marko über den Hof ging. Vor der Tür drehte sich Marko zu mir um und winkte mir, aber Anja sah sich nicht mehr um.

Als ich vom Basketball zurückkam, war es in der Wohnung dunkel. Geräuschlos ging ich ins Schlafzimmer, um Anja, wie jedes Mal, wenn sie, bevor ich zurück war, eingeschlafen war, einen Gutenachtkuss zu geben, aber unser Bett war leer. Ich dachte zuerst, sie sei neben Marko eingeschlafen, als sie ihn zum Schlafen gelegt hatte, und schob vorsichtig die Tür zu seinem Zimmer auf, aber mich sahen nur Markos weit geöffnete Augen an.

Wo ist Mami?, fragte ich ihn, obwohl ich gerade vor ihm so tun hätte müssen, als wüsste ich die Antwort auf diese Frage.

Seine großen Augen öffneten sich noch weiter. Ich hatte ihm eine Frage ohne Antwort gestellt, und es war zu spät, sie zurückzunehmen. Markos Gesicht verzog sich und produzierte ein leises Greinen, aus dem gleich darauf lautes Weinen wurde.

Ich nahm ihn hoch und lehnte ihn an meine Brust.

Alles wird gut, alles wird gut. Schschsch. Schschsch, Mami schläft.

Ich wiegte ihn, und sein Weinen beruhigte sich, seine Augen schlossen sich. Aber hätte ich ihn zurückgelegt, wäre er wach geworden. Ich trug ihn ins Schlafzimmer und legte mich mit ihm auf der Brust aufs Bett. Marko sabberte zufrieden meine linke Schulter voll, und ich suchte eine Antwort auf die Frage, die uns beiden Angst machte.

Wie oft war mir der Gedanke gekommen, so wie Anja das Telefon aufs Küchenbord zu legen und wegzugehen. Irgendwohin, wo ich wieder Zeit haben würde. Wo ich wieder allein wäre und sitzen und der Nacht lauschen könnte, die dauern und dauern würde. Auch mich trieb der Gedanke an Flucht um, und ich spielte mit den Bildern eines anderen Lebens, in dem die Morgen keine im Voraus gesehenen Abende haben. Ich stellte mir Orte vor, an denen ich mich Unbekannten mit Vor- und Nachnamen vorstellen und ihnen dann Geschichte um Geschichte enthüllen würde, in denen ich nicht mehr ich wäre, sondern wo ich mich für jeden neu erfinden und wo ich Tausende verschiedene Ichs haben könnte. Ich stellte mir Orte vor ohne Spuren vergangener Leben, wo ich, ein Unbekannter, wieder Geheimnisse hätte. Dort würde ich wieder spielen können, und am Ende des Spiels würde ich in die grenzenlose Nacht zurückkehren und so wie jetzt das Rauschen des Friedens hören. Das Rauschen der Freiheit.

Erschöpfung übermannte mich und trug mich ins Vorzimmer der Träume, wo sich Szenen aus der Vergangenheit fröhlich mischten. Unbekannte gaben sich die Hände, umarmten sich und plauderten wie alte Freunde. Der Mittwochvormittag verflocht sich mit dem Freitagabend, war noch voller Donnerstagnacht, alles verschmolz zu einem unentwirrbaren Gemenge, und auch wenn es mir für Augenblicke gelang, einzelne Worte Anjas herauszulösen, ihren Blick aufzufangen oder sie in der Küche beim Abspülen der Hände in der Abwasch zu sehen, drangen bereits die Stimmen ungeladener, namenloser Gesichter herein, denen ich schon in den vergangenen Tagen begegnet war, und Anja verlor sich erneut im Wirbel der ineinanderfließenden Bilder.

Müde vor Schlaflosigkeit trat ich auf den Balkon, um in der frischen Nachtluft einen klaren Kopf zu bekommen. Ich sah in das Dunkel des Hofs hinunter, zu den undeutlichen Umrissen der Bäume und Autos, horchte auf meine flachen Atemzüge und verjagte die Bilder, die sich mir zeigten. Aber in diese kleine nächtliche Meditation begannen schon bald Bilder des Sonntagsessens in der Pleteršnikova zu drängen, gegen meinen Willen trugen sie mich dorthin und setzten mich an den Esstisch aus einem großen Stück dunkler Eiche unter einem Landschaftsbild von Rihard Jakopič, von wo aus ich hinaussah in den Garten, wo Anja und Neja hinter den verspielten Kleinen herliefen. Marko ist gestolpert, die Knie hat er ins feuchte Gras gebohrt, grünbraune Spuren sind auf seiner neuen Hose, und er weiß nicht, ob er weinen oder aufstehen und seinem Cousin Tilen nachrennen soll, als wäre nichts passiert, er wartet auf Anja, die sich zum Fenster gedreht hat, zu mir, der ich nach dem Essen am Tisch ausharre und Kaffee trinke, es ist kein Vorwurf in ihrem Blick, aber ich weiß, dass sie es nicht mag, wenn ich dort sitze, darin erkennt sie meinen kleinen Widerstand, und vielleicht unterscheide ich mich absichtlich von

Matjaž und Miro, die nach dem Essen im Garten ihre Zigaretten anzünden, vielleicht will ich die Fortsetzung der Geschichte nicht hören, die Matjaž über den Bankrott eines Jesenicer Unternehmens erzählt, das Sitzbezüge für Autos produziert, und über Bankdarlehen, die auf unauffindbaren Privatkonten im Ausland gelandet sind, vielleicht weiche ich Miros Freundlichkeit aus, vielleicht will ich nicht noch einmal hören, dass meine Sorgen übertrieben sind, weil das mit Anjas Job bald in Ordnung kommt, vielleicht möchte ich unauffindbar sein, verborgen hinter dem Fenster, vielleicht möchte ich nicht allen vormachen, dass es mir egal ist, wenn Anja während des Essens erzählt, dass sie entlassen wurde, und dass sie ihrem Vater noch detaillierter als mir beschreibt, wie ihr Chef Saško es ihr nicht direkt ins Gesicht sagen kann, sondern wartet, bis sie zu Hause ist, und sie anruft, vielleicht möchte ich nicht verbergen, dass ich nicht wollte, dass Anjas Familie und vor allem Miro davon erfahren, vielleicht möchte ich nicht so tun, als wäre ich nicht beleidigt, weil Anja und ich abgemacht hatten, dass wir ihnen gegenüber Schweigen bewahren werden, und sie damit einverstanden war, dass wir versuchen werden, allein damit fertigzuwerden, sie aber dann hingeht und erzählt, wie sich Saško entschuldigt, dass er sie außerhalb der Arbeitszeit anruft und dann mit dem Spruch kommt, dass sie bei der neuerlichen Ausschreibung das Projekt der gemeinnützigen Wohnsiedlung in Podutik nicht bekommen hätten, dass alles vermutlich längst mit dem Bürgermeister abgesprochen gewesen sei und er hier nichts habe tun können, und Anja dann auch erzählt, wie Saško zu ihr in Ziffern gesprochen hat, über den Rückgang der Einkünfte im heurigen Jahr, über die steigenden Kosten, über die Prognosen für das kommende Quartal, und wie er sich bei ihr entschuldigt hat, dass er ihr mit Ausnahme einer kleinen symbolischen Abfindung nichts versprechen könne, denn augenblicklich wisse er überhaupt nicht, ob das Unternehmen unter den gegebenen Umständen auf dem Markt bleiben werde, sie hatte geredet, und niemand hatte sie unterbrochen, auch ich nicht, der ich mir so sehr gewünscht hatte, dass sie still sein würde, aber mich hatte sie nicht einmal angesehen, sie hatte nur ihn angesehen, den nickenden Miro, direkt in seine mitfühlenden und verständnisvollen Augen, in denen sich das Ende unserer Schwierigkeiten spiegelte, mit jedem ausgesprochenen

Wort hatte sie sich mehr von mir entfernt und war ihm nähergekommen, ihrem Vater, der immer so glücklich war, wenn er seiner jüngeren Tochter helfen konnte, wenn er für sie sorgen konnte, und sie wusste das, und nur deshalb vertraute sie sich ihm an, es war so offensichtlich, dass er ihr wieder helfen und glücklich sein konnte, sie hatte ihm wieder eines unserer Geheimnisse verraten, und wieder waren wir nicht allein geblieben mit unseren Schwierigkeiten, allein mit unserem Leben, wieder hielten wir uns nicht beiseite, sondern Anja erzählte von *uns beiden*, und aus dem *wir beide* wurde ein *wir*, ihr Jobverlust war keiner mehr nur von *uns beiden*, und dann hatte Saško am Schluss noch gesagt, dass solche Sachen heute vorkämen, mit einer Stimme, die dafür Verständnis einforderte, was Anja so in Rage versetzte, dass sie aufgelegt hatte. Dieser abgebrochene Anruf war jetzt alles, was in dieser Geschichte *uns beiden* gehörte, alles andere war preisgegeben, und unsere Schwierigkeiten waren jetzt Miros Schwierigkeiten, und wir beide waren wieder seine armen Kinder, die sich keine Sorgen machen sollten, denn alles würde in Ordnung kommen. Aber ich wollte nicht unbesorgt sein und fühlte mich besiegt, durch das Fenster sah ich Miro, wie er seinen Zigarettenstummel ausdrückte und den Aschenbecher aufs Fensterbrett stellte, von wo ihn später Stanka einsammeln würde, und wie er zu Anja ging, ich sah ihn, wie er mit ruhigem, selbstbewusstem Schritt durch den Garten schritt, er hat einen weißen Bart, der den Menschen Vertrauen einflößt, und kleine, beruhigende Augen, Miro ist ein Mensch, der falsche Worte verschweigen und falsche Gefühle verbergen kann, er ist Anja ergeben, und er ist uns ergeben, für ihn ist alles recht, was wir sagen oder was wir tun, und deshalb wird er sie jetzt an sich drücken, Papa ist hier, Anja, er wird sein kleines Mädchen an sich drücken, wird sie wissen lassen, dass sie nicht schuld ist, er weiß das, er wird für sie sorgen, er wird mit den Fingern schnippen, und ihre Schwierigkeiten werden sich in Luft auflösen, der wundersame Vater wird wieder auf wundersame Weise ihre Welt retten, während ich nur ein Beobachter hinter dem Fenster sein werde, allein mit meinen unerhörten Bitten, sie solle nicht mehr zu ihm laufen, wenn sie Rabatt bei der Reparatur des Autos braucht, wenn sie in eine ausverkaufte Theatervorstellung oder außer der Reihe beim Zahnarzt drankommen möchte. Anja hat mich erneut zurückgewiesen, erneut hat mich ihre Angst besiegt, dass es Miro treffen könnte, aus unser beider Leben ausgeschlossen zu sein, sie hatte Angst, dass er anders seine Liebe nicht zeigen kann, dass er denken könnte, sie hätte ihm etwas übelgenommen, dass er ihre Abnabelung nicht verstehen würde. So hatte sie es erklärt, aber ich ahnte, dass Anja noch immer ein Leben ohne seine Hilfe fürchtete, ein Leben nur mit mir und meiner mangelnden Findigkeit, weil ich keine wundertätigen Telefonnummern kannte, die all ihre Schwierigkeiten lösen könnten, ich verstand nicht, sie zu trösten, mir glaubte sie nicht, dass alles in Ordnung kommen werde, denn ich verstand es nicht, mit den Fingern zu schnippen, wie es Miro konnte, ich wollte nur allein sein mit ihr und Marko, aber ich verstand nicht, Miro zu ersetzen, ich wollte ihn nur hinausdrängen, deshalb konnte ich nur zusehen, wie Anja sich an ihn anlehnt, wie sie ihren arbeitslosen Kopf an seine breiten Schultern lehnt, ich fühlte, wie sie das beruhigt, wie sie wieder das kleine Mädchen in den Armen ihres großen Vaters wird, Miros schwere, aber zärtliche Hand glitt über ihren Oberarm, alles war in Ordnung, die Welt war schön, und sie beide waren wieder glücklich, Anja und Miro, so als hätte Saško nie angerufen. Ich aber stand vor den ausgestellten Souvenirs von Miros und Stankas Urlauben in der Dominikanischen Republik und auf Bali, in Australien und Tunesien, von all diesen pseudoexotischen Destinationen, die zu besuchen sich für einen Herrn Direktor und seine Gattin geziemte, ich stand vor diesen billigen bunten Schnitzereien, die anstelle der seltenen Besucher nur Marko interessierten, der jeden Sonntag neugierig nach ihnen griff, während ich mich überwinden musste, sie nicht zu packen und an die Wand zu pfeffern oder auf den Boden zu schmettern, sie zu zertreten und unter meinem Gewicht in kleine Stücke zu zermalmen.

Pass doch auf! Idiot! Jadran!, schrie Anja, als ich die Fußgängerin zu spät sah, die auf die Straße getreten war. *Kannst du bitte auf die Straße sehen,* sagte sie, und ich ließ es schweigend zu, dass sich der gelbe Twingo, dem ich zu nahe gekommen war, wieder entfernte. *Soll ich lieber fahren?,* fragte sie, als das Auto, das vor mir fuhr, auf der Kreuzung Masarykova/Miklošičeva schon bei Gelb stehen blieb und ich nur um Haaresbreite ein Auffahren vermeiden konnte, wobei es sie nach vorn schleuderte und sie sich mit beiden Händen gegen die Vordersitze stemmen musste.

Den ganzen Weg nach Hause wartete ich auf ihren Aufschrei, vielleicht versuchte ich absichtlich, ihn ihr herauszulocken, und als ich vor der Ampel hielt, machte Anja die Tür auf.

Weißt du was, wir beide werden jetzt zu Fuß gehen, du kannst gern in der Stadt herumfahren, sagte sie, holte Marko aus seinem Sitz und marschierte schon in Richtung unseres Wohnblock los, während ich neben ihr herfuhr und wartete, dass sie müde wurde und sich zurück ins Auto setze.

Miro erklärte mir im Garten seines alten Familienhauses am Zirknitzer See, unter einem alten Apfelbaum sitzend, dass es bei den meisten Dingen im Leben besser ist, sie anständig zu bezahlen, als um sie zu bitten, weil es meistens billiger kommt, etwas zu bezahlen, als es umsonst zu bekommen, und dass wir leider in einer geordneten Unordnung leben, die uns in einen Teufelskreis des Austausches von Dienstleistungen führt, was unser Leben immer komplizierter und immer teurer macht, obwohl es mir und vielen anderen, vor allem Jüngeren, anders vorkommt. Enttäuscht sprach er über diese seine und unsere Welt, als hätte er sich durch Zufall in ihr verfangen, als hätte man ihn gezwungen, ein Leben zu leben, in dem er alles hat. Er klang wie ein Mensch ohne Wahl, mit einer Stimme voll Bedauern; und mir schien, dass Direktor Černjak anders klingen müsste, rücksichtslos und zufrieden, mir schien, dass Menschen wie er mir nicht gleichen dürften, dass er die Enttäuschung uns überlassen müsste, die wir Gründe dafür hatten.

Während ich neben Anja herfuhr, die mit Marko auf dem Arm neben der Straße ging, fühlte ich mich, als wäre ich eingezwängt zwischen die mächtigen Wurzeln von Miros altem Apfelbaum, als würden seine Zweige über mir zusammenwachsen, mich umschlingen und zermalmen. Und als wollte ich mich von ihnen losreißen, öffnete ich das Fenster, beugte mich zu Anja hinaus und schrie *Saneeelaaa! Saneeelaaa! Setz dich endlich her, ja, wir werden ihn beschneiden, gut, hörst du, Sanelaaa, wir werden ihn beschneiden!*

Ich schrie, weil ich wusste, dass Anja die Blicke der Passanten nicht ertragen würde, ich wusste, dass Anja nicht einmal in den Augen

Unbekannter ertrug, Sanela zu sein, noch weniger ertrug sie es, Sanela mit einem primitiven Ehemann zu sein, der mit balkanesischem Akzent aus dem Auto schreit, denn sie war immerhin die Tochter von Miro Černjak, Herrn Direktor Černjak.

Ich genoss es, als ich sie für einen Moment, in den Augen von drei, vielleicht vier Unbekannten, der Welt ihres Vaters entriss, dieser unbeschreiblich schönen, hingebungsvollen Welt, ich genoss es, als ich sie mir so dem Anschein nach näherbrachte, obwohl ich mir bewusst war, dass wir einander nie so fremd gewesen waren wie jetzt, als sie sich ins Auto zurücksetzte und mir erlaubte, sie und Marko nach Hause zu fahren.

Ljubljana erwachte jeden Morgen aus dem Winterschlaf. Obwohl es früh schlafen gegangen war, stand es mit verklebten Augen auf und brauchte so lange, um auf die Beine zu kommen, dass niemand wusste, wann in der Stadt der neue Tag beginnt. Als auch noch die Stadtbusse leiser wurden und ihre altersschwachen Motoren nicht mehr die Fenster an den Straßen zum Klirren brachten und die Menschen hinter ihnen weckten, schien es, dass die Nacht andauerte, auch wenn der Himmel schon hell wurde und vor Mercator bereits die ersten Anlieferer hielten.

Ich stand auf dem Balkon und wartete auf das Ende einer dieser endlosen Nächte, obwohl die Menschen auf der Straße unter mir bereits mit ungedämpften Stimmen redeten, die Namen der Kinder riefen und die Hunde bellen ließen. Zu Bett ging ich erst, als ich die Stimme des Postboten hörte. Als ich aufwachte, war es nachmittags halb sechs. Auf dem Telefon waren ein versäumter Anruf von meiner Mutter und Stankas Mitteilung, dass Marko bei ihr sei und ich anrufen solle, wenn ich könne. Das gestrige Gefühl der Freiheit war verschwunden. Die Grenzen waren wieder deutlich markiert.

Als ich in die Pleteršnikova kam, saß Marko auf dem Fußboden vor dem Fernseher und sah einen Zeichentrickfilm. Zweifellos hatte er meine Stimme gehört, als ich an der Tür mit Stanka sprach, und schon lange erkannte er meine Schritte, aber er drehte sie nicht einmal nach mir um, als ich hereinkam. Stanka, die hinter mir stand, tätschelte mir tröstend den Rücken.

„Wenn er sich in seine Zeichentrickfilme vertieft, sieht und hört er nichts. Möchtest du etwas essen?"

Es gab Menschen, die ihre Stimme der Trauer liehen und in deren Augen du den Tod sehen konntest, wenn du ihn dir selbst noch nicht vorstellen konntest. Diese Menschen drückten ihr Mitgefühl so aus, dass sich die anderen des eigenen Verlustes noch stärker bewusst wurden als zu dem Zeitpunkt, wo sie sich über den Leichnam des teuren Verblichenen beugten. Stanka war einer dieser Menschen, einer der besten, und als sie mir öffnete, drückte sie mich an sich wie ein gerade wiedergefundenes Kind und flüsterte meinen Namen, wie um mit ihm zum Abschied zu winken.

Ich setzte mich auf die Couch neben Marko, der sich noch immer nicht stören ließ. Stanka hatte sich zurückgezogen, und wir zwei sahen schweigend den Zeichentrickfilm. In diesen Filmen waren die Helden in einem fort am Sterben, aber das war keine Hilfe, wenn man das Sterben in einer nicht gezeichneten Welt erklären musste. Das Leben war kein Zeichentrickfilm, obwohl ich mir oft gewünscht hatte, es Marko so vor die Augen zu malen, wie immer er es sich wünschte.

Ich wünschte mir, dass wir zu Hause wären, fern von Stankas neugierigen Ohren, und ich Marko die Geschichte erzählen könnte, dass sein Urgroßvater nach Hause zurückgekehrt sei. Zu Hause hätte ich ihm erzählen können, dass wir alle, er, seine Mama und ich, Opa Miro und die beiden Omas Stanka und Vesna, in Wirklichkeit in der Welt von Nananinana zu Hause sind, wo wir in Häusern aus Smokies wohnen und in braunen Wannen baden, in denen statt Wasser Schokoladenmilch ist, und wo immer Tag ist und immer Sonntag und wo wir Regenbogen malen und mit Schneemännern Fußball spielen, und dass wir hier, auf der Erde, nur in den Ferien sind, dass wir hierher geschickt werden, damit wir groß werden und lernen und arbeiten, dann aber, wenn wir genug gelernt und unseren Teil abgearbeitet haben, dorthin zurückkehren, wo wir wirklich zu Hause sind und wohin man auf einer Rutschbahn kommt, auf einer großen Rutschbahn, auf der jetzt Uropa Aleksandar fährt, und am Ende der Rutschbahn warten schon Uroma Jana und fünfundneunzig graublaue Hündchen, in Nananinana können die Tiere sprechen, ich würde ihm erklären, dass es dort keine Unterschiede zwischen Menschen und Tieren und

Pflanzen gibt, dort sind wir alle gleich und spielen zusammen in einer großen Sandkiste, die so groß ist wie das Meer. Ich würde ihm sagen, dass auch er auf der Rutsche nach Nananinana gelangen wird, wenn er alt ist, so alt, wie Urgroßvater Aleksandar gewesen ist, und dass ihn dann seine Mama und ich am Ende der Rutsche erwarten und dass auch sein Teddy Butzbutz da sein wird, der dann ein richtiger Bär sein wird, denn in Nananinana sprechen und singen und tanzen auch die Dinge, und dass wir Urgroßvater nach Nananinana schreiben, ihm Küsschen schicken und ihm sagen können, er soll Urgroßmutter grüßen.

Nichts von all dem konnte ich ihm in Gegenwart von Stanka sagen, die, wenn es sich um Leben und Tod handelte, nur die Märchen von Hölle und Himmel anerkannte, von allen anderen Märchen aber glaubte, dass sie sich über ihre Märchen nur lustig machten. Stanka war überzeugt, dass sich der Mensch keine Welten ausdenken darf, an die er nicht glaubt, selbst nicht mit der Ausrede, dass er dem Kind den Tod seines Urgroßvaters erklären möchte, weil dieses Kind dann denken wird, dass sie sich auch das, was in der Heiligen Schrift steht, nur ausgedacht haben, um traurige Menschen zu trösten, und dass auch die Geschichte von Jesus nur eine von vielen ausgedachten Geschichten ist. Das Leben nach dem Tod war für Stanka nun mal kein Kinderspiel.

Deshalb sagte ich zu Marko, als der Zeichentrickfilm zu Ende war, er solle seine Sachen nehmen, weil wir sofort nach Haus müssten, aber er legte sich nur zu mir und legte seinen Kopf in meinen Schoß. Mit seinen drei Jahren wusste er schon, dass man Erwachsene leicht manipulieren konnte, und wäre es irgendein anderer Tag gewesen, hätte er mich vermutlich dazu überredet, noch ein wenig bei Opa und Oma zu bleiben und noch einen Zeichentrickfilm anzusehen.

„Oma hat Mittagessen gekocht", sagte er.

„Ja, Jadran, wenn du hungrig bist, es ist wirklich genug da", meldete sich Stanka aus der Küche.

„Danke, aber wir müssen nach Haus. Komm, Marko. Gehen wir."

In diesem Moment war das Aufschließen der Tür zu hören. Miro hatte vermutlich mein Auto gesehen, das vorm Eingang geparkt war, und suchte mich schon an der Tür mit seinem mitfühlenden Blick.

„Jadran."

Mit der einen Hand ergriff er meine, mit der anderen tätschelte er mir die Schulter und streichelte meine Wange.

„Wie geht es deiner Mutter?"

„Sie hält sich."

„Wirklich? Stanka hat ihr ein Beileidstelegramm geschickt."

Miro und Stanka machten immer alles so, wie man es von ihnen erwartete. Stets hielten sie sich streng an ungeschriebene Regeln, die ich nicht kannte. Deshalb versetzte mich das, was sie taten, und auch das, was sie sagten, immer in leichte Traurigkeit, obwohl sich hinter allem stets eine gute Absicht verbarg. Und auch dieses Mal war es nur ihrer Rücksichtnahme zu verdanken, dass sie meine Mutter nicht angerufen und ihr ihr Beileid ausgesprochen, sondern ihr nur ein Telegramm geschickt hatten.

Ich ging hinter Marko her durch die Wohnung und wartete, dass er mich fragt, wo seine Mutter ist, aber statt einer Frage richtete er nur seine großen kleinen Augen auf mich und wartete, dass ich mir etwas ausdenke, was ihn trösten würde. Ich sah ihn, wie er mit seinen kurzen Schritten zu seinem Zimmer ging, und dachte, dass ich vielleicht zu gut weiß, wie es ist, verlassen zu sein, dass mich bei ihm und Anja nur die schmerzliche Erfahrung des Verrats hält, dass ich nur deshalb nicht der Versuchung erliege und weggehe, wie es Anja getan hat.

Der Name meiner Versuchung war Tadeja. Sie war eine ehemalige Freundin, eine Liebschaft aus der Grundschule, noch ein kleines Mädchen damals, heute eine Grafikdesignerin, die in mein Leben zurückgekehrt war, um meine Website neu zu gestalten, für die ich Vorhersagen von Basketballspielen schrieb, also Ratschläge für Wett-Maniacs gab, wie wir sie nannten.

Tadeja war es, die mich, als wir nach einer Besprechung auf einen Kaffee gingen und in unseren bald nach der Grundschule in unterschiedliche Richtungen gegangenen Lebensgeschichten die Lücken füllten, fragte, ob ich ein schlechtes Gewissen habe, weil ich das tue, was ich tue.

Sie wollte mich nur ein bisschen aufziehen, aber ich wich ihr nicht aus. Ich sagte, ich hätte gelernt, mit schlechtem Gewissen zu leben, und gab ihr die Frage zurück. Ob sie, eine akademisch gebildete Künstlerin, „Künstlerin" sagte ich mit besonderer Betonung, ein schlechtes Gewissen habe, weil sie die Internetseiten von Unternehmen gestalte, wie unseres eines ist. Jetzt zog ich sie auf und genoss es, ich ließ einem Spiel freien Lauf, dessen Regeln ich nicht kannte.

Tadeja begann mir von ihren Kindheitsträumen zu erzählen, von der Malerei und von dem Augenblick, wo sie erkannte, dass sie keine Künstlerin werden würde. Sich damit abfinden zu müssen habe einen kleinen Tod für sie bedeutet, sagte sie. Sie war ehrlich wie früher, und auch ich wollte ehrlich sein und erzählte ihr etwas, was ich noch niemandem erzählt hatte, auch Anja nicht. Ich erzählte ihr, wie ich mich damit zu trösten versuche, dass ich das alles wegen Marko tue, mir aber selbst nicht glaube, weil es nicht stimmt. Das tue ich nur deshalb, gestand ich ihr, weil es so einfach ist, weil es keine Enttäuschungen gibt. Ich hatte immer Angst vor Enttäuschungen und wich lieber zurück, bevor ich mir einzugestehen wagte, dass ich kein begabter Journalist oder Schriftsteller bin. Lieber war ich ein Konformist in den Augen der anderen als ein schwacher Schriftsteller in den eigenen.

Ich habe Angst vor Enttäuschungen, wiederholte ich noch einmal. *Überall, am meisten aber in der Liebe.*

Tadeja hörte mir mit immer größerem Interesse zu.

Deshalb habe ich dich in der Grundschule nie gefragt, ob du meine Freundin sein möchtest.

Ich versuchte das wie einen Scherz klingen zu lassen, aber es hörte sich nicht wie ein Scherz an. Sie wusste, dass ich die Wahrheit sage, und ich wusste, dass sie es weiß.

Es ist nicht einfach passiert. Ich ließ es zu, dass Tadeja und ich uns näherkamen. Ich hätte ihr auch nicht sagen müssen, was ich ihr gesagt habe, ich hätte ihr auch nicht vertrauen müssen, aber ich habe es. Bei Tadeja war ich am nächsten daran, mich meinem Wunsch zu überlassen und mich nicht mehr gegen mich selbst zu wehren. So nahe war ich, dass mich der Gedanke an sie noch immer erschreckte. Ich wusste, dass ich Anja jetzt am nächsten sein müsste. Jetzt, wo sie ohne Job war und wo sie mehr als je zuvor mein Verständnis und meine Nähe brauchte, erlaubte ich mir, mich zu entfernen. Ich ließ es zu, dass sich Anjas stille Trauer zwischen uns drängte.

Ich umschloss Markos kleine Finger mit meiner Faust. Wie nahe einer Trennung habe ich uns kommen lassen, dachte ich, und wieder würgte es mich, und ich umarmte ihn, aber er in seiner Unwissenheit riss sich aus meiner Umarmung los und lief in sein Zimmer. Ich hörte seine Schritte und sah ihn in Gedanken, wie er mitten im Zimmer stehen bleibt, wie er es wieder erforscht, als wäre das Zimmer die große weite Welt.

„Marko! Gehst du bitte deine Zähne putzen? Und den Pyjama anziehen?"

„Sofort?"

„Noch eher als sofort."

Das Wasser im Badezimmer lief, und ich sah ihn mit geschlossenen Augen, wie er sich auf die Zehen stellt und sich nach seiner Zahnbürste reckt. Und wie er zuerst seine Hände unter das Wasser hält und sich dann noch ein wenig vorbeugt, den Mund aufmacht und die Zunge herausstreckt und das Wasser berührt und wie er sich das Wasser über die Zunge laufen lässt, wie es ihm gefällt, wenn ihm das Wasser über das Gesicht fließt.

„Marko! Kannst du dich bitte nicht ganz nass machen? Jetzt putz dir mal die Zähne. Und zieh deinen Pyjama an."

„Wo ist er?"

„Unter dem Kopfkissen."

„Unter welchem Kopfkissen?"

„Unter dem daneben."

Zu hören waren das Rascheln des Kissens und Markos Kleidung und dann seine nackten Schritte, die zu mir liefen und immer näher und näher kamen, bis er sich auf mich warf.

„Was tust du hier? Geh ins Bett."

„Ich will hier schlafen."

„Wo? Auf mir?"

„Auf dir. Und Punkt."

„Von wegen Punkt."

„Punkt."

Also Punkt. Anja hatte so zu ihm gesagt, wenn er sie böse gemacht hatte, und er sagte es zu mir. Er legte seinen Kopf auf meine Brust, und wir beide blieben auf der Couch liegen.

Als ich die Augen aufmachte, war es schon halb zwei nachts. Marko und ich hatten fast drei Stunden auf der Couch geschlafen. Vorsichtig, um ihn nicht zu wecken, trug ich ihn in sein Zimmer und legte ihn ins Bett. Mit den Lippen berührte ich zärtlich sein Haar, das jetzt schon fast seine ganze Stirn bedeckte, dann kehrte ich ins Wohnzimmer zurück.

Irgendwo auf dem Weg aus Markos Zimmer verlief ich mich in eine andere Nacht, gerade eben war ich aus einem verrauchten Keller in der Trubarjeva zurückgekehrt, den Kopf voll mit Tadeja, es rauschte in meinen Ohren und klang nach, ich verspürte einen unstillbaren Alkoholdurst, verquirlte abgestandenes Bier im Mund und fühlte als brennendes Mal den Abdruck ihrer zärtlich angeschmiegten Wange auf dem Gesicht. Überall war ihr Lächeln, ein Lichtreflex, der sich in den Augen fing, ein Lächeln, das sich mir durch den Rauch näherte, das immer näher und näher kam, ich sehe es deutlich wie in einer Slow-Motion-Sequenz, obwohl ich weiß, dass alles schnell geschehen ist, und dann verliert es sich schon in der Unschärfe, und ich sehe ihre Hände, die mich berühren, ihr Kopf legt sich wie angegossen an meine Schulter, meinen Hals, mein Gesicht, ich fühle ihre glatten, warmen Wangen an meinen, wir sind aneinandergepresst und ich fühle, wie mich der Wunsch durchströmt, ich fühle ihn, wie er in mir wächst, von irgendwoher sich erhebt und überfließen möchte, wieder ist alles verlangsamt, wieder dauert alles, und noch immer sind wir umarmt, die Musik ist undeutlich, die Vokale zerdehnt, der Rauch steht in der Luft, alles steht, unsere Wangen kosen einander, es ist nichts, es ist nur eine Umarmung, aber es ist auch viel mehr, noch immer in mir bewahrt, im Sicheren, noch immer sind wir unschuldig, nur umarmt, aber dann, als würde etwas Brodelndes in mir über den Rand quellen, beginnt sich mein Kopf zu ihrem umzudrehen, wandern meine Lippen zu ihrem Gesicht, sie möchten sie küssen, sie möchten sich an ihre warmen Wangen schmiegen, eine Spur hinterlassen, ich möchte den Kopf zurückdrehen, aber ich kann nicht, weil es nur Erinnerung ist und ich ohnmächtig bin, in der Erinnerung herrschen vergangene Wünsche, und wieder führen und tragen meine Lippen das Spiel, sie schürzen und öffnen und nähern sich ihrem Gesicht, denn es ist nur das Gesicht, das Gesicht ist erlaubtes Terrain, ein Kuss auf die Wange hat nichts zu sagen, und meine Gedanken werden unerhört bleiben, meine Wünsche werden noch immer nur meine sein, es wurde getrunken an diesem Abend, es wurde zu viel getrunken, sage ich mir jetzt, aber die Erinnerung lügt nicht, die Erinnerung weiß, sie erinnert die Berührung meiner Lippen und ihrer Wangen, sie erinnert die Begegnung mit dem Mundwinkel ihres Lächelns, lang ist dieser Augenblick, endlos, plötzlich wiegt es mich in ihr Lachgrübchen hinein, ich wiege mich, als läge ich mittendrin, versunken in Seligkeit, es ist nicht recht, sage ich mir, ich dürfte nicht auf ihren Wangen liegen, ich müsste rasch, nein, sofort die Lippen wegnehmen, aber es ist nur eine Erinnerung, und die Erinnerung lügt nicht, jetzt ist sie stehen geblieben, und ich sehe mich, wie ich sie küsse und wie sich etwas aus mir erhebt und ergießt und dann fließt, unaufhaltsam hinausfließt, aber noch sieht es niemand, nur ich sehe es, der ich meine Erinnerung sehe und den Blick nicht abkehren kann, alles spielt sich vor mir und in mir ab, und wieder fühle ich, wie ich brodle, als würde ihre Wange meine Lippen küssen, und ich weiß, was folgt, ich möchte den Blick losreißen, ich möchte dieses Spiel der Erinnerung abbrechen, ich möchte schon Angehaltenes anhalten, die Bilder löschen, ihnen die Farbe nehmen, sie bleichen, schärfen, zersprühen, aber das Gegenteil passiert, alles wird deutlicher, denn die Erinnerung lügt nicht, die Erinnerung spielt mit mir, der ich mich hinter den geschlossenen Augen verstecke wie ein Kind hinter seinen kleinen Fingern, ich sehe alles, ich habe alles vor Augen, ich sehe ihren Kopf, der sich umdreht, ihr Lächeln kommt näher, meine Lippen sind nicht mehr an seinem äußersten Rand, sondern sie berühren fast schon ihre, ihr Atem kost sie jetzt, und meine Lippen flüchten vor ihren oder versuchen sie zu fangen, jetzt tue ich so, als wüsste ich es nicht, ihre Lippen wandern zu meinen oder wandern zu meinen Wangen, zu nahe sind wir uns, jetzt weiß ich das, viel zu nahe, aber die Erinnerung misst die Nähe anders, die Erinnerung ist dem Begehren untergeordnet und weiß deshalb, dass ich mir an diesem Abend gewünscht habe, noch näher zu kommen, und weiß, dass auch sie nicht zurückgewichen ist, dass die Nähe nicht zufällig war, unsere Lippen haben sich gestreift, vielleicht war es nicht wirklich ein Kuss, aber sie haben sich berührt, haben sich verfehlt, und das war stärker als ein Kuss, es war unausgelebt, und jetzt lebt der Wunsch in der Erinnerung, die mit mir spielt, die mich zurückbringt, und wieder gehen ihre Lippen über meine, und das ist nicht nur Ungeschicklichkeit, nicht nur Trunkenheit, die Erinnerung weiß das, und ich weiß das, ich habe mich eingelassen, ich weiß, dass es nicht nur Zufall war, dass es mehr war als nur eine zufällige Berührung, ich tue so, als wäre es nichts, als wäre nichts geschehen, aber es war etwas, etwas Großes, Riesiges, es war der Wunsch nach einem Kuss, beiderseits, vielleicht hat es sogar ausgesehen wie ein Kuss, von weitem, durch den Rauch, allzu nahe sind mir ihre Augen gekommen, ich hätte diesen Blick nicht erwidern dürfen, sie hätten mich nicht von so nahem ansehen dürfen, das weiß ich jetzt, aber die Erinnerung weiß es nicht, in ihren Augen hat sich mein Wunsch gespiegelt, und ihrer hat sich in meinen gespiegelt, unverhohlen, unverstellt, wir waren nackt, jetzt in der Erinnerung steht alles und jetzt sieht man alles, diesen Augenblick unserer Nacktheit, unser entblößter beiderseitiger Wunsch nach uns, jetzt habe ich wieder Angst, wieder weiß ich nicht, wie ich ihm entkommen kann, vor diesem Wunsch bin ich erschrocken, ich hatte Angst, dass er nie vergeht, davor hatte ich Angst, ich stöhnte und zitterte in dieser Nacht, als ich nach Hause kam, eine so normale Nacht war es, nur ich und mein Wunsch waren anders, der Wunsch, den ich nicht gewünscht hatte, der Wunsch, der von mir Besitz ergriffen hatte, die Erinnerung weckte meine Ängste erneut, und kalter Schweiß rann über meinen Körper, ein Kuss, der keiner war, oder doch einer war, ich weiß es nicht, mich durchsticht ihr Blick, der Wunsch in ihm, der meinem antwortete, ihn bestätigte, es gab kein Zurückweisen, sie hatte meinen Wunsch erkannt, weil er nicht erfunden war, mein Wunsch ist aus mir gekommen und hat sich mit ihrem getroffen, dann habe ich sie an mich gedrückt, so sagt die Erinnerung, um unser beider Wünsche in der Umarmung zu verbergen, und die Nacht ging weiter, setzte sich fort, der Rauch bewegte sich in der stickigen Kellerluft wieder, die Menschen bewegten sich wieder, die Nähe der Körper war nicht mehr da, aber es blieb dieser andere, gefährlichere, es blieb dieser Wunsch nach ihr, in jener Nacht, als ich nach Hause kam, öffnete ich die Schlafzimmertür und sah Anja, die auf ihrer Seite unseres Bettes schlief, und noch immer sah ich Tadejas

Lächeln, eine doppelte Exposition, alles vermischte sich, ich sah Anja, und ich wollte das Begehren nach ihr verspüren, wollte das andere, verbotene Begehren verdrängen, ich zog meine Anja aus, ich wollte sie an der nackten Haut packen, ihr die Hand zwischen die Beine pressen, ich wollte, dass mich der Gedanke an die nackte Anja entflammte, ein verdorbener Gedanke, ich drehte sie auf den Bauch und besah sie von hinten, lüstern, vulgär, aber das Bild wollte sich noch nicht klären, die Erinnerung war noch immer lebendig, der Wunsch nach Tadeja widersetzte sich und schlug durch meine Lüsternheit hindurch, ich legte mich neben Anja und spürte ihren Geruch, ich legte meinen Arm zärtlich über ihren schlafenden Körper, ich weckte in mir unsere gemeinsamen Erinnerungen, unsere unschuldigen Ausschweifungen, ich fuhr in Gedanken zwischen ihre Beine, ich öffnete und leckte ihre Schamlippen und sah ihren Kopf zwischen meinen Beinen, ihr lüsternes Lächeln, alles nur, um die Erinnerung zu vertreiben, den Wunsch zu vertreiben, den ich nicht gewünscht hatte, um ihn mit Anja zu überwinden, mit dem Begehren nach Anja, nach der Mutter meines Kindes, mit einem sündenlosen Wunsch, wie unfrei, wie unendlich unfrei habe ich mich gefühlt, nie so, wie gefangen, wie ohnmächtig, wie schwächlich, wie pathetisch, wie armselig, als ich ihr die Hand zwischen die Beine schob, neben der schlafenden Anja, alles das ist für uns, alles das geschieht in guter Absicht, es ist nicht falsch, alles ist nur deshalb, damit ich Tadejas Lächeln vertreibe und die Berührung unserer Lippen und ihren Blick, der um meinen Wunsch weiß, ich habe mich nicht in sie verliebt, ich will nicht in sie verliebt sein, ich verbiete mir, mich in sie zu verlieben, ich möchte sie aus mir vertreiben, aber die Erinnerung lügt nicht, die Erinnerung weiß und ist da, und deshalb sind wir wieder im Zug, nachts, wir sind allein im Abteil, deshalb ziehst du mir wieder den Reißverschluss auf, deshalb zittere ich wieder vor Erregung, deshalb nimmst du mich wieder in die Hände und senkst den Kopf über mich und umfängst mich mit deinen heißen, feuchten Lippen, deshalb sind wir wieder dort, dass mich diese Bilder ganz umfangen, dass sie alle anderen Bilder überdecken, deshalb, deshalb sind wir wieder in deinem Auto, in deinem roten Peugeot, und ich sitze auf dem Rücksitz und du sitzt auf mir und wiegst dich, vor, zurück, vor, zurück, alles sehe ich so deutlich, und es wird noch deutlicher, vor, zurück, vor, zurück, da ist kein anderes Lächeln, da ist kein anderer Blick, da sind nur wir zwei in deinem roten Peugeot, an unserem geheimen Ort, noch jung, noch unstillbar, noch verliebt, vor, zurück, wieder fühle ich diesen Wunsch nach deinem Körper, der ungeduldig dein schwarzes Höschen herunterzieht, der gierig in dich eindringt, ohne Gespür für deinen gesträubten Körper, vor, zurück, ich ergieße mich, ergieße mich neben dir, die du schläfst, ergieße mich auf unser beider Erinnerungen, ich habe gesiegt, für uns beide habe ich gesiegt, wir beide waren stärker, wir beide haben uns über die Erinnerung ergossen, die nicht lügt, über die Erinnerung, die weiß, wir zwei haben sie mit unser beider Bilder zugedeckt, mit unser beider Erinnerungen, die auch nicht lügen, und dann weine ich, Anja, neben dir, die du schläfst, weil ich ohnmächtig bin, so unfrei fühle ich mich, dass es mich direkt abtötet, ich balle die Fäuste und ziehe das Laken unter mich, ich weine leise, stöhne lautlos, denn ich will dich nicht wecken, weil du früh aufstehst, Marko ist noch klein, er ist noch ein Säugling, er weint in der Früh, nicht so wie ich, der ich jetzt weine und den du nicht hörst, der ich weine, weil ich Angst habe, weil ich nicht weiß, ob ich meinen verbotenen Wunsch unterdrücken kann, ihn für immer aus mir ausgießen kann, oder wird er einmal die Oberhand gewinnen, mich von dir wegziehen, was ich nicht will, ich will nicht weg von dir, und ich will nicht weg von Marko, ich weiß, wie es ist, verlassen zu sein, aber der Wunsch ist stark, der Wunsch ist vielleicht stärker als ich, wir haben uns mit den Lippen berührt, ich habe den Mundwinkel ihres Lächelns geküsst, sie hat meinen Wunsch in den Augen erkannt und sich gefreut, ich weiß nicht, ob ich diesen Wunsch unterdrücken kann, ob ich stark genug sein werde, deshalb weine ich, weil ich Angst habe, weil ich Todesangst habe, noch nie im Leben habe ich solche Angst gehabt, und noch nie im Leben bin ich so unfrei gewesen, so gefangen, ich möchte schreien, ich möchte flüchten, ich möchte alles zerschlagen, alles möchte ich, aber du schläfst und Marko schläft und ich darf euch nicht wecken, ihr dürft mich so nicht sehen, ihr dürft meine Angst nicht sehen, denn ihr werdet nach ihr fragen wollen, ich muss mich überwinden, ich muss, ich muss, ich muss, ich muss, für dich, Anja, und für Marko, denn euch habe ich lieb, ich habe euch lieb, ich liebe dich und ich liebe ihn, alles seid ihr mir auf dieser Welt, deshalb muss ich mich überwinden, sie und ihr Lächeln überwinden, das sich mir nähert, verlangsamt, ich muss die Erinnerung überwinden, sie zerschlagen, dass sie nicht mehr lebendig ist, dass nur noch Bilder bleiben, die mich nicht gewaltsam dorthin zurückbringen, dass ich sie nicht mehr lebe, ich brauche Zeit, ich brauche nur Zeit, Anja, ich darf sie nicht mehr sehen, ich darf keine neuen Erinnerungen schaffen, alles kommt in Ordnung, ich verspreche es, ich verspreche es dir und Marko, ich werde ihr keine Nähe mehr erlauben und dass mich ihr Atem an den Mundwinkeln kitzelt, alles kommt in Ordnung, alles kommt in Ordnung, Anja, schlaf du nur, schlaf ruhig, ich werde meinen Teil abweinen und werde einschlafen, und morgen wird es schon leichter, morgen werde ich dich stark an mich pressen und werde auch Marko an mich pressen, nur diese Nacht muss ich überstehen, denn es wird schon Tag, bald wird mich der Schlaf übermannen, ich weiß, dass er es tun wird, der Schlaf wird mich übermannen und wird auch die Erinnerung übermannen, die nicht lügt, alles wird einschlafen, und sie wird einschlafen in mir und wird nicht mehr erwachen, ich verspreche es, Marko, dir und mir selbst verspreche ich es, denn wir müssen zusammenbleiben, denn wir sind wir, denn ich weiß, wie es ist, verlassen zu sein, auch jetzt weiß ich das, wo ich mich nur an die Erinnerung erinnere, die nicht lügt, wenn ich mich nur an die Nacht erinnere und weiß, dass schon zwei Jahre seit damals vergangen sind und dass der Wunsch überwunden ist, dass er nicht mehr in mir ist, dass die Erinnerung, die nicht lügt, nicht mehr lebt, dass es nur noch tote Bilder sind, so wie ich es mir gewünscht habe, aber heute Nacht liegst du nicht neben mir, Anja, auf deiner Seite des Bettes, heute Nacht bist du woanders, und mich verfolgen wieder die Wünsche, verbotene Wünsche nach Flucht, nach Freiheit, nach Grenzenlosigkeit, wieder brauche ich dich, um mich zu überwinden, um in mir das zu unterdrücken, was uns bedroht, um meine Ängste einzuschläfern, aber du bist nicht da, und ich habe Angst, weil ich nicht weiß, was dich weggetrieben hat, was das in dir ist, was uns bedroht, vor dir habe ich Angst, weil ich dich nicht kenne, so wie ich mich kenne, ich kenne deine Erinnerungen nicht, die nicht lügen, ich kenne deine verbotenen Wünsche nicht, ich weiß nicht, ob du diesen Augenblick in dir überwindest oder ob dieser Augenblick dich überwindet, ich habe Angst, weil ich weiß, dass es schwer ist, einen verbotenen Wunsch zu unterdrücken, schwer ist, ihn niederzuschlagen, und ich frage mich, ob du dich ihm vielleicht schon hingegeben hast oder ob du noch immer kämpfst, für uns beide, für Marko, für uns alle, ob du noch immer kämpfst, allein, irgendwo. Ich liebe dich, und ich habe Angst, Anja.

IV

1.

Es war das Jahr 1975. Obwohl an der Tür stand *Nicht klopfen*, klopfte er, öffnete und sagte, sein Onkel habe mit Genossen Mahnič vereinbart, dass er ihn sofort empfangen werde. Sie fragte *Und wer ist Ihr Onkel?*, worauf er sie mit leicht verwundertem Blick maß, in der Absicht, ihr auf diese Weise zu sagen, dass sie das gefälligst zu wissen habe, wenn sie schon bei Genossen Mahnič arbeitet. *Stane Dolanc*, geruhte er dann doch hinzuzusetzen, aber damit entlockte er ihr nur ein spontanes lautes Lachen, obwohl es bei der Erwähnung dieses Namens nicht empfehlenswert war, auch nur zu lächeln. *Sie machen hier vermutlich Ihr Praktikum*, sagte er, worauf sie, noch immer lachend, nickte. *Und dass Stane mein Onkel ist, kommt Ihnen komisch vor?*, fragte er sie, jetzt schon die Strenge des Sekretärs des Vollzugsbüros des Parteipräsidiums nachahmend. *Sie sind komisch*, gab sie ihm spitz zur Antwort, *wenn Sie meinen, Sie könnten sich mit solchem bosnischen Schmäh vordrängeln.* So gut er konnte, spielte er jetzt den Entsetzten. *Was heißt hier bosnischer Schmäh, Genossin! Wie heißen Sie?* Der Neffe des Sekretärs des Vollzugsbüros wurde noch strenger als sein Onkel. *Ich heiße Vesna*, sagte sie. *Vesna Benedejčič.* Trotz aller dämonischen Entschlossenheit, mit der er sie ausgesprochen hatte, zeigten seine Worte bei ihr überhaupt keine Wirkung, deshalb trat er entschlossen an ihren Tisch und ergriff den Telefonhörer. Jetzt wurde es ernst. *Vesna also. Ich kann auch meinen Onkel anrufen, und der wird dann den Genossen Mahnič anrufen, und Sie können sich mit ihm über bosnischen Schmäh unterhalten, Genossin Benedejčič.* Er machte eine dramatische Pause, wie er es die Schauspieler im Film hatte machen sehen. *Oder Sie lassen mich jetzt sofort durch, und wir werden alles zusammen vergessen.* Er glaubte, dass es ihm jetzt doch gelungen sei, sie vom Ernst der entstandenen Lage zu überzeugen, aber sie gab ihm mit der ruhigsten Stimme von der Welt zurück: *Meine Mutter ist eine Cousine zweiten Grades von Genossen Dolanc, und ich weiß sehr gut, dass er keine Neffen hat, und schon überhaupt nicht solche, die mit bosnischem Akzent sprechen, Genosse.* Jetzt machte sie eine filmreife Pause. *Wie haben Sie noch gesagt, ist Ihr Name?* Sie sahen sich an und maßen sich, der Neffe von Stane Dolanc, und sie, die Tochter seiner Cousine zweiten Grades. Schwer zu sagen, wer dieses Spiel mehr genoss. *Mein Name ist Safet, Genossin Vesna, und es ist mir eine unermessliche Freude, mit einer solchen Schönheit verwandt zu sein,* sagte er und streckte ihr die Hand hin, die sie, ungnädig den Kopf schüttelnd, aber nicht annahm. Auch das war im Stil der Filmstars jener Zeit. Dann betrat Genosse Mahnič das Sekretariat, streifte Safet und Vesna mit einem Blick und fragte, ob der Genosse als Nächster dran sei. Aber noch bevor Safet hätte antworten können, erklärte Vesna, dass der Genosse irrtümlich gekommen sei, da er nicht gewusst habe, dass sie keine Menschen mit Beschädigungen vitaler Organe einstellen. Genosse Mahnič hielt bei der Erwähnung der vitalen Organe inne und maß Safet mit einem scharfen Blick. Er verstand nicht recht, worum es ging, aber es klang wie eines von den Dingen, bei denen man aus Höflichkeit nicht nach Einzelheiten fragt, deshalb nickte er nur und trug seiner jungen Sekretärin auf, ihm den nächsten Kandidaten zu schicken. Vesna ließ einen erschrockenen blondhaarigen Burschen vor, der sich, bevor er das Büro des Genossen Mahnič betrat, die Schweißhände an der Hose abwischte. Als sich die Tür hinter ihm geschlossen hatte, sagte Safet: *Sich als Tochter einer Cousine von Genossen Dolanc auszugeben ist ein ernstes Vergehen, Genossin Vesna,* und sie gab ihm zurück: *In einer Welt, in der Sie sein Neffe sind, wird mir das leicht verziehen werden.* Safet merkte allmählich, dass er an diesem Tag auf seinem Weg ins Büro des Genossen Mahnič nicht an ihr vorbeikommen würde, selbst wenn er Stane Dolanc persönlich wäre, und dass die Schlacht verloren war, aber jetzt war er mehr als an dem Posten eines Baustellennachtwächters an ihr interessiert, an der Genossin Vesna Benedejčič, der Tochter der Cousine zweiten Grades des Zweiten Mannes der Kommunistischen Partei. Jetzt, wo er Zeit hatte, sie besser in Augenschein zu nehmen, schien sie ihm mindestens doppelt so viel wert wie ein solides Monatsgehalt, wegen dem er gekommen war. *Wenn Sie die Tochter der Cousine zweiten Grades meines Onkels sind, sind wir doch wohl keine nahen Verwandten? Ich meine, wenn ich Sie zum Abendessen einlüde, wäre das nicht inzestuös?* Er hatte die Karten auf den Tisch gelegt, in der Meinung, sie damit entwaffnet zu haben, aber Vesna, als stünde ihre Antwort schon von vornherein fest, gab ihm unbeeindruckt zurück: *Dieses Abendessen wird aber Ihr Onkel genehmigen müssen, Genosse Safet.* Deutlicher jemandem sagen, er solle sich vom Acker machen, konnte man in jenen Zeiten vermutlich nicht, aber Safet wäre nicht Safet gewesen, hätte er ihre Antwort nicht als Einladung verstanden. Für ihn war das Leben ohnehin nur ein Aufdröseln von rettungslos Verheddertem. Und die Liebe umso mehr.

Wenn Genosse Dolanc bestätigt, dass sein Neffe und die Tochter seiner Cousine zweiten Grades gemeinsam zu Abend essen dürfen, werden Sie dann einwilligen?, fragte er sie.

Wenn Genosse Dolanc das bestätigt, können Sie mich auch nach Dubrovnik entführen, gab sie ihm zur Antwort.

Es war das Jahr 1984. Safet war es gerade noch gelungen, sich aus dem R4 bis zum Taxi zu schleppen, aber dann setzten ihm der Alkohol und die Müdigkeit schon so zu, dass er zu dem Taxifahrer Zdenko, klein, untersetzt, aus dem Zagorje, kaum noch aufsehen konnte, bevor sein Kopf ganz zur Seite fiel und er wie erschlagen auf dem Beifahrersitz einschlief. Zdenko hörte sich einige Minuten lang Safets Schnarchen an und wartete geduldig, dass er aufwachen und ihm anvertrauen würde, wohin er gefahren werden wolle, fasste dann aber doch Mut und tippte ihn vorsichtig an die Schulter. Aber Safet schlief so tief, dass er ihn in einem Küchenmixer hätte durchrühren können, ohne dass ihn das aufgeweckt hätte. Zdenko, der kein Mann grober Zugriffe war, blieb nichts anderes übrig, als vorsichtig in Safets innere Rocktasche zu greifen, seine Geldbörse herauszuziehen und auf dem Personalausweis nach Safets Wohnadresse zu sehen.

Noch einmal fasste Zdenko an Safets Schulter und prüfte für alle Fälle die Tiefe seines Schlafs, dann entnahm er der Geldbörse noch ein paar Dinar, die seiner Meinung nach für die Fahrt von Rožna dolina bis Polje genügten.

Ein ehrlicher Mensch war dieser Zdenko Bajuk, der das Radio ausgeschaltet hatte, den schlafenden Safet nach Hause fuhr und überlegte, was zu machen wäre, wenn sein Fahrgast bis Polje nicht aufwachen sollte. Als Safet in Moste, gleich hinter dem Eisenbahnübergang, die Augen öffnete, atmete Zdenko auf.

Wir sind gleich da, sagte er beruhigt.

Aber Safet begann sich nervös umzusehen, und als er vor sich die Markthalle von Moste erkannte und auf der rechten Seite den geschlossenen Kiosk der Blumenhändlerin Eli, gab er ein so langes und lautes *Jaooooo* von sich, dass Zdenko voller Panik auf die Bremse trat und seinen R18 mitten auf der Fahrbahn zum Stehen brachte.

Ich kann nicht mit leeren Händen nach Hause, Blödmann! Heute ist mein fünfter Hochzeitstag, brüllte der verzweifelte Safet. *Ich brauche Blumen. Einen Strauß.*

Es war halb vier Uhr morgens. In Ljubljana hatten nur die Polizeiwachen, das Unfallkrankenhaus und die Bahnhofsreste geöffnet.

Wir können nach Žale. Das ist der einzige Ort, wo es Blumen gibt ... jetzt.

Toten nimmt man nicht einmal was vom Sparbuch, geschweige denn vom Grab! Und außerdem, ich und du, wir suchen Tulpen! Weiße! Die mag sie am liebsten.

Zdenko wusste nicht nur nicht, wo sie in Ljubljana um halb vier Uhr morgens Tulpen herkriegen sollten, Tulpen hatte er sein Lebtag noch nicht gesehen, aber Safet hatte schon einen fertigen Plan.

Pass auf. Alles der Reihe nach. Zuerst versuchen wir es bei Popit, dann bei Ribičič, und dann bei Dolanc.

Zdenko verstand auch nicht annähernd, wovon Safet sprach. Bei der Erwähnung der prominenten Namen wurde ihm nur klar, dass er Safets Geldbörse zu wenig für das entnommen hatte, was ihn erwartete.

Du stehst Wache, und ich pflücke die Blumen, okay?

Diesem betrunkenen Liebhaber, einen Kopf größer als er, wagte Zdenko nicht zu widersprechen, und so kreuzten Safet und Zdenko bald durch Ljubljana und suchten weiße Tulpen, die nach Safets Überzeugung in den gepflegten Gärten der alten Bürgervillen wuchsen, in denen die kommunistische Aristokratie lebt.

Als Zdenko, vor überstandener Angst noch kleiner geworden, Safet vor seinem Wohnblock an der Rjava cesta absetzte, war es bereits am Tagen. Safet entstieg dem Renault 18 mit einem Armvoll wunderschöner weißer Tulpen.

Ich habe für dich den Parteiausschluss riskiert, sagte der stolze Safet zu seiner Frau Vesna, als er sie ihr überreichte.

Du bist nicht in der Partei, Idiot, gab sie zurück.

Gut, vielleicht nicht gerade den Parteiausschluss, aber den Tod durch Erhängen sicherlich. Vesna nahm Safet die Tulpen aus der Hand und warf sie auf den Boden.

Erstens, unser Hochzeitstag ist erst in drei Wochen, und zweitens, in zwei Stunden müssen wir im Büro von Jožica Jamnik sein.

Sie wartete einen Moment, bis ihre Worte glücklich bis an Safets betrunkenen Kopf gelangt waren.

Nüchtern!

Vesna marschierte über die Tulpen hinweg direkt ins Schlafzimmer. Safet wurde langsam klar, dass das große Ereignis, an das er sich erinnert hatte, als er den Kiosk der Blumenhändlerin Eli vor sich sah, nicht ihr fünfter Hochzeitstag war, sondern eine Unterredung bei Jožica Jamnik. Irgendwo im Kopf hatte er ihretwegen den heutigen Tag mit dicken Lettern eingetragen, den 7. April.

Die Unterredung bei Jožica Jamnik war nämlich ein noch größeres Ereignis als der Hochzeitstag, denn von ihr hing es ab, ob der Familie Dizdar eine Wohnung in Fužine bewilligt würde, die Vesnas Firma, der Bauriese SCT, ihren Angestellten in der neu entstehenden sozialistischen Siedlung zuteilte, die die größte Siedlung in Ljubljana sein würde, eine Stadt in der Stadt.

Die Chancen dafür waren zwar miserabel. Ein wenig deshalb, weil bei der Wohnungszuteilung Familien mit zwei oder mehr Kindern Vorzug genossen, ein wenig aber auch deshalb, weil sich die Reihenfolge der Berechtigten nach den ungeschriebenen Regeln der jugoslawischen Bürokratie gestaltete, wonach sich jeder jedem vordrängeln konnte, wenn er nur die richtigen Leute kannte.

Deshalb hatte Vesna diesen Besuch bei Jožica Jamnik, der Referentin für Wohnungsfragen, schon vor längerer Zeit verabredet, in der Hoffnung, sie zusammen mit Safet für sich einnehmen und mit ihrer Hilfe endlich das Untermieterdasein abschütteln zu können.

Vesnas Hoffnungen und Ängste kehrten jetzt in den betrunkenen Kopf Safets zurück. Im Vorzimmer der stickigen, knarrenden Wohnung an der Rjava cesta hielt er den schönsten Strauß weißer Tulpen in den Händen, den es jemals gegeben hatte, und verfluchte leise seine Unbedachtheit. Es war nicht das erste Mal, dass er Scheiße gebaut hatte, aber jetzt hatte er nicht nur sich selbst, sondern auch seine Frau und seinen fünfjährigen Sohn hineingeritten.

In Schuhen marschierte er in das größere der beiden Zimmer und setzte sich neben meinem Bett auf den Boden. Er verbarg sein Gesicht hinter den Tulpen, aber ich spürte sofort seine Unruhe. Leise sagte er: *Alles kommt in Ordnung, alles kommt in Ordnung, mein kleiner Liebling,* und streichelte mich, aber sowohl seine Hände wie auch seine Stimme zitterten. Er streichelte mich, bis er sich getröstet hatte und sein Atem ruhiger ging. Bald darauf sank sein Kopf kraftlos an den Bettrand, und die Tulpen fielen ihm aus dem Arm.

Am Morgen weckte mich ein Lärmen im Badezimmer, wie es gewöhnlich zu hören war, wenn meine Mutter es eilig hatte, zum Dienst zu kommen und ihre Haarnadeln oder die Wimperntusche nicht finden konnte. Die Dinge fielen auf den Boden und rollten über die Fliesen. Dann hörte ich Mutters Schritte und das Öffnen der Tür.

Wenn du Aspirin suchst, die sind alle.

Ich suche nichts.

Safet ging ins Handtuch gehüllt in die Küche und begann die Schränke zu öffnen.

Cedevit gibt es auch keines.

Mutters Stimme war schneidend, wie dann, wenn sie mich schlafen schickte.

Ich will gar kein Cedevit, antwortete Safet und ging zurück ins Bad. Bald war ein starker Wasserstrahl zu hören.

Mutter blieb vor der angelehnten Tür stehen.

Wenn du mir noch einmal sagst, dass dir der Kopf wehtut, tut er dir gleich wirklich weh!

Als Antwort war unter der Dusche Safets Gesang zu hören.

Schöne Frau'n, die durch die Straßen geeehn und mich am Eck nicht stehen seeehn …

Als ich mich angezogen hatte, kontrollierte Mutter, ob der Kragen meines Pullis nach innen eingeschlagen oder ob eines der Hosenbeine im Strumpf steckte, dann machte sie die Wohnungstür auf und schob mich hinaus, damit sie sich in Ruhe anziehen konnte. Endlich kam Safet aus dem Bad, sah Mama an und zwinkerte ihr zu.

Wenn ich Jožica so zuzwinkere, wird sie uns drei Wohnungen geben!

Pass du nur auf, dass du ihr das Büro nicht vollkotzt, sagte Mutter und ging zur Tür.

Warte!, brüllte Safet.

Durch die offene Tür hallte seine Stimme durchs Treppenhaus, Mutter schloss sie instinktiv und ließ mich draußen allein.

Was ist das?

Das sind Zwillinge!

Was für Zwillinge?

Sogar einem Fünfjährigen, der sie durch die geschlossene Tür hörte, war klar, dass Mutter die Geduld verloren hatte. Dann war wieder alles still, und ich bekam es mit der Angst. Ich verstand nicht, von was für Zwillingen die Rede war, aber ich war schon alt genug, um eine eintretende Stille zu erkennen, eine Stille, die nach dem Ende von Worten eintritt. Ich hatte Angst, dass die Tür nie wieder aufgehen würde, aber ich hatte auch Angst anzuklopfen, einzudringen in diese lautlose Spannung. Ich hatte Angst, einen elektrischen Schlag zu kriegen, wenn ich die Tür auch nur anfasste.

Mutter kam mit meinem Kopfkissen in den Händen heraus und lief die Treppe hinunter. Sie sagte nur *Wir kommen zu spät!,* und schon war sie weg. Safet zog inzwischen mit der einen Hand die Tür zu, mit der anderen sich die Schuhe an. Jetzt hatte auch er es eilig.

Ein knappe Stunde später marschierte die junge glückliche Familie Dizdar ins Büro von Jožica Jamnik. Safet hielt Mutter und mir die Tür auf, dann schob er ihr einen Stuhl hin, damit sie sich hinsetzen konnte. Sie schleifte die Füße über den Boden, und als sie sich vorsichtig auf den Sitz niederließ, stöhnte sie abgerissen. Als sie es sich endlich bequem gemacht hatte, holte sie voll Erleichterung tief Luft. Dann legte sie die Hand auf ihren Bauch und sah Jožica an.

Achter Monat.

Ich setzte mich neben Mutter, lehnte meinen Kopf an ihren Bauch und wartete, dass Jožica Jamnik mich ansah.

Sie strampeln, sagte ich.

Sie strampeln, wiederholte sie überrascht.

Safet nickte stolz.

Sie strampeln, ja. Ein Schuss, zwei Hasen. Ein Junge und ein Mädchen.

Auch ich verspürte Stolz. Meine Aufgabe war erfolgreich erfüllt.

Schön, sagte die gerührte Jožica und begann in den Papieren auf ihrem ungeordneten Schreibtisch zu suchen. Bald gab sie verzweifelt auf.

Aber im Wesentlichen ist ja alles klar, wenn Sie bald zu fünft sein werden, nicht wahr?

Wir nickten.

Ich brauche nur eine ärztliche Bestätigung.

Was für eine Bestätigung?, fragte Safet.

Eine Bestätigung, dass Ihre Frau schwanger ist, damit ich Ihnen die Wohnung noch vor Geburt der Kinder zuteilen kann.

Nur das?

Nur das.

Mutter drehte sich zu Safet um. Und Safet war Safet.

Kein Problem. Morgen früh bringe ich sie Ihnen. Für jedes Kind eine, wenn nötig. Und Bilder brauchen Sie auch?

Jožica verstand nicht.

Jetzt gibt es ganz neue Apparate, Ultraschall oder so, die fotografieren die Kinder im Bauch.

Jožica hatte noch nie von Ultraschall gehört und konnte sich nicht vorstellen, wie man ein Kind im Bauch fotografieren kann.

Nein, nein, die Bescheinigung genügt, würgte sie hervor und erlöste uns von den Qualen.

Safet reichte ihr die Hand, und ich half Mutter aufzustehen.

Sag der Dame Auf Wiedersehen, Jadran, sagte sie zu mir.

Auf Wiedersehen, gnädige Frau, sagte ich, und Jožica lächelte mir hold zu.

Den langen Gang hinunter bewegten wir uns langsam auf den Ausgang zu. Mutter imitierte noch immer den Gang einer Schwangeren und stützte ihren Bauch mit der Hand. Erst als wir zum Parkplatz kamen, nahm sie sie weg.

Und brauchen Sie auch Bilder? Bist du verrückt geworden? Ultraschall? Was für Ultraschall, du Blödian, du blöder!?!

Mutter zog das Kissen unter ihrer Bluse hervor und warf es wütend auf den Boden.

Wo willst du Ultraschallbilder herkriegen? Von Zwillingen? Wo? Wo willst du sie herkriegen, du Idiot?

Ihr Gesicht lief immer mehr rot an, aber Safet blieb ruhig, als wäre er in einem anderen Film.

Vielleicht gibt es welche in der Trafik.

Jean-Paul Belmondo. Mutter sagte immer, Safet habe Ähnlichkeit mit Jean-Paul Belmondo. Aber nie war er ihm so ähnlich gewesen wie in dem Augenblick, als er diese Worte sagte.

Es war das Jahr 1990. Die Zweieinhalbzimmerwohnung am Marinkov trg stand voller lederner Reisetaschen und Plastiktüten und wartete auf Safet, der zu Dane gegangen war, um sich dessen Golf auszuleihen. Für die Fahrt nach Lošinj war unser R4 zu unzuverlässig. Mir tat es um den alten R4 leid, und ich fand es ungerecht, ohne ihn ans Meer zu fahren, Safet wiederum fand es ungerecht, dass er in Matulji zu kochen beginnen würde. Mutter erklärte mir, dass Safet *rajzefiber* habe und dass bei ihm deshalb alles etwas kompliziert sei, weil er eine so weite Fahrt mit dem Auto noch nie gemacht habe.

Zum ersten Mal fuhren wir allein ans Meer. Wir drei. Den Sommer verbrachten wir üblicherweise in Momjan, von wo uns Großvater in seinem Škoda an den Strand fuhr, doch im Frühjahr dieses Jahres hatte Safets Firma ein Häuschen auf Lošinj angekauft, das sie gegen ein symbolisches Entgelt den Angestellten zur Verfügung stellte. Nach monatelangem undeutlichen Schlafzimmergeflüster war es Mutter gelungen, Safet dazu zu bringen, dass er eine Bewerbung abgab und sich einen einwöchigen Aufenthalt auf Lošinj erkämpfte. Für uns.

Auf die Reise hätten wir verabredungsgemäß am frühen Morgen gehen sollen, aber zu Mittag waren wir noch immer zu Hause. Safet war noch immer nicht zurück, und Mutter streifte in Angst durch die Wohnung, dass Dane und er den Autotausch begossen haben könnten, was unsere Abfahrt leicht auf den folgenden Tag verschieben konnte. Auch sie hatte *rajzefiber*, schien mir, auch sie packte die Sachen zum ersten Mal für eine längere Reise an einen unbekannten Ort und war jetzt schon zum dritten Mal im Vorzimmer stehen geblieben und betete ihre Liste laut herunter.

Drei Pyjamas? Eingepackt. Zwei große Handtücher? Eingepackt. Die Badmintonschläger? Eingepackt.

Ich saß am Computer und zermalmte gerade mit einem 600-ccm-Motorrad den Rekord auf dem Salzburgring, als ich ihre rasch näher kommenden Schritte hörte.

Jadran, sieh doch mal her. Das geht doch in den Golf hinein, nicht, das tut es doch?

Ich drückte auf Pause und folgte ihr ins Vorzimmer, warf einen raschen Blick auf den Haufen, nickte kurz und kehrte ins Zimmer zurück, obwohl ich Safet direkt vor mir sah, wie er an der Wohnungstür stehen bleibt und zu ihr sagt: *Gut, dass du nicht die Schränke mit eingepackt hast.*

Aber als Safet kurz darauf nach Hause kam, sagte er nur: *Ich scheiß auf den Staat!*

Mutter und ich, jeder an seinem Ende der Wohnung, erstarrten und warteten darauf, dass Safet seinen Gedanken weiterentwickelte, aber er stieg nur über die Reisetaschen, setzte sich im Wohnzimmer auf die Couch und wiederholte, dieses Mal noch etwas lauter und deutlicher:

Ich scheiß auf den Staat, auf den scheiß ich.

Nach seinen Worten herrschte in der Wohnung Schweigen, wie es in Filmen herrscht, bevor etwas Schreckliches passiert, und für alle Fälle schaltete ich den Computer aus und horchte aufmerksam auf das, was kommen würde.

Was ist nicht in Ordnung?, hörte ich Mutters leise, erschrockene Stimme, Safet holte nur tief Luft.

Ich ging ins Wohnzimmer und als Safet mich erblickte, sagte er zu mir, ich solle mich setzen. Ich hatte Angst, dass etwas so Schreckliches passiert war wie damals in Tschernobyl, aber Safet erzählte, dass er heute Morgen in die Firma gegangen sei, um die Schlüssel für das Ferienhaus abzuholen, und dass ihm der Portier Miftar gesagt habe, dass die Schlüssel schon gestern Abend Direktor Ogorevc übernommen habe, der heute mit seiner Familie nach Lošinj abgereist sei, wo er die nächsten vierzehn Tage verbringen werde.

Du verarschst uns, entfuhr es Mutter.

Jetzt setzte auch sie sich neben ihn und legte ihm die Hand auf die Schulter, und es war wie damals, als Safets Tante Fadila gestorben war.

Dann fahren wir eben nach Momjan, sagte Mutter.

Erst jetzt begriff ich, dass wir nicht nach Lošinj fahren würden, und wollte schon in Tränen ausbrechen, aber da sprang Safet auf die Füße, zog die Schublade unter dem Fernseher auf und nahm das blaue Kuvert heraus, in dem er die *Deutschmark* aufbewahrte, die ihm seine Schwester Anila geschickt hatte.

Was tust du da?, fragte Mutter.

Safet steckte das Geld aus dem Kuvert in seine Geldbörse, dann ging er ins Vorzimmer und nahm die größte Reisetasche.

Direktorenkinder sind nicht besser als meine. Wenn er seine nach Lošinj bringt, bringe ich meine nach Italien! Das wollen wir doch mal sehen!

Ich drehte mich nach Mutter um, in der Hoffnung, dass mir ihr Gesicht verraten werde, dass alles das ein Scherz sei, nur ein Spiel von ihnen beiden. Ich wollte nach Lošinj, Italien klang für mich so unglaubhaft, als hätte Safet gerade verkündet, er wolle mit den Reisetaschen in den Händen auf den Mond fliegen.

Los, nimm die Pässe. Ich fahre mit euch nach Italien, damit ihr den Schiefen Turm von Pisa seht!

Das war sein bosnischer Dickschädel, sagte später, als wir ihm davon erzählten, Großvater lachend, und Mutter sagte, er sei wie hypnotisiert gewesen, aber egal was, Safet wirkte todernst. In seiner Hemdtasche trug er alle unsere Ersparnisse bei sich. Alle Devisen, die sich während der Jahre in der Schublade angesammelt hatten, drei Viertel des Wohnwagenanhängers, von dem Mutter träumte, des neuen Yugo, der sein großer Wunsch war, und mindestens dreier BMX-Räder für mich. Alles das war Safet bereit, für eine Reise nach Pisa auf den Kopf zu hauen. Von unserer Zukunft war in seinen Augen nur der Schiefe Turm übrig geblieben.

Mutter spürte vermutlich, dass es in diesem Augenblick vergeblich gewesen wäre, wenn man ihm hätte klarmachen wollen, dass man nicht unvorbereitet nach Italien reisen kann, dass man auf eine so lange Reise nicht erst um zwei Uhr nachmittags gehen kann, vor allen Dingen nicht dann, wenn man keine Ahnung hat, wie lange man bis Pisa braucht und wie man dort hinkommt. Sie machte nicht einmal den Versuch, ihn von seiner Idee abzubringen und ihm klarzumachen, dass es vernünftiger wäre, erst am nächsten Morgen loszufahren und sich vor der Reise irgendwo eine gute Autokarte von Italien und einen Reiseführer zu besorgen und sich mit jemandem zu bereden, der das Reisen mehr gewohnt war.

Stattdessen nahm sie nur unsere Reisepässe, die in derselben Schublade lagen wie die *Deutschmark*. Vielleicht hatte sie erkannt, dass sich ihr die unwiederbringliche Gelegenheit für einen Ausflug in jenes mystische und unerreichbare Ausland bot, das ihr Safet schon längst versprochen hatte, oder es war auch in ihr ein Funke des übermütigen Widerspruchsgeistes gegen den Staat erwacht, in dem sich Direktoren die Schlüssel für deinen Urlaub aneignen können, und hatte deshalb in die Rache in Form eines Ausflugs in das kapitalistische Italien eingewilligt.

In jedem Fall handelte es sich um eine verrückte Idee, denn weder Safet noch meine Mutter waren bisher weiter als bis zum Ponterosso gekommen und hatten nicht die geringste Ahnung, wie viel Landmasse noch zwischen Triest und Pisa liegt.

Aber die Verrücktheit, die uns in Ljubljana ans Steuer setzte, brachte uns nicht weit. Hinter der Grenze erwarteten uns noch nie gefahrene Straßen und Wegweiser voller unbekannter Ortsnamen. Um uns herum schrillten die Hupen der italienischen Fahrer, wurden Warnungen in einer Safet und mir unverständlichen Sprache geschrien, die Mutter nicht übersetzen mochte, und alles sagte uns, dass wir besser umkehren und dorthin zurückkehren sollten, wo die Straßen ruhig und die Wegweiser verständlich waren.

Noch immer waren wir der Heimat näher als Pisa und dem Schiefen Turm, und mir, dem es bald an Mut gebrach, schien es besser zu sein, wenn wir uns eingestanden, dass das hier zu viel des Auslands für uns war. Vom Rücksitz aus beobachtete ich Safet, wie er mit vorgestrecktem Kopf fast die Windschutzscheibe berührte und mit beiden Händen das Lenkrad umklammerte, als hätte er Angst, dass es ihm aus den Händen gerissen würde.

Mit jedem neuen Kilometer wünschte ich mir mehr, dass wir von der Straße abbögen und einen Spaziergang über eine der Wiesen machten, an denen wir vorbeifuhren. Dort wären wir allein, und niemand käme uns entgegengerast oder überholte uns. Auf der Wiese gäbe es keine Kreuzungen, auf der wir stehen bleiben und raten würden, ob wir nach links oder nach rechts abbiegen müssen.

Aber als Safet endlich am Straßenrand anhielt, wünschte ich mir doch, dass er so bald wie möglich weiterfahren werde, denn sein Anblick machte mir Angst. Noch stärker presste er das Lenkrad und starrte regungslos auf die Baumreihen vor sich, durch die die schmale Straße führte. Mutter sagte, dass sie jemanden nach dem Weg fragen könnten, aber Safet sagte nur *Ich überlege.*

Mutter gab auf und sah durch das Fenster zu dem Feld hinüber, an dessen Rand ein größeres sandfarbenes Haus stand. Die Fensterläden waren geschlossen, vor dem Haus waren keine Autos geparkt, und es sah verlassen aus. Ich spähte nach Schafen oder Ziegen auf den Wiesen, aber auch die Tiere schienen diesen Ort verlassen zu haben. Am Himmel waren keine Vögel, ihn bedeckte eine große graue Wolke, und ich sah uns ans Ende aller Wege gelangt.

Dies ist unser erstes großes Abenteuer, hatte Safet gesagt, als wir noch auf unserer Seite der Grenze waren und ihn noch nicht die Angst vor den verzweigten Wegen, die in alle Richtungen der italienischen Weiten führten, hatte verstummen lassen. Bald nach der Grenze hatte er das Radio ausgeschaltet, um sich besser auf die Straße konzentrieren zu können, und wir waren in völliger Stille gefahren, als hätte uns die Straße genommen und führte uns Ohnmächtige ins Unbekannte.

Safet startete den Motor.

Wir parken irgendwo an der Straße und übernachten im Auto. Morgen ist alles leichter.

Mutter sagte nichts, sie sah nur aus dem Fenster, aber ich war zufrieden, dass wir uns wieder bewegten und Safet nicht länger überlegte. Mir schien sogar, dass er sich eines pfiff. Mutter drehte sich nach einer Weile zu mir um.

Heute Nacht wirst du zum ersten Mal in einem Auto schlafen. Du wirst sehen, wie es ist. Dann kraulte sie Safet zärtlich im Nacken.

Wir hielten in einer kleinen Haltebucht an der Straße. Ein paar Meter aufgeschütteter Sand. Safet stieg aus und sah sich in der Umgebung um, die in der Dunkelheit versank. Mutter ging ihm nach, und ich hörte, wie sie ihn fragte: *Wo, glaubst du, sind wir?*

Durch das Fenster sah ich Safet, so gar nicht er selbst, wie er den Kopf schüttelte, und sie, die an ihn herangetreten war und ihn umarmte. Lange standen sie so umarmt vor dem Auto, in der Stille, inmitten des Unbekannten, einer an den anderen gelehnt. Durch das Fenster konnte ich nicht feststellen, ob sie ihn tröstete oder er sie.

Dann kehrte Mutter zum Auto zurück, entnahm der Kühltasche ein in Alufolie gewickeltes Sandwich und reichte es mir.

Das Abendessen, sagte sie.

Sie öffnete das Fenster und rief Safet, der jetzt im dunklen Schatten der Bäume verborgen war.

Willst du auch ein Sandwich?

Safet rief aus der Dunkelheit zurück:

Macht das Licht aus, damit du die Batterie nicht leer machst.

Mutter löschte das kleine Licht über dem Rückspiegel. Ich aß mein Sandwich mit Extrawurst und Mayonnaise und wartete, dass ich in das Schnittchen saurer Gurke in der Mitte beißen würde. Der Umriss von Mutters Kopf schmiegte sich an die Rückenlehne des Sitzes vor mir.

Jadran! Komm her, Jadran!, war Safets Stimme zu hören.

Papa ruft dich, sagte Mutter und nahm mir den Rest des Sandwichs aus den Händen, damit ich die Autotür öffnen konnte.

Sie fragte mich nicht, wo ich meine Hände abgewischt hätte. Das war jetzt nicht wichtig.

Jadran, komm her und sieh dir das an.

Ich folgte Safets Stimme. Er hockte bei einem Busch, sah auf den Boden und machte mir Zeichen mit der Hand, ich solle näher kommen.

Sieh mal, hier.

Er streckte eine Hand zu mir aus, suchte mich in der Dunkelheit und zog mich zu sich, mit der anderen deutete er auf etwas Schwarzes am Boden.

Eine Schnecke. Ein Egel, flüsterte er.

Mit der Hand berührte er die Schnecke, dann nahm er sie, legte sie sich in die Hand und hob sie mir entgegen. Ich drehte mich weg.

Keine Angst! Sie ist nicht giftig. Solche haben wir als Kinder gesucht und sie den Leuten in den Nacken gesetzt.

Während ich die Schnecke in seiner Hand ansah, berührte Safet mit seiner freien Hand meinen Hals, aber diesen Trick kannte ich schon und erschrak nicht.

Er setzte die Schnecke auf den Boden zurück. Er sah nicht mehr besorgt aus.

Eine Schnecke. Ein Egel.

Dann stand er auf und fasste mich um den Nacken.

Morgen wirst du den Schiefen Turm von Pisa sehen. Das ist ein unglaubliches Wunder.

2.

Den ersten Tag nach Vaters Verschwinden, den 5. März 1992, verbrachte Mutter am Telefon, während ich in meinem Zimmer die *Guns* hörte und in der Pause zwischen zwei Songs kurz auf ihr Telefongespräch und den Ton ihrer Stimme horchte. Ich glaubte nicht, dass meinem Vater etwas passiert war, ich war überzeugt, dass er irgendwo versackt war. Dort unten begann der Krieg, und die Besäufnisse hier oben nahmen neuen Schwung auf. Vaters Freunde ersäuften ihre Angst um das Leben der Eltern, Brüder und Schwestern, und es war nicht leicht, mit ihnen zu einer letzten Runde zu kommen. Deshalb schien mir Mutter zu übertreiben und hätte meiner Meinung nach, wenn sie sich schon solche Sorgen machte, anstatt Tante Maja und Onkel Dane, Irfans Frau Rufija, die Polizei, wieder Dane und Maja, die Notaufnahme, und dann noch Danilo, Roman und ich weiß nicht wen alles anzurufen, einfach ins *Emona* oder ins *Borsalino* gehen sollen, wo auf Vaters Nachhauseweg von der Arbeit die Zwischenzeit gemessen wurde.

Am Abend, ein wenig um Mutter zu beruhigen, ein wenig um sie nicht zum hundertdreiundsechzigsten Mal wiederholen zu hören, dass Safet schon seit gestern Morgen nicht mehr nach Hause gekommen sei, wurde ich aktiv. Ich startete zu meiner ersten *tour de bar* im Leben, und ich absolvierte, eines nach dem anderen, alle Lokale in der Siedlung, jene, in die Papa regelmäßig einkehrte, und auch die anderen, die er nie betreten würde, selbst wenn man ihn stockbetrunken hineintrüge. Ich traf mehrere seiner Freunde, auch Irfan, aber keiner hatte ihn gesehen oder gehört. Irfan brachte die Kellnerin Jasmina so weit, mit ihm zusammen aus dem *Borsalino* Ramiz, Nihad und Branko anzurufen, sodass ich nach Mutter auch noch Irfan hören konnte, wie er ihren drei Frauen auf ebenso besorgte Weise erklärte, dass Safet seit gestern Morgen nicht nach Hause gekommen sei und sie ihm melden sollten, wenn sie irgendetwas erführen. Dann orderte Irfan eine neue *viljamovka*.

Sag deiner Mutter, sie soll sich nicht aufregen. Er wird von allein zurückkommen, sobald er alles das weggetrunken hat, was er wegtrinken muss.

Als ich wieder nach Hause kam, war Mutter am Telefon, versuchte aber nichts mehr zu erklären. Sie hörte nur zu und nickte abwesend, und als sie mich sah, sagte sie, sie müsse aufhören, und legte den Hörer auf, noch bevor die Stimme auf der anderen Seite hätte Einspruch erheben können.

Komm, wir gehen. Zur Polizei.

Auf der Polizei sagte man uns, wir sollten uns keine Sorgen machen, unser Vater würde wahrscheinlich von allein zurückkommen, es sei zwar richtig, dass wir sein Verschwinden gemeldet hätten, aber dass es in Hinblick darauf, dass es in den vergangenen Tagen keinen Unfall gegeben habe, bei dem der Verunfallte der Beschreibung Safet Dizdars entsprochen hätte, keinen Grund gebe anzunehmen, dass ihm etwas zugestoßen sei.

Vermutlich ist er nur irgendwo hängengeblieben, gnädige Frau, sagte ein älterer Polizist, der kein übertriebenes Interesse an unserer Geschichte zeigte, zu Mutter. Mutter wiederholte ihm dreimal, dass Vater gestern nach der Arbeit nicht nach Hause gekommen sei und dass niemand wisse, wo er sei, bevor der Polizist sich das auch notierte.

Diese Leute hängen gern irgendwo ab, sagte er.

Ich war noch zu klein, um zu verstehen, was er damit sagen wollte, aber Mutter hatte ihn nur zu gut verstanden. Sie griff sich einen Hefter vom Tisch und warf ihn mit aller Kraft nach ihm.

Ihr Halunken, ihr verdorbenen, schrie sie. *Ihr Halunken! Ihr könnt gern irgendwo abhängen! Ihr seid selbst alle irgendwo abgehängt!*

Zwei Polizisten packten sie und schleppten sie zur Ausgangstür, der dritte trat zu mir, fasste mich am Arm und hielt mich fest, bis Mutter draußen war.

Ich rate Ihnen, sich express zu beruhigen und direkt nach Hause zu gehen, sagte einer der Polizisten zu Mutter, als wir draußen waren. Die beiden anderen standen neben ihm und hielten sich mit der einen Hand an ihrem Gürtel, mit der anderen an ihrer Mütze fest.

Als ich am zweiten Tag nach Vaters Verschwinden aufwachte, erschreckte mich Mutter zu Tode. Ich wollte zur Toilette, überzeugt, dass Mutter zur Arbeit gegangen und ich in der stillen Wohnung allein war. Als ich ihren regungslosen Körper erblickte, der mitten im Wohnzimmer stand, hob es mich vor Angst vom Boden. Und Mutter – nichts, als würde sie mich nicht sehen. Als stünde dort ihre Statue.

Was tust du da?

Nichts. Ich warte, dass mich Dane anruft. Er hat versprochen, heute herumzutelefonieren und mir Bescheid zu geben, wenn er etwas erfährt.

Bist du nicht bei der Arbeit?

Mutters Blick nahm mich wahr. Ich hatte die falschen Worte gesagt.

Ist das für dich ein Jux? Bist du auch der Meinung, dass DIESE Leute irgendwo abhängen? Dass es normal ist, wenn er drei Tage nicht nach Hause kommt? Dass ich durchdrehe, weil ich mir Sorgen mache und die ganze Nacht nicht schlafe?

Du hast nicht geschlafen?

Ja wie denn …

Mutters Stimme war am Brechen. Sie war am Brechen. Sie schluchzte und zitterte. Sie schob mich weg, ging ins Bad und schloss sich ein. Bald wurde ihr Schluchzen vom fließenden Wasser übertönt. Als sie aus dem Bad herauskam, sah sie mich wieder nicht.

Hast du heute keine Schule?

Nachmittagsturnus.

Sie nickte. Ich setzte mich neben sie auf die Couch, und dann saßen wir beide regungslos da und warteten auf Danes Anruf.

Später an diesem Morgen klingelte das Telefon ein paar Mal. Dane teilte mit, dass er nichts wisse, Maja rief an, um Mutter zu trösten, dass alles in Ordnung komme, dass sie sich keine Sorgen machen solle, dann rief Dane wieder an und sagte, dass er bei seinem Kollegen im Gefängnis in der Povšetova angerufen habe und dass Safet dort mit Sicherheit nicht sei. Dann kam ein Anruf aus dem Klinikzentrum, und eine freundliche Dame sagte Mutter, dass sie gestern keinen Patienten aufgenommen hätten, auf den die Beschreibung ihres Mannes passe.

Als ich aus der Schule kam, war Mutter nicht mehr zu Hause und das Telefon klingelte nicht mehr. Draußen wurde es dunkel, und ich sah vom Balkon hinunter auf den Platz vor unserer Wohnanlage und wartete, dass Papa und Mutter auftauchten. Jetzt dachte ich zum ersten Mal daran, dass Papa vielleicht nie mehr zurückkommen werde. Mit aller Kraft presste ich das Balkongitter und spannte die Gesichtsmuskeln an. Ich versuchte meinen Körper zu verkrampfen, damit die Angst nicht aus mir ausfloss. Dann legte ich mich auf den Boden und machte zwanzig Liegestütze. Und noch zwanzig. Und noch zwanzig. Und noch dreizehn. Ich weinte nicht, und das schien mir gut zu sein.

Am dritten Tag nach Vaters Verschwinden gingen Mutter und ich erneut auf die Polizeiwache. Dort waren dieses Mal Dane und ein Polizist, der nicht in Uniform war und der uns sehr aufmerksam zuhörte. Er fragte Mutter Dinge, die andere sie nicht gefragt hatten.

Haben Sie in der letzten Zeit, bevor er verschwunden ist, irgendwelche Veränderungen in seinem Verhalten bemerkt? War er einmal bei einem Arzt? Hatte sich mit jemandem gestritten? Auf der Arbeit? Oder mit einem Nachbarn? Haben Sie alle seine Verwandten kontaktiert? Entschuldigen Sie, ich weiß, dass das für Sie eine unangemessene Frage ist, aber haben Sie vielleicht daran gedacht, dass er möglicherweise nach Bosnien kämpfen gegangen ist? Aus Slowenien sind eine ganze Menge hinuntergegangen, in den Krieg. Da wird einfach ein Schalter umgelegt, und sie gehen. Auch so, über Nacht. Gewöhnlich verabschieden sie sich zwar, aber die Geschichten sind ganz unterschiedlich. Hat er jemanden da unten?

Mutter schüttelte den Kopf.

Er wird von allen gemocht, sagte sie. *Er lacht. Er lacht ständig. Ihn erkennen die Leute an seinem Lachen. Alle kennen sein Lachen.*

Dane erklärte dem Polizisten, dass Safet in Bosnien nur entfernte Verwandte habe, dass seine Eltern und sein Bruder gestorben seien und seine Schwester in Australien lebe und er deshalb schon jahrelang nicht mehr in Bosnien gewesen sei. Mutter zupfte ihn währenddessen am Ärmel und zog ihn zum Ausgang. Dann ging Dane mit uns auf einen Kaffee. Maja kam später nach.

Wenn er sich nicht abgefüllt hat, ist er eben da runter, mal einen erschießen. Und morgen werden sie sagen, dass er irgendwo rumgevögelt hat. Weißt du, wie demütigend das ist? Weißt du nicht? Sie machen nur ihre Arbeit, nicht wahr? Eine Arbeit, für die sie bezahlt werden.

Mutter wurde immer lauter, und die Leute an den Nachbartischen drehten sich zu uns um. Maja legte kurz mal den Zeigefinger auf die Lippen, und Mutters linke Hand fuhr reflexartig zu ihr hin. Maja stöhnte vor Schmerz auf, und Mutter stand auf und marschierte vom Tisch. Ihr Stuhl flog zu Boden, ein paar Gläser auf dem Nachbartisch fielen um, aber sie kümmerte sich um niemanden mehr. Ich wollte ihr nach, aber Dane hielt mich zurück.

Lass sie. Soll sie ein bisschen spazieren gehen.

Dane kehrte anschließend in den Dienst zurück, und Maja nahm mich mit in die Kora-Bar auf eine Pizza. Sie sagte, ich müsse etwas essen.

In der guten Stunde, die wir zusammensaßen, sprach meine Tante mit mir nur wenige Sätze, die noch am meisten jenen Fragen ähnelten, die der Polizist, der nicht in Uniform gewesen war, Mutter gestellt hatte. Dann fuhren wir zu einem Geschäft, wo Maja zwei Tüten mit Sachen zum Essen einkaufte, sie mir in die Hände drückte und mich nach Haus schickte.

Räum die Sachen in den Kühlschrank waren die einzigen Worte, die Mutter an diesem Abend von sich gab.

Am vierten Tag nach Vaters Verschwinden machte meine Mutter einen auf Detektivin, und wir gingen zu Vaters Arbeit, nach Kolinsko. Mutter rauschte am Pförtner vorbei, und ich lief fast hinter ihr her durch die langen Gänge bis zu seinem Büro. Die Leute drehten sich um, sie wollten ihr etwas sagen, aber sie war zu schnell, und so konnten sie nur dastehen und uns nachsehen.

An Vaters Schreibtisch saß seine dicke Frau mit dicken Brillengläsern, die, als Mutter das Büro betrat, unverzüglich aufstand und ihr

Platz machte. Alle im Büro verstummten, das Telefon klingelte, aber niemand nahm ab. Ich glaube, es läutete die ganze Zeit, die wir dort waren.

Mutter warf die Sachen auf Vaters Schreibtisch durcheinander, öffnete und schloss Schubladen, blätterte lange in den Papieren, die sie im Schrank hinter dem Schreibtisch fand, verhörte Vaters Mitarbeiter, die ihr bereitwillig antworteten, ihr Kaffee anboten, Mitarbeiter aus anderen Büros anriefen, ihr anboten, sich zu setzen, ihr von Papas letzten Tagen im Dienst erzählten, und eine Dame in einem grünlichen Kostüm sagte, dass ihnen Papa an jenem Nachmittag, an dem sie ihn zuletzt gesehen hatten, etwas stiller vorgekommen sei, fügte aber sofort hinzu, das sei so ein Tag gewesen. Ein Mann, der als Einziger einen Anzug trug und wahrscheinlich Papas Chef war, sagte, man habe sie von der Polizei angerufen und er habe mit allen gesprochen, aber dass niemand etwas wisse und dass sie schon den Schreibtisch durchgesehen, aber nichts gefunden hätten. Mutter nickte und schüttete die Sachen aus den Schubladen auf den Tisch und sah sich jedes Blatt einzeln an, zwei Frauen halfen ihr, den Schrank zu leeren, und dann sahen alle zusammen, an die fünf oder sechs Leute, auch den ganzen Bürobedarf durch, öffneten sogar die Schachteln für Büroklammern, leere Kuverts und Hefter.

In dem Büro mit den vier Schreibtischen hatten sich mit der Zeit schon mehr als zwanzig Leute versammelt, und jeder von ihnen wollte sich nützlich machen, jeder wollte helfen. Frau Zdenka, die von allen am längsten mit Papa zusammengearbeitet hatte und die ich auch am besten kannte, drückte mich mächtig an sich, dass ich schon glaubte, sie würde mich nie mehr auslassen.

Dann begannen die um Papas Schreibtisch Versammelten auseinanderzurücken, und ich sah Mutter, wie sie sich den Weg durch die Menge bahnte.

Gehen wir, sagte sie.

Als ich mich auf dem Gang nach Vaters Büro umdrehte, sah ich einen Trauerzug hinter uns herkommen, wie auf einer Beerdigung. Ich dachte bei mir, diese Leute wissen etwas, wollen es uns aber nicht sagen. An die zwanzig Menschen bewegten sich im Schneckentempo den Gang hinunter, als wären sie aneinandergebunden, in gleicher

Unglückshaltung, mit gleichem Trauerblick, die Beine auf gleiche Weise über den Boden schleppend und auf gleiche Weise schweigend.

Dann gingen wir noch auf die Unfallklinik, und Mutter zeigte bei den Rettungsfahrern Papas Bild herum, bis uns ein glatzköpfiger Arzt bat, uns vom Acker zu machen, da er sonst die Polizei rufen werde.

Am fünften Tag nach Vaters Verschwinden konnte Mutter gegen Morgen endlich schlafen. Ich stellte einen Stuhl ins Vorzimmer, schloss die Tür zum Wohnzimmer, setzte mich neben das Telefon und hob sofort ab, wenn es läutete, damit Mutter nicht aufwachte. Die Leute riefen jetzt an und fragten, wie es uns gehe oder ob wir etwas bräuchten. Mutters Kolleginnen riefen an und wollten wissen, ob es wahr sei, dass man Papa noch immer nicht gefunden habe, sie sagten, das sei schrecklich, und hinterließen Grüße für Mutter, Mütter meiner Mitschüler riefen an, es riefen Leute an, die ich nicht kannte, und stellten sich als Mutters und Papas Freunde vor, und Nachbarin Minka kam gleich direkt an die Tür, um zu fragen, wie es Mutter gehe, und drückte mir ein Backblech mit Pita in die Hände.

Weshalb hast du mich nicht geweckt? Bist du verrückt? Weißt du, wie spät es ist, sagte Mutter, als sie an mir vorüber ins Bad ging.

Wie hast du mich schlafen lassen können? Blödmann, Jadran. Du bist doch kein Kind mehr, sagte sie, als sie aus dem Bad kam.

Was ist das?, fragte sie, als sie auf dem Boden zu meinen Füßen Minkas Backblech mit der Pita sah.

Das hat Minka gebracht.

Was? Hierher? Sie hat geklingelt und Pita gebracht? Die Leute sind verrückt geworden. Und wie konntest du sie einfach auf den Boden stellen? Ich wäre fast reingetreten!

Jožica und Dunja haben angerufen. Sie grüßen dich ...

Was kümmert mich das? Was hilft mir das? Blödsinn, alle interessiert, wie es mir geht. Wie wird es mir schon gehen? Keiner weiß was. Keiner hat was gesehen. Keiner! Er ist einfach verschwunden, und keiner hat ihn gesehen. Blöde Ignoranten. Dane kennt immer alle, und alle sind seine Kollegen, aber jetzt auf einmal kann er nichts tun. Denen ist das scheißegal. Brich mir mal ein Stück von der Pita ab, bitte. Danke. Warum bist du nicht in der Schule? Ja, ich weiß, Nachmittagsturnus. Wann gehst du aus dem Haus?

Um zwölf.

Um zwölf.

Borut hat gesagt, dass du nicht zur Arbeit gehen musst, dass du zu Hause bleiben kannst, solange du willst, dass Neža dich krankgemeldet hat.

Alle benehmen sich so, als wäre er schon gestorben. Idioten, nichts als schadenfroh. Keiner sucht ihn. Keiner sucht ihn. Keiner. Keiner sucht ihn.

An diesem Tag kam ich nicht bis zur Schule. Hinter unserem Block bog ich rechts ab und ging zuerst zum *Emona* und zum *Borsalino* und klapperte anschließend alle Lokale in der Siedlung ab. Ich betrat Räume voll abgestandener Luft und kontrollierte verqualmte Ecken, und die Kellner fragten mich, wen ich suche, aber ich gab keine Antwort, sondern drehte mich nur um und ging weiter, zum nächsten verrauchten Raum, bis es keinen mehr gab. Als ich an den Geschäften vorüberkam, sah ich durch die Schaufenster hinein, ob ich irgendwo zufällig Vaters Gesicht sähe, und auf der Straße sah ich die Menschen an, die vorübergingen, alle starrte ich an, und von weitem gab es ein paar Männer, die ihm glichen, und ich wartete, dass sie näher kamen, oder folgte ihnen, wenn sie vor mir hergingen, bis ich nahe genug war und sah, dass sie graue Haare hatten oder einen Bart trugen. Dann sah ich in der Ferne jemanden, der so ging, wie Papa geht. Er war weit weg und ging zu einem Auto, ich fürchtete, er könnte einsteigen und losfahren, bevor ich ihn mir angesehen hätte, und lief zu ihm, gut hundert Meter lief ich, und als ich ankam, stand er noch immer an dem Auto und nahm etwas aus dem Kofferraum. Er sah Safet Dizdar überhaupt nicht ähnlich, er war älter und hatte ein rundes Gesicht, Safet Dizdar hingegen hat ein längliches, deshalb lief ich weiter und lief noch eine ganze Zeit, ohne mich umzudrehen. Dann ging ich am Fluss entlang und schaute auf diese und auf die andere Seite des Flusses, ich schaute, ob am Ufer eine Leiche angeschwemmt worden war, wie in den Filmen, ich sah meinen Vater, wie er von der Brücke fällt und wie ihn der Fluss davonträgt, ich ging immer schneller, um so rasch wie möglich das ganze Flussufer abzusuchen, und dann lief ich auch schon wieder, und mir schien, als sähe ich eine Leiche, aber es war nur ein schwarzer Plastiksack, und ich lief weiter, bis zur Stadt, und ich lief unter der Brücke durch und noch weiter Richtung Polje, und dann hielt ich an und sah, wie das Wasser

Vaters Leiche weiter Richtung Zalog trägt und noch weiter, ich konnte nicht mehr laufen, am Fluss gab es keinen Weg mehr, und es wurde auch schon dunkel.

Am sechsten Tag nach Vaters Verschwinden rief Irfan an. Ohne sich vorzustellen, sagte er, ich solle ihm Mutter geben, und sie nahm mir den Hörer aus der Hand, hielt ihn ans Ohr und horchte und gab ihn mir dann zurück und ich legte ihn auf, und dann sagte sie *Safet ist in Bosnien* und holte tief Luft und schloss die Augen und lehnte sich dann an mich, und so standen wir mitten im Vorzimmer, und ich wagte nicht, mich zu rühren und sah durch das weit geöffnete Fenster, Mutter war es heiß geworden und hatte alles weit aufgemacht, und draußen war es ungewöhnlich warm und die Luft stand, in Ljubljana gab es keinen Wind, da gibt es nie Wind, genauso wie in unserer Wohnung, die ganz nach Osten geht und in der es nie einen Durchzug gibt.

In Bosnien ist er, nur das weiß ich, sagte Mutter, als sie die Augen öffnete. Sie nahm das Telefon mit beiden Händen und hielt den Hörer ans Ohr. Sie begann die Wählscheibe zu drehen.

Ich muss Maja anrufen, und die Polizei, und auf der Arbeit.

Sie legte den Hörer auf und stellte das Telefon zurück aufs Bord. Wieder lehnte sie sich an mich.

Nur einmal sind wir zusammen in Bosnien gewesen, dachte ich, in Bihać. Ich konnte mich nicht erinnern, weshalb. Ich war noch klein, aber ich weiß, dass wir auf einer Wiese hinter einem Haus gesessen haben, am Wasser. Mir war langweilig, weil es keine anderen Kinder gab, nur ältere Leute, die am Tisch saßen und Kaffee tranken. Ich wollte mit dem Ball spielen, aber sie ließen mich nicht, weil die Wiese abschüssig war und der Ball in den Fluss kullern konnte. So sagten sie zu mir, und ich sagte zu ihnen, dass ich aufpassen würde, aber keiner brachte Geduld für mich auf, sondern sie nahmen mir den Ball weg und sagten, ich solle mich hinsetzen. Dann saß ich mit ihnen am Tisch und wollte weder essen noch trinken, aber niemand kümmerte sich um mich. Dann kamen und gingen unbekannte Menschen, und Vater begrüßte sie, ernst, viel ernster als gewöhnlich. Vielleicht war jemand gestorben, aber ich konnte mich nicht erinnern, wer. In der

Erinnerung sah ich nur mich selbst, wie ich beleidigt neben meinem Vater sitze, der die ganze Zeit aufsteht und fremde Menschen umarmt und küsst.

Das war für mich Bosnien, und als Mutter sagte, dass Safet in Bosnien sei, war er wieder dort, an dem Tisch auf der abschüssigen Wiese, wieder benahm er sich so, als gäbe es mich nicht neben ihm, wieder war er ein anderer, ernster Mensch, und ich zupfte ihn am Ärmel und sagte, ich wolle nach Hause. So mochte ich ihn nicht, diesen Vater in Bosnien mochte ich nicht, einen Vater, der anders spricht, der anders sitzt, der Kaffee trinkt, den er zu Hause nie trinkt. Mein Vater war der einzige Bosnier, der keinen Kaffee trank, aber in Bosnien trank er ihn, dort stellte man ihn vor ihn hin und schenkte ihm ein, und er sagte nichts, sondern schlürfte nur laut aus dem kleinen Schälchen, das sich zwischen seinen großen Fingern verlor.

Ruf Maja an und sag ihr, dass Safet wohlauf ist, dass alles in Ordnung ist, dass er in Bosnien ist … Nein, lass, ich mache das, etwas später … oder du … Nein, nicht nötig, bring mir nur ein Glas Wasser, ich werde anrufen … gleich jetzt.

3.

Sieben Jahre war Safet nicht in Bosanska Otoka gewesen, dem Geburtsort seines Vaters, dem Ort, in dem er hätte geboren werden und leben sollen, aber sein Vater, der Chemieingenieur Fuad Dizdar, hatte ein halbes Jahr vor der Geburt seines Sohnes eine Stelle im Militärkrankenhaus in Banja Luka angetreten, von wo aus man ihn schon bald in das Militärkrankenhaus in Kragujevac geschickt hatte. Anstatt Bosanska Otoka wurde Kragujevac Safets Geburtsort, die erste von vielen fremden Städten, in denen er leben sollte. Nach Otoka war Safet schon als Kind nur selten gekommen, und mit der Zeit, die beharrlich die morschen Familien- und Freundschaftsbande lockert, kam er nur noch ein oder zwei Mal im Jahr, zu Hochzeiten und zu Begräbnissen. Bis ihm in Otoka die Menschen, die er hätte besuchen können, ausgingen.

Das letzte Mal war Safet 1985 hier gewesen, auf der Beerdigung seines jüngeren Bruders Vahid, eines der drei Kinder Fuads, der in das ihm nicht beschiedene Heim zurückgekehrt war. Vahids Witwe Tijana hatte nach dem Begräbnis das Haus an der Brücke verkauft und war nach Schweden gezogen. Safet hatte sie gefragt, was aus ihrem alten Haus, dem von Nana, werden würde. Sie hatte ihm gesagt, dass es ihr egal sei. Danach hatten sie sich nur noch einmal gehört. Sie hatte ihm mitgeteilt, dass sie sich in Schweden erneut verheiraten würde. Er hatte nichts dagegen gehabt. Sie hatte sich bei ihm bedankt und sich seit damals nicht mehr bei ihm gemeldet. Nach Otoka war Tijana vermutlich nie mehr zurückgekehrt. So auch Safet nicht.

Jedes Jahr zum Bajram rief ihn aus Otoka Tante Fadila, Vaters Schwester, an, oder er rief sie an. Manchmal meldete sich ihr Sohn Dado, wenn er mit dem Lastwagen nach Deutschland fuhr und in Ljubljana haltmachte. Sie trafen sich vor irgendeiner Lagerhalle und tauschten auf die Schnelle Neuigkeiten aus. Dann kam Dado eines Tages zu uns nach Haus und teilte Safet mit, dass Tante Fadila gestorben sei. Während er auf dem Weg nach Bukarest gewesen sei.

Was ist das Leben, mein Lieber. Mutters dženaza hat nicht auf mich gewartet.

Dados Bruder Nihad hatte Safet anrufen und ihm Fadilas Tod mitteilen wollen, damit er zur Beisetzung kommen könne, aber es war ihm nicht gelungen, seine Laibacher Nummer herauszufinden. Fadila habe sie sich nirgendwo notiert, sagte Dado. Sie habe alle Nummern im Kopf gehabt. Du hättest Ismar fragen können, sagte Safet, und Dado blieb stumm. Ismar und Nihad sprechen nicht miteinander, würgte er schließlich hervor.

Kurz darauf war Dado nach Deutschland übersiedelt. Er schien nur auf Fadilas Tod gewartet zu haben. Nihad und er hatten ihr Haus verkauft, und er war gegangen. Als sie sich vor seiner Abreise das letzte Mal trafen, sagte er zu Safet, dass er *das da unten* nicht mehr sehen könne. Safet verstand nicht, wovon er redete. Von Ljubljana aus sah *das da unten* ganz in Ordnung aus.

Nihad war am ersten Todestag von Tante Fadila gestorben. Safet hatte vergessen, wer ihm das mitgeteilt hatte, aber auch von diesem Tod hatte er nur mit Verspätung erfahren. Jetzt war nur noch Ismar übrig.

Ismar Bašić war in ganz Bosanska Otoka der Einzige, der sehr gut wusste, wer Safet Dizdar war. Und deshalb der Einzige, den Safet an diesem Tag, dem 6. März 1992, als er nach sieben Jahren wieder nach Otoka kam, nicht treffen wollte. Er wollte nur bis zu Nanas Haus kommen, ohne dass ihn jemand erkannte. Er kannte viele Leute in Otoka, Zijad, Mirna, Enes, aber er wusste, dass sie ihn in den sieben Jahren schon vergessen hatten. Er hoffte, an ihren Häusern vorbeispazieren zu können, ohne dass sich jemand nach ihm umdrehte. Er hoffte, dass ihn niemand begrüßt. Dass sie zulassen, dass er unbemerkt und in völliger Stille bis zum Haus kommt. Dann würde, auch das wusste Safet, vielen im Ort klar werden, wer er ist. Aber es würde niemand von ihnen zu ihm kommen. Manche würden warten, dass er zu ihnen käme. Manche nicht einmal das. Außer Ismar.

Hauptsache, ich komme bis zu Nanas Haus, war sein einziger Gedanke, als er aus dem Auto stieg. Nicht einmal dem Taxifahrer hatte er sagen wollen, wohin er ging. Deshalb hatte er zu ihm gesagt, er solle ihn gleich da absetzen, obwohl es bis zu dem Haus noch gute zwanzig Minuten waren. Safet wartete, dass das Taxi wegfuhr, und machte sich erst dann auf den Weg. Das Haus stand allein, außerhalb des Ortes, dort wird man ihn in Ruhe lassen, solange er es wünscht. Niemand wird so weit gehen und nur deshalb den Hang hinaufsteigen, um einen ihm bekannten Unbekannten zu begrüßen. Vielleicht werden die Frauen ihre Männer beauftragen, ihn auf einen Kaffee einzuladen. *Es würde sich so gehören,* werden sie sagen. Wegen seines Vaters, wegen des Ingenieurs Fuad. Aber die Männer werden ihnen entgegnen, er solle sich gefälligst selber bei ihnen melden. *Es würde sich so gehören,* werden sie sagen. Wenn er wirklich der von Ingenieur Fuad ist. Außer Ismar. Ihn interessierte nicht, was sich gehört. Ismars Neugierde war das Einzige, was Safet Sorgen machte. Als er durch den Ort ging, spürte er, wie er ihm folgte, wie er näher kam. Ismar war Vahids Trauzeuge gewesen. Ein Busfahrer.

Nanas Haus stand seit Nanas Tod leer. Nana, wie alle zu Safets Mutter Enisa sagten, war am 8. Februar 1984 gestorben, am Tag des Beginns der Olympischen Spiele von Sarajevo. Früher, als Safets Schwester Anila im Sommer noch mit den Kindern aus Australien kam, war das Haus so voll, dass sich Kinder und Erwachsene am Esstisch ablösten, aber nach Enisas und Vahids Tod gab es keinen Safet aus Ljubljana und keine Anila aus Melbourne mehr.

Die arme Nana hatte das Haus zusammen mit dem Land allen ihren drei Kindern hinterlassen. Nichts hatte sie geteilt. Sie hatte geglaubt, dass Vahid, Anila und Safet auch weiterhin in ihm zusammenkommen, den 1. Mai und den Bajram feiern, dass Safets Jadran und Anilas Elvis, Mensur und Adisa hier gemeinsam die Sommer verbringen werden. Im Obergeschoss gab es genügend Platz, der nur für sie bestimmt war. Jedem ihrer Enkel hatte Nana ein Zimmer eingerichtet. Aber nach Vahids Tod war das alles sinnlos geworden.

An jenem Abend hatte Ismar am Steuer gesessen. Betrunken war er auf der Fahrt nach Bihać von der Straße abgekommen, in einer Kurve, die er in den vergangenen zwölf Jahren jeden Tag vier Mal mit seinem Nahverkehrsbus durchfahren hatte. Vahid war auf der Stelle tot gewesen, Ismar hatte nur eine Gehirnerschütterung und ein paar gebrochene Rippen davongetragen.

Nach der Beerdigung hatte ihn Tijana aus dem Haus gejagt. Sie hatte durchgedreht, als sie ihn trinken sah. In jener Nacht hatte sie zu Vesna gesagt, dass sie nicht in Otoka bleiben werde. Sie bat sie, das Safet zu sagen und ihn in ihrem Namen zu bitten, sie nicht umstimmen zu wollen. Sie wisse, dass sie Ismar auch umbringen könnte, wenn sie ihn betrunken bei Lela sähe, und dass es deshalb besser sei, wenn sie wegging. Sie sagte noch, dass es sie jedes Mal, wenn sie nach Bihać fahre, überkomme, in dieser Kurve auch selbst von der Straße zu fahren. Und dass sie wisse, dass sie es eines Tages auch tun würde. Und wäre sie hundert Mal schwanger.

Safet erhörte ihre Bitte und versuchte nicht, sie zum Bleiben zu überreden. Mit keinem Wort. Gott ist sein Zeuge. Ihm, dem Atheisten. Obwohl er wusste, dass er Vahids Kind, das sie in sich trug, nie sehen wird.

In Bosanska Otoka gab es niemand mehr von seinen Leuten, niemanden von den Dizdars. Nur Nanas leeres Haus. Und Fuads, Nanas und Vahids Grab. Vermutlich war Safet deshalb nach sieben Jahren zurückgekommen. Weil es hier niemanden gab, der ihn etwas fragen würde. Niemanden, dem er etwas erklären müsste. Vor dem er sich rechtfertigen müsste. Hier konnte er mit sich allein sein, und am 6. März 1992 wünschte sich Safet nur das.

Als er beim Haus war, war ihm leichter zumute, als wäre er einem ausgehungerten Wolfsrudel entkommen. Niemand war ihm auf dem langen Weg begegnet, außer ein paar Kindern, die an der Straße spielten und sich nicht für ihn interessierten. Als Safet durch den Ort gegangen war, hatte er sorgfältig darauf geachtet, nicht den Blick zu heben. Er wollte nicht, dass ihn jemand ansprach und er ihn dann begrüßen müsste. Er wollte nicht, dass ihn jemand begrüßte. Allein der Gedanke, dass ihn jemand ansieht, war für ihn unerträglich. Noch mehr das Bewusstsein, dass sich jemand fragt, wer er ist. Dass er sich fragt, was er hier tut.

An diesem Tag wollte er dem ausweichen. Wenigstens an diesem Tag wollte er vor allen verborgen sein. Sich so schnell wie möglich in Nanas Haus einschließen. Denn in Wahrheit war er nicht wirklich da, in Bosanska Otoka. An diesem Tag war er noch immer in Ljubljana, zusammen mit seiner Frau und seinem Sohn, die er dort zurückgelassen hatte.

Als er an Hamdijas Haus vorbeikam, zitterte er. Er war schon außerhalb des Ortes, wo vorübergehende Unbekannte auffälliger waren. Das namenlose Gässchen, das bei Hamdijas Haus zu Nanas Haus hinaufführte, war eine Sackgasse. Wenn sich der, der da einbog, nicht verlaufen hatte, war es nicht schwer zu erraten, wohin er wollte. Und wer wüsste, wohin er wollte, würde auch rasch erraten, wer er war. Safet wusste, dass dort nicht viele Leute gingen und dass jeder Vorübergehende Neugier weckte. Deshalb lief er fast, als er an Hamdijas und dann noch Osmans Haus vorbeikam. Obwohl er schon müde war und kaum mehr die Beine heben konnte. Er hastete vorbei und hoffte, dass niemand am Fenster lehnte, dass sie mit anderen Dingen beschäftigt waren.

Aber als er an beiden Häusern vorüber war, war er erst recht den Blicken ausgesetzt. Die hundert Meter freie Fläche vor dem Wald und der letzten Steigung zum Haus hinauf war von vielen Fenstern aus gut einzusehen. Vor allem aber kam man auf diesem Weg nirgendwo sonst hin als zu Nanas Haus. Die Leute, die jetzt in Hamdijas Haus wohnten, hatten weder Nana noch Vahid gekannt. Aber sie wussten wahrscheinlich, wem es gehörte, vielleicht hatten sie auch von Vahids Bruder aus Ljubljana gehört. Dem Bruder jenes Schlossers, der vor sieben Jahren unten bei dem Floß bei einem Verkehrsunfall ums Leben gekommen war.

Als der Wald Safet vor den Häusern verbarg, fühlte er schon, dass es ihm gelungen war. Wenn sie ihn jetzt noch erspähten, würde er das nicht mitkriegen. Noch ein paar Schritte und er war da. In Nanas Haus.

Acht Jahre hatte niemand darin gelebt. Mehrere Jahre lang hatte niemand seine Schwelle überschritten. Auch nicht uneingeladen. Alle wussten, dass das Nanas Haus ist. Es waren andere Zeiten, als den Menschen das noch etwas bedeutete, und niemand hatte sich ihm genähert. Die Haustür war nach all den Jahren noch immer zugesperrt, und Safet musste durch das Badezimmerfenster einsteigen. Wie er als Kind eingestiegen war. Nana hatte sich deswegen immer über ihn geärgert. Sie sagte, dass ihn jemand dabei sehen und selbst in ihr Haus einsteigen werde. Aber niemand außer ihm war jemals durch dieses Fenster ins Haus gekommen. Diebe suchen und finden andere Wege als Kinder. Es sollten aber Zeiten kommen, wo sich die Menschen auch dort Wege bahnten, wo es keine gibt.

Safet wollte sich nicht in Nanas Zimmern im Erdgeschoss aufhalten. Er wollte sich nicht erinnern, er, dessen Leben sich gerade in einen Haufen ungeordneter Erinnerungen verwandelte. Aus dem Badezimmer ging er direkt ins Obergeschoss hinauf. In Jadrans Zimmer, wie alle dazu sagten, obwohl Jadran nie einen Fuß hineingesetzt hatte. Er öffnete das Fenster, damit ein wenig Luft hineinkam. Das Fenster ging zur Una hinaus, und nur wenn jemand vorbeifuhr und nur wenn er unmittelbar am Ufer fuhr, konnte er sehen, dass es offen stand. Angekleidet legte er sich auf das vollgestaubte Bett. Nur die Schuhe hatte Safet ausgezogen, weil er Nana hörte, wie sie sagt, man dürfe sich nicht mit Schuhen ins Bett legen, weil einen dann die Nacht auf eine Reise schicken kann.

Obwohl er an diesem Tag noch nichts gegessen hatte, verspürte er keinen Hunger. Auch keine Müdigkeit. Er verspürte gar nichts. Er war am Ende seines Weges angelangt. Hier würde ihn niemand suchen. Hier würde ihn niemand rufen. Er war vor allem geflüchtet, und das Leben war weit hinter ihm zurückgeblieben. Er lag da und sah an die Decke. Er fühlte, dass er ganze Tage auf diesem Bett liegen könnte. Wochen. Monate. Er wusste, dass er es könnte. Es gab nichts, wegen dem er hätte aufstehen wollen. Er lag den ganzen Nachmittag und Abend und auch den größten Teil der Nacht. Gegen Morgen schlief er ein. Erst die volle Blase weckte ihn. Er ging ins Badezimmer hinunter und schiffte sich aus. Er zog den Griff am Spülkasten, hörte aber nur einen dumpfen Schlag. Wasser gab es keines im Haus. Auch Strom nicht.

Für einen Moment brachte ihn das in die Wirklichkeit zurück. In seinem Magen begann es zu knurren. Sein Mund war trocken. Ich kann mich im Fluss waschen, dachte er. Aber Trinkwasser würde er brauchen. Etwas zu essen. Vielleicht auch Strom. Die Nächte konnten hier viel kälter werden, als es die vergangene gewesen war. Bisher hatte er nur an das Auf-dem-Bett-Liegen in Nanas Haus gedacht. Jetzt aber, wo er seinen Teil abgelegen hatte, wusste er nicht weiter. Sein Wunsch nach Alleinsein war allerdings nicht weniger stark als am Vortag. Hunger und Durst waren noch nicht allzu schlimm. Deshalb kehrte er in die Mansarde zurück und legte sich wieder aufs Bett. Wieder war er ganz ruhig. Er verspürte eine seltsame Zufriedenheit, wie er sie nicht gekannt hatte. Noch eine ganze Weile würde er es ohne Wasser aushalten, schien ihm, als er durchs Fenster sah, wie der neue Tag verging. Es war wie eine Droge. Dort zu liegen. In Jadrans Bett. Körper und Seele waren getröstet. Beide wollten dort sein und nirgends sonst. Alles das brauchte Safet nicht zu verstehen. Er lag da bis zum späten Nachmittag, bis ihn ein schrecklicher Durst zum Aufstehen zwang.

Die Menschen in diesen Gegenden sind Fremden gegenüber zurückhaltend. Wenn sie dich nicht kennen, tun sie so, als würdest du sie nicht interessieren, und kehren sich ab, spähen dir aber heimlich nach. Und Safet kannten in Otoka nicht einmal jene, die ihn hätten kennen können. Zu lange war er nicht hier gewesen. Außerdem lief die Zeit auch hier schon etwas schneller.

Als er am selben Nachmittag in den Ort kam und sich bei Lela hinsetzte, um etwas zu trinken und zu essen, kam lange niemand zu ihm. Dann hob Lela doch ihren üppigen und jetzt schon ziemlich müden Körper hinter dem Nachbartisch und fragte ihn, was er möchte. Er sagte es, und sie brachte ihm das Gewünschte. Er trank, aß, zahlte und ging. Ohne weitere Worte. Als er zu seinem neuen Heim zurückging, schien ihn niemand von den Vorübergehenden auch nur anzusehen. Er fühlte sich unsichtbar, und das gefiel ihm.

Er hoffte, dass es auch am nächsten Tag so sein werde. Aber weil er wiederkehrte, erweckte das ihre Aufmerksamkeit. Sie wussten bereits, wo er lebte. Vielleicht wussten sie, wer er war. Dieses Mal begrüßte ihn Lela. Die drei Männer, die mit ihr am Nachbartisch saßen, nickten ihm zu. Und das nicht etwa, weil sie freundlich gesinnt waren. Sondern weil sie neugierig waren. Weil sie wissen wollten, was er hier tat. Safet grüßte nicht zurück. Er bestellte, aß und ging, wie am Vortag. Noch immer mochte er keine überflüssigen Worte und wollte ihre Fragen nicht hören.

Auf dem Weg zu Nanas Haus kam er an einer Schar Kinder vorbei, die vor Hamdijas Haus spielten. Sie hielten inne und sahen ihn an, dann folgten sie ihm. Er hörte eine Frauenstimme, die sie zurückrief. Er hörte auch einen Mann, der *Denis* rief. Denis ist der Frauenstimme offenbar nicht gefolgt, dachte er.

Am nächsten Tag grüßten ihn die Leute bei Lela nicht mehr. Auch Lela nicht. Sie schienen noch immer darauf zu warten, dass er etwas sagte. Jetzt sahen sie ihn schon unverhohlen an und warteten. Aber sie warteten vergeblich. Als würde er die Leute von Otoka nicht kennen, hoffte er, dass sie sich mit der Zeit an ihn gewöhnten und sich mit seiner geheimnisvollen Existenz abfänden und dass er wieder wie eine Geistererscheinung herumlaufen könnte, ohne dass sich irgendwer nach ihm umgedreht hätte. Er hoffte, wieder ungestört kommen und gehen zu können, aber ihre Blicke sprachen eine andere Sprache. Er spürte ihre Unruhe und wurde in ihrer Nähe auch selbst unruhig.

Als er gegessen und gezahlt hatte, grüßte er sie. Aber jetzt waren sie es, die nicht zurückgrüßten. Auf dem Weg nach Haus hob er den Blick und sah sich zum ersten Mal im Ort um. Die Menschen schienen sich vor ihm zu verstecken, nicht er vor ihnen. Vor Hamdijas Haus waren an diesem Tag keine Kinder. Im Garten stand ein Mann und stützte sich auf eine Schaufel. Schweigend sah er ihn direkt an. Auch Safet sagte nichts. Der Mann schien Angst zu haben, deshalb wandte er den Blick ab und setzte seinen Weg fort. Kurz darauf hörte er seine Stimme. Sie war unverständlich und verschwand bald hinter der Haustür.

Am nächsten Morgen klopften sie an seine Tür. Drei bewaffnete Männer in Uniform. Die Tür war noch immer abgeschlossen, und Safet hatte keinen Schlüssel. Er fürchtete, sie könnten sie einschlagen, deshalb öffnete er das Fenster und fragte sie, was sie wünschten. Sie fragten ihn, wer er sei. Ein Flüchtling, antwortete er. Woher, interessierte den Älteren unter ihnen. Er hatte ungewöhnlich kleine Augen, zwei kleine schwarze Punkte mitten im länglichen Gesicht. Aus Slowenien, sagte er. Sie interessierte, was er hier tue, in diesem Haus. Er sagte, es sei sein Haus. Sie fragten ihn, wie er heiße. Er sagte es ihnen. Sie fragten ihn, vor wem er geflohen sei. Vor dem Wahnsinn, sagte Safet.

Einer der jüngeren Burschen lachte laut auf. Er hatte einen ausgestellten Kiefer, der sich während des Lachens vom Rest des Gesichts wegbewegte. Der Alte sagte, der müsse verrückt sein, der vor dem Wahnsinn ins Irrenhaus flüchtet. Er lachte nicht. Safet erwiderte, dass er wohl recht habe. Darauf nahm der Alte das Gewehr ab und lehnte es gegen die Tür. Offensichtlich wusste er nicht, was er tun sollte. Die beiden Jungen warteten, dass ihm etwas einfiel. Dann fragte er, wer vorher in diesem Haus gelebt habe. Safet sagte: *Nana. Meine Mutter, Enisa,* fügte er rasch hinzu. Der Alte sagte *Aha*, aber er schien Nana Enisa nicht zu kennen. Offensichtlich ist er kein Einheimischer, dachte Safet. Dann fragte der Alte, was er in Slowenien gemacht habe. In welcher Stadt er gelebt habe. Safet bekam es mit der Angst, dass das Verhör so lange fortgehen könnte, bis er eine falsche Antwort gab. Aber der Alte drehte sich plötzlich um und marschierte wortlos zurück zum Ort. Die beiden Jungen folgten ihm, einer von ihnen, der mit dem Kiefer, blieb noch einmal kurz stehen und sah sich nach Safet um, der noch immer am Fenster lehnte. Er nahm einen Stein auf und warf ihn nach dem Haus. Er traf die Tür, gut einen Meter von Safet entfernt. Sein Freund lachte und nahm auch einen Stein in die Hand. Aber seiner fiel schon ein paar Meter vor dem Haus runter. Der Alte hatte sich inzwischen ziemlich weit entfernt und interessierte sich nicht dafür, was hinter seinem Rücken vor sich ging.

Nach drei Tagen, als Safet am Nachmittag bei Lela saß, trat ein Mann mit einer länglichen Narbe über den kahlen Kopf an seinen Tisch. Er fragte, ob er sich dazusetzen dürfe. Er wartete die Antwort nicht ab.

Was gibt es in Slowenien?, fragte er, während er sich setzte.

Weiß ich nicht.

Bist du tatsächlich Vahids Bruder?

Safet nickte.

Gut, sagte der Mann und winkte ins Innere des Lokals. Lela brachte zwei Schnaps und stellte sie ohne Worte vor sie hin.

Ich bin Ismars Bruder, sagte der Narbige. *Ismar ist letztes Jahr gestorben. Er hat sich umgebracht.*

Safet nickte wieder. Der Narbige hob sein Glas.

Möge seine Seele Frieden finden, sagte er und goss ein paar Tropfen vom Schnaps auf den Boden unterm Tisch.

Unsere Mutter war eine Serbin aus Valjevo, flüsterte er und lachte laut. Es schien, als bemühte er sich, sein Lachen im Raum widerhallen zu lassen.

Wenn du etwas brauchst, sag es nur.

Ich brauche Wasser und Strom.

Der Narbige lachte wieder laut.

Jeder braucht etwas. So sind die Zeiten.

Safet nickte noch einmal. Der Narbige stand auf, drehte sich zu Lela, deutete auf das Glas auf dem Tisch und auf sich und drehte sich noch einmal zu Safet um.

Mach keine Dummheiten.

Nein.

Auf dem Rückweg blieb Safet vor der Post stehen. Er sah die lange Schlange, die sich aus dem Postgebäude bis auf die Straße hinaus wand, bis hin zur Bäckerei. Die Leute warteten aufs Telefon. Safet stellte sich ans Ende der Reihe, ohne zu wissen, wen er anrufen wollte. Ismars Bruder hatte ihn verwirrt. Am Anfang versuchte er die Gespräche der Wartenden zu überhören, aber das ging nicht. Die Frau vor ihm erzählte ihrer Freundin laut, dass sie in Banja Luka bei ihrer Schwester Mersiha gewesen sei und dass deren Nachbarin Dragana die ganze Woche nicht auf einen Kaffee gekommen sei.

Ich habe sie am Fenster gesehen, und sie hat mich gesehen, aber sie ist nicht vorbeigekommen.

Die andere sagte, sie leide es nicht, dass ihr Mann nach Bihać fährt, sie habe ihn gebeten, damit aufzuhören.

Dort sehen alle alles und wissen alles, wiederholte sie mehrmals.

Als Safet näher bei der Telefonzelle war, hörte er eine weinende Frauenstimme heraus.

Mach dich nicht verrückt, mach dich nicht verrückt. Sie lügen, mein Herzchen, sie lügen. Mach dich nicht verrückt.

Die Frau kam aus der Telefonzelle und lief zum Ausgang. Safet stand plötzlich in der Zelle mit dem Hörer in der Hand. Hinter ihm stand eine lange Reihe ungeduldiger Menschen. Er drehte Irfans Nummer. Er sagte ihm, wo er sei, und bat ihn, es Vesna zu sagen. Es fiel ihm schwer, ihren Namen auszusprechen, und er legte auf, bevor Irfan irgendwelche Fragen stellen konnte.

Es war schon dunkel, als er zum Haus kam, und schon von weitem bemerkte er, dass in einem der Zimmer im Erdgeschoss Licht brannte. Er lief zur Eingangstür, überzeugt, dass die Uniformierten ins Haus eingedrungen seien. Aber die Tür war verschlossen. Safet lief zum Fenster und kroch ins Haus. Er wollte so rasch wie möglich zu dem beleuchteten Zimmer kommen. Es war Nanas Schlafzimmer. Als er darauf zuging, hörte er nur seine Schritte, und er hatte Angst wie ein kleines Kind. Vorsichtig öffnete er die Tür und sah Nanas Bett vor sich. Das Zimmer war leer. In diesem Moment erst begriff er, dass der Strom angeschlossen war. Er machte Licht im Flur. Dann in der Küche und auch im Wohnzimmer. Er ging ins Badezimmer und drehte das Wasser im Waschbecken auf. Aus dem Hahn kam es dick und braun. Er ließ es laufen und sah zu, wie es allmählich klar wurde.

Er wusch sich, dann ging er weiter durchs Haus. Alles war so wie damals, als Nana hier noch lebte. Unberührt. Im Schrank gab es noch ein paar Schachteln mit Lebensmitteln. Von dort verbreitete sich ein leichter Geruch, den er schon gerochen hatte, als er ins Badezimmer ging. Er nahm die Schachteln und trug sie aus dem Haus und schüttete alles hinter dem Haus auf die Erde, zusammen mit dem Ungeziefer, das in ihnen hauste. Dann ging er in den Schuppen. Jetzt, wo er Licht machen konnte, sah er erst, was sich hier alles angesammelt hatte. Er war voll mit Vahids Sachen, etwas war noch vom Vater geblieben. Ein muffiger Geruch nach Feuchtigkeit, überall wuchernde Spinnweben und die Geräusche flüchtender Tierchen vertrieben ihn. Aber dann bemerkte er weiter hinten, hinter einem Stapel Gartenstühle, den Reservereifen eines Traktors. Sofort erinnerte er sich, wie er und Vahid sich als Jungen auf Schläuchen die Una hinabtreiben lassen und Comics gelesen hatten. Er kämpfte sich zu ihm durch und zog ihn heraus. Dann zog er den Schlauch heraus und nahm ihn mit ins Haus. Er schaltete das Licht aus und stieg hinauf ins Obergeschoss.

Am nächsten Morgen weckten ihn Schreie. Er trat ans Fenster und sah zu Hamdijas Haus hinüber. Davor parkte ein Auto, der Mann mit der Schaufel stand daneben. Eine Frau, wohl seine Frau, stand am Zaun, er schrie auf sie ein, schickte sie ins Haus. Auch sie sagte etwas, aber das war nicht zu hören. Nur seine Fistelstimme zerteilte den Morgen. Dann stieg ein Mann in Uniform aus dem Auto und trat neben sie. Safet hörte nicht, was er zu ihnen sagte, die Frau drehte sich um und ging wütend zum Haus, und der Mann mit der Schaufel setzte sich ins Auto. Jetzt, wo die Stimmen leiser geworden waren, hörte er erst das Hundegebell. Die Hunde reagierten einer auf den anderen, und bald bellte die ganze Straße.

Er musste vom Fenster weggehen und sich alles ein wenig beruhigen lassen. Deshalb nahm er den Schlauch und ging zum Schuppen. Er kramte Vahids Fahrradpumpe heraus und begann ihn aufzupumpen. Es ging langsam, aber er hatte ja Zeit. Außerdem tat ihm physische Arbeit gut. Ihm tat gut, dass sein Körper schwitzte, dass er immer mehr außer Atem kam. Mit jedem Tropfen Schweiß, mit jedem Ausatmen ging etwas von ihm weg. Etwas Bedrückendes. Er warf die Luftpumpe zur Seite und begann den Schlauch direkt mit dem Mund aufzublasen. Mit seiner Lunge. Er blies mit aller Kraft, zählte seine Atemzüge und sprach sich Mut zu. Nur noch zehn, nur noch fünf. Und noch zehn. Und noch fünf. Es drehte sich ihm im Kopf, trotzdem wollte er nicht aufhören, bevor der Schlauch aufgeblasen war und er sich vor Erschöpfung vor dem Schuppen auf die Erde setzte.

In diesem Moment hörte er vor Hamdijas Haus die Stimme der Frau, die auf ihre Kinder einschrie und sie ins Haus zurückjagte. Er stand auf und ging zum Fluss.

Fast zwei Stunden ging er flussaufwärts. Noch immer war er so schön wie damals, als er ein Kind war und mit den Eltern zu Tante Fadila auf Besuch kam. Grün. Klar. Aber jetzt war nirgends mehr ein Una-Fischer zu sehen. Nicht einen hatte er auf seinem Weg getroffen. Auch die ersten Vorfrühlings-Badenden gab es nicht. Es gab keine Jungs, die wie früher im eiskalten Wasser dem Fluss bewiesen hätten, dass sie Männer geworden waren. Nur ihn mit seinem Traktorschlauch über der Schulter. Und die Vögel. Nur ihnen ist der herannahende Frühling nicht egal, dachte er.

Als er vor sich in der Ferne die Kurve erblickte, in der Vahid und Ismar von der Straße geflogen waren, ließ ihn etwas innehalten. Er wollte nicht näher heran. Es müssen noch mindestens fünf Kilometer bis zu der Stelle sein, dachte er. Er war weit genug entfernt. Er schlug sich durch das hohe Unterholz zwischen den Bäumen und fand einen Weg zum Wasser. Er legte den Schlauch auf die Wasserfläche. Er musste ihn mit aller Kraft festhalten, damit ihn die Strömung nicht davontrug. Als Kind war ihm das leichter gefallen. *Was weiß ein Kind, was man kann und was man nicht kann,* hörte er Vaters Stimme. Die Kinderkörper krochen überallhin. Jetzt hatte er Angst, er könnte zu schwer sein und umkippen oder zusammen mit dem Schlauch untergehen. In der märzkalten Una. Oder direkt ans steinige Ufer getragen werden. Er konnte den Schlauch nicht länger halten und musste sich entscheiden. Springen oder loslassen, er hatte nicht mehr genug Kraft, ihn zurückzuziehen. Er sprang. Der Schlauch unter ihm begann stark zu schaukeln, seine Arme tanzten in der Luft, aber er blieb oben. Er schwamm.

Die Strömung in diesem Teil des Flusses war nicht allzu stark, und er konnte sie meistern. In ihm war das Kind mit dem Comic in den Händen erwacht, und plötzlich war ihm alles so bekannt, so vertraut. Die Una war sein Fluss. Bald überließ er sich ihm ganz, dass er ihn trug, wie es sein Wille war. Er schwamm aus dem Schatten der Uferbäume heraus, und eine angenehme Märzsonne beschien ihn. Er tauchte seine Hände ins Wasser und überließ sich dem Augenblick. In ihm flossen die Frische des Wassers und die milde Mittagswärme zusammen.

In dem Moment waren Schüsse zu hören. Der Lautstärke nach zu urteilen konnten sie nicht sehr weit weg sein. Es hat angefangen, dachte er. Endlich. Die Una trug ihn langsam Richtung Otoka. Vor ihm lag eine gute Stunde Fahrt. Wieder waren Schüsse zu hören. Immer lauter, noch näher. Es war schwer zu begreifen, aber gerade diese Schüsse schienen ihn endgültig zu beruhigen. Erst mit ihnen wurde seine Fahrt vollkommen. Alles ist genau so, wie es sein muss, dachte er. Er mitten auf der Una, hingestreckt auf Vahids Traktorschlauch, die warme Mittagssonne und der Krieg. Ein Krieg, den er sich verdient hatte. Ein Krieg, den sich alle verdient hatten.

Wenn er bis Otoka gekommen sein wird, wird er nicht anhalten, dachte er. Er wird durch den Ort hindurchfahren, bis zum Haus von Tante Fadila wird er fahren, und noch weiter. Rings um ihn wird Stein um Stein bersten, Haus um Haus. Der Ort wird langsam verschwinden, so lange, bis an den Ufern der Una nichts mehr sein wird. Kein Schmerz, keine Sünde, keine Schuld, kein Bedauern. Die einstigen Leben und die einstigen Lieben werden nicht mehr sein. Nichts wird mehr sein, worüber man sich freuen müsste, nichts, worum man trauern müsste. Alles wird leer sein, und er wird leer sein. Endlich wird er nichts mehr fühlen.

Er schloss die Augen, lehnte den Kopf zurück und überließ sich der Strömung, die ihn davontrug.

4.

Das erste zerstörte Haus vergisst du nie, das erste niedergebrannte Dorf, durch das du fährst, brennt sich in deiner Erinnerung ein, alle nachfolgenden Ruinen verblassen mit der Zeit, du weißt, dass es sie einmal gegeben hat, dass du sie gesehen hast, aber du kannst sie nicht mehr zurückrufen. Nach einer bestimmten Zeit siehst du auch die zerstörten Häuser nicht mehr, so als wären sie heil oder als hätte es sie nie gegeben, aber das erste Haus und das erste Dorf bleiben, und deshalb sehe ich immer wieder aus dem Fenster des Autobusses, der nach Bihać fährt, als könnte ich den Blick nicht von den rußigen Fensterhöhlen, von den verkohlten Wänden, von den unsichtbaren Gesichtern wenden, die sich durch die gewaltsam geöffneten Räume bewegen, dort, wo die Herde waren, in denen es stets an den Boden der Bratpfanne geklebte Essensreste gab und wo Anrichten mit schönen Kaffeetässchen aus Keramik standen, die nie benutzt wurden, weil der Krieg wie immer dieser besonderen Gelegenheit zuvorgekommen war, auf die sie Jahr für Jahr geduldig gewartet hatten.

Ich war sechzehn, alt genug, um in einen Bus zu steigen und nach Bihać zu fahren, auf einen Besuch zu meinem Vater, zu jung, um zu verstehen, was mich dort hinzieht, weshalb ich an dem schlafenden, unrasierten Gesicht meines nächsten Mitreisenden vorbei die zerstörten Häuser an der Straße ansehe, anstatt zu Hause, hundert Kilometer nördlicher, Geschichte zu wiederholen, die wir am Montag schreiben. Mutter wird, wenn sie meinen Brief liest, wissen, dass ich lüge, dass ich nicht mit Jerc und Igor an der Kolpa bin, vielleicht wird sie sogar denken, dass ich hier sein könnte, wo ich bin, wird aber unverzüglich diesen zu schrecklichen Gedanken mit seinem zu offenen Ende verdrängen und lieber einen Ersatzgedanken suchen.

Ich habe dich nicht gefragt, zu wem du gehst, sondern wohin, hatte der Zollbeamte gesagt und gelächelt, als hätte er einen Witz erzählt, aber für meinen Geschmack standen wir zu nahe an den Ruinen, als dass ich hätte zurücklächeln dürfen, und so sah ich ihn, der verächtlich den Kopf schüttelte, todernst an.

Ich verstand nicht, ich Trottel, der ich von woanders kam, von dort, wo sie vielleicht noch immer ihre Wörter kennen, auch die seltsamen türkischen, aber wo sie nie verstanden und wo sie noch immer nicht verstehen, was ihnen diese Menschen mit diesen seltsamen Wörtern sagen möchten, weshalb er an mir verzweifelt war, verstummt, und mir meinen Pass zurückgegeben hatte, worauf ich zu ihm gesagt hatte, ich führe nach Bosanska Otoka, aber das interessierte ihn nicht mehr, er hatte festgestellt, dass ich seine Sprache mit den verarschenden Untertönen nicht spreche, und war zum nächsten in der Reihe getreten, dem Unrasierten.

Und wie ist es so in Schweden, fragte er, als er den Blick von dessen Reisepass hob.

Kalt, antwortete der Unrasierte.

Kalt, wiederholte der Grenzbeamte, als wüsste er nicht, was er mit diesem Wort anfangen solle.

Weder der eine noch der andere lächelte, nichts war mehr komisch, und alle Reisenden warteten todernst auf die Fortsetzung der Unterhaltung, einer Unterhaltung, die schon beendet war, nur dass niemand von uns das wusste. Der Grenzbeamte drehte sich zu seinem Kollegen um, der ein paar Meter hinter ihm stand.

Hast du gesehen, was der Mensch alles lernt an dieser Grenze, sagte er, und der nickte ihm zu, ein Mann mit einem Schnauzer, der vor mir stand, flüsterte zu sich selbst *Pička vam materina pokvarena,* aber niemand außer mir, der ich mich zu ihm umgedreht hatte, hörte ihn.

Ist dein Alter aus Bosanska Otoka?, fragte er mich, und ich nickte, obwohl mir schien, dass ich den Kopf hätte schütteln müssen, weil mein Alter nie aus Bosanska Otoka war, sein Alter war es gewesen, aber er nicht, der war in Split aufgewachsen und in Kragujevac geboren, und wenn man ihn fragte, woher er sei, hatte er immer gesagt *Von da unten,* und wenn er betrunken war, hatte er gesagt, *Iz pizde materine, wo werd ich schon her sein, ich bin ihr nicht aus dem Arsch gekrochen.*

Aber ja, jetzt war er aus Bosanska Otoka, er hatte es selbst so beschlossen, so glaubte ich jedenfalls, er war selbst dort hingegangen, er hatte sich selbst ausgesucht, von dort zu sein. Aus Bosanska Otoka. Ich drehte mich wieder zu dem Grenzbeamten um, der schon am Ende unserer Kolonne war, auf seinem Gesicht bemerkte ich wieder das gleiche Lächeln, das mir gegolten hatte, aber dem Mann, der ihm gegenüberstand, war nicht nach Lachen zumute. Der Grenzbeamte blätterte in seinen Dokumenten, mehrere Blatt Papier.

Nimm deine Sachen, sagte er zu ihm, und der Mann ging zum Bus und zog eine grüne Sporttasche aus dem Kofferraum, dann folgte er dem Grenzbeamten zum Container.

Hinter ihm schloss sich die Tür, und uns wurde befohlen, in den Bus zurückzukehren, und diesen Befehl führten wir auch sofort aus, niemand außer mir drehte sich nach der geschlossenen Tür um, hinter der unser Mitreisender verschwunden war, niemand fragte sich, ob dahinter jeder von uns hätte verschwinden können, aber der Zufall hatte ihn getroffen, der der Letzte in der Reihe war, entweder weil sein Unterkiefer ein wenig vorstand oder weil er zu kurze Hosen trug. Alle Fahrgäste schienen mir verwundbar, alle hätten gefälschte Papiere haben können, niemand schien überzeugt, dass er die Grenze überqueren werde, denn niemand wusste, ob es wirklich eindeutige Regeln gab, nach denen man auf die andere Seite kam. Alle wussten, dass wir uns in einer anpassungsfähigen Welt befinden, sogar ich, der ich vorher nur einmal hier gewesen war, vor langer Zeit, noch in jenen Zeiten, und deshalb atmeten wir alle auf, dass wir nicht selbst in dem Container gelandet waren und dass uns erlaubt worden war, in den Bus zurückzukehren.

Als ich in den Bus steige, verschwinden die Bilder. Meine ersten Kilometer des Nachkriegsbosnien sind nur Gerüche, ist nur der Gestank der nervösen und müden Reisenden, der sich aus ihren ungewaschenen Achselhöhlen verbreitet, aus ihren nicht ausgespülten Mundhöhlen, aus ihrem verklebten Haar voller Zigarettenrauch, aus der Haut, in die sich die Feuchtigkeit unbequemer Sammellager eingefressen hat, aus den Lungen, die die Luft der Fabrikkantinen und Bahnsteigspelunken atmen, aus den abgetragenen Schuhen, die die Flüchtlingslager, die Ausländerbehörden, die Verteilungsstellen für humanitäre Hilfe durchquert haben. Mir ist schlecht, in diesem Bus möchte ich nichts mehr berühren, ich habe Angst vor diesen stinkenden Menschen, ich würde am liebsten aussteigen und nach Hause gehen, ich möchte frisch gewaschene Laken und einen aufgewischten Fußboden im Badezimmer, ich möchte einen Duftspender in der Toilette, niemandem in diesem Bus wage ich mehr in die Augen zu sehen, ihre Augen sind schwarze Löcher, ihre Fingernägel Klauen, und mein Magen erträgt keine nicht pasteurisierte Milch, meine Haut ist allergisch. Ich bin nicht aus Bosanska Otoka, ich bin nicht aus diesem Autobus, mit Sitzen, aus denen, wenn du draufschlägst, Staubwolken aufsteigen, ich bin von woanders und würde gern dorthin zurückkehren, weil mich hier der Geruch nach Menschen, der Geruch nach Versengtem, nach Schießpulver und nach Blut erstickt, ich hingegen dufte nach Malizia, was bist du für ein Mann, wenn du das nicht nimmst, hatte die Frau im Fernsehen gesagt, deshalb dufte ich nach Malizia, obwohl mein Körper noch keine unangenehmen Gerüche abgibt, denn ich bin erst sechzehn und habe nur hier und da ein paar Stoppeln, ich rieche nicht aus dem Mund, denn meine Zahncreme verhindert das Entstehen von Karies, durch das Fenster sehe ich nichts, die modernden Körper meiner Mitreisenden vernebeln mir den Blick, ich weiß nicht, wie Bosnien ist und will es auch nicht wissen, ich will zurück, zurück nach Haus, warum haben sie mich nicht in den Container abgeführt, das hätte mich davor bewahrt, dass ich dort aussteigen muss, wo es an den Straßenrändern keine Gehsteige gibt, dass ich auf dem Busbahnhof in Bihać aussteigen muss, wo er versprochen hat, auf mich zu warten.

Zuerst sagte er, dass er zu meiner *valeta* kommen werde, in Wahrheit aber wollte ich nicht, dass er kommt. Die *valeta* war schon ohne ihn viel zu stressig, Vierzehnjährige wurden in Clownskostüme gesteckt, mit Krawatten und Fliegen, in den Hemden der älteren Brüder und in den Anzügen der Väter fühlten wir uns idiotisch, schon bald aber war es uns egal, wir dachten nur daran, was danach kommen würde, wenn wir ins *Super Li* gehen, auch ich dachte nur daran, wie ich mich zum ersten Mal betrinke und wie ich Mirela auf den Mund küssen werde, wenn sie es mir erlaubt, wenn sie es mir nicht erlaubt, werde ich sie an die Titten fassen und nicht loslassen, und dann werden wir nie wieder miteinander reden und ich werde ein Ferkel bleiben, aber so viel bin ich mir schuldig, ich habe mir einen starken, ununterbrochenen Druck ihrer Titten versprochen, einen Trostpreis für all die Monate, die ich von ihr geträumt habe, auch Sanel, Primož und Damir habe ich versprochen, dass ich sie begrapschen werde, die *valeta* war voll nur auf Mirela und auf Knutschen und Grapschen ausgerichtet, da war kein Platz für Safet, schon ohne ihn war ich nervös genug, schon ohne ihn war mir schlecht und ich musste den ganzen Bambus aus-kotzen, fünfzehn Minuten nachdem ich ihn getrunken hatte, und ich war nüchtern wie noch nie und hatte nicht den Mumm, mich Mirela auch nur zu nähern, schon ohne ihn wünschte ich mir nur, dass alles zusammen so bald wie möglich vorbei wäre, weil ich wusste, dass es keinen Sinn hat, nüchtern ins *Super Li* zu gehen.

Das nicht eingelöste Versprechen meines Vaters war genau genom-men das Einzige, was mich an diesem Tag freute, das Einzige, was mich wenigstens ein bisschen beruhigte, eine Sorge weniger, aber in Wahrheit hatte ich auch nicht geglaubt, dass er kommen werde, denn auch Mutter hatte gesagt, ich solle nicht mit ihm rechnen, Mutter war böse, weil er gesagt hatte, dass er kommt. *Dann soll er doch wenigstens still sein,* wiederholte sie andauernd, sie wusste, dass er nicht kommen würde, und hatte auch mich darauf vorbereitet, mir geholfen, dass ich nur an Mirela und an unser Knutschen im *Super Li* denken konnte, daran, was ich ihr sagen würde, bevor ich sie küsse, ob ich ihr über-haupt etwas sagen werde, ob sie mit uns ins *Super Li* geht und ob sie wenigstens für einen Augenblick allein ist, dass ich mich an sie ran-machen kann, ob ich betrunken genug sein werde, dass ich mir nicht im letzten Augenblick in die Hose mache und es mir anders überlege, ob sie mich zurückknutscht oder ob sie mir eine runterhaut, so viele Gedanken waren es, dass sie den an Safet und sein angekündigtes Kommen völlig verdrängten.

Aber sie verdrängten ihn nur bis zum Tag nach der *valeta*, als ich enttäuscht aufwachte, wütend auf mich und darauf, dass ich derjenige gewesen war, der Damir, Sanel und sogar Srečko überredet hatte, nicht ins *Super Li* zu gehen, sodass wir woanders hingingen, dass ich derjenige war, der vor Mirela und ihren Titten geflüchtet ist, weg von den Versuchungen. Stattdessen saßen wir im *Cubana* und tranken Stock-Cola, drei Runden tranken wir, dann ging uns das Geld aus, und dann war da Dule, ein Mitarbeiter von Vater, der sah Sanel und machte Stress, und dann gingen wir vor den Wohnblock und saßen dort bis drei Uhr morgens.

Scheiß auf Mirela, sagte ich, aber niemand hörte, was ich sagte, und sie dachten, ich sei betrunken.

Scheiß auf meinen Vater, sagte ich, aber sie grinsten mich nur an, weil ich schon nach drei Runden angeschlagen war, sie sagten, ich sei das größte Weichei in der Geschichte von Fužine.

Am nächsten Morgen begann ich über meinen Vater nachzudenken, weil ich nicht über Mirela nachdenken wollte, ich begann darüber nachzudenken, warum er nicht gekommen war, wenn er es doch versprochen hatte, und es tat mir weh, es kam mir wie Verrat vor, und mir kam fast das Weinen, erst als alles vorbei war, begriff ich, wie sehr ich mir gewünscht hatte, dass er kommt, dass ich ihn sehe. Ich stellte ihn mir vor, wie er mich in diesem Bajazzokostüm sieht und *Bildschön* sagt, worauf ich sage *Ein Scheißbild*, und er mir auf die Schulter klopft und sagt *Jetzt geh aber, Junge, Ärsche und Titten grapschen*, und mir zuzwinkert. So stellte ich ihn mir vor, weil ich mir einen bosnischen Vater, der sich mit seinem fast erwachsenen Sohn unterhält, damals so vorstellte, ich wusste nicht, dass Safet überhaupt nicht so ist, dass er so etwas nie sagen würde. Mir schien sogar, dass ich ihm das von Mirela sagen könnte, dass wir über ihre Titten reden könnten.

Das zweite Mal versprach er zu kommen, als ich ihn zum Final Four der Kadetten nach Novo mesto einlud, damit er mich spielen sieht, ich glaubte, dass er sich dagegen nicht sperren kann, dass er einer der stolzen Väter auf der Tribüne sein möchte, dass er den Schiedsrichter dorthin schicken möchte, wo der Pfeffer wächst, wie ich mir vorstellte, dass alle bosnischen Väter sie dahin schicken, dass er mir vor dem Spiel ein, zwei Ratschläge geben möchte, dass er Mirza Delibašić und Ivo Daneu erwähnt, dass er mir wieder die Aktionen auf den Schwarzweißfotos von der Weltmeisterschaft in Ljubljana erklärt, die er persönlich gesehen hat, dass er mich nach dem Spiel lobt und sagt, dass ich noch besser bin als Dražen. Ich kannte ihn nicht, und in meiner Vorstellung war Safet so, wie die anderen bosnischen Väter waren, er war ein Puzzle aus Anekdoten, die meine bosnischen Freunde aus ihren Vätern machten, ein Mosaik aus Stereotypen und Teenager-Übertreibungen. Vielleicht war es besser, dass er damals nicht kam, weil er meine Erwartungen nicht erfüllt hätte, weil er nicht die Rolle gespielt hätte, die ich ihm zugedacht hatte, weil er vermutlich in der Ecke der Halle gesessen hätte, anders, als er war, als er fünf Jahre zuvor weggegangen war, weil er vermutlich so gewesen wäre, wie er mich auf dem Busbahnhof in Bihać erwartet hatte, abgemagert und gealtert, komisch angezogen, so, wie er mir die Hand reichte und mich fragte, wie die Reise gewesen sei und ob ich Hunger hätte, so, wie er sich dann, als ich geantwortet hatte, dass ja, verwirrt umgesehen hatte, nicht wissend, wohin er mich führen solle, damit ich etwas zu essen bekäme, unvorbereitet, verloren.

Genauso ein Fremder wie ich, habe ich damals gedacht, als ich hinter ihm durch Bihać ging und er sich verwirrt umsah, auf der Suche nach einer Čevapčići- oder Burek-Bude oder was immer, wo ich etwas essen könnte.

Gehen wir dorthin, sagte er schließlich, bog zu einem zerfallenden Kiosk ab und setzte sich an ein schmutziges Plastiktischchen davor.

Ist das hier okay?, fragte er.

Er sah sich um und hielt nach einem anderen Restaurant Ausschau. Aber es war keines zu sehen.

Ich frag mal, was sie haben.

Safet stand auf und ging zur Tür. Er sprach leise, und ich hörte nicht, was er mit der Frau im Kiosk sprach.

Sie haben Käsepita, sagte er, als er zurückkam. *Ist das okay?*

Ich nickte.

Wir können auch woandershin gehen.

Ich schüttelte den Kopf.

Das ist nur, damit du nicht vor Hunger stirbst.

Ich nickte.

Wenn es für dich nicht okay ist, können wir auch weitergehen.

Ich schüttelte den Kopf.

Weiter unten gibt es sicher eine Čevapčiči-Bude.

Ich schüttelte den Kopf.

Falls du Čevape willst.

Ich schüttelte den Kopf.

Kannst es ruhig sagen.

Ich stellte ihn mir vor beim Finale gegen Krka, unter den anderen Vätern auf der Tribüne, wie er unter ihnen steht, die sich alle untereinander kannten, die alle meine Mitspieler und alle Spieler von Krka mit Namen kannten, die Schiedsrichter, die Trainer, das Publikum in der Halle, und ich sah diese vertrauten Gesichter, wie sie zu ihm hinsehen und sich fragen, wer er ist und woher er plötzlich gekommen ist, so angezogen, so verloren, Was für ein *čefur*, hörte ich die Jungs flüstern, verstohlen lachten sie über seine Schuhe, über seine weißen Socken, über ihn.

Ein Glück, dass er nicht zu dem Spiel gekommen ist, war mein erster Gedanke, als ich ihn auf dem Busbahnhof in Bihać erblickte, ich schämte mich für diesen Gedanken, ich schämte mich, dass ich mich seiner schämte, aber so war er, in Ljubljana hätte jemand denken können, ein Clochard oder zumindest ein Alkoholiker, er glich Zemljaks Vater, und der war ein schlimmer Alkoholiker, vor allem aber glich Safet den Leuten aus dem Bus Ljubljana–Bihać, genauso vernachlässigt, von stinkendem Äußeren, abgewirtschaftet, ausgelaugt, fertig. Aber das wusste ich damals nicht, als ich mich in der Halle in Novo mesto nach ihm umsah, ohne mich um jede Logik zu kümmern, die sagte, dass Safet nicht einfach so auf der Tribüne erscheinen werde. Ich wartete auf seinen Zuruf, ich wartete auf sein Kommen, ich wartete, und als mir meine Mutter sagte, dass er wahrscheinlich nicht kommen werde, schrie ich sie zum ersten Mal im Leben an, ich sagte, sie solle mit so was verschwinden, zum ersten Mal war mein Wort das letzte, zum ersten Mal war sie nur stumm, war sie ohnmächtig, gefangen zwischen meinem Wunsch und Safets Ohnmacht, diesen Wunsch zu erfüllen, und auch selbst konnte sie es kaum erwarten, dass das Wochenende kam, dass wir im Halbfinale gegen Maribor spielen und dann im Finale gegen Krka, sie fieberte mit, dass wir siegen, aber nicht so sehr wegen des Sieges, sondern weil sie hoffte, dass meine Siegesfreude Safets gebrochenes Versprechen übertönen würde, dass sie die Enttäuschung übertönen würde. Aber im Gegenteil, die Enttäuschung übertönte die Siegesfreude, auch nach Spielende wanderte mein Blick wütend über die Tribüne voller Eltern, Brüder, Schwestern, Freunde, die für mich ein größerer Rivale waren als die Jungs auf dem Spielfeld, sie wollte ich besiegen, ihnen wollte ich etwas beweisen, allen diesen Vätern, die ihre Söhne anfeuerten, wollte ich zeigen, dass ich besser bin, dass ich schneller bin, stärker, aus Trotz hatte ich meine beiden besten Spiele gespielt, die aber nicht zählten, weil Safet sie nicht gesehen hatte.

Während die anderen duschten und es unter den Duschen hallte: *Malo vas je, malo vas je, pičkice,* saß ich in der Garderobe und beschloss, nach Bosanska Otoka und zu Safet zu gehen und ihm zu sagen, *Pička ti materina bosanska, du bist ein Arsch von einem Menschen, das bist du, ich will nichts mehr von dir hören, du brauchst nicht mehr anzurufen, nicht mehr zu schreiben, schieß in den Wind.* Und dann zog ich mich aus und ging unter die Dusche, zu meinen Mitspielern, Jure und Kapo umfassten mich, jeder von einer Seite, und ich hüpfte und brüllte zusammen mit ihnen *Malo vas je, malo vas je, pičkice,* aber für mich war diese *pičkica,* dieser Arsch, nur Safet, und ich brüllte nur ihn an. Die anderen interessierten mich nicht.

Ich sagte nicht *Pička ti materina* zu ihm. Ich sagte gar nichts zu ihm. Ich mampfte die kalt gewordene Käsepita und beobachtete Safet verstohlen, der unbequem platziert neben mir saß und sich weggedreht hatte, dass ich ohne das Gefühl, er würde mich antreiben, essen konnte. Für sich bestellte er nur ein Glas Wasser. Er bat die Kellnerin höflich darum und siezte sie dabei, obwohl sie nur wenig älter war als ich. Er kannte sie nicht mit Namen, wie ich mir vorgestellt hatte. Ich glaubte nämlich, dass alle Bosnier alle bosnischen Kellnerinnen beim Namen kennen und dass die sie kennen. Ich dachte, dass in Bihać die Leute auf der Straße Safet grüßen werden, dass sie zu ihm sagen werden, *He, Safet, wo steckst du, was gibt's, wie geht's,* und dass er mich in sein Lokal mitnimmt, wo mir die Kellnerinnen die Hand geben und sagen, *Ist das dein Sohn, Safet? Ganz derselbe! Wie aus dem Gesicht geschnitten, alle Achtung, Safet, alle Achtung.* Ich hatte mir vorgestellt, dass Safet aus der Ankunft seines Sohnes einen lokalen Feiertag macht, und jetzt trank er gewöhnliches Leitungswasser und wartete geduldig, dass ich ihm sage, wie die Käsepita ist, die er mir bestellt hat.

Wird das für dich reichen?

Ich nickte, und Safet reckte sich zum Nachbartisch hinüber und reichte mir eine Serviette, damit ich mir den Mund abwischen konnte. Dann ging er zum Tresen und bezahlte, lächelte höflich und sagte *Auf Wiedersehen.*

Die Kellnerin murmelte ihren Gruß. Ich dachte, dass sie sich vielleicht fragt, woher wir beide wohl kommen, oder ich habe nur mich selbst gefragt, woher Safet wohl kommt.

Er war kein Bosnier, jedenfalls kein solcher, wie ich mir vorstellte, dass er meiner Meinung nach sein müsste. Er war viel zu still, zurückhaltend und verschämt, und in jedem Fall viel zu höflich. Auf einen solchen Safet war ich nicht vorbereitet, und ich wollte schon aufstehen und zurückgehen zum Busbahnhof und mit dem ersten Bus so weit wie möglich von hier wegfahren.

Aber Safet berührte meine Schulter und forderte mich ohne Worte auf, ihm über eine Brücke zu folgen. Er ging einen oder zwei Meter vor mir, die Hände in den Taschen, versunken in seine unentwirrbaren Gedanken. Mitten auf der Brücke drehte er sich um, als hätte er sich plötzlich meiner erinnert, und bot mir an, mir die Tasche tragen zu helfen, aber ich sagte, dass ich es allein könne, und so gingen wir weiter. Unmittelbar bevor wir von der Brücke herunterkamen, blieb Safet noch einmal stehen. Mit der Hand deutete er zum Fluss.

Das ist die Una.

Die Una interessierte mich nicht. Sie war nur ein Fluss wie jeder andere, aber ich blieb stehen und schenkte ihr einen Blick, aus Rücksicht auf meinen Führer, dem es wichtig erschienen war, mir von allem, was er mir hätte sagen können, zu sagen, wie der Fluss heißt, den wir überquerten. Sein Fluss, der später in vielen seiner Geschichten vorkommen sollte.

Er stand neben mir und ließ mich ihn in Ruhe betrachten, obwohl ich nur so tat, als betrachtete ich ihn. Dann setzten wir unseren Weg am Ufer flussabwärts fort, bis wir vor einem Friseurladen stehen blieben. Safet sah vorsichtig hinein.

Guten Tag.

Ein Mann im weißen Kittel war mit Fegen beschäftigt und drehte sich nicht sofort nach uns um. Erst als er den Besen in die Ecke gestellt hatte, sah er fragend zur Eingangstür.

Ist Meho hier?, fragte Safet.

Der Friseur schüttelte den Kopf, als wüsste er nicht, wer Meho ist, aber Safets enttäuschtes Gesicht stimmte ihn weicher.

Er kommt jeden Moment. Er müsste schon hier sein.

Safet und ich blieben vor dem Friseurladen stehen. Ihm schien es nicht nötig zu erklären, warum wir auf Meho warteten, und mir schien es nicht höflich, allzu neugierig zu sein.

Stell die Tasche auf den Boden, sagte er zu mir, als wir schon mehr als fünf Minuten dort standen.

Jetzt starrten wir beide auf die Una. Es war Sommer, und der Wasserspiegel war so niedrig, dass der Fluss über sein Bett zu kriechen schien, so als hätten die schweren Kriegsjahre auch ihn ausgezehrt und wäre das Leben auch in ihm versiegt, wie es auf den Straßen links und rechts von ihm versiegt war. Weit um uns herum war niemand zu sehen, die Menschen waren vor dem heißen Nachmittag geflüchtet, und Safet und ich schienen in der Stadt allein zu sein.

Sie können sich reinsetzen und hier auf ihn warten, lud uns nach einiger Zeit die Stimme des Friseurs ein.

Nicht nötig, schon in Ordnung, rief Safet von der Straße zurück, und wir warteten weiter, noch immer schweigend, noch immer regungslos, obwohl unsere Körper in der Schwüle von Bihać kochten.

Dann machte Safet einen Schritt auf mich zu, sodass ich seinen ausgemergelten Körper riechen konnte. Es war ein unangenehmer Geruch, der mich von diesem schweigenden Menschen noch weiter entfernte. Der Gedanke, mit ihm zusammenleben zu müssen, sein

Badezimmer zu benutzen und aus seinem Geschirr zu essen, ekelte mich an. Alles an ihm stieß mich ab. Die vollgespritzten Plastikpantoletten, die schmutzigen Füße, die gelblichen Fußnägel, die Flecken auf der Hose, die ausgewaschenen Buchstaben auf dem T-Shirt, das dunkle unrasierte Gesicht, das ungekämmte schüttere Haar, die eingefallenen farb- und fühllosen Augen, die aufgesprungene Haut auf den Händen, alles.

Ich hatte das Gefühl, dass mein Körper ihn ablehnt und nicht akzeptieren will, dass der Mensch, der neben mir steht und auf jemanden namens Meho wartet, mein Vater ist.

Meho war ein ältlicher Kerl mit großem Bauch und kurzen Beinen, der sein Gewicht von einem Fuß auf den anderen verlagerte und sich im Schneckentempo auf uns zubewegte.

Hier seid ihr, begrüßte er uns und keuchte an uns vorbei in den Friseurladen.

Es war komisch, wie er sich auf den für ihn viel zu hohen und viel zu schmalen Stuhl setzte und es sich dann, in ihn verkeilt, vergeblich bequemer zu machen versuchte, bis er es aufgab und in seiner sichtlich unbequemen Position blieb.

Ich lasse sie mir nur schneiden, dann fahren wir, das macht Fudo im Nu, sagte Meho, und schon stand Fudo mit Kamm und Schere in den Händen hinter seinem umfangreichen Rücken.

Nur immer langsam, Meho, sagte Safet, *wir haben es nicht eilig.*

Jetzt begriff ich, dass Meho unsere Fahrgelegenheit nach Bosanska Otoka war, dass Safet höchstwahrscheinlich kein Auto hatte und abhängig war von Leuten, die in Bihać etwas zu tun hatten und nett genug waren, ihn mitzunehmen. Mir kam der Gedanke, dass Safet vielleicht schon im Morgengrauen nach Bihać gekommen war, um mich um halb zwölf auf dem Busbahnhof erwarten zu können, und dass er vielleicht die ganze Zeit dort herumgesessen hatte.

Eine stille, für Vorübergehende unmerkliche Erscheinung, verborgen in einer Ecke auf dem leeren Busbahnhof, zusammengekauert, als würde sie frieren, die dünnen Beine nach Frauenart übereinandergeschlagen, den Kopf hängend, leicht wippend mit dem rechten Fuß, der als Einziger noch Lebenszeichen zeigt. Das war für mich jetzt Safet. Das war mein Vater. Mein Vater, der Bosnier.

Fudo war wirklich geschickt mit Schere und Kamm, und Mehos runder Kopf war bald geschoren. Nun sah er noch größer und noch runder aus.

Selam alejkum, sagte Meho, als es ihm irgendwie gelungen war, aus dem Friseurstuhl wieder herauszukommen.

Alejkum selam, antwortete Fudo, der schon den Boden fegte. Safet sagte *Auf Wiedersehen,* und Fudo nickte, und dann folgten wir Meho, der zu seinem Passat schaukelte. *Ist nicht abgeschlossen,* sagte Meho zu mir.

Ich öffnete die hintere Tür und setzte mich hinein. Safet setzte sich nach vorne. Es war heiß und stickig, und der Passat stank nach dem verschwitzten Dicken und dem verschwitzten Dürren. Dreimal musste Meho ihn starten, bevor er endlich losfuhr und durchs offene Fenster ein rettendes Lüftchen hereinwehte.

Er macht es nicht mehr lange, sagte er.

Solange er fährt, soll er, sagte Safet, und dann schwiegen beide, damit sich Meho aufs Fahren konzentrieren konnte.

Von Bihać fuhren wir Richtung Bosanska Krupa. Meho erzählte Safet während der Fahrt von der Freischaltung seines Telefons, von Nedim, der das schon längst hätte machen sollen, *sich aber jetzt blöd stellt* und ihn zu Aida schickt, die schon sieben Mal ganz Bihać durchtelefoniert hat, was aber nicht geholfen hat. Meho redete, und Safet begleitete seine Erzählung mit fallweisen Seufzern und Interjektionen. Ich hatte schon bald den Faden verloren und konnte nicht mehr folgen, wer wen angerufen hat, wer wessen Bruder ist und wer was hätte machen sollen, es aber nicht getan hat, und schaute abwesend auf die Una, neben der wir herfuhren.

Ich ließ es zu, dass mir Mehos schnelles Fahren das Bild löschte, und versuchte meinen Kopf frei zu kriegen. Ich wünschte mir, dass diese Fahrt dauerte und dauerte, dass wir nie nach Bosanska Otoka kämen, dass ich nie mehr mit Safet allein bleiben würde und dass ich mich nie mehr mit ihm unterhalten müsste. Immer mehr widerstrebte mir das unvermeidliche Aussteigen aus Mehos Passat, immer mehr wünschte ich mir, irgendwo anders zu sein, egal wo, wenn es nur weit weg von hier war. Ich wollte zu Hause sein, mit meiner Mutter, in meinem Bett, allein. Ich wünschte mir, dass sich dieser dicke Mann am Steuer nie von mir und Safet trennt, dass seine unklare Erzählung vom Sperren und Freischalten des Telefons den Raum zwischen mir und meinem Vater, den ich nicht wiedererkannte, für immer füllte.

Es wurde Abend, als wir uns vor Nanas Haus setzten und zum Fluss hinuntersahen. Safet machte ein Bier auf, goss etwas davon in ein Glas und bot es mir an, ohne mich zu fragen, ob ich schon Bier trinke. Und während wir beobachteten, wie sich am gegenüberliegenden Ufer zwei Angler auf den Heimweg machten, redete er. Von etwas, was mich nicht interessierte und dem man unmöglich folgen konnte. Nicht ein einziges Wort habe ich davon im Gedächtnis behalten. Safet redete an mir vorbei, er redete lange und ununterbrochen, als hätte er Angst aufzuhören. Inzwischen war es dunkel geworden und hatte die Dunkelheit sein Gesicht bedeckt, aber außer in dem Moment, wenn aus der Dunkelheit das Öffnen einer neuen Dose zu hören war und die Erzählung für einen Augenblick vom aufsteigenden Bierschaum unterbrochen wurde und Safet mit schnellem Abtrinken ein Überlaufen verhindern musste, redete er in einem gleichmäßigen langsamen Rhythmus, ohne auf mich Rücksicht zu nehmen und sich zu fragen, ob ich ihm überhaupt zuhöre. Und als er fertig war, stand er auf, nahm mir das noch nicht geleerte Glas aus den Händen und trug es ins Haus. Ich dachte, er würde zurückkommen und seine Geschichte fortsetzen, stattdessen hörte ich den Wasserstrahl im Waschbecken im Badezimmer. Safet wusch sich vor dem Schlafen, und dann blieb er doch noch vor der Haustür stehen, sagte mir *Gute Nacht* und ließ mich in der Dunkelheit vor dem Haus.

Er ließ mich dort mit ihr, die nicht mitgekommen war und nach der er mich auch nicht gefragt hatte, mit ihr, die den ganzen Abend unerwähnt geblieben war. Sie saß unmittelbar neben mir und sah ihm nach und erhob sich dann auch selbst, sagte mir *Gute Nacht* und folgte ihm ins Haus. Deutlich hörte ich, wie sie die Tür zu Safets Zimmer öffnet, und sah, wie sie nach drinnen verschwindet. Sie, die Unerwähnte, die zu Hause geblieben war, war die ganze Zeit hier bei uns gewesen. Schon in Bihać war sie zusammen mit mir aus dem Bus gestiegen und hatte Safet und mich nicht für einen Augenblick allein gelassen.

Am Morgen frühstückten wir schweigend beziehungsweise frühstückte ich und Safet saß neben mir. Er hatte mir einen Laib Brot, drei Pasteten und einen Liter Milch gekauft. Als Kind war ich so verrückt nach Hühnerpastete von Argeta gewesen, dass ich sie ohne Brot aß. Ich überlegte, ob sich Safet das gemerkt hatte, oder ob es in dem Laden nichts anderes gab.

Du isst nichts?, fragte ich ihn.

Ich mag morgens nichts essen, sagte er und ging in die Küche.

Er kehrte mir den Rücken zu, aber ich sah trotzdem, wie er sich ein Glas Schnaps einschenkte und es ex trank und dann Flasche und Glas schnell in den Schrank zurückstellte. In meiner Gegenwart trank er nicht viel, tagsüber überhaupt nicht. Abends trank er ein Bier oder zwei und morgens einen Schnaps. Abends teilte er das Bier ohne weiteres mit mir, während er den morgendlichen Schnaps heimlich trank, als wäre das eine Sünde.

Er kam zurück und fragte mich, ob ich fertig sei, mit der Hand wischte er die Krümel auf den Boden und trug die Reste des Frühstücks in die Küche.

Jadran, sollen wir zusammen zur Badeanstalt gehen?

Zu einem Schwimmbad?, fragte ich.

Was für ein Schwimmbad, du Karnickel. Hier gibt es kein Schwimmbad. Die Badeanstalt am Fluss.

Ich lächelte gezwungen, obwohl mir überhaupt nicht passte, dass er mich Karnickel nannte, und auch ein Bad im kalten Fluss lockte mich nicht, aber jetzt war mir schon egal, was wir bis zu meiner Abfahrt am Abend tun würden. Nur dass ich so bald wie möglich auf meinen Sitzplatz im Bus kam. Außerdem war mir der Gedanke an einen Spaziergang lieber als ein weiteres Herumsitzen mit Safet.

Dann komm, sagte er und marschierte zum Wasser.

Ich ging auf dem schmalen Pfad hinter ihm her, langsam entfernten wir uns vom Ort, dessen Stimmen mit der Zeit völlig verstummten, und jetzt bog Safet vom Pfad zum Fluss ab. Zwischen zwei Bäumen war ein schmaler, gut einen Meter breiter Streifen mit niedrigem Bewuchs, über den man sich zum Wasser durchschlagen konnte. Als sich Safet hinunterbeugte, dachte ich, dass das seine Badeanstalt sei, aber er hatte sich schon wieder aufgerichtet und hielt mir das in der Hand geschöpfte Wasser hin.

Siehst du, wie klar es ist. Du könntest es trinken, sagte er und roch daran, dann spreizte er die Finger, dass das Wasser auf den Grasboden rann.

Das macht der Krieg. Die Fabriken stehen still, die Zeit steht still, alles steht still. Nur die Una nicht. Jetzt ist sie wieder klar wie früher. So wie damals, als wir Kinder waren. Es gibt jetzt keinen schöneren Fluss auf der Welt.

Er ging an mir vorbei zurück zum Pfad, dann drehte er sich wieder um und sah zum gegenüberliegenden Ufer hinüber.

Siehst du die Insel? Das dort, das ist eine Insel. Im Fluss. Siehst du sie?

Ich nickte, obwohl ich von dort, wo wir standen, nicht den Punkt bestimmen konnte, wo sich auf jener Seite des Flusses das, wozu Safet Insel sagte, vom Festland unterschied.

Das war einmal unsere Insel.

In aller Kürze erzählte er mir die Geschichte von seinem Urgroßvater, meinem Ururgroßvater Džemaludin Komić, der zu seiner Zeit ein reicher Kaufmann gewesen war und einen größeren Teil von Otoka besessen hatte, einschließlich der Insel, vor der wir standen. Aber so wie Nana nicht ihr Haus in drei Teile geteilt hatte, so hatte auch Efendi Džemo seine Felder und Wälder nicht unter seine Töchter, meine Urgroßmutter Fahira und ihre Schwester Hajra, aufgeteilt. Das Teilen blieb nach Džemaludins Tod seinen Schwiegersöhnen überlassen, meinem Urgroßvater Jusuf und Hajras Mann Rusmir. Jusuf zögerte die Teilung monatelang hinaus, denn Rusmir galt bei den Leuten als großes Schlitzohr, als Filou, dem es gelungen war, den reichen Kaufmann herumzukriegen, dass er in die Heirat mit seiner jüngeren Tochter einwilligte. Im Gegensatz zu ihm war Urgroßvater Jusuf, der von Džemaludin dessen kleinen Laden und das große Familienhaus geerbt hatte, in dem er mit Fahira und ihrem lange dahinsiechenden Vater lebte, ein bekannter Bruder Leichtfuß und Verschwender, dem das Geldausgeben besser von der Hand ging als das Geldverdienen. Mehr als für seine kaufmännischen Fähigkeiten war er dafür bekannt, dass er öfter mitten am helllichten Tag in der lebhaftesten Geschäftszeit den Laden schloss und auf seinem Schimmel davonritt. Nach

Krupa, nach Bihać und angeblich noch weiter, bis Wien, hieß es, obwohl es für so eine Reise keine Beweise gibt. Schließlich gab Jusuf doch dem hartnäckigen Zureden Fahiras nach, das Land mit Rusmir zu teilen, damit sie ein kleineres Stück verkaufen und eine von ihren zahlreichen Schulden zurückzahlen konnten. Und Jusuf setzte sich wirklich auf sein Pferd und ritt ans andere Ende des Ortes, zu Rusmir. Nach Hause geritten kam er, wenn man dazu, dass das Pferd den Stockbetrunkenen nach Hause trug, überhaupt Reiten sagen kann, erst am nächsten Morgen. Fahira, die die ganze Nacht in Erwartung seiner Rückkehr kein Auge zugemacht hatte, erlaubte ihm nicht einzuschlafen, sie übergoss ihn mit einem Kübel kalten Wassers, damit er überhaupt fähig war, ihr zu sagen, was er mit Rusmir abgemacht hatte. *Die Una*, sagte Jusuf, *scheidet von nun an Meines von Seinem. Was Džemaludins Land auf unserem Ufer ist, gehört jetzt mir, was auf Rusmirs Ufer ist, gehört jetzt ihm.* Fahira blieb das Herz stehen. *Auf unserem Ufer sind nur unser Haus und dieses Stück Land hinter Hamdijas Haus, das nichts wert ist, ein bewaldeter Hügel, und nichts mehr, nur das, du schwarzer Jusuf, nur das,* schluchzte die arme Fahira, und er fragte, *ist dir das nicht genug, Fahira? Hast du von irgendwas zu wenig? Hast du zu wenig Häuser und Land und Wald für ein Leben? Und was ist mit der Insel? Was ist mit der Insel, die weder auf unserem noch auf seinem Ufer liegt?*, fragte die verzweifelte Fahira noch. *Rusmir denkt, dass sie ihm gehört,* antwortete Jusuf, *aber die Insel gehört dem Fluss, sie hat der Una immer gehört und wird ihr immer gehören.*

Du und ich, wir sind nach Jusuf ausgeschlagen, was soll's, schloss Safet seine Erzählung und marschierte in seinen Pantoletten beschwingt weiter zum Badeplatz, während ich noch immer zu der Insel hinübersah, die jetzt Safet gehören könnte und später mir. Es war eine Insel, eine richtige Insel mitten in der Una, die sie von beiden Seiten umfasste, so als würde sie wirklich nur ihr gehören, und ich sah mich, wie ich auf ihr meine Laibacher Freunde erwarte, wie ich ihnen stolz mein Stückchen Land zeige, mein kleines Inselkönigreich.

Safets Badeanstalt waren gut zehn Meter Uferböschung und ein, zwei Meter seichter Fluss, wo man ins Wasser gehen konnte. Die Una war an dieser Stelle zwar nicht tief, ihre Strömung war beruhigt, und auf den ersten Blick sah sie vielleicht wirklich wie ein kleiner See aus.

Aber dazu Badeanstalt zu sagen, war übertrieben. Benetzungsanstalt wäre angemessener gewesen. Safet streifte die Pantoletten ab und ging bis zu den Knien ins Wasser, dann drehte er sich nach mir um.

Komm baden.

Ich hatte noch nie in einem Fluss gebadet, und auch jetzt reizte mich das Plätschern an dieser seichten Untiefe nicht, aber ich wartete, dass Safet es sich anders überlegen und mich selbst von seiner Idee abbringen würde.

Er verstand mein Zögern.

Was brauchst du hier eine Badehose, sagte er und ließ seinen Blick kreisen.

Weit und breit war niemand außer uns. Rasch zog ich mich aus und warf mich noch rascher ins Wasser. Es war wirklich kalt, und ich fühlte, wie sich mein Körper zusammenkrampfte. Vor allem aber verbarg das klare Wasser nicht meine Nacktheit vor Safet, der ein paar Meter weg von mir stand. Wenn er sich wenigstens umdrehen würde, dachte ich. Jeden Tag zog ich mich nach dem Training vor den Mitspielern aus und ging gemeinsam mit ihnen unter die Dusche, und jetzt schämte ich mich vor Safet, vor meinem Vater.

Ich schwamm weg vom Ufer, obwohl mich schon fror. Ich hoffte, dass Safet weggehen werde und ich aus dem Wasser konnte, ohne an ihm vorbeizumüssen. Aber er setzte sich ans Ufer, tauchte die Füße ins Wasser und hielt das Gesicht in die brennende Sonne.

Er war mein Vater und war es nicht. Ich wollte ihn nicht zum Vater, jedenfalls diesen Fremden nicht, in dessen Nähe mich fror. Ich wünschte mir, dass er verschwände, oder dass ich verschwände. Vielleicht habe ich ihn in diesem Augenblick sogar gehasst.

Ich schwamm zum Ufer, sprang aus dem Wasser und zog mich an, so schnell ich konnte. Ich blieb mit dem Rücken zu ihm stehen, angezogen, fühlte mich aber immer noch nackt und bemühte mich, seinem Blick, den ich auf mir fühlte, zu entkommen. Ich hätte mich am liebsten mit den Händen bedeckt, mich hingehockt, die Beine angezogen, mich versteckt, aber ich stand dort und sah vor mich hin, in das undurchdringliche Uferdickicht.

Dann hörte ich seine Schritte. Safet wollte wieder nach Haus, und ich wartete, bis er sich so weit entfernt hatte, dass er mir aus den Augen war. Meine Abfahrt kommt unaufhaltsam näher, tröstete ich mich. Nur noch wenige Stunden, und ich werde Safet zum Abschied winken. Und dieser Abschied wird endgültig sein. Hierher werde ich nie mehr zurückkehren, ich werde ihn nie mehr sehen.

Als ich zu Nanas Haus kam, erwartete mich Safet mit dem Gläschen, das er noch am Morgen vor mir versteckt hatte.

Trink das, sagte er und drückte es mir in die Hände. *Dass es dich ein wenig wärmt.*

Es brannte mir in der Kehle, und die brennende Hitze verbreitete sich rasch im Körper. Es tat gut, aber das wollte ich ihm nicht zeigen. Schweigend gab ich ihm das Glas zurück.

Ich bin dir wirklich dankbar, dass du gekommen bist, sagte er.

Er verabschiedete sich, und ich hatte das noch nicht hinter mich gebracht, weshalb ich gekommen war. Ich fragte ihn nicht, was ich ihn hatte fragen wollen, ich sagte ihm nicht, was ich ihm hatte sagen wollen.

Ich verspürte den Wunsch danach nicht mehr. Es war zu spät. Auch sie wollte ich nicht mehr erwähnen.

Ich danke dir, sagte ich und ging ins Haus, um meine Sachen zu packen.

V

Domens Nachricht erinnerte mich daran, dass jenseits meiner Wohnungstür die Zeit ungestört weiterlief und auch mit Großvaters Tod nicht stehen geblieben war. Die Zeit kümmert sich nicht um unsere Tode, seien sie natürlich oder unnatürlich, sie bleibt nicht stehen, um auf uns zu warten, die wir stehen geblieben sind.

Draußen war nichts passiert. Großvater war nicht gestorben, und Anja war nicht verschwunden. Draußen werden heute Abend um acht wie schon so oft Nuša, Luka, Jera und Domen am Petkovšek-Ufer beim Bier sitzen, ein Bevog, ein Union, ein Glas Weißen, was haben Sie offen, ich habe mich noch nicht entschieden, bringen Sie zuerst ihnen, sie werden am Tisch sitzen, und jemand wird fragen, wo wir beide sind, und Domen wird sagen, dass wir irgendwas vorgeben, und nach der dritten Runde wird Luka sagen, dass er morgen Theaterprobe hat, und Jera wird sagen, dass Domens Mutter ihnen in den Ohren liegt, dass sie die beiden Kleinen holen kommen, Domen wird sagen, dass man sie nicht ernst zu nehmen braucht, und wird trotzdem aufstehen, und Nuša wird fragen, was mit Jadran und Anja ist, und alle werden sich ansehen, was soll sein, sie müssen schuften, heute konnten sie nicht, aber wir müssen uns bald mal sehen, und sie werden auseinandergehen, und die Zeit, die nichts weiß, wird weitergehen.

Ich saß im Bett, sah Domens Nachricht und den heutigen Abend und die Freunde, wie sie an der Ljubljanica am Tisch sitzen. Aber sie waren in einer Parallelwirklichkeit, und es war unmöglich, sich zu ihnen zu gesellen, so wie es unmöglich ist, sich zu den Figuren auf der Filmleinwand zu gesellen. Nicht einmal eine Nachricht konnte ich ihnen dorthin schicken. Ich konnte mir uns nicht zusammen vorstellen, mich und sie, uns, die wir uns zusammen aus Kindern in das verwandelt hatten, was wir jetzt waren.

Von hier, wo ich jetzt war, konnte ich nur Kinder mit zerrissenen Jeans und ausgeleierten Wollpullovern sehen, Imitatoren ihres Gottes Kurt, Söhne und Töchter der Melancholie, voll Bitterkeit darüber, dass die Erde sich in die falsche Richtung dreht, beleidigt, weil sich die Revolution als eine ebensolche Hure erwiesen hatte wie die, von der Primož Habič singt, zornig, weil Zorn in diesen Zeiten noch immer sexy war. Ich schaue und sehe uns, als uns noch nicht alles egal war. Ich kenne die Kinder und weiß, dass ihnen wirklich nicht alles egal war.

Von hier sah ich Anja, die um halb vier Uhr morgens die Musik wechselt und die letzten Unentwegten zwingt, sich eine melancholische Stimme mit *Sometimes I feel like I don't have a partner* anzuhören.

Damals fühlten wir uns gern einsam und verlassen, wir waren gegen die Faker und galten in dieser Auseinandersetzung als Favoriten, und Anja sagte, sie werde Medizin studieren und zu Ärzte ohne Grenzen gehen. Aber schon damals hat sie sich selbst nicht geglaubt, schon damals hat sie gewusst, dass sie selbst zu denen gehört, dass sie selbst eine Fakerin ist.

Ich habe es nicht gewusst. Mir war es wirklich nicht egal. Jetzt sehe ich auch mich, wie ich mir wünsche, einen Vor- und Nachnamen zu haben, ein Buch zu schreiben, ich sehe mich, wie ich feiere, weil sie mich auf der Journalistik angenommen haben, die Bubbles Party ist im *Eldorado* und ich falle betrunken zu Boden und verliere mich in weißen Bläschen, den Kopf zwischen fremden Beinen, und weiß, dass es schon morgen anders sein wird, ich glaube daran, denn morgen werde ich nicht mehr irgendwer sein, denn morgen werde ich einen Vor- und einen Nachnamen haben.

Vielleicht sind wir doch erwachsen geworden. Vielleicht haben wir unsere Namen doch gegoogelt und gesehen, dass uns keiner sieht und hört, sind müde geworden von dem ganzen Geschrei, das den Sudanesen keinen Frieden und Wohlstand gebracht hat. Vielleicht haben wir unseren Idealismus zusammen mit den olivgrünen Jacken mit den deutschen Fähnchen auf den Ärmeln abgeworfen.

Vielleicht waren wir seit jeher Faker mit dem zynischen Lächeln ohnmächtiger, aber würdevoller Verlierer. Anstatt über ertrunkene Flüchtlinge redeten wir jetzt ohne schlechtes Gewissen über das Wetter, das uns nun doch schon an der Ljubljanica am Petkovšek-Ufer sitzen lassen müsste, statt dass wir uns noch immer im *Daktari* zwischen Raucherbereich und Toilette an den Tisch quetschen müssen. Vielleicht sind wir doch erwachsen geworden.

Vor drei Monaten hatten wir zuletzt zusammengesessen, Domen, Jera, Luka, Nuša, Anja und ich, dem Anschein nach noch immer dieselben verwirrten Gymnasiasten, aber so anders. Ich habe uns damals angesehen und hatte das Gefühl, dass wir alle, jeder auf seine Weise, die gymnasialen Ichs verraten haben, dass wir alle vor den uns irrtümlich bestimmten Schicksalen kapituliert haben.

Vielleicht war dieses Gefühl des Verrats schuld, dass ich anfing, von einer Mail mit der Fotoserie *Favelas* zu erzählen, die mir ein Mitarbeiter zugeschickt hatte, mit Fotos indischer, brasilianischer, mexikanischer und nigerianischer Kartonbehausungen, Szenen der Armut, die wir uns mit unserer Lebenserfahrung, trotz aller Fotografien, nicht wirklich vorstellen können, weil wir uns dieses Nichts nicht denken können, weil dieses Nichts bei weitem nicht dem Nichts gleichkommt, das wir kennen und das nicht wirklich ein Nichts ist.

Alle kannten solche Fotogalerien, deren Weiterleitung die Welt retten sollte, aber weil das Gespräch über *forward mails* mit alten Witzen, die wir von unseren Eltern übernommen hatten, hitzig zu werden drohte, fügte ich schnell hinzu, dass ich dem Mitarbeiter dringend nahegelegt hatte, mir in Hinkunft nichts dergleichen mehr zu schicken, denn damit würde weder er noch ich den Unglücklichen helfen.

Vielleicht deshalb, weil wir schon zwei Runden getrunken hatten und wir unbesonnen wurden, oder weil er ein bisschen aufs Provozieren aus war, womit wir uns manchmal gegenseitig anmachten und die gemeinsamen Abende würzten, fragte Domen, warum ich so zynisch sei, und ich gab ihm höchst ernsthaft zurück, dass für mich das Herumschicken solcher Mails Zynismus ist. Etwas war im Ton seiner Frage, was mich veranlasste zu sagen, dass ich es zynisch finde, auf mitleidig zu machen und sich das schlechte Gewissen damit zu erleichtern, dass man das Bewusstsein der Probleme der Dritten Welt verbreitet, und dass jemand, dem die Menschen wirklich leidtun und der die Welt wirklich verändern möchte, lieber kündigen und sich nie mehr dazu hergeben solle, tausend Euro für eine Tätigkeit zu kassieren, für die jemand in Vietnam dreißig Dollar kriegt.

Ich wusste nicht, woher mein Zorn kam. Luka stand auf, sagte, dass ich ein schöner Beweis dafür sei, wie schädlich *forward mails* für das menschliche Empfinden seien, und ging in den Raucherbereich. Nuša folgte ihm. Für die beiden war die Debatte beendet, und auch ich hatte das Gefühl, das Meine gesagt zu haben. Aber Domen war entschlossen weiterzumachen, er sagte, dass es keinen größeren Zynismus gebe als die Überzeugung, dass sich nichts tun lässt und es deshalb keinen Sinn hat, es auch nur zu versuchen, mir dagegen kam es schlimm vor, sich für einen Wohltäter zu halten und sich gut zu fühlen, obwohl wir alle wissen, dass von derartiger Wohltätigkeit niemand auch nur den geringsten greifbaren Nutzen hat.

Ich spürte direkt, wie Jera die Augen verdrehte. Mein Blick suchte Anja, in dieser Sinnlosigkeit nach ihrer Unterstützung heischend, aber sie hatte sich weggedreht, so als würde sie unser Gespräch nicht interessieren. Domen wiederum sagte, dass es das Einfachste sei, mit einem Vier-Euro-Bier in der Hand im Lokal zu sitzen und Žižek'sche Zynismen abzusondern, aber einigen, setzte er hinzu, sei es wohl doch nicht egal.

Ich war allein und hätte mich zurückhalten müssen, aber ich konnte nicht. Mir ging Domen auf die Nerven, ein Windbeutel, der offenbar beschlossen hatte, bei seiner sozial engagierten Freundin zu punkten, und mir gingen alle auf die Nerven, die vor mir einen Rückzieher gemacht hatten, die ein weiteres Mal vor einer schärferen Auseinandersetzung zurückgeschreckt waren. Ich trank mein Bier aus und sagte, dass die Armen in den Favelas überhaupt nichts davon haben, dass es ihm oder Jera oder sonst wem von uns nicht egal ist, und dass sie zwischen uns absolut keinen Unterschied machen, dass wir ihnen alle ebenso hinterfotzig und ebenso reich und ebenso unsolidarisch erscheinen, dass in ihren Augen wir alle dieses eine Prozent sind, wegen dem sie so leiden, und dass er sich keine Illusionen darüber machen solle, dass er, weil sie ihm leidtun und weil sie ihm nicht egal sind und weil er vor die Börse und vors Parlament protestieren geht, in den Augen derjenigen, die nichts haben, um einen Deut besser ist als die Finanzhasardeure, die Politiker oder die amerikanischen Geheimagenten.

Nach meiner Rede war alles still, alle warteten, dass das Gesagte verrauchen würde, ich drehte mich nach der Kellnerin um, Domen wollte auf die Toilette, Anja sagte etwas zu Jera, die beiden suchten ein neues Thema, Luka und Nuša kamen zurück, und Nuša sagte, sie habe mich durch das Fenster des Raucherbereichs beobachtet und ich hätte so ausgesehen wie damals, als wir darüber stritten, ob man den Song Contest abschaffen sollte, alles hätte vorbei sein können, aber ich wollte nicht, dass es hier endete, und ich sagte, dass es überhaupt nicht wahr ist, dass mir alles egal ist. Domen sah zur Seite, ich wusste nicht, ob mir überhaupt jemand zuhörte, aber ich fuhr fort, dass es überhaupt nicht darum gehe, ob es jemandem gefällt oder nicht, denn es gibt keinen Menschen, der gleichgültig bleibt, wenn er diese Fotos sieht, und dass alle diesen Armen ein besseres Leben wünschten, aber dass es abstoßend sei, wenn jemand die ganze Sorge für diese Menschen für sich okkupiert.

Jetzt ignorierte mich Domen absichtlich, auch ihm reichte es, und ich drehte mich zu Jera und Anja um und sagte, dass es mir auf den Geist geht, dass die Leute in mir jemanden ohne jedes Gefühl sehen, der sich einen Dreck um die ganze Welt schert, nur deshalb, weil ich keinen Sinn in diesen philanthropischen Aktionen sehe, dass es mir auf den Geist geht, dass mich alle diese Berufsaktivisten ansehen, als wäre ich ein Bankdirektor oder hätte eine Fabrik voller Sklaven, und dass das Leute seien, die in Wirklichkeit genau so sind wie ich, die um nichts besser sind als ich, mich beschuldigen nicht die armen Kerle, sagte ich, sondern genau solche Konformisten, wie ich einer bin, die in genau solchen Wohnungen leben und genau solche Autos fahren und genau so reiche Schwiegerväter haben wie ich.

Kapiert ihr, was mich stört?, fragte ich die beiden.

Jera war still, sie hatte keine Lust, sie spürte, dass Domen mich zu tief getroffen hatte, wusste aber nicht, wo es mir wehtat. Sie wusste nur, dass es keinen Sinn hatte, in meinem Schmerz noch herumzubohren. Und Anja schüttelte den Kopf.

Ich kapiere nicht.

Was kapierst du nicht?

Anja wollte mich nicht verstehen. Sie lehnte das Verstehen ab, sie lehnte meine Bitte ab.

Was kapierst du nicht?! Die Leute machen auf Revolution und greifen die Börsen an und brüllen irgendwelche dummen Parolen durch Megafone und denken, dass sie deshalb was Besseres sind als wir Übrigen, denen all die Hungernden in Afrika und all die Massakrierten in Syrien und all die Flüchtlinge aus Libyen am Arsch vorbeigehen! Wir sind für sie die Stützen des Systems! Verbrecher, kapier doch!

Ihr Kopf hing reglos zwischen den Schulter. Sie antwortete mir leise, fast wie betäubt.

Ich kapiere nur, dass es an dir frisst, dass du dein Geld mit Sportwetten verdienst und es genießt, du fühlst dich schmutzig, du, der du immer so sauber warst, und es tut dir weh, wenn andere in dir deinen Beruf sehen, dich mit ihm identifizieren, wenn sie über alles andere hinwegsehen, was du bist oder was du glaubst, dass du bist. Du hättest gerne, dass sie durch deine Arbeit hindurch direkt in deine unbeschmutzte Seele sehen, du hättest es gerne, dass sie darüber hinwegsehen, dass du tagelang eine Million Basketballspiele siehst und den Junkies Ratschläge gibst, auf wen sie ihr Geld setzen sollen, du hättest gerne, dass sie sehen, dass das nicht du bist. Dir tut es in der Seele weh, dass sie das nicht sehen. Das kapiere ich. Aber warum sollten sie dich so sehen, wie du es gerne hättest, und nicht so, wie du dich ihnen zeigst? Warum sollten sie das ignorieren, was du jeden Tag tust, die Anzüge, die du trägst, das Auto, das du fährst, das Bier, das du trinkst? Warum sollten sie weiter sehen als all das? Warum sollten sie in dir einen mitfühlenden und gerechten Menschen sehen, der sich mit den Unterdrückten und Ausgebeuteten solidarisiert, wenn du selbst dich ihnen nicht so zeigst? Sie sollten im Voraus wissen, wie du unter deiner Haut bist? Es erraten? Die Menschen haben alles Recht auf der Welt, in dir einen gefühllosen Konformisten zu sehen, der dafür bezahlt wird, dass er Basketball sieht, und den alles andere kaltlässt. Und dass sie dich so sehen, ist nicht ihr, sondern einzig und allein dein Problem.

Mich überraschten nicht ihre Worte, die hatte ich schon gehört, mich überraschte, dass sie sie in Gegenwart unserer Freunde aussprach. Ihre Offenheit und Unnachsichtigkeit meinen Schwächen und Selbsttäuschungen gegenüber war bisher nur unsere Sache gewesen, aber jetzt hallte sie durchs *Daktari*, und ich spürte, dass Domen, Jera, Nuša und Luka am liebsten auf Distanz zu uns gegangen wären, aber nicht wussten, wohin, ich spürte ihr Unbehagen, und so mit uns gefangen, hier zwischen WC und Raucherbereich, zwischen unseren einander bezichtigenden Blicken, konnten sie nur darauf warten, dass das Gespräch ein Ende und Vergessen fand.

Vielleicht hätte ich zu ihr sagen sollen, *Ja, ich gebe es zu, Anja, ich bin schuld,* vielleicht hätte ich vor aller Augen Reue zeigen sollen, dass ich schon drei Jahre lang meine Tage mit dem Sichten von Aufnahmen und Zusammenfassungen abendlicher und nächtlicher Basketballspiele verbringe, dass ich schon drei Jahre lang für ein solides Gehalt mit statistischen Daten und fachlichen Analysen untermauerte Vorhersagen für künftige Spiele verfasse und mit ihnen Menschen helfe, die sich nicht entscheiden können, auf wen sie im Duell zwischen Atlanta Hawks und Memphis Grizzlies oder zwischen Real Madrid und Fenerbahçe setzen sollen. Vielleicht hätte ich mich entschuldigen sollen, weil ich Menschen helfe, ihr Geld zu vergeuden, weil ich nicht mehr sauber bin. Aber zu diesem Eingeständnis war ich nicht fähig.

Weil ich für Sportwetten arbeite, habe ich nicht das Recht zu sagen, was mich stört?

Sie gab keine Antwort. Anja spürte, dass es uns zu weit abtrug. Aber ich wünschte mir, dass es uns noch weiter abtragen sollte. Vermutlich fraß im Unterbewusstsein an mir, dass ich in diesem Gespräch, das ich mit mir selbst führte, unmerklich die Seiten gewechselt hatte, dass ich jetzt etwas verteidigte, was ich kurz zuvor noch verurteilt hatte, dass ich ihr eine Frage stellte, auf die ich ihr schon eine Antwort gegeben hatte.

Plötzlich war ringsum niemand mehr da, die Tische im Raum hinter Anjas Rücken hatten sich geleert, alles war still geworden. Wir waren allein geblieben.

Muss ich meine Kündigung einreichen, damit ich sagen kann, dass mir etwas auf den Geist geht?

Ja.

Ja, das Beste wäre, ich würde kündigen, und dass wir dann beide arbeitslos sind.

Ringsum wurden wieder Augen und Ohren aufgesperrt, alle sahen uns an und horchten. Niemand hatte von Anjas Verlust ihres Arbeitsplatzes gewusst. Bevor wir an diesem Abend zum *Daktari* aufgebrochen waren, hatte mich Anja gebeten, noch niemandem etwas zu sagen, und ich hatte ihr versprochen, es nicht zu tun. Ich hatte mein Versprechen gebrochen, sie betrogen, so wie sie mich betrogen hatte, als sie vor den anderen über meine unbeschmutzte Seele gesprochen hatte. Das war unser erster Betrug. Als ich mich erhob, um auf die Toilette zu gehen, spürte ich einen Schmerz in den Muskeln. Ich war erschöpft. Mein Körper brach unter dem Gewicht des angehäuften Schmutzes ein.

Domen antwortete ich, dass wir heute Abend keine Zeit hätten und dass sie gern auch unsere Runde mittrinken könnten. Es war mir egal, wie sie sich unsere Abwesenheit erklären würden. Mir war sogar leichter zumute, dass ich heute Abend nicht in ihre Gesellschaft musste. Domen antwortete mit *Okay*. Vielleicht ist er auch selber froh über meine Nachricht, dachte ich. Dann raffte ich mich aus dem Bett auf. Ich hatte mich erinnert, dass Marko noch immer zu Hause war, im Kindergarten hatten sie vermutlich schon gefrühstückt.

Seit sie ohne Arbeit war, brachte Anja Marko in den Kindergarten. Ich ging zur Arbeit, während sie noch schliefen. Meine Küsschen vor dem Weggehen weckten sie, und manchmal sahen sie mich aus trüben Augen an, aber das Klirren meiner Schlüssel, das Geräusch des Schlüsselumdrehens und der abnehmende Klang meiner Schritte die Treppe hinunter ließen sie wieder einschlafen. Seit sie ohne Arbeit war, lebte Anja ohne Ordnung. Ihre Arbeitslosigkeit schuf neue Regeln, und es war ihr egal, ob Marko im Kindergarten frühstückte oder ob sie auf dem Weg dorthin bei der neuen deutschen Bäckerei haltmachten und sich ein Hörnchen mit Schokolade gönnten. Anja fürchtete den sich wiederholenden Alltag, den die Arbeitslosigkeit mit sich gebracht hatte, und zerschlug absichtlich die Muster, die sich mit meinem Weggang zur Arbeit und ihrem Aufstehen zu Hause eingebürgert hatten. Unordnung war ihr Notausgang aus dem Übermaß an unausgefüllter Zeit, und es war unmöglich, ihre Tage im Vorhinein vorauszusehen. Schon fast übermütig ließ sie sich auf Zufälle ein, überließ sich den kleinsten Wünschen, beginnend mit einer zusätzlichen Stunde morgendlichen Dösens.

An den Abenden, die uns beide aus unterschiedlichen Welten an den gemeinsamen Tisch zusammenführten, hatte sie häufig keine

Lust, auf meine immer gleiche Frage, was sie den Tag über gemacht habe, zu antworten. Sie sagte *Nichts Besonderes* oder *Alles Mögliche* und das Gespräch war erstorben. Nur selten beschrieb sie mir ihre Tage detaillierter. Dann hatte ich den Eindruck, als habe sie bewusst beschlossen, den Tag ihrem und auch meinem Gedächtnis einzuprägen. Ein paar Tage rekapitulierte sie mir bis in solche Einzelheiten, dass mir schien, als hätten wir sie gemeinsam durchlebt.

Aber alle Tage Anjas begannen an derselben Stelle, genau hier, wo ich jetzt stand, auf dem Vorplatz von Markos Kindergarten, wo die Kinderstimmen mit dem Lärmen der erwachenden Stadt verschmolzen, mit all den Motorengeräuschen der Autos, dem Ausleeren der Mülltonnen und den piepsenden Warnsignalen der Lieferwagen, die rückwärts an die Lagerräume der Geschäfte heranfuhren. Hier, in diesem morgendlichen Gewimmel, wollten sogar die Kinder sich so rasch wie möglich von ihren Eltern trennen und sich in die Ruhe der Garderobe flüchten, Marko allerdings blieb stehen und sah mich an, als wartete er darauf, dass ich allmählich in der Ferne verschwände, während er mir verspricht, dass wir uns schon bald wiedersehen.

Anja hatte ihn verwöhnt. Immer später brachte sie ihn in den Kindergarten und immer früher kam sie ihn abholen, manchmal noch bevor ihn die Erzieherinnen schlafen gelegt hatten. Immer schwerer ertrug sie die Einsamkeit und Leere der Wohnung und brauchte Marko, seine Stimme, das Geräusch seiner Schritte. Vielleicht wartete Marko deshalb auf mein Versprechen, dass auch ich ihn sofort nach dem Mittagessen abholen komme.

Als ich Borut von Großvaters Tod erzählte, sagte er mir, dass mir per Gesetz beim Tod eines nahen Verwandten ein freier Tag zustehe, zu dem ich noch zwei Tage vom nicht konsumierten Vorjahresurlaub nehmen solle. Ich erinnerte ihn daran, dass mir der im Juni dieses Jahres verfallen war, und er sagte, dass ihn das nicht interessiere und dass wir uns am Montag sähen. So blieb ich allein mit der Zeit, mit der ich nichts anzufangen wusste. Die Zeit ändert ihren Charakter schnell. Noch gestern Abend wirkte sie beruhigend auf mich, heute schreckte sie mich.

Ich wusste nicht, wie Anja den Überfluss an Zeit erlebte. Ich wusste nicht, ob diese Zeit auch sie schreckt oder ihr Beklemmung macht. Ich fragte nie, wie sie all diese leeren Stunden erträgt. Und ich versuchte auch nicht, mich selbst in ihrer Lage zu sehen, als einen, der nicht ins Büro geht, der die Resultate der Abendspiele nicht vorhersagt, sondern der vor Markos Kindergarten steht und sich nicht von der Stelle rührt. Ich wusste nicht, wie sich ein arbeitsloser Mensch bewegt, ich wusste nicht, ob er schnell geht oder ob er zwischendurch stehen bleibt und sich umsieht, ob er weiß, was sein Ziel ist, oder ob er sich überhaupt wünscht, ein Ziel zu haben.

Ich ging in Richtung Stadt und stellte mir vor, heute vielleicht versehentlich an einem von Anjas Tagen aufgewacht zu sein, an einem der hundertsiebenunddreißig Tage, die seit Saškos Anruf vergangen waren, Tage, die wir nicht zählten, deren Anzahl wir aber in jedem Augenblick kannten. Ich erinnerte mich an einen von ihnen, von dem sie mir erzählt hatte. Ein Dienstag oder Mittwoch. Vor gut drei Wochen. Und ich sah sie vor mir, ich erkannte ihren Schritt von weitem, obwohl sie jetzt langsamer war, unsicher, als würde sie nicht durch die Straßen ihrer Geburtsstadt gehen.

Am Dienstag oder Mittwoch war Anja vom Kindergarten zum Frühstück in unser Teehaus, in die *Čajna hiša* gegangen. Von der Trubarjeva war sie in eines der schmalen Gässchen eingebogen, die zum Petkovšek-Ufer führen, und dann am Fluss entlang zum Prešerenplatz und weiter, über Plečniks Tromostovje, am Robba-Brunnen vorüber ins alte Ljubljana. Sie war den unzählige Male zurückgelegten Weg gegangen, aber an diesem Dienstag oder Mittwoch hatte sie sich vorgestellt, sie sei zum ersten Mal in der Stadt. Sie war eine belgische Literaturhistorikerin, auf der Suche nach dem verlorenen Geist Mitteleuropas, Teilnehmerin eines Seminars über japanische Mythologie oder vielleicht eine französische Archäologiestudentin aus Dijon, die sich für die neuesten Ausgrabungen aus den Zeiten Emonas interessiert.

Wer immer sie war, an diesem Dienstag oder Mittwoch, Anja sah Ljubljana, als würde sie es zum ersten Mal sehen und die Texte auf den Reklametafeln oder die Worte der Menschen in den Lokalen, an denen sie vorüberging, nicht verstehen. An der Fleischerbrücke suchte sie sich einen Weg durch die Tische zum Ufer der Ljubljanica und machte von dort ein paar Fotos mit ihrem Handy. Die Laibacher Burg über der Kresija. Die Fleischerbrücke mit den Plečnik-Arkaden. Dann sah sie auf das grüne Wasser unter sich, so wie in anderen Städten Menschen auf die Seine oder die Donau sehen.

Vielleicht spürte sie die Blicke der Menschen in ihrem Rücken und die unhörbaren Fragen über die Gründe ihres Tuns, kümmerte sich aber nicht darum. Hier, in der fremden Stadt, kannte sie niemanden, und ihr Blick erhob sich über die Gesichter und wanderte hinauf zu den oberen Stockwerken der Laibacher Häuser. Vielleicht suchte sie in ihnen das ausgelöschte Bild ferner, ihr näherer Zeiten, aber Ljubljana war eine Stadt, die den Bezug zur eigenen Geschichte verloren hatte. In ihr wurden die Menschen gern vergessen, und die Stadt war gezwungen, sich ständig aufs Neue zu gebären, unkenntlich zu werden, bis zum letzten Ziegel mit Gegenwart verdeckt.

Enttäuscht ließ sie ihren Blick von den glänzenden restaurierten Fassaden sinken und sah sich nach den Passanten auf dem Hauptplatz um. Angesichts der erwiderten Blicke dachte sie darüber nach, was das Fehlen von Lächeln über eine Stadt und ihre Menschen aussagt. Vielleicht kriegt man das Lächeln in Ljubljana nicht umsonst, dachte sie, und fragte nach seinem Preis. Hätte sie am Dienstag oder Mittwoch ihre Sprache gesprochen, hätte sie sicherlich die finster blickende ältere Dame mit dem Einkaufswagen angesprochen und sie gefragt, wie viel ihr Lächeln kostet.

Vielleicht verbarg sich hinter Anjas Spiel nur die Sehnsucht nach Unvorhersehbarkeit, das Bedürfnis nach Rückzug aus dem Alltäglichen. Vielleicht wünschte sie sich nur, durch die Stadt gehen zu können, ohne über die eigenen Spuren zu stolpern.

Aber sie war unbesonnen und ging ins Teehaus, wo die Kellnerinnen sie beim Namen kannten und sie bedienten, ohne sie erst nach ihren Wünschen zu fragen. Vielleicht wäre es ihr aber lieber gewesen, dass sie sie zurückrufen, dass sie mit den Fingern schnalzen und sie wecken, vielleicht war sie es leid geworden, eine Fremde zu sein.

„Du bist allein?", fragte mich Aleš verwundert, als ich mich an einen der Tische an der Straße setzte.

„Ich lass es mir gutgehen", antwortete ich und dachte, dass es ihm auch ungewöhnlich vorgekommen sein musste, als er an jenem Dienstag oder Mittwoch Anja gesehen hatte, und dass sie vermutlich auch so getan hatte, als wäre es ein ganz gewöhnlicher Tag.

„*Mu dan, special green,* und eine *lepinja* ohne Schinken?"

Ich nickte, und Aleš nickte zurück. Am Nebentisch erwarteten ihn zwei hübsche Touristinnen.

Einen Sommer hatten sie im Innenhof einen Garten, der ringsherum von hohen bröckelnden und rissigen Fassaden eingefasst war. Anja und ich hatten uns damals in diesen rustikalen Raum verliebt, der etwas, so hatte uns geschienen, Nahöstliches an sich hatte, und waren fast jeden Abend hingegangen, hatten bei Kerzenlicht Tee getrunken und die Atmosphäre der alten vergilbten Fotografien eingesogen.

In diesen Hof, der nur einen Sommer tanzte, hatten wir uns, jetzt weiß ich es, vor der Stadt geflüchtet. Dort fühlten wir uns, als wären wir irgendwo weit weg, wo die Winde unbarmherzig die Farbe der Häuser abschälen und ihre Jahre bloßlegen, irgendwo, wo wir nur einander haben.

Zu Hause ist man nie allein, wir zwei aber waren so gern allein, weit weg von ihrer und meiner Geschichte, von Miros und Safets Umarmung. Weit weg von zu Hause konnten sich unsere Gedanken und Wünsche aufeinander einspielen, mit der Entfernung von zu Hause verringerte sich die Kluft zwischen uns, bis sie schließlich ganz verschwand und wir eins wurden.

Zu Hause aber war sie wieder Anja Černjak, und ich war Jadran Dizdar. Und immer öfter saßen wir, wie jetzt, am selben Tisch, jeder in seiner Zeit.

Anja und ich haben aufgehört, uns zu kennen, dachte ich. Ich habe die Anja, die am Dienstag oder Mittwoch allein zum Frühstück ins Teehaus geht, nie gekannt. Ich könnte nicht erraten, was sie an jenem Tag bestellt hat. Ich habe die arbeitslose Anja nicht kennengelernt, und sie hat Jadran nicht kennengelernt, der wie gebannt ihrem Tag folgte.

Die heutigen Zeiten, scheint mir, ändern uns schneller, als wir gewahr werden. Nur eine kleine Unaufmerksamkeit, nur eine augenblickliche Abwesenheit, und schon findest du dich neben einem Unbekannten wieder, seine Worte werden für dich unverständlich, seine Gedanken unhörbar, seine Blicke unkenntlich. Und schon kannst du seine Wünsche nicht erhören und seine Bedürfnisse nicht befriedigen. Und dann kehrt er sich beleidigt ab, und du weißt nicht, wie du ihn zurückrufen sollst.

Aus dem Teehaus war Anja, am Dienstag oder Mittwoch, ins Museum für Moderne Kunst in der Metelkova gegangen. Dort hatte sie lange vor einem Bildschirm gestanden, auf dem ein einstündiger Filmkader einer Straße lief, aufgenommen durch das Fenster eines fahrenden Automobils. Eine gerade Straße in der amerikanischen Prärie, eine Stunde unveränderten Anblicks, eine Stunde ununterbrochener Fahrt. Sie sah das Video und wünschte sich, es zu verstehen, sie wollte eine von jenen sein, die verstehen, sie näherte sich dem Bildschirm, um es von nahem genau zu sehen. In dem feststehenden Bild suchte sie nach einer Spur, die ihr seine Bedeutung enthüllte, es ärgerte sie, dass sie nichts fand, was die Sinnhaftigkeit der einstündigen Aufnahme einer Autofahrt auf einer kurvenlosen Straße belegte, und sie war kurz davor, jemanden zu bitten, vielleicht sogar einen der Aufseher, die gelangweilt in den Ecken der Museumsräume saßen, damit er ihr eine Andeutung macht, worum es geht, sie musste verstehen und sich dem Bildschirm noch ein wenig mehr nähern, vielleicht stand dort etwas geschrieben, zuerst hatte sie gar nichts lesen wollen, sie war der Meinung, dass ein Kunstwerk für sich allein sprechen müsse und dass das, was man erst mithilfe eigens angebrachter Erklärungen dechiffriert, ganz gewöhnlicher Schwindel ist. Aber unter dem Bildschirm befand sich eine Liste von fünfzig Kompositionen, eine Liste mit Liedern von Michael Jackson, Madonna, Depeche Mode, von unbekannten Sängern mit arabischen und jüdischen Namen. Abwechselnd sah sie auf die Liste und auf das Video und verstand noch immer nicht, aber jetzt musste sie verstehen, ihre Neugier war zu groß, und so las sie den Text über den israelischen Künstler, vielleicht war er Palästinenser, der fünfzig Freunde und Verwandte gefragt hatte, welchen Song sie hören würden, wenn sie eine Stunde mit dem Auto fahren könnten, ohne von einer Polizeikontrolle angehalten zu werden.

Dann war er nach Texas geflogen, hatte ein Auto gemietet, war eine Stunde lang mit ihm gefahren und hatte ihre Musikwünsche gehört. Das war die Aufnahme, nur hatte Anja vorher nicht die Kopfhörer bemerkt, die neben dem Bildschirm hingen, und die Musik nicht gehört, die das Bild des Blicks aus dem Autofenster begleitete, eines Blicks auf eine Straße ohne Straßensperren, ohne Polizisten. Zum ersten Mal im Leben war sie von konzeptueller Kunst begeistert gewesen, zum ersten Mal hatte sie sie verstanden.

Dinge, die für uns selbstverständlich sind, sind für andere unvorstellbar und unerreichbar, erklärte sie mir am Abend, am Dienstag oder Mittwoch.

Etwas so Banales, wie für uns eine Stunde ununterbrochener Fahrt mit dem Auto ist, sind für die Menschen in Palästina unerfüllte Träume.

Sie war begeistert und wusste nicht, ob nur aufgrund des Werkes selbst oder auch aufgrund der Tatsache, dass sie fähig gewesen war, es zu verstehen, aber es war ihr egal, das Wichtigste war, dass dieser Tag, dieser Dienstag oder Mittwoch, nicht umsonst verlaufen war.

Anja ging gern in Museen, sie wanderte von Installation zu Installation, von Skulptur zu Skulptur, aber nur, um sich Bedeutungen und Botschaften der Kunstwerke auszudenken, um sich über sie lustig zu machen, um sich über die eigenen Einfälle, was die gezeichneten Flecken oder Figuren mit unkenntlichen Formen darstellen könnten, zu amüsieren. Sie erlaubte sich, dumm und unverschämt zu sein und stellte sich gern vor das ausgestellte Werk eines anerkannten libanesischen Visualisten und flüsterte mir zu, dass es den postmodernistischen Vorbehalt gegenüber klassischen geometrischen Formen ausdrücke und mit der Setzung der introvertierten Natur des Kunstobjekts ins Zentrum des Zuschauerinteresses die Möglichkeit anderer Richtungen und Formen anzeige, was eine Fortsetzung seiner obsessiven Beschäftigung mit Ahnungen bedeute, die er schon mit seinen früheren Werken angedeutet habe, worauf sie etwas zurücktrat und sagte, ziemlich laut, denn niemand hatte sie verstanden, dass die Form eines weiblichen Zehs im Menstrualkrampf zu erkennen sei, und noch einmal zurücktrat und sagte, sie erkenne das zweidimensionale Bild des Verdauungstrakts eines Fichtenborkenkäfers.

Dann kicherten wir, und die Leute drehten sich nach uns um, und öfters mussten wir das Museum verlassen, damit man uns nicht hinauswarf, weil Anjas Kichern jeder Kontrolle entglitten war. Gern ging sie in Museen moderner Kunst, in jeder Stadt, wo wir auf eines stießen, besuchten wir sie, in Wien, in Bilbao, in Łódź, in Zagreb oder in Singapur, überall dechiffrierten wir die Geheimnisse gemeinsam, das war unser kleines Laster, und wir bestanden auf ihm, auch als wir uns schon längst unzulässig kindisch vorkamen, weil dieses Laster so sehr unseres war, weil uns schien, dass wir beide genau dieses kichernde Paar waren, schamlose osteuropäische Touristen, unerzogen und ungebildet, dass gerade wir zwei das waren und dass wir, würden wir ernst werden und uns wie alle anderen die ausgestellten Exponate in Ruhe ansehen, uns verlören. So glaubten wir und kicherten weiter, obwohl es nicht mehr komisch war.

Ich ging durchs Museum für Moderne Kunst und suchte das Video mit der einstündigen Autofahrt auf der geraden Straße, aber das gab es nirgends mehr. Wie es auch Anja nicht mehr gab. Nirgends war ihr Kichern mehr zu hören. Ich ging ihr nach, aber ich konnte sie einfach nicht einholen, bald werde ich Marko aus dem Kindergarten abholen müssen, morgen früh muss ich nach Zagreb, ins Krematorium, und sie ist noch immer nicht wieder da. Ich sah den großen hageren Glatzkopf, der in der Ecke auf dem Stuhl saß, und wollte ihn schon fragen, ob er sich an eine muntere Brünette erinnere, die eine israelische Installation betrachtet hat, und ob er mir helfen könne festzustellen, wer sie war.

Aber der große hagere Glatzkopf sah in eine andere Richtung, er war in seine Gedanken vertieft, vielleicht verfasste er im Kopf eine Gardinenpredigt für sein Kind, das bei der Wiederholungsprüfung durchgefallen war, oder schrieb ein Gedicht. Als ich genauer hinsah, sah er nicht mehr aus wie einer, der sich Besucher merken würde, selbst wenn sie so attraktiv wären, wie es Anja war. Ich ließ ihn sitzen und ging zum Ausgang und zu Markos Kindergarten. Ich wollte ihn abholen, bevor die Erzieherin ihn schlafen legen würde.

Auch Anja hatte ihn an jenem Dienstag oder Mittwoch noch vor dem Schlafen abgeholt und war mit ihm zum Bahnhof gegangen, wo sie Züge geschaut und Eis gegessen hatten.

VI

1.

„Dein Großvater war wirklich etwas seltsam!" So begrüßte mich Mutters Stimme. Sie wartete nicht ab, bis ich antwortete.

„Weißt du, was er geschrieben hat? Hör zu. In meinen Todesanzeigen – in Klammern steht, dass das Geld für eine im *Glas Istre* und eine zweite im *Delo* beigelegt ist – soll stehen, dass ich allen Freunden und Verwandten mitteile, dass sie nicht zu meiner Beerdigung zu kommen brauchen, vor allem nicht im Falle schlechten Wetters. Die Beerdigung soll, für die, die ihr trotzdem kommt, so kurz wie möglich sein, ohne jegliche Zeremonien. Anmerkung, Blumen sind Zeremonie. Das Geld verbraucht anstatt für Kränze lieber für etwas Nützliches. In der Klammer steht, dass das Geld für die Beerdigung beigelegt ist. ‚Ich wünsche' ist durchgestrichen, und dann steht, ‚ich verlange, eingeäschert zu werden', und wieder in Klammern, dass das Geld fürs Krematorium beigelegt ist. Aber das ist noch gar nichts, denn dann steht da, hör dir das an, von Maja und Jadran erwarte ich, dass sie Vesna überzeugen, dass sie meinen Wünschen folgt. Und das alles ist so auf die Schnelle hingekritzelt, dass ich mich kaum durchgekämpft habe. Hat er nicht immer gesagt, dass ihm völlig egal ist, was nach seinem Tod geschieht?"

„Ja, aber er wollte auch tot keinem zur Last fallen."

„Glaubst du, dass wir das respektieren müssen?"

„Steht da nicht, dass ich dich davon überzeugen muss?"

„Und tust du das?"

„Vermutlich werde ich wohl müssen."

„Glaubst du?"

„Ja."

„Adijo."

Schon lange glaube ich, dass Begräbnisse eine wichtige Rolle im Trauerprozess spielen. Ihre Vorbereitung verlangt von den Trauernden Augenblicke der Sammlung, die sie, die im zeitlichen und räumlichen Nebeneinander Verlorenen, einfangen und ins Hier und Jetzt zurückbringen sollen. Begräbnisse gelten nicht den Gestorbenen, sondern den Überlebenden, obwohl es nur wenige sind, die sich bei Begräbnissen ihrer Trauer überlassen, sich von ihr bedecken lassen, so wie die Erde den zum Grabboden abgesenkten Sarg bedeckt. Wenige wissen, dass wir uns der Trauer, wenn die Zeit für sie kommt, überlassen müssen. Und sie wird allein wieder gehen, ebenso unerwartet, wie sie gekommen ist.

Aber Großvater hatte diese Dinge anders gesehen. Er war ein radikal praktischer Mensch und sah in Beerdigungen nur eine Zeitverschwendung für die Jungen, die mit Sicherheit viel Vernünftigeres zu tun haben, als verstorbene Greise zu beweinen, die ohne ihre Tränen genauso tot sind. Ein Toter kann aus dem Sarg heraus keine schönen Worte hören, waren seine Worte. Auch Blumen kann er durch das dicke Holz nicht riechen, das gewöhnlich genauso dick ist wie die Dummheit der Trauernden. Die zahlt dem Wurm das Festmahl. Wenn ich sterbe, macht lieber einen Spaziergang ans Meer. Oder geht auf ein Eis. So weit Aleksandar Đorđević.

Vor gut einem Jahr hatte er Mutter gegenüber in einem Telefongespräch nebenbei erwähnt, dass die Anweisungen für seine Beerdigung in einem blauen Kuvert in der Schublade unter dem Fernseher liegen, zusammen mit dem Geld dafür.

Ich habe alles ausgerechnet, es müsste reichen, hatte er gesagt.

Für alle Fälle hatte er etwas mehr Geld hineingetan, falls sich die Dinge in der Zeit bis zu seinem Tod verteuern würden. Mutter hatte so getan, als würde sie ihn nicht hören, denn sie wollte mit ihm nicht über den Tod sprechen. Sie fand es nicht richtig, einen Menschen zu begraben, bevor er gestorben war, Großvater hingegen flüsterte seine praktische Veranlagung ein, dass er als Toter diese Dinge schwerlich würde bereden können und dass man alles das besprechen muss, solange der Mensch noch am Leben ist.

Vielleicht ist uns nicht gegeben, unsere Großeltern zu verstehen. Vielleicht sind die Jahre zwischen uns eine unüberbrückbare Distanz, und wir vermögen nicht zu den Schärfen vorzudringen, die sich hinter der Sanftheit ihres Blicks verbergen. Vielleicht haben sie sich schon lange vor unserer Geburt vor uns versteckt, die wir zu jung geboren wurden, um zu verstehen. Vielleicht können wir die Zeit nicht verstehen, die sie erfüllt, weil wir jene Kälte, die Dunstkreise und Nebelschwaden ihrer fernen Vergangenheit nicht kennen. Vielleicht wollen sie nur nicht bemerken, dass inzwischen auch wir erwachsen wurden, und vergessen, sich uns mit vollem Namen vorzustellen.

Vielleicht. Mutter erklärte mir, dass sich Großvater mit der Zeit verändert habe, dass sie ihn auch anders in Erinnerung habe. Sie wusste vielleicht, wer er ist, ich hingegen habe nur Geschichten gehört und geraten, aber wissen konnte ich nicht. Ich habe mir den jungen Aleksandar und Jana nur vorgestellt, wenn sie zornig waren, wenn sie lachten, ich konnte nur raten, worüber sie lachten und wie sie damals lachten, einst. Der Mensch lacht anders, wenn er jung ist, heißt es. Die Zeit erstickt das Lachen, macht es leiser, heißt es.

Gern hätte ich ihre Unruhe gespürt. Wir Menschen sind jeder auf seine Weise unruhig, und Unruhe verrät uns am meisten. Unruhe erzählt von uns, deshalb hätte ich sie gern gespürt, kann es aber nicht. Bevor ich lernte, die Reste der Unruhe in den Augenhöhlen zu lesen, hatten Großmutter und Großvater schon gelernt, sie zu verbergen und sie aus ihren weichen, faltigen Gesichtern verbannt. Mir sind nur die Geschichten über ihre Ängste und Ahnungen geblieben, und auch wenn ich sie alle hätte hören können, vom ersten bis zum letzten Wort, wüsste ich doch nie, wer Jana war, die in Buje, eingekreist von den Schatten von Menschen, ein fremdes Haus in ihr Heim verwandelt hat, und wer Aleksandar war, der am Rande der Welt Mauern errichtete, um sich zwischen ihnen einschließen zu können. Ihrer beider Geschichte sind für mich nur Worte, Worte, die sich nicht zu den zwei Menschen zusammenfügen, die ich so geliebt habe.

Manchmal denke ich, dass sich niemand von uns mit Worten beschreiben lässt, weil das ABC des Menschen aus Einatmen und Ausatmen besteht und ich nicht weiß, wie Großvater geatmet hat, als er Großmutter sagte, dass er sein Versprechen dort im Haus der *donna santa* gebrochen und eingewilligt habe, sich für ein Jahr nach Ägypten schicken zu lassen. Ich weiß nicht, wie sie geatmet hat, als sie das hörte. Ich kann mir nur ihre Gesichter vorstellen, wie sich Leser die Gesichter literarischer Helden vorstellen, sogar ihre Gedanken kann ich mir vorstellen, mir ihr Leben von der Geburt bis zum Tod vorstellen, alle ihre Tage kann ich mir vorstellen, aber ich kann sie mir nicht vorstellen, wie sie wirklich waren.

Und obwohl ich weiß, dass mein vorgestelltes Bild von Großvater und Großmutter vielleicht kein bisschen Ähnlichkeit mit Jana Benedejčič und Aleksandar Đorđević hat, muss ich sie mir doch vorstellen. Noch einmal muss ich mir alle ihre Worte ins Ohr zurückrufen, in die Erinnerungen zurückkehren, meine und die meiner Mutter, in ihnen muss ich sie finden, denn ich muss den Menschen finden, der fähig ist, sich dem Tod anheimzugeben. Diesen Menschen möchte ich kennenlernen, denn Großvater, jedenfalls so, wie ich ihn kannte, hatte keinen Grund für einen Todeswunsch. Mein Großvater wollte dem Leben nicht entfliehen. Aber Aleksandar Đorđević hat sich umgebracht, vielleicht hat er sich umgebracht, ich weiß es nicht. Wenn er sich umgebracht hat, muss es irgendwo unter den Erinnerungen eine Spur zu dem Selbstmörder geben, zu dem Menschen, der mit siebenundachtzig Jahren das braune Gläschen mit den blutdrucksenkenden Medikamenten öffnet.

Zu diesem Menschen muss ich kommen und in seine Schwärze blicken. Ich stelle sie mir vor wie ein großes Loch, das alles in sich einsaugt. Diese Schwärze ist voll von ihr, von Jana, ich spüre es, diese Schwärze ist voll von Mutter und Maja und vielleicht auch von mir, alle sind wir in ihr, auch Safet und Dane. Vielleicht ist die Schwärze das Einzige, was uns verbindet. Diese Schwärze ist jetzt mein Großvater, diese Schwärze bin ich, deshalb muss ich in sie eindringen, meine Augen müssen sich an sie gewöhnen, damit ich die Umrisse der Dinge in ihr sehen kann. Ich muss Aleksandars Unruhe verspüren.

Ich weiß, dass das nicht möglich ist, aber ich habe keine Wahl. Ich muss wissen, warum er den Tod gewählt hat, wenn er ihn gewählt hat. Ich muss mich der Schwärze annähern, in sie eintauchen, selbst wenn ich nicht mehr an die Oberfläche schwimme, weil ich weiß, das spüre ich, dass wir alle in ihr verborgen sind und dass durch sie hindurch der Weg zu allem führt, dass durch sie der Weg zu mir führt. Vielleicht ist in ihr meine Wohnstatt. In der Schwärze.

Das Telefon, das ich noch immer in der Hand hielt, begann erneut zu läuten.

„Übermorgen um zehn wird er in Zagreb eingeäschert", sagte Mutter und legte auf.

2.

„Gott ist ein gewöhnlicher Trottel. Wenn er diesen Satz nicht mindestens eine Million Mal gesagt hat."

Es musste schon nach Mitternacht sein. Am frühen Morgen wartete die Fahrt nach Zagreb auf uns, aber Mutter war nicht nach Schlafen. Auch mir widerstrebte es, in Großvaters Haus zu übernachten, aber Mutter bestand darauf, dass wir gemeinsam von Momjan nach Zagreb fuhren und nach der Einäscherung zurückkehrten. Ich war auf noch eine durchwachte Nacht vorbereitet.

„Der Vietnamkrieg, Tschernobyl, das Ausscheiden Jugoslawiens bei der Weltmeisterschaft in Spanien. Er glaubte überhaupt nicht an Gott, aber er erwähnte ihn ständig. Und überhaupt lebte er nach seinen Regeln. Er und Mutter lebten nach seinen Regeln. Aber einem Atheisten gesteht niemand Frömmigkeit zu. Sie selbst tun ja so, als wären sie nicht gottesfürchtig, und ich weiß nicht, wer jetzt gottesfürchtig war, wenn nicht Aleksandar und Jana. Aber wenn sie einer dessen bezichtigt hätte, hätten sie ihm vermutlich eine gelangt. Wo denn! Die beiden schon gar nicht! Sie waren doch Partisanen. Und Gott ist ein gewöhnlicher Trottel. Aber das hielt sie nicht davon ab, sich ständig, was Geschenke, Zeichen und Strafen anging, zu streiten. Es war ihr Spiel, das sie jahrzehntelang spielten. Und ich erinnere mich, wie er damals zu ihr sagte, dass ihre Niederkunft in Ginas Haus ein Gotteszeichen gewesen sei, dass Gott damit entschieden habe, dass er recht hatte. Wie sie ihn damals angesehen hat, daran konnte man sehen, dass sie nicht wusste, wovon er sprach, und dass sie auch das vergessen hatte, aber er wollte das nicht akzeptieren und setzte das Gespräch an ihrer statt fort, dass es keine Strafe Gottes gewesen sei und dass ihm das keiner einreden könne, ich hatte schon Angst, dass er verrückt geworden war, denn es war so, als würde er mit sich selbst reden, Zeichen, Strafe, Zeichen, Strafe, und sie sah ihn nur an, wahrscheinlich fragte sie sich, was macht dieser Idiot, der mit sich selbst spricht, hier in meinem Haus. Erinnerst du dich?"

„Ja."

„Weißt du, dass er mir nie erzählt hat, weshalb sie nach Buje gezogen sind? Ich meine, er hat erzählt, dass er dort die Stelle bekommen hatte, aber damals haben sie einen nicht einfach so hundertfünfzig Kilometer weit weggeschickt, damals gab es Stellen für alle genug. So war das bei ihm. Die einen Geschichten erzählte er hundert Mal, andere dafür nie. Die einen Geschichten mussten seiner Meinung nach verschwiegen werden. Einmal erzählte er wie zum Scherz, dass er als junger Mann geglaubt habe, dass Momjan besser wäre als Goli otok. Aber wenn in ihm auch nur etwas von seiner Mutter war, und ich würde sagen, dass es eine Menge war, dann ist es gut möglich, dass er sich hierher verkrochen hat."

„Vor wem?"

„Vor den Kommunisten."

„Aber er war doch Kommunist."

„Er war so sehr Kommunist, wie er Serbe war. Er war nur so viel Kommunist, wie man Kommunist sein musste, um Ruhe zu haben vor den Kommunisten. Er konnte nicht nichts sein. Auch wenn er gewollt hätte, er hätte weder an Gott noch an die Partei, noch an den Staat glauben können. Sein Lebensmotto war ,Du rührst mich nicht an, ich rühre dich nicht an'. Mit niemandem und mit nichts konnte er sich verbinden. Ein Teil von etwas sein, das kam in seiner DNA einfach nicht vor. Herdentrieb war ihm zuwider. Er verstand ihn nicht. Er war nie *wir*. Er war immer er. Er selbst. Aleksandar Đorđević. Schon seinem Namen konnte er nicht zugehören. Weil es nicht seiner war. Und jetzt stell dir Jugoslawien der frühen Fünfziger vor, die antisowjetische Paranoia, all diese verbohrten, rachsüchtigen Kommunisten. Und ihn. Wenn du kein *wir* kennst, kennst du auch kein *die*. Und das war für diese Leute ein noch größeres Problem. Vermutlich hatte er wirklich Glück, dass sie ihn nicht nach Goli otok geschickt haben."

„Aber er war doch in der Partei. Oder nicht?"

„Doch. Mehr noch. Sie hatten ihn ausgeschlossen und dann wiederaufgenommen. In der Hinsicht war er nicht allzu prinzipientreu.

Das heißt, Prinzipientreue dieser Art war nicht unbedingt seine Sache. Er war ein viel zu praktisch denkender Mensch, um Dissident zu sein. Er hatte seine Grundwerte, etwa im Stil von Du sollst nicht töten, du sollst nicht lügen, du sollst nicht stehlen. Du sollst nicht Parteimitglied sein, stand nicht in seinen Geboten. Er sagte gern, er habe schon einmal gegen einen Okkupator gekämpft, jetzt solle das jemand anders tun. Eigentlich hatte er eine ziemlich freche Zunge für die damaligen Zeiten und sagte manches, was sich andere nicht trauten, aber zum Glück nahmen sie ihn nicht ernst. Nachdem sie ihn einmal nach Buje geschickt hatten. Er glaubte eben nicht, dass er die Welt verändern könne. Er wusste, dass du aus Kämpfen mit ihr als Besiegter hervorgehst, und Niederlagen mochte er nicht. Und deshalb blieb er berechenbar, würde ich sagen. Wie die Mehrzahl der Menschen im Kommunismus. Die wahren Kommunisten, die an den Kommunismus glaubten, waren sowieso nur sehr wenige, etwas mehr waren die machthungrigen Narren, die gern anderen das Leben vergällten, ein paar von ihnen waren Rebellen, die mit ihrem Rebellentum vor allem sich selbst und ihren Nächsten das Leben vergällten, die Übrigen schummelten sich mehr oder weniger erfolgreich durchs Leben. Und wenn Aleksandar etwas beherrschte, dann war es das Durchschummeln. Sein ganzes Leben, von der Geburt an, war ein einziges Durchschummeln. Ihm ging es sowieso nur darum, dass er und seine Familie ohne Erschütterungen lebten, dass er jenes alte Versprechen erfüllte, das er Großmutter gegeben hatte, als ich geboren wurde, dass er die Politik draußen vor der Tür halten werde und dass sein Familienleben ohne die Einmischung der Kommunisten verlaufen werde. Und fast wäre ihm das gelungen. Meine Kindheit war wirklich schön. Wir führten ein viel schöneres Leben, als es heute so mancher führt. Aber zum Schluss lief es bei ihm aus dem Ruder. Da kam dieses Projekt in Kairo, und er ging hin."

„Und du denkst wirklich, dass er damals keine andere Wahl hatte? Dass er nach Ägypten musste?"

Mutter schwieg. Sie holte Luft. Ich wartete.

„Ich weiß es nicht. Er hat eingewilligt zu gehen. Das ist das Einzige, was zählt. Vielleicht brauchten sie ihn dort wirklich notwendig, denn er hatte das nötige Wissen, die Erfahrung ... Ich weiß es nicht. Vielleicht musste er wirklich gehen."

„Und denkst du, dass er sich jemals damit abgefunden hat, oder hat ihn das bis zum Ende gequält?"

Als ich *Ende* sagte, durchfuhr mich ein Schauer und ich spürte, dass auch Mutter erschauerte. Niemand glaubt wirklich an ein Ende, niemand wagt wirklich, an so etwas Unvorstellbares zu glauben. Für mich war ein Ende noch unglaublicher als alles, woran die Menschen glauben.

Mutter ließ es zu, das spürte ich, dass mein *Ende* ausklang.

„Ich denke, es hat ihn gequält, aber ich weiß es nicht ... vermutlich ..."

„Hast du jemals mit ihm darüber gesprochen?"

„Ach, Jadran ..."

„Hast du?"

„Damals war ich wütend auf ihn, weil er weggegangen ist, und das habe ich ihm auch gesagt. Damals. Auf dem Flugplatz. Bevor er ging. Obwohl ich jetzt nicht mehr weiß, ob ich recht hatte. Ich habe ihm gesagt, dass er nicht zu gehen braucht. Dass er nicht gehen dürfte."

„Und er?"

„Nichts. Er hat mich geküsst und gesagt, dass er sich melden wird, wenn er zurückkommt."

3.

Schon auf dem Flughafen spürte er sie. Sie wollte ihn schier ersticken und drückte ihn zu Boden, dass er sich kaum bewegen konnte. Die Hitze war hier so dicht wie der Laibacher Nebel, sie dampfte aus dem glühenden Asphalt, auf dem er ging. Man sagte ihm, das sei eine trockene Hitze, die sei nicht so unerträglich wie jene in Asien, aber es war Sommer, und es rann aus ihm heraus, auch wenn er nur auf dem Bett in seiner Wohnung lag. Selbst die Luft kann sich in dieser Hitze nicht bewegen, dachte er und sah durch das weit geöffnete Fenster auf die Stadt, die sich jenseits des dunstigen Horizonts erstreckte. An bestimmten Tagen sieht man von hier die Pyramiden, hatte Ahmad zu ihm gesagt, sein Führer, Dolmetscher und Gehilfe, der erste Ägypter, den Aleksandar kennengelernt hatte, einer der wenigen Ägypter überhaupt. Seine neuen Mitarbeiter waren in der Mehrzahl Libanesen, seine Nachbarn waren Palästinenser, der Taxifahrer, mit dem er ein paar Worte wechseln konnte, war Iraker.

Was hätte er für einen Lufthauch des guten alten Durchzugs gegeben, seines schlimmsten Feindes. Er war zu alt, um sich an das neue Klima zu gewöhnen, er war zu alt, um sich daran zu gewöhnen, mitten im Sommer warmen Tee zu trinken, er war zu alt, um zu verstehen, was er sein ganzes Leben hindurch verurteilt und verfolgt hatte, obwohl er nichts sagte, als ihm Ahmad die Gewohnheit der Araber erklärte, Dinge zu sagen, die sie nicht denken, und sich zu etwas zu verabreden, was sie vielleicht einhalten werden oder auch nicht. So ist es eben in Ägypten, hatte ihm Ahmad erklärt, alles das ist Teil der hiesigen Kultur, das ist unsere Lebensweise, und Aleksandar hatte sich gedacht, dass er zu alt sei, um auf eine neue Weise aufzuleben. Schon die, an die er sich in Ljubljana nur mit Mühe gewöhnt hatte, war ihm zuwider gewesen, schon die jugoslawische Lebensweise war für ihn allzu unausgeglichen und unvorhersehbar gewesen, schon die Jugoslawen hatte er genügend leere Worte für drei Leben sagen hören, und er brauchte sich wirklich nicht noch das arabische Geschwafel mit anzuhören.

Er war zu alt, um vom Dunkelwerden bis zum Morgengrauen geschäftig zu sein, in den verrauchten Ecken der Restaurants, zu alt, um nach türkischer Art auf dem Boden zu sitzen und Shisha zu rauchen. Wenn sie wenigstens Alkohol hätten, der ihm die Zeit beschleunigen würde, dachte er, aber Ahmad hatte ihn zu überzeugen versucht, dass es ihm gutgehe, ausgezeichnet sogar, dass er schon bald ein Ägypter sein werde, es brauche nur noch wenig, dass sich sein ungebändigter europäischer Geist beruhigt, und dann werde für ihn alles leichter sein.

Langsam, sagte Ahmad, *langsam, Herr Aleksandar, nur langsam.*

Der Unterschied zwischen ihnen und uns, erklärte er ihm, ist, dass sie, die Europäer, auf die Straße blicken und denken, dass der Verkehr in Kairo steht, weil sich nichts bewegt, wir aber wissen, dass bei Sonnenuntergang alle woanders sein werden, als sie es bei Sonnenaufgang waren. Aleksandar wollte ihm erklären, dass er kein Europäer sei, dass er Balkanese sei und dass das etwas völlig anderes sei, aber Ahmad schüttelte den Kopf. Ich habe in Belgrad studiert, sagte er, ich habe

Ihren ganzen Balkan durchreist und ich kann nur sagen, dass die Menschen im Westen den Osten immer dort sehen, wo er überhaupt noch nicht ist, hatte Ahmad zu ihm gesagt und laut gelacht, sodass Aleksandar bei so viel Offenheit sogar etwas beleidigt war.

Aber weshalb? Weil Ahmad ihm seine nichteuropäische Identität nicht zugestand, sein Orientalentum? Hatte er ihn damit wirklich herabgesetzt oder ihm auf seine ägyptische Art doch ein Kompliment gemacht? Südländer hatten sie in Slowenien manchmal zu ihm gesagt, auch Byzantiner unzählige Male. Weshalb hätte er beleidigt sein sollen, wenn Ahmad ihn als Europäer bezeichnet?

Aleksandar kam sich mitten in Kairo oft verloren vor, als wäre er nie von den nördlichen Bergen herabgestiegen, zurückhaltend den Menschen gegenüber, in sich verschlossen und unfreundlich, vor allem aber diese unerträgliche südländische Hitze nicht gewohnt, die ihm den Schleim in den Nasenöffnungen austrocknete, die die Innenseite seiner Schenkel feucht werden ließ, sodass ihn die Unterhose und die Hose scheuerten und ihm einen brennenden Ausschlag verursachten, eine Hitze, die ihm die Schuhe mit seinem Schweiß tränkte, sodass sich der Gestank aus ihnen aus dem Vorzimmer bis in die ganze Wohnung verbreitete. Was für ein Südländer war er, Aleksandar Đorđević, hier mitten in dieser höllischen Stadt, mit den großen feuchten Flecken unter den Achseln, in einem auf dem Rücken klebenden Hemd und mit einer Stirn voller großer Schweißtropfen, die jedem Vorübergehenden auf der Straße offenbaren, dass er weither kommt, aus dem fernen kalten Norden? Wenn ihn die Kinder in einem schmalen Gässchen anstarrten und sich die Verkäuferinnen auf dem Basar fragten, woher er komme, dachte er, dass er zu alt sei, um sich aufs Neue vorzustellen, zu alt für neue Koordinatensysteme, für neue Einordnungen. Er war zu alt, und Punkt, beschloss er diese endlosen Selbstgespräche und sagte sich, dass er jetzt zu Hause sitzen müsste, bei den Enkeln, bei ihr.

Er konnte nicht glauben, dass er sie vermisste. Lange hatte er sich eingeredet, dass es nicht das sei, was ihm schien, sondern nur das Bedürfnis, in dieser riesigen Stadt jemanden neben sich zu haben, dem sie ebenso fremd wäre, oder zumindest jemanden, dem er nicht erst jedes seiner Worte erklären müsste. Er hatte sich eingeredet, dass er nur Zeit brauche, dass er sich mit der Zeit daran gewöhnen werde, weil es jetzt anders sei als damals, als er noch jung war und er sich im Vorbeigehen angepasst hatte und mit Leichtigkeit ein anderer sein konnte. Jetzt war er dieser alte Hund, der keine neuen Tricks mehr lernt, deshalb geht alles langsamer. Und dann begann er andere Jugoslawen zu treffen, Leute aus seinen Gegenden, er ging auf Empfänge auf die Botschaft, gesellte sich zu ihnen, aber das Gefühl der unausgefüllten Leere in ihm blieb. Es blieb etwas, was sie stets aufs Neue hervorrief.

Vielleicht ist es nur Heimweh, dachte er, er, der glaubte, dass sich der Mensch nur an Menschen binden kann, nicht aber an Orte. Der Mensch wird entwurzelt geboren und stirbt entwurzelt, alles andere ist Selbsttäuschung, hatte er immer gesagt, und jetzt wollte er sich nicht eingestehen, dass es dasjenige sein könnte, was ihn zurückzog, und er versuchte sich glauben zu machen, dass er um die Heimat trauert.

Am meisten kam er noch mit Ljubomir zusammen, einem Montenegriner von der jugoslawischen Botschaft, der für einen Montenegriner von ausgesprochen kleinem Wuchs war, was er immer mit seiner armen Herkunft und dem kleinen Bett erklärte, in dem er als Kind nicht die Beine ausstrecken konnte. Sie trafen sich in einem Restaurant in Zamalek und lachten über ihre Erfahrungen mit den Arabern, zu denen Ljubomir Pharaonen sagte. Sie betranken sich mit Wein und tranken auf ihre Unangepasstheit in der Stadt, die niemals leise wird. Ljubomir erzählte ihm, dass er geträumt habe, er habe in seinem Zimmer einen Regler für die Lautstärke, mit dem er den Lärm unter seinem Fenster herunterdrehen, und einen Knopf, mit dem er im Nu die Stimmen aller Kairoer Schreier und Huper zum Verstummen bringen könne. Aleksandar lachte, in seiner Gesellschaft fühlte er sich wohl, denn Lubomir sprach Arabisch, und die Leute kannten ihn, lächelten ihm zu und drückten auch ihm die Hand, dem Unbekannten, der neben Ljubomir saß. Und wenn er genug getrunken hatte, dass ihm der Wein ein wenig Mut einflößte, klopfte auch er, so wie sein montenegrinischer Freund, dem Kellner auf die Schulter, und dann fühlte er sich völlig daheim und dachte sogar, dass die Ägypter vielleicht doch gar nicht so anders sind.

Ihm war aufgefallen, wie gern sie ihre Kinder küssen und liebevoll an sich drücken, wie das auch wir Balkanesen tun, er hatte sie gesehen, wie sie lachend in den Gaststätten sitzen und ganze Abende hindurch einander mit ihren endlosen Geschichten übertönen, und wie schnell sie die Nerven verlieren und dann schreien und mit den Armen fuchteln, er hatte sie gesehen, und auch Ljubomir hatte ihn darin bestätigt. Sie sind nicht so anders, sagte er, vielleicht sind sie uns ähnlicher als die Schweden oder Dänen, wenn sie keine Muslime wären, wären sie die geborenen Serben, scherzte der betrunkene Ljubomir, und Aleksandar lachte über seinen Scherz, und dann zeigten sie einander Gäste im Lokal und stellten Mutmaßungen an, welchem von den bekannten Jugoslawen sie ähnlich sähen, und Ljubomir fand an den Nachbartischen immer jemanden, der total Bora Todorović war. Und wenn Aleksandar nach Hause fuhr, sagte er sich, siehst du, es ist nur Heimweh, nur ein kleines Gefühl von Zuhause, hier in Zamalek, und schon ist alles in Ordnung.

Aber schon am nächsten Morgen, gewöhnlich war es ein Samstag, wenn Aleksandar keine Verpflichtungen hatte und verkatert im Bett bleiben konnte, war das Gefühl der Zufriedenheit vergangen. Unter ihm das schweißgetränkte Laken, an ihm prickelte eine Schicht faulen Säuferschweißes, der sichtbare Kairoer Staub hatte sich an ihn geklebt, aber er fühlte sich nicht schmutzig. Er fühlte nur eine Sehnsucht nach ihr, die an dem anderen, noch unbenutzten Stuhl am kleinen Küchentisch sitzen und seinen unzusammenhängenden Sätzen über Kairo, über Ljubomir, über Ahmad lauschen würde.

Vor allem von Ahmad wollte er ihr erzählen, von diesem schwarzhaarigen, hochgewachsenen und freundlichen Menschenbären, der unsere Sprache sprach, aber keiner von uns war, von diesem seltsamen Gefühl, mit jemandem nicht die gemeinsame Sprache zu sprechen, obwohl beide in derselben Sprache sprechen, davon, dass es unzählige Arten des Nichtverstehens gibt und dass die meisten davon nichts mit der Sprache zu tun haben, die wir sprechen, davon, wie ihn Ahmad zu sich nach Haus eingeladen und wie unwohl er sich gefühlt hatte, als er dort mit ihm, seiner Frau und den vier Kindern saß. Er wünschte sich, dass sie ihm half, die Ursachen dieses Unbehagens, das er nicht verstand, zu ergründen, dass sie ihm zu verstehen half, warum seine

Gespräche mit Ljubomir so anders waren als die mit Ahmad, den er genauso mochte.

Er wünschte sich auch, ihr von den Libanesen, von Said, Karim und Fadi zu erzählen, davon, wie unverhüllt sie die Israelis hassen, vor denen sie nach Kairo geflüchtet sind, und wie sie das tagtäglich ganz naiv mit ihm teilen, ohne zu wissen, dass er selbst auch jüdischen Blutes ist. Er wünschte sich, zu ihr davon zu sprechen, wie er sich fühlt, wenn sie so offen über ihre Feindschaft sprechen, wie seltsam er das findet, der er aus einem Land kommt, wo die Feindschaft greifbar und mit freiem Auge sichtbar ist, wo ihn aber niemand bei seinem richtigen Namen nennt, als würden sich alle davor fürchten zuzugeben, dass sie hassen. Und auch er würde noch heute Abend schwören, nie jemanden gehasst zu haben, aber jetzt scheint ihm für Augenblicke, dass er sich an ihrem Hass den Juden gegenüber angesteckt hat. Darüber würde er gern mit ihr sprechen, über die Angst, dass sie ihn mit einem Widerstand einem Teil von ihm selbst gegenüber infiziert haben, ihm ist sogar der Gedanke gekommen, dass er das Judentum in sich seit jeher gehasst und er nur auf die Gelegenheit gewartet hat, dass sich dieser Hass auf etwas stützen kann.

Er weiß, er ist sich dessen bewusst, dass alles das seltsam ist und seine Gedanken ungeordnet sind, aber immer mehr glaubt er, und darüber würde er gern mit ihr sprechen, dass unterdrückte Identitäten niemals wirklich unterdrückt sind, dass sie unterirdisch weiterwirken, unaufhörlich, und wenn sie ins Freie quellen, können sie verderblicher sein als alle anderen Identitäten, denn alles, was verachtet und verdrängt wird, hat eine besondere Macht, in einem Augenblick die Oberhand über uns zu gewinnen, über alles, was wir zu sein meinen.

Er hatte weder über diese Dinge gesprochen noch häufig über sie nachgedacht, aber jetzt war er allein und hatte viel Zeit, außerdem kam es ihm vor, als lernte er in Kairo sich selbst besser kennen als Ägypten und die Ägypter. Vielleicht fühlte er auch deshalb das Bedürfnis zu reden, zu ihr, nur zu ihr, um ihr all diese Dinge zu sagen, um ihr von sich zu erzählen, von all dem, was er in Kairo, auch wenn er es gewollt hätte, niemandem hätte erzählen können. Denn über sich konnte er weder zu Ljubomir noch zu Ahmad, noch zu den Libanesen reden. Niemand würde ihn verstehen, es gab hier auch niemanden, der ihn kannte, er war ihnen allen gleich unbekannt. Niemand auf dieser Welt außer ihr würde verstehen, wovon er spricht, niemand außer ihr würde wissen, wer er ist, Aleksandar Đorđević.

Und plötzlich konnte er sich nicht mehr verzeihen, dass er aufgehört hatte, ihr zu erzählen, dass er ihr nichts von Mihelčič und von den anderen gesagt hatte, die Druck auf ihn ausgeübt hatten, sondern sich eingeredet hatte und zum Schluss auch überzeugt war, dass er ihr den Schmerz ersparen könne. Er konnte es sich nicht mehr verzeihen, dass er ihr alles verschwiegen hatte, was ihm Mihelčič über ihren Vater während des Krieges und über seinen Fluchtversuch nach dem Krieg gesagt hatte, dass er sich entschlossen hatte, sich mit all dem allein auseinanderzusetzen, ohne sie. Vielleicht hatte er damals wirklich Angst, dass sie ihm alles das bestätigen würde, vielleicht hatte er Angst vor der Entdeckung, dass Mihelčič die Wahrheit sagt, aber jetzt schämte er sich seiner Ängste und fand für sie keine Entschuldigung mehr.

Er wusste, er musste wissen, sagte er sich, dass Franc Benedejčič seine Räume nicht gegen Geld und Leistungen überlassen hatte, sondern dass man sie ohne seine Einwilligung beschlagnahmt hatte, er kannte ihn, seinen Schwiegervater, und er wusste, dass er da schon nicht hingehen würde, er würde nicht hingehen und Miete kassieren und würde nicht zu ihren Liederabenden gehen, denn Franc Benedejčič war ein Mensch, der niemals jemanden um etwas bat, auch die Deutschen nicht. Aber das alles war jetzt so weit weg. Und wer könnte wissen, ob die Sonne sich eher im Nil gespiegelt oder ob der Nil eher in der Sonne geglitzert hat, pflegte Ahmad zu sagen, und die Zweifel kehrten zurück, und das Bedauern kehrte zurück, und das Gefühl der Scham kehrte zurück, und mit ihm kehrte die Sehnsucht nach ihr zurück, nach einem aufrichtigen Gespräch mit ihr.

Alles das vermischte sich in der Schwüle der Kairoer Sommernächte, in denen Aleksandar nicht mehr zwischen Wachsein und Schlaf zu unterscheiden wusste. So selten schenkten ihm diese Nächte tiefen, festen Schlaf, dass er das Schlafzimmer bald zu meiden begann. Wenn die Dunkelheit einbrach, übersiedelte er auf den kleinen Balkon, den er von der Küche aus betrat, und als würde er sich dort im bleichen Schein der nicht erloschenen Großstadtlichter vor der friedlosen

Dunkelheit verbergen, saß er dort und wartete, dass ihm die Dunkelheit den Rest gibt, dass sie seine Augen zufallen lässt und ihn zu seinem breiten Bett zieht. So kann er seine Gedanken leichter kontrollieren, glaubte er gern, und verhindern, dass sie im Vorhof des Schlafes aufflammen, die Herrschaft über ihn ergreifen und ihn dorthin entführen, wohin er es nicht möchte. So werden die größten Ängste geboren, glaubte Aleksandar. Deshalb saß er nachts lieber auf dem Balkon, und oft wurde es bereits Tag, wenn er schon halb im Schlaf zum Schlafzimmer ging und statt einem Schlaflied dem Erwachen der Stadt zuhörte, dem *ezan* vom nahen Minarett, dem Öffnen der Läden unten auf der Straße, den Stimmen der Straßenverkäufer, dem Hupen der Autos, den Kindern auf dem Weg zur Schule.

Und je länger er von seinem Balkon das ineinander verflochtene Erlöschen und Entflammen des Kairoer Lebens beobachtete und je mehr er hypnotisch in die Ferne schaute, als wartete er, dass sich seine Augen endlich so sehr an die Dunkelheit gewöhnen, dass sie sogar die unsichtbaren Pyramiden dort am Ende des Horizonts sehen, die ihm Ahmad versprochen hatte, desto mehr näherte er sich in seinen Gedanken Ljubljana. Und Genossen Vekoslav Mihelčič.

Es hatte ihn gereizt, es hatte ihn wirklich gereizt, damals im *Slon*, als sie sich per Zufall vorm Kaufhaus Nama getroffen hatten und Mihelčič ihn zum Kaffee einlud, als Mitarbeiter, wie er zu ihm sagte, damals hatte es ihn gereizt, ihm die ganze Wahrheit darüber zu sagen, warum Jana Benedejčič nach der Heirat nicht seinen Nachnamen angenommen hatte, warum sie nie Jana Đorđević geworden war. Ihn hatte gereizt, ihm, der sich der ganzen Wahrheit bemächtigt hatte, etwas zu sagen, was er nicht wissen konnte, ihn hatte gereizt, ihm alles über die Angst der Ester Aljehin und über den Nachnamen Đorđević ins Gesicht zu schleudern. Er wusste, dass er diesem Urheber von Zufällen, diesem Mihelčič, den Mund schließen konnte, wenigstens für einen Augenblick, wenigstens für diesen verregneten Nachmittag, aber er überlegte es sich und sagte sich nur noch einmal, dass das ihrer beider Sache sei.

Was geht es Mihelčič an, weshalb er nicht wollte, dass seine Frau seinen Nachnamen annimmt, weshalb er nicht wollte, dass ihn seine Töchter annehmen! Was geht es Mihelčič an, weshalb er wollte, dass sein Name nur sein eigenes Kreuz bleibt! Das geht niemanden etwas an, am wenigsten noch ihn. Soll er doch vor Neugier sterben, hatte sich Aleksandar damals gedacht, soll er sich ruhig auch diese Wahrheit ausdenken. Niemandem hat er es gesagt, und auch ihm wird er es nicht sagen, ihm, der schon so mehr weiß, als er wissen dürfte.

Auf seinem Kairoer Balkon verspürte er sogar eine winzige Zufriedenheit darüber, dass er ihm ein kleines, überaus unbedeutendes Stück Wissen vorenthalten hatte. Aber er war sich bewusst, dass er den Krieg mit Genossen Vekoslav verloren hatte, dass er sich kampflos ergeben hatte, und dieses Bewusstsein schmerzte ihn noch immer.

Es kommen Zeiten, wo das Vergessene nicht mehr vergessen sein wird, hatte Mihelčič damals im *Slon* zu ihm gesagt, und von allen Worten hatte er vor diesen die meiste Angst gehabt. Diesen Worten und dem, was sie in sich bargen, konnte man nicht entkommen, das wusste Aleksandar genau. Verfolgung kannte er nur zu gut, um sich vor ihr nicht zu fürchten. Wenn sich die Urheber von Zufällen auf die Jagd machen nach alten Sündern und an das Wecken ihrer vergessenen Sünden, waren Ägypten und Kairo noch viel zu wenig weit weg, dachte er sich.

Als er an jenem Morgen auf die Straße trat, erscholl bereits der *ezan* zum *zuhr*. Aleksandar schritt in das Kairoer Getümmel hinein, er hatte die Hoffnung, dass es ihm die schweren Gedanken zerstreuen werde, dass es den Wunsch nach ihr übertönen werde, der an diesem Morgen gemeinsam mit ihm erwacht war. Er ging über die breiten französischen Boulevards und versuchte sich ihnen zu überlassen, neugierig sah er sich um. Sein Blick folgte den Frauen in der *feredža*, wie sie in kleinen Scharen hinter ihren schnauzbärtigen Männern hergingen. Er blieb stehen und studierte die Ornamente an den Minaretten. Er beobachtete die Kairoer Händler, wie sie vor den Auslagen ihrer Boutiquen vorübergehende Bekannte grüßten, ihr raffiniertes Spiel des Verführens und Werbens, ein Spiel unausgesprochener Lockungen. Er studierte ihre Choreografie, die eingespielten Bewegungen ihrer Hände, Gesichtsmuskeln und Augen, mit denen sie ihre künftigen Kunden lenkten. Der Basar, auch dieser, den sich die einstigen europäischen Herrscher auf den breiten Trottoirs der Boulevards hatten einfallen lassen und der den vermögenderen Bewohnern Kairos gewidmet war, hatte seine eigene Notenschrift, nach der alle auf ihm spielten. Stadt und Bewohner waren ihren Sitten und Gebräuchen, ihrer Lebenskultur unterworfen, all dem, was Aleksandar in seiner zugigen Stadt vermisste, diesem Schnittpunkt unzähliger Winde, die aus Ljubljana einen Flohmarkt unterschiedlichster Konventionen gemacht hatten, sodass die Menschen nicht einmal mehr wussten, wie man sich auf der Straße zu begrüßen hat.

Als er an den Schaufenstern der besten Kairoer Geschäfte vorüberging, glitt sein Blick an den Verkäufern vorbei zu den bunten Auslagen. Als er vor einer von ihnen stehen blieb, entdeckte er, dass die Preise der Anzüge in Kairo viel niedriger waren als in Ljubljana, und er erinnerte sich der Worte Ljubomirs, dass man in Kairo wie ein Scheich leben könne und dass er europäische Frauen kenne, auch solche aus dem Osten, die so viele Kleider hätten, dass sie sie, wenn sie sie ein oder zwei Mal getragen haben, ihren Köchinnen und Zimmermädchen überlassen. Ljubomir schien übertrieben zu haben, aber jetzt befühlte er wunderschöne Anzüge aus ganz weicher Baumwolle, und ihm kam der Gedanke, sich so etwas auch gönnen zu können. Er nahm sie von den Aufhängern und besah sie genau, er glitt mit den Fingern über sie hin, um den seidenweichen Stoff zu fühlen.

Er hat ihr nie Kleider gekauft, dachte er. Aleksandar ging nicht gern in Geschäfte und war sogar stolz auf diesen altmodischen Tick, der ihm eingab, dass es einem richtigen Mann nicht zieme, sich übertrieben mit seinem Erscheinungsbild zu beschäftigen. Aber jetzt sah er sie in dem Kleid, das er in der Hand hielt, und verspürte den Wunsch, sie in dem Augenblick zu sehen, wenn sie es in die Hände nimmt, den Wunsch, ihre Dankbarkeit zu fühlen. Er verspürte den Wunsch, ihr alle Kleider zu schenken, die vor ihm hingen, er, dem das Beschenken seit jeher kindisch geschienen hatte und der zu ihren Geburts- und Jahrestagen immer gesagt hatte, dass sie schon zu alt seien, um die Verliebten zu spielen und sich Ohrringe und Krawatten zu schenken, von denen niemand etwas hätte außer den Verkäufern dieser Ohrringe und Krawatten.

Aber jetzt verspürte er den Wunsch, ihr etwas zu kaufen, egal was, lieber noch gleich alles. Er stand vor dem Verkäufer, der ihm an den ausgewählten Kleidern etwas zeigte und ihm zu erklären versuchte, dass die ausgewählten Kleider unterschiedlicher Größe seien, für drei verschiedene Frauen. Nein, widersprach Aleksandar, keine drei Frauen, ich habe nur eine Frau, gut, ich habe noch zwei Töchter, aber das ist für meine Frau, eine Frau. Dann verstummte er. Er wusste nicht, welche Größe seine Frau trägt, und er schämte sich vor dem Verkäufer, der ihn freundlich anlächelte, er schämte sich seines kindischen Verhaltens und seines plötzlichen Wunsches, Geschenke zu kaufen. Er ist doch kein Teenager mehr und ist nicht verliebt, schimpfte er mit sich und legte das goldene, das blaue und das dunkelgraue Kleid aufs Verkaufspult zurück und ging hinaus, zurück auf die Straße. Dort senkte er den Blick und beschleunigte den Schritt, um schnellstmöglich so weit wie möglich von dem Kleidergeschäft wegzukommen.

Ich habe Heimweh, sagte er sich, als er nach Hause hastete, ich bin es nicht gewohnt, von zu Hause weg zu sein, nur das ist es, und es hat nichts mit ihr zu tun, mit der Zeit wird es besser werden, mit der Zeit wird es vergehen. Dann hielt er ein Taxi an und bat, nach Zamalek gefahren zu werden. Zum ersten Mal, seit er nach Kairo gekommen war, ignorierte er Ahmads Rat und handelte den Fahrpreis nicht im Voraus aus. An diesem Tag war ihm alles egal.

4.

Obwohl Aleksandar mehrere Monate lang Vorbereitungen für seine Abreise nach Kairo traf, schien es Jana, nachdem Safets Auto mit ihm und seinen vier Reisetaschen hinter der Ecke von Simčićs Haus verschwunden war, als wäre er weggegangen, ohne sich wirklich zu verabschieden. Über seinen Weggang hatten sie nicht wirklich gesprochen, und sie war auch nicht wirklich damit einverstanden gewesen. Er sagte, er fahre jetzt, und schon war er weg. Die ersten Monate seiner Vorbereitungen verkürzten sich in ihrem Kopf zu einem ungreifbaren Augenblick, in ein einziges Bild offener Schränke und auf dem Boden aufgereihter Reisetaschen, an denen vorbei sie sich in den letzten Wochen jeden Abend zum Bett durchschlängeln musste. Und dann schlossen sich die Schränke, und Safet trug die Reisetaschen ins Auto, das Schlafzimmer war leer, wie es noch nie gewesen war. Zwischen den Schränken und dem Bettrand gähnte jetzt ein unausgefüllter Raum, der ohne Aleksandars Reisetaschen einer endlosen Wüste glich, in der sie sich zu verlieren drohte.

Die ersten Tage nach Aleksandars Abreise betrat sie das Schlafzimmer nicht. Sie hatte Angst vor seiner Leere und schlief lieber in Vesnas Zimmer, das achtlos mit Vesnas Sachen vollgeräumt war, die jetzt beruhigend auf sie wirkten. Es störte sie nicht, dass sie abends über Schachteln voller Bücher steigen und einen Haufen Badetücher für den Strand vom Bett auf den Tisch legen musste, um sich hinlegen zu können. Nichts von all dem wurde ihr zu viel. Wenn sie sich nur nicht dort hineinlegen musste, in dieses große leere Zimmer, aus dem alle seine Hemden und alle seine Jacketts und alle seine Krawattennadeln, die sie ihm zu Neujahr geschenkt hatte, verschwunden waren. Als sie am vierten Tag nach seiner Abreise endlich in das Zimmer trat und sich auf ihr gemeinsames Bett setzte, wusste sie, dass sie in diesem Haus nicht würde bleiben können. In ihm war nichts anderes als nur er, den es nicht gab. Sie war gefangen in seiner Abwesenheit.

Schon am nächsten Morgen setzte sie sich in den Zug und fuhr nach Ljubljana. Nur vorübergehend, dachte sie, als sie in Divača auf den Zug aus Triest wartete, auf den überfüllten roten Zug, in dem es keinen freien Sitzplatz geben würde. Nur vorübergehend, sagte sie zu Vesna, die sie abholte und zu ihrer Laibacher Wohnung an der Bratovševa ploščad brachte. Ich muss nur ein paar Sachen in Ordnung bringen, dann kehre ich sofort nach Momjan zurück, erklärte sie Maja am Telefon, die sie zum Essen eingeladen hatte. Nur eine Woche oder zwei würde sie hier verbringen, dachte sie, als sie auf dem Balkon saß und die Menge der anderen Fenster und Balkone sah, die Frauen, die auf ihnen Wäsche aufhängten, und die Männer in Unterhemden, die die Kinder im Blick hatten, die unten auf dem Platz spielten.

Hier im fünften Stock an der Bratovševa ploščad war Jana nie wirklich heimisch geworden. Sie hatte sich nie damit angefreundet, dass sie in die Wohnung, die Aleksandar von Lesnina bekommen hatte, als er dort Verkaufsleiter wurde, als Frau Đorđević eingezogen war und dass die Nachbarn vom ersten Tag an in ihr nur eine weitere Sache im Besitz ihres neuen Nachbarn, des Genossen Đorđević, gesehen hatten. Hier war die Wohnung des Genossen Đorđević, unten auf dem Platz stand das Auto des Genossen Đorđević, und sie war die Frau des Genossen Đorđević. So redeten sie und so dachten sie, ihr Platz an der Bratovševa ploščad war eindeutig bezeichnet, und eine Jana Benedejčič hatte dort nie gelebt.

Wenn sie die Wäsche nicht in dem vom Treppenhaus aus zugänglichen Gemeinschaftsräumen aufhängte, tat sie das deshalb nicht, weil Frauen von Genossen das nicht taten. Wenn sie Nachbarinnen, die jünger waren als sie, siezte, tat sie das wegen ihm, dem Genossen Đorđević. Nichts wurde in diesem Wohnblock und in dieser Siedlung nur mit ihr, mit Jana, erklärt und entschuldigt.

Und jetzt saß auf dem Balkon Jana Benedejčič. Vesna war weggegangen, und sie war in der Wohnung allein geblieben. In ihr gab es keinen Genossen Đorđević und auch keine Frau Đorđević. Hinter ihrem Rücken war nur eine Wohnung, nur eine Küche, ein Wohnzimmer und ein Schlafzimmer, waren nur Schränke, Tische, Sessel, nur Wände, an denen ein paar Bilder hingen, ein abgelaufener Kalender und ein Wandteller mit dem Bild von Dubrovnik. Die Wohnung war endlich nur ihre, und sie war in ihr nur sie selbst.

Sie wusste, dass die Menschen den Genossen Đorđević bald vergessen haben würden, denn sie vergessen jene, die nicht da sind, und dann werden sie vielleicht auch bemerken, dass neben *Đorđević* auch *Benedejčič* an der Tür steht. Vielleicht werden sie anfangen, sie mit Frau Benedejčič anzureden, vielleicht sogar mit Frau Jana, die Kinder werden Tante Jana zu ihr sagen, und vielleicht wird es zum Schluss nur Jana heißen. Sie hörte, wie sie zu ihr sagen, *Hallo, Jana! Wie geht es dir, Jana! Oh, Jana!* Sie spürte, dass die Welt ringsum sich veränderte, und das gefiel ihr. Sie genoss den Gedanken daran, wieder Frau Benedejčič zu sein und dass niemand sie nach ihrem Mann fragen, dass man sie zu den Sitzungen des Mieterbeirats einladen und dass man ihr Einladungen zu den Vorneujahrsfeiern und 1.-Mai-Kundgebungen schicken wird. Sie wird darauf ja nicht reagieren, aber der Gedanke, dass es dort jemanden gab, der sie und nur sie erwartete, freute sie.

Es wurde Abend, die Balkone, voller Wäsche, versanken in der Dunkelheit, die Männer in den Unterhemden riefen hinunter nach den Kindern, und sie saß da und stellte sich ihr neues Leben und sich selbst vor, die sich aufmacht ins Theater. Allein. Sie sah die Dame an der Theaterkasse, wie sie den Blick zu ihr hebt, um sich zu vergewissern, dass die Dame sich nicht vielleicht geirrt hat und ob sie wirklich nur eine Karte kaufen möchte.

Ja, eine Karte, bitte, sagt Jana Benedejčič zu ihr auf dem Balkon ihrer Wohnung an der Bratovševa ploščad.

„Wie ist mir ihre Gleichgültigkeit auf die Nerven gegangen. Ich habe sie nicht ertragen. Ich war felsenfest überzeugt, dass sie verlogen ist, ich war beleidigt, dass meine Mutter ihre Gefühle vor mir verbirgt, dass sie sich mir nicht öffnet und zugibt, dass es sie schmerzt. Absichtlich habe ich mich mit ihr allein getroffen, damit sie sich mir leichter anvertrauen kann, mir beichten kann, aber sie – nichts. Sie saß mir gegenüber, aß ihren Becher Eis und lobte die süße Sahne, und ich saß ihr gegenüber und wartete geduldig, dass sie aufhört, über die Geschichte des Laibacher Speiseeises zu schwätzen und über das Wetter und über die Filme, die sie gesehen hat, ich lenkte unser Gespräch auf ihn und auf Ägypten, aber sie – nichts. Ich hätte sie erwürgen können, aber ich war einsichtig, ja, ich war einsichtig, ich glaubte, dass das alles nur ein Trick ist, dass sich unter diesem Geschwätz über Woody Allen ein wirklicher Schmerz verbirgt, den ich respektieren muss, dass ich einfach warten muss, unzählige Male habe ich mir auf die Zunge gebissen und zu ihren detaillierten Wiederholungen der Szenen schweigend gelächelt, und er sagt das zu ihr und sie antwortet so und dann sagt er … O Gott, ihretwegen habe ich angefangen, Woody Allen zu hassen, ich hätte sie beißen können, aber ich war eine gute Tochter, und habe nichts gesagt, ich habe sie nicht angeschrien, dass sie endlich zugeben soll, dass sie beleidigt ist, dass sie getroffen ist, dass sie ihn vermisst, dass das normal ist, dass es das einzig Normale ist, denn es kann dir, mein Gott noch mal, nicht egal sein, wenn dein Mann für ein Jahr nach Ägypten abhaut. Ich wusste nicht, ob ich damals nur meine eigenen Gefühle auf sie projizierte, meine eigene Wut, dass ich auf eine Bestätigung meines eigenen Schmerzes wartete, eine Bestätigung, dass es richtig ist, wenn ich es meinem Vater übelnehme, wenn ich es ihm auf den Tod übelnehme, dass er sich in dieses beschissene Ägypten abgeseilt hat. Und als ich alle diese Gefühle nicht aus ihr hervorlocken konnte, war ich enttäuscht und fing an zu glauben, dass sie verrückt geworden ist, dass Vater sie so sehr getroffen hat, dass sie abgedriftet ist, dass sie autistisch geworden ist, verrückt nach romantischen Komödien. Das konnte ich mir nicht anders erklären als damit, dass alles zusammen ein zu großer Schock für sie war und dass ich sie in Ruhe lassen muss, damit sie Frieden findet und sich ihr Zustand normalisiert, so habe ich zu Maja gesagt, dass sich ihr Zustand normalisiert, aber anstatt sich zu normalisieren, wurde Mutter nur noch seltsamer. Sie begann mich am Telefon anzurufen und mir zu erklären, wie sie das Leben in Ljubljana genießt, stell dir vor, es waren die Achtziger, die niemand in Ljubljana genossen hat, außer ihr natürlich, sie hat sie genossen. Aber was hat sie genossen, das frage ich dich. Sie war doch kein Kind, um Pizzas aus der Mikrowelle und Gummihüpfen auf dem Spielplatz zu genießen. Hat sie die rostigen Kandelaber genossen, die Schlangen vor den Schaltern, die leeren Straßen, den Makadam, die in Zeitung gewickelten Kartoffeln, den Himbeerschnaps und den Pleterje-Sliwowitz? Was? Sie hat mir erklärt, dass sie in die Bibliothek geht und ins Theater und in den Maximarket auf ein Stück Torte und ins Kino, natürlich ist sie ins Kino gegangen, und dann wieder in die Bibliothek, sie hat sich mit den Bibliothekarinnen unterhalten, nonstop ist sie irgendwo herumgeschwirrt, und ich habe angefangen, ihr aus dem Weg zu gehen, ich habe ihre gute Laune nicht ertragen, wenn wir uns getroffen haben, habe ich das Bedürfnis verspürt, ihr in das selbstzufriedene Gesicht zu schreien, sie soll sofort aufhören mit dieser Idiotie, sie soll sich nicht blamieren und sie soll uns allen mit ihrer Begeisterung keine Schande machen, denn in dieser Stadt gibt es wirklich nichts, woran sich der Mensch begeistern könnte. Aber ich habe sie nur angelächelt, ich begegnete ihr auf dem Weg von der Arbeit und hörte ihr zu über einen neuen italienischen Film und über eine Inszenierung von Mile Korun im Stadttheater, für mein ganzes Leben ist mir Mile Korun im Gedächtnis geblieben, weil sie mir damit so auf die Nerven gegangen ist, wenn sie mir von ihm erzählte, wir standen mitten auf der Straße, ich sagte ein paar Mal, dass ich eilig nach Hause muss, ich konnte nicht mehr, und sie, nur das muss ich dir noch sagen, nur das noch, und hörte nicht auf, und wir standen da mitten auf der Trubarjeva, und ich, wie an sie

gekettet, ich konnte mich kaum bremsen, dass ich anfange zu schrei-
en, Ägypten! Ägypten! Ägypten!, ich konnte ihr Spiel nicht mehr mit-
spielen, ich wollte weglaufen, und sie erklärt mir des Langen und Breiten, wie dieser junge Schauspieler, wie genial dieser Boris Ostan als
Hamlet war, sie sagte, als er mit dem Geist sprach, du weißt nicht
mehr, wer ist Hamlet und wer der Geist, du hättest ihn sehen müssen,
ich hatte das unglaubliche Glück, dass ich die Aufführung noch sehen
durfte, sagte sie, und da konnte ich nicht mehr und sagte zu ihr, keine
Chance, ich habe in meinem Leben schon genug Schauspielerei und
Schauspieler und brauche die auf der Bühne nicht auch noch. Sie verstand nicht, was ich damit meinte, wirklich nicht, sie hatte keine Ahnung, wovon ich redete, und ich hatte irgendwie ein richtig schlechtes
Gewissen, weil sie mir so ehrlich vorkam in diesem Nichtverstehen,
ich konnte nicht glauben, dass sie sich so sehr in ihre Rolle als glückliche Frau eingelebt hatte, dass das für sie kein Spiel mehr war und
dass sie ihr Spiel nicht mehr von der Wirklichkeit trennte, ich begann
mir Sorgen um sie zu machen, ich begann mir wirklich Sorgen um sie
zu machen, wie naiv und unwissend war ich. Ich weiß, jetzt weiß ich
es, aber damals habe ich mir wirklich Sorgen um sie gemacht, ich
habe sogar mit Safet darüber gesprochen, sie zu jemandem zu bringen,
zu einem Psychologen, aber damals gab es das noch nicht so wie heute, weil ich eben gedacht habe, dass es das einzig Normale wäre, wenn
sich Mutter in die Ecke drücken und weinen würde oder wenigstens
den ganzen Tag dieses verdammte Ägypten mitsamt diesem Kretin
dort verfluchen würde. Ich weiß nicht, damals habe ich mir das alles
falsch vorgestellt, ich habe mir Safet vorgestellt, wie er mich verlässt
und nach Ägypten geht, anders wusste ich es eben nicht, und ich habe
erwartet, dass sie das fühlt, was ich an ihrer Stelle fühlen würde, ich
habe gedacht, dass ich mir mich an ihrer Stelle vorstellen kann, aber
das konnte ich nicht. Deshalb beschloss ich, dieses Versteckspiel nicht
länger mitzumachen, ehrlich mit ihr zu reden, sie zu fragen, was sie
sich denkt. Das hört sich jetzt komisch an, aber darüber haben wir nie
gesprochen, das war für mich, als würde ich sie fragen, wie es um ihr
Geschlechtsleben steht, das war für mich eine große Sache, dass ich sie
frage, warum sie so fröhlich ist, wenn Vater doch in Ägypten ist, ich
war dazu entschlossen, ich war darauf vorbereitet, aber sie kam mir

zuvor, sie rief mich an und sagte, sie hätte mir etwas zu sagen, ich hatte keinen Schimmer, was. Und wie hätte ich ihn auch haben können? Das war für mich ein totaler Schock."

Sie hatte gelernt, nicht über ihn nachzudenken. Zuerst glaubte sie, dass es für sie leichter sein würde, wenn sie bewusst jeden Gedanken an ihn verscheuchte, dann gewöhnte sie sich daran, und wenn ihn jemand erwähnte, glitt sein Name nur an ihr vorüber. So ist es besser, schien ihr, und vielleicht war es so auch richtig. Er war dort, und sie war hier, und seine Gedanken waren dort, und ihre waren hier. Das klang sinnvoll. Auf die Frage, ob sie ihn vermisse, nickte sie, obwohl sie nicht genau wusste, was man sie fragte, von Vermissen wusste sie nichts. Jetzt lebte sie in Ljubljana, allein in der Wohnung an der Bratovševa ploščad, und sie lebte anders, als sie zuvor gelebt hatte, als sie in ihr gemeinsam gelebt hatten. In ihrem neuen Leben fehlte es ihr an nichts. Das sagte sie niemandem, aber so war es. Wahrscheinlich vermisste sie ihn wirklich nicht, dachte sie bei sich. Aber das durfte sie nicht sagen, denn das hätten die Leute falsch ausgelegt. Deshalb vermied sie Gespräche über ihn und über Ägypten. Die Gespräche mit den Töchtern lenkte sie absichtlich in eine andere Richtung, weit weg von ihm. Sie wusste, das weder Vesna noch Maja es verstehen würden.

Wie sollten sie verstehen, dass es im Leben ihrer Mutter keinen Raum mehr gab für ihren Vater? Wie sollten sie verstehen, von welchem Raum sie sprach? Die beiden verstanden die Liebe noch immer anders, mehr naiv. Liebe war für sie ein Raum, den nur eine Person ausfüllen konnte, eine genau bestimmte Person, eine unersetzliche. Das Fehlen dieser Person brachte deshalb notwendigerweise das Gefühl der Leere, des Mangels mit sich. Aber Jana fühlte keinen Mangel. Ihr Raum war ausgefüllt. Ihn füllte die Freiheit aus. Es war einfach, aber unerklärbar.

Manchmal fragt sie sich am Morgen, wohin sie gern am Abend ginge, aber dann geht sie nirgendwohin. Im Sommer, wenn die Laibacher Nächte warm sind, liest sie auf dem Balkon ein Buch. Das Licht auf dem Balkon funktioniert nicht. Sie hat die Glühbirne ausgewechselt, aber es hat nicht geholfen. Sie müsste einen Elektriker rufen, aber sie hat sich daran gewöhnt, bei Kerzenlicht zu lesen. Das findet sie so romantisch. Niemand sonst hat Kerzen auf dem Balkon, und niemand sonst liest abends Bücher. Jana findet deshalb auch, dass sie Glück hat, weil sie ganze Abende hindurch mit einem Buch in den Händen auf dem Balkon sitzen kann.

Würde sie das Vesna und Maja erzählen, würden die denken, dass mit ihr etwas nicht stimmt. Vielleicht würden sie sie sogar zwingen, zum Arzt zu gehen. Niemand kann allein und gleichzeitig glücklich sein.

Wir leben im Kommunismus, und Glück erleben wir nur gemeinsam, sagt sich Jana. Dieser Einfall gefällt ihr. Und überhaupt können Frauen nicht glücklich sein ohne Männer, sagt sie sich. Das ist vermutlich verboten. Wollte sie öffentlich über ihr Glück sprechen, müsste sie einen heimlichen Liebhaber erfinden. Andernfalls würden sie einen für mich erfinden.

Aber Jana konnte nicht die Unglückliche spielen. Das widerstrebte ihr. Sie konnte nicht die leidende, verlassene Frau spielen, steife Kleider in matten Farben tragen, gesenkten Blickes gehen, mit müdem, schwerem Schritt. Sie konnte sich nicht verstellen, und so musste sie immer aufs Neue die verwunderten, zweifelnden und sogar offen argwöhnischen Blicke der Menschen sehen, die sich mit ihrer Heiterkeit nicht einverstanden erklärten und die ihr Lächeln, wenn sie ihr bei einem Spaziergang durch den Tivoli begegneten, nicht guthießen.

Oder in Bled. Nie wird sie den Blick ihrer einstigen Mitarbeiterin Vera vergessen, die sie auf der Terrasse des Hotels Jezero entdeckt hatte.

Was machst du denn hier, Jana?, hatte sie gefragt, als hätte sie sie im eigenen Schlafzimmer angetroffen.

Vera hatte das Wort *allein* nicht verwendet, aber Jana hatte es deutlich gehört.

Ich esse eine Cremeschnitte, gab sie zur Antwort.

Vesna war die Hartnäckigste, ihr Blick war der durchdringendste, ihre Augen fragten und bohrten ohne Unterlass. Mit Vesna war es für sie am schwersten. Für sie waren sie viel zu verschieden, um sich hinsichtlich so sensibler und nicht ausformulierter Dinge verständigen zu können, um für sie dieselben Worte verwenden zu können. Vesna würde dazu anders sagen, sie würde ihre Gefühle auf ihre Art benennen, und plötzlich wäre Jana jemand anders und wäre ihr Leben etwas völlig anderes als das, was es in Wirklichkeit war.

Ihr Leben aber wollte Jana genau so haben, wie es war. Als Aleksandar wegging, war ihr ein Jahr wie eine Ewigkeit vorgekommen, und dann begann sich diese Ewigkeit zu verkürzen, und als seit seinem Weggang fast ein halbes Jahr vergangen war, kam ihr eine Ewigkeit zu kurz vor. Sie begann zu überlegen, wie sie sie verlängern könnte, wie sie sie wieder in die wahre, unendliche Ewigkeit verwandeln könnte, vor der sie sich einmal so gefürchtet hatte.

„Sie sagte mir, dass sie sich scheiden lassen möchte. Ich dachte, dass sie mich auf den Arm nimmt, dass sie mich deshalb angerufen hat, weil ihr langweilig ist, dass sie sich damit ablenken möchte, meinen verblüfften Gesichtsausdruck zu sehen. Ich wollte ihr sagen, dass ich zu Hause ein kleines Kind habe und einen Mann, der nicht einmal Kaffee kochen kann, dass ich keine Zeit habe, um sie für ihre Scherze zu verplempern, aber dann begriff ich, dass sie es ernst meinte. Sie sagte, sie sei nicht der Typ Mensch, der etwas hinter irgendwessen Rücken tun würde, sie spiele gern mit offenen Karten, sie wolle nicht, dass etwas passiert, was nicht passieren dürfe. Ich starrte sie an, als hätte sie zu mir gesagt, sie stamme vom Mars, ich glaubte, ich träume, Mutter, also *meine* Mutter, ich konnte nicht glauben, dass sie das zu mir sagt, ich fragte sie, ob sie einen Liebhaber hat, ich fühlte mich so idiotisch, im Leben habe ich mir nicht vorstellen können, dass ich das Wort *Liebhaber* einmal aussprechen werde, geschweige denn in Zusammenhang mit meiner Mutter, Liebhaber hatten die Frauen in den Filmen und Doktorromanen, nicht aber in Ljubljana und in ihren Jahren. Nein, sagte sie, und ich darauf, warum sie sich dann scheiden lassen möchte, dass sie ohne Liebhaber auch verheiratet sein kann, dass sie das nicht daran hindert, ins Theater und in die Bibliothek zu gehen. Sie fragte mich, was ich gegen ihre Bibliothek habe. Ich weiß nicht, warum sie das gefragt hat, vermutlich habe ich so geklungen, als hätte ich etwas gegen ihre Bibliothek, was weiß ich, ich sagte, dass ich mich nicht über die Bibliothek unterhalten möchte, dass mir ihre Bibliothek schnurzegal ist, dass sie mir lieber sagen soll, warum sie sich scheiden lassen möchte. Sie sagte, dass sie es nicht wisse, dass sie Angst habe, dass etwas passieren könne. Mit dir oder mit Vater, habe ich gefragt, hast du Angst, dass er eine in Ägypten hat, fragte ich sie, ach, hör auf, sagte sie, dein Vater doch nicht. Ich war beleidigt, ich weiß nicht, warum, mir schien, dass sie mehr Respekt ihm gegenüber hätte haben müssen, ihrem Mann gegenüber, es ist ja nicht so, dass auch ich nicht dachte, dass dein Großvater in seinem Alter in Ägypten eine Geliebte haben könnte, aber in ihrer Stimme war etwas Verächtliches, etwas Geringschätziges, und das habe ich ihr übelgenommen, ich sagte, dass das auch von ihr jemand sagen könnte, ach, hör auf, und dann war sie ein bisschen beleidigt, aber sie sagte, ich hätte wahrscheinlich recht, obwohl sie mir überhaupt nicht zustimme. Dann habe ich ihr erklärt, dass sie sich nicht scheiden lassen kann, wenn Vater in Ägypten ist, dass sie mit ihm darüber sprechen muss und nicht mit mir und dass sie, wenn sie mich fragt, nur vereinsamt ist und dass sie ihn vermisst und dass ihr deshalb solche Dummheiten durch den Kopf gehen. Sie sagte, dass ich nicht verstehe, und ich sagte, das ich nicht verstehen will, und bin aufgestanden und gegangen. Die Scheidung hat sie mir gegenüber nie mehr erwähnt, wir haben nie mehr darüber oder über etwas Ähnliches gesprochen, danach habe ich klein beigegeben und angefangen, ihr Spiel mitzuspielen und mich mit ihr über Bibliotheken und Woody-Allen-Filme zu unterhalten, weil ich Angst hatte, weil ich Todesangst hatte, dass sie wieder von der Scheidung anfängt. In ihrer Gegenwart habe ich mich benommen, als würde ich die Augen schließen und hoffen, dass sie aus dem Traum erwacht und dass alles so wird, wie es war. Ich wartete, dass Aleksandar zurückkehrt, ich zählte die Tage und verfluchte ihn, und ihr bin ich sogar ein wenig aus dem Weg gegangen, als ob das irgendwie hätte helfen können."

Mutter hörte auf. Ihre Geschichte, wie so oft schon zuvor, hörte hier auf. Sie hat sie nie weiter erzählt, als würde sie immer noch darauf warten, dass Großvater aus Ägypten zurückkehrt.

Ich wollte sie fragen, ob Großvater jemals erfahren hat, dass sich Großmutter von ihm scheiden lassen wollte, und wenn er es erfahren hat, von wem und wann, mich interessierte, ob es ihn getroffen hat, ich glaubte, dass es das getan hat, aber ich hätte gern eine Bestätigung gehabt, und ich weiß nicht, was mich abgehalten hat.

War es die Ahnung, dass Mutter die Frage nicht gefallen hätte? War es Rücksichtnahme? Habe ich die Antworten schon gekannt und hatte Angst, sie von ihr ausgesprochen zu hören? Oder hatte ich Angst, dass ihre Antworten meinen Erwartungen zuwiderlaufen und die Logik meiner Geschichte zerstören würden? Dass ich ohne Geschichte bleiben würde?

VII

1.

Ich war in sie verliebt, in ihr lautes, unbändiges Lachen, in die Art und Weise, wie sie ihr Haar aufsteckte, wenn sie einem zuhörte, ihre großen Augen, die sich weit öffneten, wenn man sie mit etwas überraschte, die zugekniffen wurden und so taten, als gäbe es sie nicht, in ihr Zungenschnalzen, bevor sie sagte, *A dej nooo*. Niemand sagte das so reizend, so unschuldig. In ihre Stimme war ich verliebt, vor allem in dieses Flüstern, wenn sie sich während des Unterrichts umdrehte, in ihr leises, unterdrücktes Kichern.

Ich war verliebt in sie, und sie war verliebt in Željko, einen Studenten der Wirtschaft, einen Handballer, zwei Jahre älter als sie, der zu Balkanpartys ins *Eldorado* ging und mit Kollegen an der Theke herumhing, bis er sich genügend betrunken hatte, um an den Rand der Tanzfläche zu gehen und dort mit dem obligaten Glas Whisky-Cola in der rechten Hand mit dem Kopf zu nicken und mit der linken Hand leicht zu winken. Er war aber auch groß und dunkel, dunkler als ich, mit dichtem Haar und noch dichteren Augenbrauen, mit schwarzen, tiefliegenden Augen. Ich weiß nicht, wo Anja ihn kennengelernt hatte, angeblich war er ein guter Freund ihrer Freundin, und so waren sie ein paar Mal zusammen ausgegangen, aber angeblich war auch zwischen ihnen nichts, denn er hatte eine Freundin, eine gewisse Milena aus Dravlje.

Aber zwischen ihnen war trotzdem genug von etwas, dass Anja mit ihm und seinen Handballfreunden jeden Mittwoch ins *Eldorado* ging, das wir, ich, der Skater, und sie, die Haschtaube, sonst ablehnten. Aber sie nicht genug, um dort nicht wegen Željko hinzugehen, und ich nicht genug, um nicht ihretwegen hinzugehen.

Anja wusste, dass ich in sie verliebt bin, sagte aber nie etwas. Und ich wartete auch, dass etwas geschehen würde, dass sie etwas sagen oder tun würde, obwohl sie mich über Eva hatte wissen lassen, dass ich keine Chancen hätte. *Eher würde ich mit Edo gehen,* hatte sie gesagt. Edo war der Hausmeister an unserer Schule. Er hatte einen Schnauzer. Und ein paar Zähne.

Eva war es auch, die mich überredet hatte, Anja ins *Eldorado* zu folgen.

Du weißt doch, wie Mädchen sind, wenn sie sich betrinken, hatte sie gesagt.

Eva fand das alles albern. Wenn sie sich verliebte, ging sie zu dem Typ hin und sagte es ihm. Und von da an waren sie zusammen. Deshalb verstand sie nicht, dass es mir unangenehm war zuzugeben, dass ich verliebt bin. Sie verstand nicht, warum ich mich nicht traute, Anja zu sagen, dass sie mir gefällt, sie auszuführen, auf ein Getränk oder ins Kino, oder, noch einfacher, auf dem Schulball zu ihr zu gehen und sie zu knutschen. Sie hatte den Verdacht, dass ich Anja nur flachlegen möchte und nur so tue, als wäre ich verliebt. Aber dass ich ihrer Meinung nach ihre Freundin mit Romantik herumkriegen wollte, war für Eva noch kein Grund, es übelzunehmen. Im Gymnasium galten andere Regeln beziehungsweise gab es keine, und Eva half nach Kräften mit, Anja flachzulegen, vermutlich überzeugt, dass das leichter gehen würde, als dass Anja und ich ein Paar würden. Sie glaubte, dass ich eine betrunkene Anja leichter ausnützen als eine nüchterne Anja verführen werde.

Mir schien, dass Eva Anja in Wirklichkeit nicht kannte. In Wahrheit kannte niemand im Gymnasium Anja richtig gut, denn die Gymnasiastin Anja war ein kompliziertes, verwirrtes und obendrein verliebtes Wesen. Und dieses komplizierte, verwirrte und verliebte Wesen folgte mittwochs ihrem Schwarm ins *Eldorado* und verzehrte sich dort heimlich nach ihm, während er mit dem Kopf nickte und mit der Hand winkte.

Aber eines Mittwochs kippte das komplizierte, verwirrte und verliebte Wesen vier Wodka-Juice auf ex und stolperte tapfer Richtung Tanzfläche, warf sich Željko um den Hals und landete zusammen mit ihm auf dem Boden. Željko stand sofort auf und wollte auch Anja auf die Beine helfen, aber sie blieb sitzen, vergrub ihren Kopf zwischen den Knien und krampfte ihren Körper zusammen. Erst nach einiger

Zeit, als schon fast alle sie vergessen hatten und die Tänzer sie wieder unvorsichtig anzurempeln begannen, rappelte sie sich hoch und rannte auf die Toilette.

Mehr als zwei Stunden stand ein anderes kompliziertes, verwirrtes und verliebtes Wesen an der Theke und sah zur Tür der Damentoilette und wartete darauf, dass Anja wieder auftauchte. Mehr als zwei Stunden beobachtete ich die lange Reihe Mädchen, die vor der einzigen noch freien Toilette warteten, sah Anjas Bekannte, die besorgt hinein- und herausgingen, am Ende aber verzweifelten und sich an den Tisch im Eck der Diskothek setzten.

Die hatte sich in der Zwischenzeit schon geleert. Željko saß eine Zeit lang bei ihnen, hörte mit Interesse die Meldungen von der Toilette, ging sogar selbst einmal hin, stellte sich auf die Zehenspitzen und versuchte über die Köpfe der wartenden Mädchen hinweg zu sehen, was dort drinnen vor sich geht, schließlich holte er aber doch seinen Mantel aus der Garderobe und ging. Mit einem Freund, der ihn vermutlich überzeugt hatte, dass mit Anja alles in Ordnung kommen werde. An der Tür wechselten sie ein paar Wort mit den Türstehern, beide schon lachend, zufrieden mit dem Abend, mit den Gedanken schon im Tivoli, beim Leberkäs.

Nach ihrem Weggang war die Luft rein und Anja kam heraus. Als sie mich erblickte, erkannte sie, dass ihre Schande nicht nur bemerkt, sondern auch vermerkt worden war. Ich, der mich ihr abgehobener Blick schon vor mehreren Stunden hatte wissen lassen, wie pathetisch ich bin, der ich sie in Diskotheken verfolge, war Zeuge ihrer Demütigung gewesen.

Wütend kam sie auf mich zu. Noch immer war sie betrunken.

Was ist? Du bist allein, nicht? Hast du keine Freunde? Warum gehst du nicht nach Haus? Bist du gekommen, um mir etwas zu sagen? Na? Was willst du?

Ich gab keine Antwort. Ich drehte mich um und marschierte an ihr vorbei zur Garderobe, nahm meine Jacke und ging zum Ausgang, und Anja folgte mir.

Hast du keine Jacke?, fragte ich sie, als wir ins Freie kamen.

Was kümmert dich das, zischte sie.

Ich ging Richtung Bavarec. Anja ging ein paar Meter hinter mir.

Schade, dass du so ein Weichei bist, weil du eigentlich richtig süß bist, sagte sie und grinste, und ich fühlte, wie ich am Kochen war.

Ist das nicht ein bisschen traurig, dass du allein ins Eldorado *gehst. Ich meine, du könntest dir doch einen Freund suchen, dass er mitgeht. Damit du nicht so arm ausschaust. Weil, dass du allein an der Theke rumhängst, nicht gut aussieht. Hast du nicht bemerkt, wie dich die Leute ansehen?*

Als wir am *Petica*-Kiosk vorüberkamen, vor dem ein paar hungrige Seelen herumlungerten, war sie endlich still, und wir setzten unseren Weg in aller Stille fort. Der Abstand zwischen uns verringerte sich, und bald gingen wir nebeneinander, sodass ich sie wieder sehen konnte. Sie schlug den Blick nieder und sah sich nicht mehr um. Sie presste die Arme an sich und zitterte.

Willst du die Jacke?, fragte ich sie, aber sie schüttelte den Kopf.

Zum Bavarec kamen wir um fünf nach drei. Autobusse waren noch keine da.

Okay dann, wir sehen uns morgen in der Schule, sagte ich und wollte rüber auf die andere Straßenseite, wo der 11er hielt.

Ja.

Anja blieb dort stehen, am Übergang, und sah mir nach, der ich trotz Rot über die Straße lief.

Jadraaan!

Mit der Hand machte sie mir Zeichen, ich solle zu ihr kommen. Noch einmal überquerte ich die Straße bei Rot. Dieses Mal sah ich nicht rechts-links, und der Taxifahrer, der meinetwegen bremsen musste, wünschte mich aus dem Auto heraus zum Teufel. Aber das war mir egal.

Kannst du mir Kleingeld für den Bus leihen?, fragte sie.

Und wo hast du deine Monatskarte?

Ist in meiner Jacke. Sie zeigte zum *Eldorado. Ich hol' sie morgen.*

Ich suchte in der Tasche nach meiner Monatskarte, in der ich die paar zerquetschten Tolar hatte, die mir noch geblieben waren. Es war nicht genug.

Siebzig hab ich. Wenn du sie so knickst …

Anjas Kopf prallte an meinen, und ihre Lippen berührten meine. Ihre Zunge war in meinem Mund. Sie küsste mich. Sie küsste mich wirklich, und ich erstarrte, und es vergingen ein paar Sekunden, bevor ich mit meiner Zunge der Bewegung ihrer folgte, die wie wild durch meine Mundhöhle kurvte. Ihre Hände fassten währenddessen meinen Kopf, während meine noch immer an mir herunterhingen, als hätten sie ihren Dienst aufgesagt. Ich beschloss, sie zu bewegen und sie auf ihren Rücken zu legen, aber da hatte Anja schon einen Schritt zurück gemacht.

Danke.

Okay.

Es schien, dass keiner von uns beiden wusste, was gerade geschehen war. Wir standen da und sahen einander an, als fragten wir uns, was dieser Kuss bedeutet und wie wir uns nach ihm verhalten sollen. Zum Glück kamen jetzt schon die ersten Busse und das sich nähernde Motorengebrumm ließ uns beide gleichzeitig den Kopf wenden.

Der 6er, sagte Anja.

Ja.

Sie setzte sich Richtung Haltestelle in Bewegung, und ich rannte schon zum dritten Mal bei Rot auf meine Straßenseite hinüber, obwohl der 11er noch nicht da war. Anjas 6er fuhr vor, und als ich mich nach ihr umdrehte, war sie schon hinter ihm verschwunden. Aber gleich darauf sah ich sie wieder, wie sie einstieg und sich auf den Platz unmittelbar hinter dem Fahrer setzte. Die ganze Zeit, bis der 6er die Haltestelle verlassen hatte, wandte ich nicht den Blick von ihr, aber sie sah nicht ein einziges Mal zu mir her. Obwohl sie wissen musste, dass ich noch immer dastehe und sie ansehe.

Anja und ich wurden nach dieser Nacht im *Eldorado* kein Paar, wir gingen nicht zusammen, wir hielten nicht Händchen, und wir küssten uns nicht auf den Schulkorridoren, aber wir taten Dinge zusammen, die wir vorher nicht getan hatten. Wir gingen zusammen zur Frühstückspause oder auch auf einen Kaffee nach der Schule, manchmal allein, manchmal mit noch jemandem, manchmal begleitete ich sie nach der Schule in die Stadt, wenn sie sich neue Allstars oder in einem Secondhandshop eine Adidas-Jacke kaufen ging. Manchmal rief ich sie nachmittags ohne Grund an. Manchmal sie mich.

Anja sagte, dass ihr gefalle, dass ich unaufdringlich sei und zuzuhören verstehe, dass sie mit mir über manche Sachen viel leichter reden könne als mit ihren besten Freundinnen und dass sie meine Zurückhaltung sexy finde. Mir genügte es schon, dass wir zusammen waren, nur wir beide, dass ich ihre Aufmerksamkeit hatte und dass sie meine wollte.

Heute würde ich zu dem, was zwischen uns war, vermutlich sagen *It's complicated*, aber damals hatten wir dafür noch keinen angemessenen Ausdruck, und deshalb war zwischen uns offiziell nichts, obwohl alle wussten, dass etwas war. Eva sagte, wir fischen im Trüben, und heute scheint mir, dass das der Wahrheit noch am nächsten kam.

Und dann fragte mich Anja eines Tages, ob ich nach der Schule Zeit hätte, mit ihr in die Pražakova zu gehen. Ich wusste nicht, wo das ist, aber ich sagte ja. Was immer sie mich gefragt hätte, ich hätte ja gesagt.

Als wir in der Pražakova waren, blieb Anja vor dem Eingang eines der Häuser stehen. Sie zog einen Schlüsselbund aus der Tasche, klimperte mit ihm und lächelte mir schelmisch zu. Ich kapierte gar nichts, aber sie versuchte bereits, die Haustür aufzuschließen. Dabei sah sie sich um, als würde sie irgendwo einbrechen, und als sie den richtigen Schlüssel gefunden hatte, zwinkerte sie mir verschwörerisch zu, ich solle ihr folgen. Ich folgte ihr die Treppe hinauf in den zweiten Stock. Vor der Wohnungstür, vor der wir stehen blieben, lag keine Fußmatte, über dem Türspion gab es kein Namensschild. Anja drehte sich wieder zu mir um und bedachte mich noch einmal mit einem schelmischen Blick. Dieses Mal passte schon der erste Schlüssel, und wir betraten eine große leere Wohnung mit langen Räumen, hohen Decken und alten Holzfenstern mit Fenstersprossen. Wir gingen in den größten Raum der Wohnung, der Ähnlichkeit mit einem kleineren Turnsaal hatte. Vor allem nachdem Anja in die Mitte des Raumes geschnellt war, ein Rad geschlagen hatte und am anderen Ende des Zimmers zum Stehen gekommen war. Sie schob die Haare aus dem Gesicht und drehte sich zu mir um.

Na, was sagst du?
Was ist das?
Eine Wohnung.
Wessen?
Meine.

Deine?

Ich meine, von meinem Vater.

Ja?

Ja. Er hat sie bekommen.

Bekommen?

Ich meine, sie haben sie ihm zurückgegeben.

Zurückgegeben?

Reprivatisierung. Hier hat früher seine Großmutter gewohnt, später haben die Kommunisten sie ihr weggenommen. Jetzt will er sie renovieren und verkaufen. Aber nicht sofort, denn jetzt richtet er gerade die flat *für meine Schwester her. Sodass sie leer ist. Ich habe mir Reserveschlüssel angefertigt. Und komme manchmal her zum Lernen. Und Musikhören. Ist das nicht geil? Hier könnten wir mal 'ne Party machen. Ganz easy. Na?*

Cool, Alte. Echt cool.

Du bist der Erste, dem ich das gesagt habe. Keinem sagen. Auch Eva nicht. Okay? Denn mein Vater weiß das nicht. Das ist jetzt unser Geheimnis. Ist das nicht cool, dass wir jetzt ein Geheimnis haben?

Cool.

Anja war während des Gesprächs langsam näher gekommen und stand jetzt unmittelbar neben mir. Sie legte mir ihre Hände auf die Brust, dann lehnte sie sich an mich und drückte mich gegen die Wand.

Versprichst du, dass du keinem was sagst?

Versprochen.

Wirklich?

Wirklich.

Sie küsste mich. Es war unser erster Kuss nach dem am Bavarski dvor, ein Kuss, von dem ich mir immer gewünscht hatte, dass es unser erster wäre, obwohl ich wusste, dass es ohne diesen besoffenen Kuss, den weder sie noch ich verstanden hatten, diesen so anderen, so zärtlichen, nicht geben würde. Wir kosten mit den Zungen und säbelten nicht herum wie damals, es war ein Küssen, bei dem wir uns ineinander verflochten.

Ihre Hände lagen noch immer auf meiner Brust, und ich hatte meine Arme um sie geschlungen und zog sie an mich. Ich ertastete ihren BH unter dem T-Shirt, und als ihre Hände von meiner Brust glitten, lehnte Anja ihre kleinen Brüste an sie. Diese zarte Berührung, obwohl durch den BH und zwei T-Shirts hindurch, reichte aus, dass mich ein unaufhaltsames Begehren überkam.

Durch das Fenster drangen die Geräusche einer nahen Baustelle herein, die Stimmen bosnischer Arbeiter, Hammerschläge, Bohrmaschinen, das laute Krachen von Eisenrohren, man hörte das Drehen der Kräne und das Hallen der Schritte auf den Baugerüsten. Diese Geräusche bekamen für mich an jenem Nachmittag eine neue Bedeutung, und wann immer ich später an einer Baustelle vorüberging, brachte es mich zu unserem ersten Kuss zurück; zu dem unsichtbaren Abdruck von Anjas Brust an meiner; zu den Spuren ihrer Finger auf meinem Rücken; zu meinen feuchten Händen, die die Höcker ihres BHs betasteten; zu dem unabsichtlich enthüllten Stückchen nackter Haut am unteren Ende ihres Rückens; zu ihren Haaren, die mir übers Gesicht fielen und sich mir an die Lippen klebten; zu ihren Händen, die beim Wegschieben der Haare meine Wangen berührten; zu dem kitzelnden Gefühl ihrer warmen weichen Haut; zu dem Versuch, Luft zu holen, ohne unseren Kuss zu unterbrechen; zu dem Gefühl, uns gegenseitig zusammen mit der Luft einzusaugen; zu unserem gemeinsamen Herzschlag, als ich das Pochen unser beider Herzen nicht zu unterscheiden wusste; zu meiner Schwellung, die ich mich bemühte, unbemerkt an ihr zu reiben; zu dem Wunsch, dass der Kuss nie endet und dass wir beide niemals enden; zu der Dankbarkeit für etwas äußerst Unbestimmtes und Unbeschreibliches; zu Anja und mir; zu uns.

Die Geräusche der Baustelle in der Pražakova wurden an diesem Nachmittag unser Lied. Später würden wir über die Teenager-Geilheit, die den Bauarbeitertrupp übertönt, lachen, aber die hölzernen und eisernen, stumpfen, scharfen und dumpfen Baustellengeräusche würden mich noch lange danach erregen.

Dieser Frühling hat in meinem Leben alles eingerissen, aufgestemmt, angerührt und einbetoniert. Die Wohnung in der Pražakova besuchten wir jeden Tag nach der Schule. Langsam wurde die Hand mutiger und fand unter ihrem T-Shirt den Weg zum nackten Rücken; langsam hakten sie den BH auf und näherte sich verschämt den Brüsten und vermied dabei vorsichtig die Brustwarzen; langsam glitt die andere Hand den Rücken hinunter, um auf den Pobacken zu ruhen;

langsam wanderten die Küsse hinunter zum Hals und noch tiefer, suchten die nackte Haut, und die Hände unterstützten den Weg zu ihr; langsam wurden die Küsse ein Belecken, und glitten die Hände über den Bauch und über die Schenkel; langsam machten die Finger ihren Gürtel auf und betasteten den Rand des Höschen; langsam senkte sich der Kopf auf die Brüste und berührte die Zunge die Brustwarzen; langsam taten sich die Augen gütlich an den enthüllten Rundungen; langsam ertasteten die Finger die Feuchtigkeit zwischen den Beinen; langsam beugte sich ihr Kopf zurück und wurden die Atemzüge tiefer und schneller und lauter; langsam wurden die Finger frecher, lernten sie die Atemzüge zu beschleunigen; langsam begannen die Atemzüge zu stöhnen, zuerst leise, und dann immer lauter, langsam gab sich Anja mir hin; langsam wusste ich sie zum Höhepunkt zu bringen.

Du bist nicht wie die anderen, sagte sie und sah mich an, als erwartete sie eine Erklärung.

Warum?

Ich weiß nicht, du bist anders. Du bist gut. Mir scheint, dass du mir nie etwas tun würdest, was ich nicht möchte. Ich bin dir nicht egal. Dir sind die Menschen nicht egal. Weißt du, was ich meine?

Ich nickte, weil es schön geklungen hatte.

Im Raum hallten die Worte der bosnischen Arbeiter wider, Sand und Wasser verschmolzen zu Mörtel, die Schweißer wechselten sich ab, und das Haus gegenüber wuchs. Die Baustelle wurde immer höher und kam immer näher, die Bohrer bohrten und die Hämmer hämmerten, und wir zwei erstarrten umarmt und horchten auf den Lärm von jenseits der Straße.

Wir brauchen eine Matratze, sagte sie.

Wir können nicht einfach auf dem Boden, sagte sie.

Es kribbelte mich, denn ich wusste, wovon sie sprach, und ich konnte nicht glauben, dass ich so nahe war, dass ich schon fast angekommen war, dass mich nur noch eine Matratze davon trennte. Eine Matratze, die ich in einem Geschäft kaufen müsste, denn ich konnte Anja doch nicht auf eine Matratze vom Sperrmüll legen. Ich müsste sie selbst hertransportieren, weil ich niemanden bitten konnte, mir beim Transport in die Pražakova, in unser Versteck, zu helfen. Ich hatte kein Auto und keinen Führerschein, nur eine Monatskarte für den Bus hatte ich in der Tasche, und in den Bus würden sie mich mit der Matratze vermutlich nicht lassen. Mutters altes Rog-Rad würde unter ihrem Gewicht zusammenbrechen.

Ich war so nahe, und doch so fern. Auch wusste ich nicht, wo man Matratzen kauft. Mich überlief ein Schauer bei dem Gedanken, dass Anja und ich die Matratze durch die Stadt tragen müssten, und ich träumte, wie wir mit der Matratze durch das Treppenhaus der Schule gehen und wie alle wissen, wohin wir unterwegs sind, und grinsend mit dem Finger auf uns zeigen. Deshalb gab ich Anja zu bedenken, dass vielleicht eine Decke genügen würde, oder mehrere, dass wir sie leichter in die Wohnung bringen und sie aufeinanderlegen könnten, und das wäre schon fast wie eine Matratze. Aber damit war Anja nicht einverstanden, denn das würde für uns nicht bequem genug sein.

Mir kam es so vor, als täte es ihr um jenen Satz leid. *Wir können nicht einfach auf dem Boden,* hatte sie gesagt, aber ich war nicht mehr überzeugt, dass sie wirklich dachte, was ich mir wünschte, dass sie dachte. Vielleicht hatte nur ich an das gedacht, und sie an etwas Unschuldiges. Sie wollte nicht über die Matratze sprechen, es machte sie nervös, und wir machten schneller fertig, es kam uns schneller, und wir flüchteten aus der Wohnung. Ich bekam es mit der Angst, dass sie mir entgleitet, dass sie es sich anders überlegt hat, dass sie es nicht mehr will, auch wenn ich eine Matratze anbringe.

Das Leben retteten mir der Top Shop und ein Wunder namens Turbo maximus. Turbo maximus war ein aufblasbares blaues Kissen, eine Luftmatratze zur Verwendung im Zelt und als Zusatzliege für den Besuch im engen Heim. Oder als Bett für wilde Liebesnester. Ich rief in der nächsten Minute an, und sie schenkten mir noch eine elektrische Pumpe zum Aufblasen dazu und das Gefühl, ein Genie zu sein. Aber als mich die Frauenstimme am anderen Ende bat, ich solle ihr doch bitte meine Adresse anvertrauen, strömte rasch die Luft aus mir raus und ich wurde zum gewöhnlichen Trottel, in dessen Kopf das Bild eines Zustellers rotiert, wie er den Turbo maximus meiner Mutter in die Hände drückt und ihr erklärt, dass der Turbo maximus ohne weiteres zweihundert Kilo aushält.

Nach einer kurzen Pause infolge vorübergehender Unterbrechung der Blutzufuhr ins Hirn von einem der Akteure fand das Schauspiel seine Fortsetzung, und ich fragte die Frauenstimme, ob ich die Wundermatratze, die keinen ganzen Abstellraum oder Keller einnimmt und die ich in Anjas Wohnung bringen kann, ohne dass die ganze Stadt mitkriegt, was ich damit vorhabe, in ihrem Geschäft oder im Lager abholen kann. Die Sekunde der Stille vor der Antwort war die längste in meinem Leben. Der Turbo maximus, sagte endlich die Frauenstimme, steht mir in allen ihren Verkaufsfilialen zur Verfügung, sie öffnen morgens um neun.

Am nächsten Morgen schwänzte ich Mathematik und Geschichte und stand zehn vor neun vor der Tür der Filiale. Zehn nach neun hielt ich den Turbo maximus in den Händen. Ich leerte den Schulranzen auf das Verkaufspult und zwängte die kleine weiße Schachtel hinein. Der Verkäufer beobachtete mich mit Interesse. Ich fühlte mich, als würde ich in einem Sexshop einen riesigen rosa Vibrator, Lederpeitsche und Fesseln kaufen, voller Scham wie in den Träumen, in denen ich nackt vor der Schultafel stehe. Mitten im Geschäft mit dem schachtelartigen Rucksack und dem Haufen Hefte in den Händen überlegte ich, wie ich so in die Schule kommen sollte. Der Verkäufer sagte, dass der Turbo ohne weiteres in ein Zweimannzelt passe und dass die elektrische Pumpe einen Aufsatz habe, mit dem ich sie ans Auto anschließen könne. Ich sah ihn an, als würde er Chinesisch mit südkoreanischem Akzent sprechen, überzeugt, dass er mich in irgendwelchen Top-Shop-Chiffren verarscht, er hingegen zog, wohl aus Mitleid, hinter dem Pult eine Plastiktüte hervor. Ich warf meine Schulsachen hinein und flüchtete ins Freie.

Auf der Straße, an der Haltestelle, im Bus, überall schienen sich die Leute nach mir umzudrehen, als wollte mich jemand anhalten und fragen, was ich im Rucksack habe, und verlangen, ihn zu öffnen. *Wir können nicht einfach auf dem Boden,* sagte ich mir vor, sah aus dem Busfenster und träumte von uns auf dem Turbo maximus.

Ich betete, ich, der Atheist, dass Anja nicht aufheult, *Du bist ja krank!,* dass sie nicht mit ihren Freundinnen weinend auf die Toilette flüchtet, dass nicht schon morgen die ganze Schule bei meinem Anblick lachen muss, dass sie nicht hinter mir her schreien, *Turbo! Turbo! Turbo!,* dass die Mädchen in der Schule keinen Kreis um mich bilden, *So ein Perverser,* dass die Fürsorgerinnen meine Mutter nicht zu einem

Gespräch laden, dass sie sie nicht fragen, ob ich in der Kindheit missbraucht wurde.

Schon als ich die Schule von weitem sah, blieb ich stehen. Ich konnte mit der Plastiktüte voller Schulsachen in den Händen und dem Turbo maximus im Rucksack nicht weiter. Ich wusste nicht, wie ich es Anja wissen lassen sollte, dass ich nach der Schule in der Pražákova auf sie warte. Ich beschloss umzukehren, mich vor den neugierigen Blicken der Mitschüler in Sicherheit zu bringen und in ein Lokal zu setzen, um alles noch einmal durchzudenken.

Als die Kellnerin ein kleines Bier vor mich hinstellte, sah ich die Welt klarer. Plötzlich war alles ganz einfach. Den Rucksack und die Tüte werde ich hierlassen, im Lokal, und zur Schule spazieren, dort Anja finden und ihr erklären, wie und was, und dann zurückkehren und meine Sachen holen. Es war so einfach, dass ich mir vor Freude ein zweites kleines Bier bestellte, noch bevor ich das erste ausgetrunken hatte, und bald marschierte ich voller Mut zur Schule, wo gerade die große Pause begann.

Anja stand vor der Schule, in einer Gruppe Mitschülerinnen. Eva und Tina rauchten, die anderen ertrugen aus Solidarität mit ihnen die ersten Regentropfen. Von weitem winkte ich Anja, und während sie näher kam, änderte sich mein ursprünglicher Plan, uns nach der Schule zu treffen. Ich fragte sie, ob sie in diesem Augenblick mit mir irgendwohin gehen könne, denn ich hätte eine Überraschung für sie.

Anja roch das Bier, war aber zum Glück neugierig genug.

Was ist das?, fragte sie, als ich im Lokal den Rucksack öffnete.

Du hast gesagt, wir können nicht auf dem Boden. Das ist eine Matratze. Man bläst sie auf und dann ist sie eine Matratze.

Du bläst sie auf?

Ja. Eine elektrische Pumpe kriegt man dazu.

Und was willst du damit?

Was ich damit will? In der Wohnung werden wir sie aufblasen.

Du machst Witze?

Nein. Du hast gesagt, wir können nicht auf dem Boden. Wir bräuchten eine Matratze. Das ist eine Matratze. Sieh hier, das Foto!

Es sieht aus wie ein Kissen für den Strand.

Ist es aber nicht. Es ist eine Matratze.

Sie ist aus Kunststoff.

Und wenn schon.

Und glaubst du, dass sie uns aushält?

Und wie. Zweihundert Kilo hält sie leicht aus.

Ich weiß nicht.

Gehen wir?

Jetzt?

Ja. Warum nicht?

In der fünften Stunde schreiben wir Mathe.

Ich habe sowieso nicht gelernt.

Ich auch nicht.

Gehen wir?

Meine Tasche habe ich in der Schule.

Wir kommen ja zurück. Wir kommen zur siebten Stunde. Ich werde sagen, dass meine Oma im Krankenhaus ist und dass wir sie besuchen mussten.

Die Wohnung war stiller als gewöhnlich. Die Arbeiter gegenüber machten Pause oder verrichteten irgendwelche Arbeiten, die keinen Lärm machten. Vorsichtig bewegten wir uns durch den Raum, als würden wir in ihn eindringen und als wäre er nicht schon ganz mit unseren Küssen durchtränkt.

Wo werden wir sie hintun?, fragte ich.

Anja zuckte mit den Achseln.

Ich lege sie hierher, damit sie nahe an der Steckdose ist, sagte ich und stellte den Rucksack vorsichtig auf den Boden. Ich öffnete die Schachtel, zog die blaue Plane heraus und breitete sie auf dem Boden aus. Dann nahm ich die elektrische Luftpumpe und schloss sie an den Strom an. Ich drückte auf den Startknopf, aber es passierte nichts. Ich überprüfte, ob der Stecker richtig in der Dose steckte.

Wahrscheinlich ist der Strom abgeschaltet, sagte Anja. Ihre Stimme zitterte. *Was machen wir jetzt?*

Ich blase sie auf, sagte ich.

Ich nahm den Turbo in die Hände und begann zu blasen. Meine Hände zitterten. Infolge des konsumierten Bieres und der steigenden Nervosität vor dem großen Ereignis geriet ich sofort in Schweiß. Ich fühlte, wie er mir aus den Poren kroch und alle Teile meines Körpers feucht werden ließ. Mit aller Kraft blies ich, der Turbo maximus reagierte nicht. Es drehte sich mir im Kopf, die blaue Plane aber blieb weiterhin flach.

Anja lief währenddessen nervös durch die Wohnung und sah aus dem Fenster. Ich erinnerte mich an eine Anja, die in diesem Raum einen Überschlag gemacht und mir unter den Haaren hervor, die ihr über das Gesicht hingen, schelmisch zugelächelt hatte. Jetzt war hier ein anderes Mädchen, still und verhalten. Ich sollte vielleicht aufhören und warten, dass meine Anja zurückkehrt, dachte ich, die spitzbübische und verspielte Anja.

In diesem Augenblick schloss jemand die Eingangstür auf. Anja und ich sahen uns an. Sie wurde blass. Deutlich hörten wir zwei Männerstimmen, und vor uns marschierten ein Grauhaariger im schwarzen Anzug und ein jüngerer Mann in abgewetzten Jeans und zerknittertem kariertem Hemd auf. Sie waren noch überraschter als wir zwei. Der Grauhaarige ließ seinen Blick eine Weile von mir zum Turbo maximus und zurück wandern, sah dann rasch zu Anja, dann zu seinem jüngeren Kollegen und wieder zu mir und meiner flachen Matratze. In den Händen hatte er einen Bund Wohnungsschlüssel. Es war klar, wer er war. Mein Herz blieb stehen.

Auch dem Grauhaarigen war es nicht angenehm. Er drehte sich zu dem Mann in den abgewetzten Jeans um und zeigte mit der Hand auf uns. Während er redete, zitterte sein auf mich gerichteter Zeigefinger leicht in der Luft.

Also, das ist meine Tochter Anja, und ihr Freund, die beiden sind hier, denke ich, sie sind deshalb hier, um Ihnen zu helfen, um Ihnen beim Ausmessen zu helfen, oder wenn Sie irgendetwas brauchen, ich habe sie gebeten, ob sie heute kommen können, ich habe es vergessen zu sagen, die beiden werden mit Ihnen hierbleiben, denn ich muss zurück zur Arbeit, ich habe es eilig, aber Sie nehmen sich die Zeit und sehen sich um, was immer Sie brauchen, sagen Sie es ihnen, Anja weiß über alles Bescheid, sodass Sie sie fragen können, wenn Sie zufällig noch etwas interessiert, wir beide hören uns dann, damit Sie mir Ihre Lösungsvorschläge unterbreiten können.

Daraufhin reichte Anjas Vater dem Mann in den abgewetzten Jeans die Hand und ging ohne Worte. Der Mann sah eine Zeit lang verwirrt zur Tür, dann nahm er ein Maßband aus der Tasche und begann es von der linken in die rechte Hand zu legen, wahrscheinlich nicht wissend, ob er mit den Messungen beginnen oder ob er selbst auch lieber das Weite suchen sollte.

Ja, im Wesentlichen ist alles so wie in den Plänen, nicht?

Anja nickte ihm zu.

Wie an der Stelle angewurzelt, wo er beim Eintreten stehen geblieben war, reckte der Mann in den abgewetzten Jeans den Kopf zu dem anderen Teil der Wohnung.

Ja, ich sehe, das ist alles klar. Okay dann, ich danke Ihnen. Für jetzt ist das eigentlich genug, sagte er, und schon war er weg.

Es mussten mehrere Minuten vergehen, bevor Anja sich endlich rührte und die Tür hinter ihm abschloss.

Anja und ich kehrten nicht wieder in die Wohnung in der Pražakova zurück. Gut einen Monat später erledigten wir das mit dem Sex auf einem Campingplatz bei Poreč. Genau so war es, wir erledigten es. Mir kam es zu schnell, ihr tat es weh, und beide waren wir froh, dass wir es endlich hinter uns hatten, dass wir nicht mehr unschuldig waren und dass wir von nun an aneinander Genuss haben konnten. Dieser Abend im Zelt auf dem Campingplatz bei Poreč war kein unvergesslicher. Ich erinnere mich nicht, und auch Anja vermutlich nicht, an die Klänge jener Nacht, nur an das Rascheln meines Schlafsacks unter unseren Körpern, an Anjas Frage *Glaubst du, dass man das draußen hört?* und meine Antwort *Wir haben Bora, da raschelt alles,* die ungeduldige Antwort eines ungeduldigen Burschen, der nicht einmal weiß, ob er den Maestral vielleicht in Bora umgetauft hat, dem es aber egal ist, denn er fürchtet nur eines, dass Anja es sich anders überlegt.

Diese Nacht war auch nicht annähernd so schön, wie es die Nachmittage in der Pražakova gewesen waren, in denen wir nicht viel weiter als bis zu Küssen gekommen waren. Mir selbst redete ich allerdings noch lange ein, dass es richtig war, dass ich meine Unschuld in einem geliehenen Zelt verloren habe, auf einem stacheligen Waldboden, abgedeckt mit einer Isomatte, und nicht in einer bürgerlichen Luxuswohnung, die den Černjaks mit der Reprivatisierung zurückerstattet worden war. Schon dass wir mehr als zwei Wochen lang täglich Unterschlupf in ihr gefunden und genau dort unsere ersten gemeinsamen

Orgasmen erlebt hatten, stand im Widerspruch zu meinen jugendlichen Punkerprinzipien und Überzeugungen. Aber die gelten nur bei zugezogenen Hosenreißverschlüssen.

2.

Als ich sie noch heimlich während des Unterrichts beobachtete und mir vorstellte, wie wir auf der Bank vor der Schule sitzen und uns küssen, dachte ich, dass es am schwersten sein würde, ihr zu gestehen, dass ich in sie verliebt bin, dass es unmöglich sein würde, diese Worte auszusprechen. Nach jener Nacht im *Eldorado* dachte ich, dass wir nie mehr sein werden als zwei voreinander in Schande gefallene Verliebte. Als wir in der Pražakova die ersten Küsse tauschten, dachte ich, dass es mir nicht gelingen werde, ihre Erwartungen zu erfüllen. Ich wusste nichts über diese Erwartungen, und ich konnte nur hoffen, dass, wenn wir erst einmal den ersten Sex erfolgreich hinter uns gebracht hatten, alles viel einfacher werden würde.

Und dann schlug Anja vor, dass ich zu ihr nach Hause kommen und ihre Eltern kennenlernen solle, und lenkte meine Ängste in eine unerwartete Richtung. Mütter und Väter waren bis dato für mich nur Phantome gewesen, die zu Sprechstunden gehen und dann wegen unentschuldigter Stunden und Tadel nerven, Menschen, derentwegen man bis Mitternacht zu Hause zu sein hatte. Alle Mütter und alle Väter waren in unseren Geschichten ein und dieselbe Mutter und ein und derselbe Vater, alle redeten gleich und alle taten die gleichen Dinge. Wenn sie zur vorgeschriebenen Form nicht passten, wurden sie passend gemacht. Oder einfach erfunden.

Und so trat ich im Garten von Anjas Haus ihrer Mutter Stanka und ihrem Vater Miro, dem Grauhaarigen, den ich in der Pražakova kennengelernt hatte, völlig unvorbereitet gegenüber. Ich wusste, dass ich nicht mit den Augen rollen und *faaak* und *modeeel* und *kuajdej* und *hudooo* sagen durfte, sondern bitte und danke. Wir sprachen über die Matura und darüber, dass Anja und ich zum Wahlfach beide Geografie und Geschichte genommen haben, dass uns beiden Deutsch liegt und dass uns dieselbe Bio-Prof auf die Nerven geht. Über alles das also, worüber Teenager mit Erwachsenen sprechen, wenn die so tun, als wären sie an allem interessiert, was mit der Schule und dem Lernerfolg zu tun hat.

Wir saßen da, unterhielten uns und tranken Erdbeersaft, und Stanka bot mir sogar Kaffee an. Miro beschloss in einem Moment, sich am Gespräch zu beteiligen und knüpfte an unsere Bemerkung über das Deutsche an. Er sagte, dass man in seiner Generation Deutsch nicht gelernt, sondern vergessen habe.

Damals war der Kommunismus, weißt du?, sagte er und fuhr fort, dass er im Vergessen sehr gut gewesen sei und dass es ihm bis zum Ende der Schulzeit gelungen sei, alle deutschen Wörter zu vergessen, bis auf vier.

Ein, klein, bier, bitte, zählte Miro auf und machte die Finger an seiner linken Hand gerade. Diese vier Wörter zu vergessen sei ihm einfach nicht gelungen, sosehr er sich auch bemüht habe, sagte er, und man sah, dass das eine der Geschichten war, die Stanka und Anja schon unzählige Male gehört hatten, und dass sie über seinen Scherz aus Höflichkeit lachten, als würden sie ihn zum ersten Mal hören.

Er wirkte wie ein Alleinunterhalter. Ich wusste noch nicht, dass Miro seine alten Witze nur dann erzählt, wenn er nicht weiß, was er sagen soll. Ich wusste nicht, dass er sich in meiner Gesellschaft unwohl fühlte, dass er die Vaterrolle bei meinem Mädchen nicht zu spielen verstand, dass er nur Stankas wegen hier saß und dass er selber nie den Wunsch verspürt hatte, Anjas und Nejas Freunde kennenzulernen.

Ich werde sie schon auf der Hochzeit kennenlernen, ärgerte er seine Frau.

Würde ich euch Gimpel damals nicht ignoriert haben, hätte ich euch mit bloßen Händen erwürgt, gestand er mir Jahre später. Ich war schon alt genug, um zu verstehen, was er damit meinte.

Aber an diesem Nachmittag saß er auf Stankas Wunsch im Garten und lächelte mich an, den geilen Achtzehnjährigen, der so tat, als wäre seine Geilheit etwas Edles, fast schon Liebe. Er wusste nicht, was er mich fragen sollte, ohne sich zu verraten. Und auch Stanka wollte vermutlich nicht, dass Miro seine Gedanken in Worte kleidete.

Anja hat gesagt, dass deine Mutter bei SCT arbeitet, sagte sie.

Ja, meine Mutter arbeitet dort, bestätigte ich. *Aber von meinem Vater habe ich keine Ahnung, wo er arbeitet. Ich weiß nichts über ihn.*

Ich weiß nicht, warum ich log. Ich wandte mich ab, weil ich glaubte, dass alle meine Lüge erkannt hätten und mich alle angehen und mich bitten würden zu gehen. Aber Miro und Stanka nickten nur, und das Gespräch sprang nach kurzer Pause wieder an. Stanka lenkte es geschickt weg von meinem unbekannten Vater, und ich blieb in diesem Augenblick stecken, in dem ich mich, ohne zu wissen, weshalb, von Safet und unseren dreizehn Jahren gemeinsamen Lebens losgesagt hatte.

Ich erinnere mich nicht, dass Miro und Stanka an diesem Nachmittag etwas gesagt oder getan hätten oder dass Anja jemals etwas gesagt hätte, weshalb ich nicht gewollt hätte, dass ihre Eltern wüssten, dass mein Vater Safet heißt und in Bosnien lebt.

Über Safet sprach ich selten, weil mich die Leute nicht nach ihm fragten, aber nie zuvor hatte ich ihn verleugnet. Im Garten von Anjas bürgerlichem Haus, an dem dekorativen weißen Gartentischchen, unter dem großen beigefarbenen Sonnenschirm verspürte ich zum ersten Mal Angst vor Safets nichtslowenischem Namen. Zum ersten Mal hatte ich das Gefühl, dass sein Name alles verderben würde, dass ich in Anjas geordnetem und freundlichem Heim, in dieser Welt sorgfältig getrimmter Rasen, geräumiger Vestibüle und Vans mit Fabriksgarantie zum Eindringling würde.

Unzählige Male bin ich zu diesem Nachmittag zurückgekehrt und habe während der folgenden Besuche fast wie besessen Stankas Garten studiert, um herauszufinden, warum es gerade hier passiert war. Ich hatte Miro und Stanka kennengelernt und erwartete, in ihren Worten die Früchte der Angst zu entdecken, die mich immer wieder fragte, *Wer bist du, Jadran Dizdar?*

Diese Frage hallte an jenem Nachmittag in mir wider, als würden Anja, Miro und Stanka sie auf mich einschreien. *Zu wem gehörst du, Jadran Dizdar? Woher bist du, Jadran Dizdar?*

Aber in der Erinnerung lächeln Stanka und Miro nur freundlich, in der Erinnerung spricht niemand über Bosnien und die Bosnier, über die *čefurji* oder über Fužine.

Wir sprachen über die Matura und über unsere Klassenlehrerin, und dann aßen wir Stankas Apfelstrudel und ich sagte, dass meine Mutter Vesna einen ähnlichen macht. Wegen etwas schien es mir wichtig, Mutters slowenischen Namen auszusprechen. In den Händen hielt ich den Keramikteller und den kleinen Löffel mit der vergoldeten Griffspitze, und ihr Name schien mir angemessener als meiner. Vesna hätte ein Teil der Welt sein können, in der im Wasser Zitronenscheiben schwimmen.

Ich weiß nicht, wie es dem Gefühl der Fremdheit gelang, sich gerade in die gewöhnlichste aller Welten einzuschmuggeln, in einen Alltag, in dem die Mütter den Freunden ihrer Töchter Strudel servieren und sich mit ihnen über Tanzschritte bei der Quadrille unterhalten, in dem Väter zu Bemerkungen über Geschichte-Profs lächeln, die Knaben lieber haben als Mädchen, und in dem die Mädchen sagen, *Komm, Papi, hör auf, du bist so anstrengend,* wenn ihnen diese sagen, dass es das einzig Richtige wäre, wenn sie den Sommer über mal einen Monat arbeiteten, damit sie sehen, wie das ist und sich das Geld für ans Meer verdienen. Aber das Gefühl der Fremdheit, das in mir an jenem Nachmittag geboren wurde, blieb.

Den Černjaks habe ich nie von Safet erzählt. Ich habe es nur Anja erzählt, in Teilen, und auch ihr nicht alles. Ich bat sie, dass das unser Geheimnis bleiben solle, obwohl ich nicht wusste, warum ich mir das wünschte. Wie ich nicht weiß, warum ich mir nach all den Jahren unserer Bekanntschaft noch immer wünsche, dass ein kleiner Teil von mir den Černjaks verborgen bleibt, dass Miro und Stanka nicht erfahren, wer ich, Jadran Dizdar, wirklich bin.

Als würde ich die Kluft zwischen uns absichtlich pflegen, als würde ich fürchten, ein Teil ihrer Welt zu werden. Manchmal denke ich, dass an jenem Nachmittag in mir wegen irgendetwas der Widerstand gegen diese Welt erwacht ist und verhindert hat, dass ich wirklich in den Garten an der Pleteršnikova eingetreten bin, zu Anja.

3.

In Anja habe ich mich in Wirklichkeit nicht in der Schule verliebt. Auch nicht in jener Nacht, als sie mich am Bavarski dvor küsste. Ich habe mich in sie auch nicht in der Wohnung in der Pražakova und auch nicht in dem Zelt verliebt, in dem wir zum ersten Mal bis zum Ende gekommen sind. Ich habe nur geglaubt, dass ich mich verliebt habe. Wir haben einander gesagt, dass wir uns lieben, und haben uns geglaubt. Wir haben uns nach Berührungen gesehnt, Erregung gespürt und die Grenzen des Genusses verschoben, überzeugt, dass das Liebe ist.

Ich habe ihr gesagt, dass sie die Liebe in den Augen hat und dass sie mich so ansieht, wie in den Filmen die Schauspielerinnen die Schauspieler ansehen, und sie hat mir geantwortet, dass ich still sein solle, denn sie wisse, dass mir die Beine zittern, wenn ich sie ansehe. Wir haben uns geneckt, ohne zu wissen, dass die ganze Liebe noch vor uns ist.

Ende des Sommers fuhren wir für ein Wochenende nach Bohinj, in das Haus von Anjas Großeltern. Stanka hatte uns versucht klarzumachen, dass der Regen in Bohinj Junge kriegt und dass es bei einer so schlechten Wettervorhersage keinen Sinn hat hinzufahren, und Miro hatte ihr an unserer Stelle geantwortet, dass wir den Regen durchs Fenster schon nicht sehen werden, und er hatte recht. Uns interessierten weder der See noch die Wasserfälle noch die Alpentäler. In Bohinj sahen wir nur ein leeres Haus und konnten kaum erwarten, uns für zwei Tage darin zu verkriechen.

Komm, ich muss dir etwas zeigen, sagte Anja, trat hinaus auf die Terrasse und verschwand um die Ecke.

Ich blieb in der Küche mit einer Tragetüte Esssachen zurück, die in den Kühlschrank gehörten, und horchte auf Anjas Schritte, die über den Schotterweg vor dem Haus glitten. Unser romantisches Wochenende hat begonnen, dachte ich, stellte die Tüte ab und eilte ihr nach.

Als ich sie wieder erblickte, stand sie vor einem massiven Felsblock, der unser Haus vom Nachbarhaus trennte. Er reichte bis zum Dach, aber die Äste der Bäume, die ihn bewuchsen, reichten noch höher hinauf und warfen Schatten auf beide Häuser gleichzeitig.

Als sie sich überzeugt hatte, dass ich ihr folgte, begann sie hinaufzuklettern und war bald durch einen schmalen Spalt zwischen Fels und Hauswand verschwunden. Von dort, wo ich stand, sah es so aus, als sei die Hauswand an den Felsblock gelehnt. Anja sah zurück.

Kommst du?

Ich folgte ihr und ging vorsichtig über den feuchten, mit Moos überwachsenen Pfad. Der Spalt war vielleicht breit genug für sie, aber ich konnte mich durch seinen engsten Teil kaum hindurchzwängen.

Auf der anderen Seite, von dem aus sehr schön der Innenhof unseres Hauses zu sehen war, gab es nicht genug Platz für beide, deshalb stand ich auf einem Bein und stützte mich mit den Händen auf der einen Seite am Felsen und auf der anderen an der Fassade ab. Das schien Anja zu amüsieren. Sie griff nach dem dicken Ast über sich und zog sich über irgendwelche Tritte hinauf, zur Spitze des Felsens. Ich trat an den frei gemachten Platz und griff ebenfalls nach dem Ast. Aber ich hätte mehr Platz gebraucht, vor allem aber waren die Tritte nur unsichtbare Auswölbungen im Fels, an denen es fast unmöglich war, meine großen Füße fest abzustützen und das Gewicht meines Körpers zu heben. Hinter meinem Rücken war zwischen Fels und Haus ein schmaler Abgrund von mehreren Metern, und der Ast, an dem ich mich festhielt, kam mir nicht besonders kräftig vor.

Anja stand über mir und lachte fröhlich. Ich war noch zu jung, als dass ich meine Ängste vor ihr hätte zugeben dürfen. Mit dem linken Fuß stützte ich mich auf den untersten Tritt und zog mich mit aller Kraft hinauf. Während ich mit dem rechten Fuß den zweiten Tritt suchte, versuchte ich mit der freien Hand den Felsen zu greifen, aber nirgends fand ich festen Halt. Ich verlor fast das Gleichgewicht, und Anja musste lachen.

Hinter ihrem Rücken ragte die Spitze des Felsens auf. Ein paar Quadratmeter ebener Grasfläche, von wo man durch die Bäume hindurch die Umrisse des Sees sah. Ich trat an den Rand und sah hinüber. Genau genommen wich ich Anja aus, ich schämte mich wegen meiner Ungeschicklichkeit und Ängstlichkeit.

Das ist mein Berg, sagte sie. *Als ich klein war, bin ich ständig auf ihn hinaufgeklettert.*

Ich drehte mich um und sah das kleine Mädchen vor mir, das auf seinen Berg klettert, ein mageres kleines Mädchen in Sportkleidung, das sich nicht für Barbie-Puppenhäuschen interessiert und dem es egal ist, ob es original Allstars an den Füßen trägt. Ich sah ein verschämtes Mädchen, das nicht zugeben mag, dass es einen eigenen Berg hat, auf den es gern hinaufklettert, und das deshalb seinen Freundinnen erzählt, wie langweilig es in Bohinj ist, weil es kein Monopoly und keine Spaziergänge mit den Eltern und der Schwester um den See mag.

Warst du ein bisschen wie ein Junge, als du klein warst?, frage ich sie, und schon sehe ich ein Mädchen mit kurz geschnittenem Haar, flacher Brust, in breiten Hosen und einem labberigen T-Shirt, ungeschminkt, ein Mädchen, das Gymnastik mag, das gern mit seinen Cousins zusammen ist, mit ihnen Fußball spielt, Flitzebogen bastelt und auf Tauben schießt.

Und was, wenn ich es war, sagt Anja.

Jetzt ist es ihr unangenehm, und obwohl sie mindestens fünf Meter von mir weg steht, ist sie mir näher als je zuvor. Ich liebe sie, denke ich, genau sie, die in diesem Augenblick dasteht und rot wird.

Als wir ins Haus zurückkehren, haben wir keinen Sex, sondern küssen uns. Wir streicheln uns und umarmen uns, zum ersten Mal sind wir beide wichtiger als unser Begehren. Ich drücke sie an mich, immer enger, als wollte ich unsere Körper zu einem kneten, wie zwei Stück Knete. Mein Wunsch nach Nähe ist unersättlich, und auch als ich mich in sie ergieße, will ich mich nicht von ihr losreißen, sondern verharre in der engsten Umarmung. Ich fühle, wie sich zwischen uns gemeinsame Schweißtropfen bilden, und weiß, dass schon das geringste Zurückziehen alles verderben wird.

VIII

1.

Mutter glaubte, dass der Tod das Ende von allem sei. Sie glaubte nicht ans Jenseits, aus dem ihr verstorbener Vater über sie wacht und kontrolliert, ob sie seinen letzten Willen wohl erfüllt. Großvater glaubte nicht an Gott. *Aus Trotz,* erklärte er gern. Von Großmutter hingegen schien mir, dass sie nie aufgehört hatte zu glauben, obwohl sie nach außen hin eine vorbildliche Atheistin war und Gott weder im Mund führte noch sich bekreuzigte oder betete. Aber beide, Großvater und Großmutter, waren von gläubigen Menschen erzogen worden, während sie selbst Mutter und Maja im Geiste der Göttern abgeneigten Zeit erzogen hatten. So war Mutter zu einer Ungläubigen herangewachsen, die jegliche Spiritualität zurückwies.

Auch abergläubisch war Mutter nie. *Ein Unglück kommt ohnehin gern von allein, da ist es wirklich nicht nötig, dass es mir noch von schwarzen Katzen serviert wird,* pflegte sie zu sagen. Die Welt ihrer Kindheit war zwar verseucht mit Aberglauben, den sie als Kind aufgesogen hatte, und so drehte sie auch selbst an einem Knopf, wann immer sie einem Schornsteinfeger begegnete, und vermied abendliches Nägelschneiden. Als Teenager gingen ihr Großmutters kleine Aberglauben so sehr gegen den Strich, dass sie mitten im Wohnzimmer alle fünf Regenschirme aufspannte, die sie im Haus hatten, sich vor ihnen postierte und den Eltern den ganzen Tag verwehrte, sie zu schließen. Bald durften Großmutter und Großvater in ihrer Gegenwart nicht einmal mehr auf den Holztisch klopfen.

Ebenso hasste Mutter es, Dinge nur deshalb zu tun, weil es sich so gehörte. Sie verachtete die Scheinfrommen, die Kerzen anzündeten für Bekannte und Verwandte, die sie zu Lebzeiten gehasst hatten. Eine solche Scheinfromme war Maja, der Mutter die rituelle Blumenspende zum 1. November am Grab von Danes Eltern übelnahm. Sie war überzeugt, dass ihre Schwester alles Recht der Welt hatte, die verstorbene Schwiegermutter unverhohlen zu hassen.

Und trotzdem gab es etwas, das Mutter nicht erlaubte, Großvaters Wünsche zu ignorieren. Was das war, wusste sie vermutlich selbst nicht, aber sie fühlte die Verpflichtung, ihm noch ein letztes Mal zu gehorchen. Im gegenteiligen Fall hätte sie mich nicht angerufen, sondern hätte Großvaters Kuvert einfach vergessen. Auch hatte sie sich nicht wegen Großvaters Text aufgeregt, denn sie hätte, auch ohne ihn zu öffnen, bis auf den Buchstaben genau erraten können, was in dem Brief steht. Nein, Mutter ärgerte sich, dass sie nicht fähig war, dieses lächerliche Greisenbriefchen einfach zu ignorieren. Etwas in ihr wehrte sich gegen alles, woran sie glaubte, und wollte die für sie unumstößliche Tatsache nicht hinnehmen, dass Wünsche von Toten ein Oxymoron sind und die Erfüllung dieser Wünsche der Gipfel menschlicher Idiotie. Etwas in ihr war ihr untreu geworden und widersetzte sich ihren tiefsten Überzeugungen.

Von Momjan bis Zagreb redeten wir nur wenig, und während der ganzen Fahrt schien ich direkt zu hören, wie sie überlegte. Ihr widerstrebte schon allein die Idee der Einäscherung, und ich spürte, dass sie beharrlich nach dem Sinn der Erfüllung von Großvaters Wünschen suchte, ihn aber nicht fand. Aber sie saß ergeben auf dem Beifahrersitz und kommentierte nur hin und wieder den Morgennebel in Gorski kotar oder stellte fest, sie fahre zum ersten Mal auf der neuen Autobahn zwischen Rijeka und Zagreb.

Mit Großvaters Leichnam werden auch mögliche Beweise über seinen Selbstmord eingeäschert, und ich werde nie erfahren, wie er gestorben ist, dachte ich, als wir von der Autobahn Richtung Stadt abbogen. Nach Großvater wird mir das ungelöste Rätsel seiner letzten Stunden zurückbleiben. Aber es war zu spät, mit Mutter darüber ein Gespräch anzufangen.

„Wie oft habe ich mir gesagt, dass ich, wenn ich einmal in Zagreb bin, auf den Mirogoj gehen werde, ans Grab von Dražen Petrović."

„Du kannst doch heute gehen."

„Heute aber wirklich nicht."

„Und warum nicht? Das im Krematorium haben wir doch schnell erledigt. Dort geht es zu wie am Fließband."

„Ich weiß nicht, ob ich dazu in Stimmung bin."

„Wie du möchtest."

„Willst du mich anweisen, oder soll ich das Navi einschalten?"

Sie richtete sich in ihrem Sitz auf und sah angestrengt durchs Fenster.

„Auf dem Mirogoj haben wir vor gut einem Jahr, oder war es mehr, nein, gut ein Jahr muss es her sein, vielleicht auch mehr, meine Kommilitonin von der Uni, Anita, eingeäschert, die an Krebs gestorben ist. Wie dumm sich das anhört! Anita hatte wirklich Krebs, aber wenn sie an etwas gestorben ist, dann ist sie an Zoran gestorben, ihrem Exmann, dem Windhund, wie wir ihn die letzten Jahre liebevoll genannt haben, an der Ampel bieg links ab, Zoran war ein erstklassiger Windhund, manchmal war er ein Superbursche, intelligent, und auch zum Anschauen, er hatte Journalistik in Zagreb studiert und als Erster von seinem Jahrgang eine Stelle beim *Vjesnik* bekommen, noch bevor er sein Diplom hatte, und das war für damalige Zeiten wirklich etwas Außerordentliches, und jetzt fährst du geradeaus, ich sage dir, wie weit, ich denke, er hat sogar einen Preis als junger Journalist bekommen, ich weiß nicht mehr, aber ist ja egal, mir war er immer sympathisch, ein wohlerzogener junger Mann, *manirlih,* wie Großmutter sagen würde, aber dann hatte er sich mit den Leuten dort im *Vjesnik* irgendwie zerstritten, irgendwann Ende der Achtziger war das, immer war er um eine Spur zu gescheit, und er kündigte und verkaufte das Haus seiner Eltern auf Unije, er sagte zu Anita, dass es keinen Sinn hat, das ganze Leben immer an denselben Ort zu fahren und dass sie ab nun an verschiedenen Enden der Welt Urlaub machen werden, jedes Jahr woanders, noch weiter, dort, bis zu dem roten Haus da vorn, dieser Versager, und er hatte die Idee, seine eigene Zeitschrift zu machen, unabhängig, ganz anders, ähnlich wie *Mladina,* sagte er, er war gescheit, aber nicht so sehr, wie er ambitiös war, wie Dinka sagen würde, jedenfalls, um das Ganze abzukürzen, hier fährst du jetzt rechts, und dann den Berg hinauf, seine kroatische *Mladina* ging spektakulär den Bach runter, und das konnte er nicht verschmerzen, das männliche Ego, das ist eine unheilbare Krankheit, wenn er sofort kapiert hätte, dass es nicht läuft, wäre es noch gegangen, aber er wollte die Niederlage einfach nicht zugeben, dieser Windhund, die Kroaten wurden von einem Tag zum anderen immer ustaschoider, und er machte ein laues antifaschistisches Wochenblatt, schlechtes Timing, Anita hat ihn bis zu seinem Tod verteidigt, fahr nur weiter, ja was denn jetzt, schlechtes Timing, er dachte, er sei ein Genie, das war es, dass ihm nichts fehlschlagen kann, dass ganz Kroatien den *Vjesnik* seinetwegen gekauft hat, nur weiter, und dann fing er, der arme Wicht, der er war, an zu trinken, anstatt sich einen Tritt in den Hintern zu geben und zum Journalismus zurückzukehren, meinetwegen für die Schwarze Chronik zu schreiben, was auch immer, er begann vom Unternehmertum zu träumen, die Schulden wuchsen, und dann hatte er keine Wahl mehr, ich meine, natürlich hatte er sie, jeder hat sie, aber genau solche, wie er einer war, waren gesucht, intelligente, gute Schreiber, abgestürzte und verschuldete, enttäuschte, und sie haben ihn gekauft, jetzt schau, auf der linken Seite siehst du gleich den Parkplatz, die Tuđman-Leute haben ihn gekauft, damit er für sie Artikel schreibt, teils unter seinem Namen, mehr aber unter verschiedenen Pseudonymen, traurig, und damit er junge Hoffnungsträger ausbildet, wie man Propagandaartikel schreibt, ich weiß nicht mehr, was er alles gemacht hat, aber da war er schon ein anderer Mensch, schau, da ist es, dort kannst du parken, gegenüber ist das Krematorium, einmal haben wir uns noch in Zagreb getroffen und ich habe gesehen, dass er keine Ähnlichkeit mehr mit sich selbst hat, nicht optisch, aber wie er spricht und was er sagt und alles das, Anita sagte mir, dass seine Leute nicht mehr mit ihm reden, dass er mit allen zerstritten ist, dort ist ein freier Platz, ein anderer Mensch, du würdest es nicht glauben, ein gutes Jahr später haben Anita und er sich scheiden lassen, aber nur auf dem Papier, sie hatte nicht das Herz, ihm einen Tritt zu geben, sie dachte, das sei eine Krankheit und er werde wieder gesund werden, und ließ es zu, dass er immer wieder kam, dass sie Freunde blieben, dass er ihr beichtete, ich habe diese Geschichten nicht hören wollen, hast du das Auto abgeschlossen?, richtig, dort ist der Zebrastreifen, ich weiß nur, dass es Schweinereien gegeben hat, er hat die ganze Bande, die in den Foren schrieb, um sich versammelt und es ihnen vorgemacht, stell dir vor, alle ihre irren nationalistischen Vorstellungen, den ganzen primitiven

Scheiß hat er geschrieben, mit den Worten einfacher, halbalphabetischer Leute, er war der Bauer Jozo aus Opuzen und der Veteran Stjepan aus Koprivnica und wer weiß, was er noch alles war, als mir Anita das erzählte, konnte ich ihr überhaupt nicht glauben, sie behauptete, dass in den Foren, und das hat er ihr gegenüber zugegeben, die Hälfte der Kommentare gefakt ist, neuzeitliche Propaganda, sagte sie, siehst du irgendwo Maja, und dann kam er eines Abends zu ihr und sagte, er müsse ihr etwas beichten ..."

Als ich mich zu ihr umdrehte, wusste ich sofort, dass die Geschichte über Zoran und Anita unvollendet bleiben würde. Mutters Blick wusste nicht mehr von ihnen. Sie starrte zum Eingang des Krematoriums, nicht wiederzuerkennen. Vorsichtig drehte ich mich in Richtung ihres Blicks, denn ich fürchtete den Mann wiederzuerkennen, den sie erblickt hatte.

Als uns Safet sein Beileid aussprach, hoben und senkten Mutter, Maja und ich mechanisch den Kopf und gaben ihm die Hand, als wäre er ein Nachbar, zu dem wir nach dem Umzug den Kontakt verloren hatten. Eingespielt verbargen wir die Überraschung darüber, dass er nach zwanzig Jahren genauso unverhofft und unerklärt erschien, wie er verschwunden war. Niemand fasste die Frage in Worte, die ihm unsere Augen stellten, und auch Safet wollte sie aus Höflichkeit, oder wegen seiner Dumpfheit, nicht aus ihnen lesen.

Vor uns stand Safet, schon auf den ersten Blick ganz anders als jener, der in Mutters Erinnerungen lebte, und auch als jener, den ich in Otoka aufgesucht hatte. Schweigsam und zurückhaltend wie damals, aber jetzt viel souveräner in seiner Entrücktheit. Als hätte er es sich in der Zeit, seit wir beide uns das letzte Mal gesehen hatten, endgültig in ihr eingerichtet. Das war nicht der Safet, der mich auf dem Busbahnhof in Bihać erwartet hatte, sondern ein mit sich ins Reine gekommener Mensch, gewöhnt an Einsamkeit, gewöhnt daran, zu verschwinden und wiederaufzutauchen und wieder zu verschwinden.

Um einen freundlichen Wortwechsel mit ihrem ehemaligen Ehegatten zu vermeiden, setzte sich Mutter sofort Richtung Krematorium in Bewegung, und wir Übrigen folgten ihr wie auf Befehl. Ein junger Angestellter des Krematoriums, zu jung für seine schwarze Arbeitskleidung, lud uns zum Eintreten ein, und wir verteilten uns an Großvaters Sarg. Mutter, Maja und ich standen eng zusammen, Schulter an Schulter, und Safet hatte sich hinter meinem Rücken platziert. Er stand nahe genug, dass ich, wenn ich den Blick senkte, die Spitzen seiner Schuhe sehen konnte.

Das Sämisch war jetzt von unbestimmter Farbe, über und über bedeckt mit verhärteten graubraunen Flecken und Abschürfungen. Safets breite, unempfindliche Füße hatten sie mit den Jahren verformt und die Sohlen geknetet. Es war unmöglich, ihre ursprüngliche Form zu bestimmen, wenn man sie nicht im Gedächtnis hatte. Es waren Safets alte Schuhe, gekauft in Triest. Für schönere Gelegenheiten. Diese schöneren Gelegenheiten, die ihr nächster Schritt sein sollten und die Mutter und er lange vor sich gesehen hatten, waren aber nie gekommen. Safets Schuhe für schönere Gelegenheiten hatten seit damals unzählige Schritte durch Unschönes gemacht, das an ihnen sichtbare Spuren hinterlassen hatte. Aber es waren noch immer dieselben Schuhe, in denen er von uns gegangen war. Vermutlich auch die einzigen, die er hatte.

Maja trat vor, griff mit der Hand in das Gefäß mit den Blumen und warf sie auf den Sarg. Der war über einer Öffnung aufgestellt, an deren Boden sich noch eine kleinere befand, die in den Ofen führte. Mutter, Safet und ich taten es ihr nach. Safet deutete mir mit einer fast unsichtbaren Handbewegung an, ich solle vorgehen. Dann kehrten wir an unsere Ausgangspositionen zurück. Ich legte einen Arm um Mutter und erhaschte den Augenblick, als sie sich nach Safet umsah. Der junge Mann im schwarzen Anzug überprüfte wortlos, ob wir mit dem Blumenwerfen abgeschlossen hatten und ob er fortfahren durfte. Der Sarg mit Großvaters Leichnam begann in die Tiefe zu sinken.

Ich versuchte nicht an Safet und seine Schuhe zu denken und nur der Enkel zu sein, der auf seines Großvaters Sarg sieht, aber der erinnerte mich nur daran, dass mit ihm auch das leere Fläschchen mit Großmutters Medikamenten dahinging. Ich sah ihn, wie er sich der Krematoriumsflamme näherte, und unter der Haut brannte mich deren sengende Hitze. Ich fühlte, wie ich mich wieder im Schlafzimmer in Momjan hinunterbeuge, wie ich mit der Hand unter das Bett fahre und auf dem staubigen Boden herumsuche, wie ich das rollende

Fläschchen ertaste und es mit den Fingern zu mir heranziehe, bis es unter dem Bett hervorschaut.

Ich schüttle es, als würde ich den eigenen Händen nicht trauen und müsste mich noch einmal davon überzeugen, dass es leer ist. Dann halte ich es vor die Augen, um zu lesen, was auf ihm geschrieben steht, um zu überprüfen, ob in ihm vielleicht nur Vitamine oder Kalziumtabletten waren.

Als würde ich durch das Fläschchen schauen, habe ich vor meinen Augen das verdunkelte, bräunliche und leicht gekrümmte Bild des Krematoriums, die verzogenen Gesichter von Mutter, Maja und Safet. Zwischen uns die gläserne Barriere. Ich taste mit den Händen über die bräunliche Oberfläche und suche den Riss, durch den ich entkommen kann, mir scheint, dass sie mich nicht hören, wenn ich ihre Namen rufe, dass ich sie nicht mehr herbeirufen kann, dass auch ich in die Tiefe sinke, dass ich in den Flammen des Krematoriums schmelze und dass mich niemand sieht und mir niemand helfen kann.

Bald werde ich zusammen mit dem schmelzenden bräunlichen Glas verschwinden. Schon hat das Feuer das Papieretikett ergriffen, die Schwärze schluckt Buchstaben für Buchstaben, und niemand wird jemals wissen, was da geschrieben stand. Alles wird von Ruß überdeckt. Der Sarg ist nicht mehr zu sehen. Auch das Geräusch der Vorrichtung, die ihn hinabgelassen hat, ist verstummt. Und das Geräusch des Feuers wird immer lauter. Ich höre, wie auch die letzten Geheimnisse Großvaters brennen, wie alles verschwindet. Nur der Zweifel bleibt, denn nur der Zweifel ist ewig.

„Gott ist ein gewöhnlicher Trottel", sagte Mutter, wie das Amen am Ende eines Gebets, und rief mich zurück.

Wir traten ins Freie, geblendet von der starken Mittagssonne, die ein Loch in der dichten Wolkendecke gefunden hatte. Maja kramte in ihrer Handtasche nach der Sonnenbrille, und Safet beobachtete sie, sodass er Mutter nicht sah, als sie sich ihm näherte und sich vor ihm aufbaute. Sie sah ihm direkt in die Augen, zwischen ihren Gesichtern gab es nur für zwei oder drei Finger Platz.

Safet wich ihr nicht aus. Aber im Vergleich mit ihrem war sein Blick zahm, fast erschrocken. Er schien sich kaum zurückhalten zu können, vor ihr in die Knie zu gehen. Alle warteten, dass Mutter etwas sagen werde, aber sie drehte sich zu mir um.

„Jetzt könntest du das Grab von Dražen Petrović suchen gehen."
Ich wollte mich dieser Idee widersetzen, aber sie kam mir zuvor.

„Safet könnte mit dir gehen. Auch er war ein großer Fan von ihm. Und Maja und ich setzen uns auf einen Kaffee und warten auf euch."

Safet und ich nickten mit der gleichen Mischung aus Folgsamkeit und Fatalismus. Offenbar hatten wir eines jener Angebote bekommen, die man nicht ausschlagen kann. Ich wollte noch sagen, dass ich nicht weiß, wo das Grab ist, aber ich hörte Safet, wie er sagte, *Wir werden es finden,* und gleich darauf noch, *Wir fragen einfach, wenn wir es nicht finden,* und ich sagte nichts. Ich küsste Mutter nur.

„Wir sehen uns."

Safet und ich, die wir über den Mirogoj gehen und Dražens Grab suchen, waren nur ein pathetischer Versuch des Schicksals, aus meinem Leben einen Hollywoodfilm zu machen, an dessen Ende sich alle eines glücklichen Augenblicks aus meiner frühen Kindheit entsinnen, sich tränenreich in die Arme fallen, sich gegenseitig die Sünden vergeben und fröhlich und glücklich bis ans Ende ihrer Tage leben.

Safet begleitete mich mit der Demut eines Besiegten. Er hielt den Kopf gesenkt, und auch ihm schien die Stille gutzutun, in der wir an den gepflegten Zagreber Gräbern vorübergingen, und auch ihm schien nicht wichtig zu sein, ob wir den Weg zu Dražen finden oder nicht.

Dražen Petrović hatten wir beide gemocht, aber Safet hatte ihn verehrt, während ich seinen Aufstieg unter die Größten ein wenig versäumt hatte. Als wir sahen, wie er im jugoslawischen Dress den Titel eines Europa- und anschließend noch Weltmeisters eroberte, war Safet vor dem Fernseher im rhythmischen Wechsel zwischen Ekstase und Verzweiflung bereits am Sterben, während ich erst noch zum Fan heranwuchs. Wegen Safet wählte ich die Nummer 5 auf meinem Slovan-Dress, die Nummer, die Dražen bei Real trug; wegen Safet schaltete ich den Fernseher ab, wenn er auf dem Bildschirm erschien; wegen Safet weinte ich, als Dražen bei einem Verkehrsunfall starb; wegen Safet weinte ich, als die Fans von Partizan dem Trainer von Cibona,

Dražens Bruder Aco, skandierten *Wir haben Dražen umgebracht! Wir haben Dražen umgebracht!*

Ich habe damals gehört *Wir haben Safet umgebracht!,* und als ich zu Mutter auf der Fahrt nach Zagreb sagte, dass ich gern an Dražens Grab gehen würde, dachte ich wirklich an ihn, an Safet. Aber zum Grab wollte ich doch wegen Dražen. Mein Dražen war schon lange nur noch Dražen, nur noch der Basketballer. Einer der größten.

An der nächsten Abzweigung bog ich nach rechts ab und führte uns absichtlich in die falsche Richtung. Safet kriegte das vielleicht mit, vielleicht auch nicht. Schon lange war ihm weder nach Dražen noch nach Basketball, oder er folgte mir nur deshalb, weil er nicht die Kraft gehabt hatte, Mutters Vorschlag abzulehnen.

„Eine seltsame Sache sind diese Todesanzeigen", hörte ich ihn sagen.

Zuerst verlangsamte Safet nur den Schritt, dann blieb er am Familiengrab der Jelinčićs stehen, das noch voll frischer Blumen und sprießenden Grases war. Ich wartete, dass er sich wieder in Bewegung setzte, aber er stand da und sah mich an, als versuchte er festzustellen, wo er sich befindet und wer ich bin, der ich erwartungsvoll meinen Blick auf ihn hefte. Safet war aus meiner Zeit und meinem Raum ausgetreten, und es wäre vergeblich gewesen, ihn zurückrufen zu wollen.

2.

Einige Jahre, nachdem ich ihn in Otoka besucht hatte, saß Safet bei Lela. Den kleinen Plastiktisch ließ Lela im Winter extra seinetwegen vor der Tür, da er auch bei scharfem Dezemberfrost dort seinen Espresso trank und in den Händen das ungeöffnete Zuckersäckchen hin und her knickte. Es waren Zeiten abwesender Blicke, wenn jeder seinen Grund hatte, ins Leere zu starren und Safet auch während seiner Nachmittagssitzungen niemand beunruhigte. An diesem Tag indessen überflog er die Zeitung vor sich auf dem Tisch.

Hier ist was für dich, Janez, hatte Mahirs Stimme gedröhnt.

Mahir war während des Krieges mit seiner Familie nach Zagreb gezogen. An den Wochenenden renovierte er in Otoka sein altes Haus, wohin er zurückzukehren beabsichtigte, wenn er, mit Gottes Willen, die Pension erlebte.

Die hat jemand im Bus liegenlassen, sagte er und ging ins Lokal, ins Warme.

Safet nickte ihm zu. Die Zeitung ließ er dort liegen, wohin Mahir sie geworfen hatte, und kehrte zurück zu dem unbestimmten Punkt irgendwo am Ende der Straße, den er fixiert hatte. Dann riss das Zuckersäckchen zwischen seinen Fingern auf, und die weißen Kristalle flossen über den Tisch und seinen Schoß. Gewöhnlich war das das Zeichen zum Aufbruch. Die Ausdauer des Säckchens entsprach seiner Ausdauer zum Sitzen vor Lelas Lokal. Aber als Safet den Zucker mit der Hand vom Tisch wischte, blieb sein Blick an der Zeitung hängen.

Das Exemplar des Laibacher *Delo* war nicht ganz zwei Wochen alt, und er begann mechanisch die Seiten des *Delo* umzublättern. Ein wenig deshalb, um Mahir und seiner Freundlichkeit Achtung zu erweisen, ein wenig deshalb, weil Zeitungen dazu da sind, dass man in ihnen blättert. In Wirklichkeit interessierte ihn überhaupt nicht, was im *Delo* stand, und bald schob er die Zeitung, ohne auch nur einen Titel gelesen oder nur eine Fotografie angesehen zu haben, an den Tischrand. Die slowenischen Wörter und die Bilder aus Ljubljana riefen nichts in ihm wach. Eine Zeitung wie jede andere auch, ein Haufen dünnen grauen Papiers, in das man verschmutztes Werkzeug einwickeln kann.

Aber als Safet Lela ein Zeichen machte, dass er sein kleines Bier zahlen wolle, wanderte sein Blick noch einmal zu der Zeitung auf dem Tisch und dem Namen auf der größten der Todesanzeigen. Stane Dolanc, stand dort mit dicken großen Buchstaben. Er zog die Zeitung zu sich heran und erkannte auf dem kleinen Bild den einstigen jugoslawischen Innenminister. Er sah sein Doppelkinn, das die Konturen des Gesichts verwischte, die dicken Ränder seiner Brille, innerhalb derer seine Augen wie schwarze Punkte aussahen, das wabbelnde Bauchfett und die Altersglatze, die sich auf seinem Kopf ausbreitete und seine Stirn vergrößerte. Er sah diesen ein wenig aus dem Leim gegangenen Greis und fragte sich, warum ihm der Blick auf sein Foto und der Name darunter ein Stechen im Bauch verursachten und warum dieses

Stechen nicht unangenehm war, sondern ihm auf eine seltsame Weise behagte.

Er überflog auch die anderen Namen auf den Todesanzeigen, aber auf die reagierte sein Körper nicht, deshalb kehrte er zu Stane zurück. Der Name bedeutete ihm nichts, nur flüchtig erinnerte er sich, dass ein Mensch dieses Namens existiert hatte. Aber seine Todesanzeige weckte in Safet etwas. Etwas Kleines, aber dort, wo so viele Jahre alles tot gewesen war, war auch der kleinste Reiz groß.

Er schlug die Seite um und verbarg Stane Dolanc vor sich. Nie hatte er über Ljubljana nachgedacht und darüber, wer dort oben lebt und wer stirbt, er hatte sich auch nicht gefragt, was die Menschen tun, die er gekannt hatte, wie sie leben, ob sie überhaupt noch in Ljubljana sind und ob sie noch so sind, wie sie einmal waren, ob sie noch in dieselben Lokale gehen und dieselben Getränke bestellen, oder ob diese Lokale überhaupt noch Lokale oder schon Pfandhäuser und Spielhallen geworden sind. An die Welt dort oben erinnerten ihn nur jene, die ihn so wie Mahir mit Janez riefen. Sie hielten unwissend die Verbindung aufrecht, die er schon lange gekappt hatte.

Die Todesanzeige des Stane Dolanc aber weckte in Safet eine längst erstorbene Neugier. In ihm erwachte der Wunsch, auch in anderen Nummern des *Delo* zu blättern, noch andere Todesanzeigen zu lesen. Ihn interessierte, was passieren würde, wenn er die Todesanzeige von jemandem sähe, den er wirklich kannte, nicht nur aus den Zeitungen und vom Fernsehen wie Stane Dolanc, wie würde sein Magen auf so einen Namen reagieren? Ihm kam der Gedanke, dass ihn vielleicht der Tod anziehe. Alles im Leben kannst du ignorieren, nur den Tod nicht, glaubte Safet. Denn der Tod ist größer als jeder, denn der Tod ist größer als alles.

Gibt es in Zagreb Delo *zu kaufen?*, rief er durch die angelehnte Tür zu Mahir, der am Schanktisch saß.

Sieh dir den Janez an, der springt sofort an, grinste Mahir.

Safet ging zu ihm, zog seine Geldbörse aus der Tasche und schüttete das ganze Geld, das er bei sich hatte, auf den Schanktisch. Mit einer kleinen Hilfe von Lelas Registrierkasse rechneten Mahir und Safet aus, dass das Geld für neunzehneinhalb Nummern des *Delo* reichte. Safet schlug vor, dass Mahir einen Teil des Geldes behalten solle, für die Mühe. Mahir schüttelte den Kopf. Mehr als Geld brauche er eine zusätzliche Hand bei der Renovierung seines Hauses.

Falls es dick kommt.

Safet wusste, dass es in Bosnien am Ende immer dick kommt und dass das bosnische *falls* nicht dem slowenischen *falls* entspricht, sondern mehr ein *wenn* ist, und ergriff ohne Zögern Mahirs Hand.

Das ist mir wichtig, erklärte er.

Mahir nickte, obwohl er noch immer nicht überzeugt war, dass Safet es ernst meinte. Aber schon in der nächsten Woche legte er das erste Bündel slowenischer Zeitungen auf sein Tischchen vor der Tür zu Lelas Lokal.

Von diesem Tag an studierte Safet jeden Samstagnachmittag, wenn Mahir und er am Morgen die Übergabe erledigt hatten, die Todesanzeigen im *Delo*. Es war ein Ritual, das er nie vor Neugierigen vollzog, die zu Lela kamen. Dort wollte er nicht einmal hineinsehen, sondern er nahm sie mit nach Hause, machte den Tisch in der Küche bis auf den letzten Krümel frei und breitete dann die Zeitung vom vergangenen Samstag darauf aus. Jedes Mal las er sie der Reihe nach, von Samstag bis Freitag. Mahir kaufte die Zeitungen am Freitagnachmittag, in der Trafik bei der Zagreber Bosnierin Amra, die sie die Woche über für ihn zur Seite legte, und die Samstagsausgabe las Safet mit einwöchiger Verspätung. Aber das war ihm egal. Nichts anderes interessierte ihn in diesen Zeitungen als die Namen der Menschen, die gestorben waren. Tote aber können immer warten.

Er wusste nicht, warum er das machte, aber er hatte aufgehört, sich das zu fragen. Obwohl seine Gedanken schon am Freitagnachmittag zu den Todesanzeigen in den Zeitungen und den Namen darin wanderten. Jedes Wochenende traten jetzt slowenische Namen in sein nichtslowenisches Leben, und wenn er sie erkannte, ereignete sich jedes Mal etwas in ihm. Jeder Name traf ihn anders, und jeder rührte an etwas in ihm.

Der erste Name nach Stane Dolanc war der Name einer gewissen Majda Vrečko. Er konnte sich nicht an ihr Gesicht erinnern, aber er war ihr zwei oder drei Mal begegnet, und das noch vor vielen Jahren, noch bevor diese strenge Dame in Pension gegangen war und den Kontakt zu den einstigen Mitarbeitern in der Einkaufsabteilung von

Kolinska abgebrochen hatte. Niemand hatte jemals wieder von ihr gehört, und bald hatten sie aufgehört, nach ihr zu fragen.

Jahre später las Safet mitten in Bosanska Otoka ihren Namen. Da stand, dass sie uns im sechsundachtzigsten Lebensjahr verlassen habe und dass wir uns am Freitag von ihr verabschieden werden, was in Safets Zeit übersetzt bedeutete, dass sie Majda schon beerdigt hatten. Vor seine Augen trat ihm Majdas Büro, deutlich sah er die Aufstellung der Schreibtische mit den versperrten Schubladen vor sich, die Locher und Büroklammern und Berge von Heftern, die sich an den Ecken türmten. Ihm war, als würde etwas die Innenseite seiner Haut streicheln. Das sanfte Ameisenkribbeln erinnerte ihn an die Berührung einer unbekannten Frauenhand.

Bald breitete sich das ungeduldige Warten auf das samstägige Bündel auf mehrere Tage aus, und schon am Mittwoch konnte er sich beim Abzählen der Tage und Stunden ertappen. Sich selbst versuchte er einzureden, dass es nur die Todesanzeigen seien, nur die Namen der Menschen, die er schon längst nicht mehr kannte. Er versuchte sie wegzudenken, aber er sah sich immer aufs Neue vor der aufgeschlagenen Zeitung sitzen, und die Erinnerung an eine angenehme Erregung überkam ihn.

Am nächsten Samstag gab es in den Todesanzeigen keinen bekannten Namen. Er war nicht enttäuscht. Seine Gleichgültigkeit freute ihn sogar. Er glaubte, dass sein Interesse an den Toten vergehen werde, dass er sich von diesem verschrobenen Bedürfnis freimachen werde. Er dachte schon daran, zu Mahir zu gehen und ihm zu sagen, dass er keine Zeitungen mehr brauche.

Aber bis zum Montag, als Mahir nach Zagreb zurückfuhr, machte Safet keinerlei Anstalten, sich seinem Haus zu nähern. Etwas ließ ihn Abstand halten. Am Montag gelobte er sich, die Abmachung zu widerrufen, wenn auch am folgenden Samstag kein ihm bekannter Name in der Zeitung stünde. Er verwünschte sich selbst, weil er angefangen hatte, mit Menschenleben Lotterie zu spielen. Das ist ein Unglücksspiel, dachte er, das ist verderbt oder sogar krank. Vielleicht eine besondere Art Nekrophilie. Er fühlte eine tiefe Verachtung sich selbst gegenüber, nahm den Stapel Zeitungen, der sich unter der Treppe angesammelt hatte, und trug ihn in die Küche. Er heizte das erloschene

Feuer im alten Herd an, setzte sich auf einen kleinen Hocker, zerknüllte Seite für Seite und warf sie in den Herd, bis von den Zeitungen nur noch kleine Aschestücke übrig waren, die in der Luft tanzten. Aber schon da, als er das erlöschende Feuer im Ofen sah, wusste er, dass das nicht das Ende war. Die Unruhe würde zurückkehren und sich nicht wieder vertreiben lassen.

Am Samstag las er in der Donnerstagausgabe des *Delo* den Namen Peter Drganc. Er war Maschinenbauingenieur, stand dort, und Safet erinnerte sich, dass er eine kleine Wohnung im zweiten Stock eines Hauses in der Jamova ulica vermietete. Ihm war, als sähe er sie vor sich, und auch Peter, wie er vor dem Haus steht. Das Gesicht des alten Mannes trat ihm deutlich vor Augen. Beim Anblick seiner langen weißen Augenbrauen fühlte Safet etwas, was Ähnlichkeit mit Trauer hatte. Diesmal war er zum ersten Mal aufrichtig erschrocken von seinem Spiel.

Trauer ist nicht zum Scherzen, wiederholte er die Worte seines Vaters. Er konnte sich nicht erinnern, wann er das letzte Mal Trauer gefühlt hatte. Aber er verstand, dass es gerade deshalb gefährlich wurde.

Mit dem Gesicht des Peter Drganc begann eine lange Periode gebrochener Versprechen. Auf seinem regelmäßigen Gang am Samstagmorgen in den Ort und zu Lelas Lokal gelobte sich Safet, Mahir zu sagen, dass er die Zeitungen nicht mehr wolle. Und jedes Mal übernahm er sie schweigend aufs Neue, nickte ihm zum Dank zu, klemmte sie sich unter die Achsel und marschierte mit ihnen nach Hause. An manch einem Tag erwarteten ihn die Zeitungen auf seinem Tischchen, dann nahm er sich fest vor, sofort zu Mahir zu gehen, wenn er den Kaffee ausgetrunken hätte. Aber diesen Gang verschob er auf den Nachmittag, dann auf den Abend, dann auf den folgenden Morgen, sofort wenn er wach würde. Mehrmals stand er schon vor der Telefonzelle in der Post, entschlossen, in Zagreb anzurufen und per Telefon zu tun, was er anders nicht konnte. Er hielt den Hörer in der Hand und drehte Mahirs Nummer in der Arbeit, die er von Refik bekommen hatte. Und legte stets wieder auf.

Er kam sich vor wie ein Kind, das ein Album mit Bildchen von Fußballern füllt, ein Album, in dem sich immer neue und wieder neue ungefüllte Seiten öffnen. Immer mehr Namen sind es, die Gesichter suchen. Das ist eine Sucht, überkam es ihn mehrmals. Oft konnte er nicht schlafen und wälzte sich im Bett voll Angst, verrückt geworden zu sein. Aber er hatte nicht die Kraft aufzuhören. Er wusste, dass er es nicht ohne den Kitzel aushalten würde, den ihm die Todesanzeigen bescherten. Der wurde immer stärker, und immer mehr unterschiedliche Gefühle erkannte er in ihm wieder, Gefühle, die er schon vergessen hatte. Aber der Kitzel kam und ging wieder, und bis zum folgenden Samstag fühlte er nur noch die Leere. Jahrelang hatte er in Abgestumpftheit gelebt, Jahre, in denen er nichts gefühlt hatte, aber nie hatte er sich so leer gefühlt wie jetzt.

Was schreiben denn deine Slowenen?, fragte ihn Mahir einmal, als er ihm die Zeitungen brachte. *Was schreiben sie über uns?*

Fremde Worte erreichten Safet schon lange nicht mehr, aber bei dieser Frage erstarrte er. Nie hatte er in den Zeitungen etwas anderes gelesen als Todesanzeigen, und er hatte keine Ahnung, was sonst noch in ihnen stand. Er erschrak, dass ihn Mahir entlarven und hier, vor Refik und Lela, seine krankhafte Angewohnheit aufdecken werde und dass er, Safet Dizdar, als noch ein Irrer in der offenen Abteilung des großen Irrenhauses Bosnien gelten werde. *Der verrückte Janez* werden die Kinder hinter ihm herschreien.

Zu seinem Glück aber interessierte Mahir überhaupt nicht, was im *Delo* über die Bosnier oder über sonst was geschrieben wurde. Noch weniger interessierte ihn, was Safet in der slowenischen Zeitung las.

Ich kenne die Brüder. Die schreiben über uns in der Rubrik Aus dem Tierreich.

Mahir lachte über seinen Witz, und schon im nächsten Moment gab es in seinem Kopf kein *Delo,* kein Slowenien und keinen Safet mehr. Aber der Gedanke, dass jemand von seiner Besessenheit von Todesanzeigen erfahren könnte, ließ Safet noch tagelang keine Ruhe.

Die Leute in Otoka erkannten in ihm noch immer die Fremde, aus der er gekommen war. Für sie blieb er der Slowene, der Janez, der Zugezogene. In den fast zehn Jahren seines Lebens im Geburtsort seines Vaters hatte Safet nicht gelernt, ein Bosnier zu sein, noch weniger ein Bosniake oder Muslim, wie er in Slowenien nie gelernt hatte, Slowene zu sein. Er nahm die unausgesprochene Forderung nach Anpassung, nach Identifizierung mit der Menge wahr, er las sie in fast jedem Blick der echten Otočaner. Er las sie und lernte mit ihr zu leben. Türke zu sein in der Geburtsstadt Kragujevac, Byzantiner in Slowenien oder der Janez zu sein in Otoka war das eine, alles das wusste und vermochte er zu sein, aber ein vom Tod Besessener war etwas ganz anderes.

Zum ersten Mal im Leben schämte er sich vor den anderen seiner selbst, und das Gefühl der Scham war das erste Gefühl, das in ihm Dauer gewann. Die Erregung, die am Samstag mit den neuen Todesanzeigen und mit dem Namen Miloš Janković kam, dem Namen des alten Kellners im Restaurant Čad, konnte es nur für einen Moment übertönen. Danach kehrte die Scham wieder zurück. Und wuchs sich aus zu Beklemmung. Als er am Morgen aufwachte, suchte er sie in sich selbst, ließ es zu, dass sie sich über ihn ergoss. Jetzt hatte er keinen Zweifel mehr. Er konnte wieder fühlen.

Die Nacht darauf, als er die Todesanzeige von Gordana Cvijić sah, der Inhaberin des Schreibwarengeschäfts in der Rojčeva, träumte Safet von ihrem Mann Radenko. Sie saßen zusammen im Garten des *Šestica*, und Radenko rief unaufhörlich die Kellner und bestellte neue Essensportionen. Ihr Tisch war voll, auf ihm gab es keinen Platz mehr, die Kellner stellten die Tabletts mit dem Essen und die Krüge mit dem Wein bereits auf den Tischen der anderen Gäste ab, die sich bei ihm und Radenko beschwerten. Aber der kümmerte sich nicht um die Beschwerden und bestellte weiter. An einem der Nachbartische saß Jure Gostiša, Safets ehemaliger Mitarbeiter. Safet fragte ihn, ob er noch lebe, und Jure sagte, nein, er sei schon vor Jahren gestorben, die Todesanzeige habe im *Delo* gestanden. Und was ist mit deinem Bruder, Grega, fragte ihn Safet. Der lebt, sagte Jure, aber Simona ist gestorben. Simona Rakovec, Boris Trutkovski, Ilda Veber. Gostiša zählte die Namen von Verstorbenen auf. Einige kannte Safet, andere nicht. Gostiša zeigte ihm ihre Todesanzeigen, um ihn davon zu überzeugen, dass sie wirklich tot waren. Safet trat an einen Tisch, an dem, wie ihm schien, Veronika Šarec saß. Dort gab es noch andere Leute, die ihm bekannt vorkamen, aber an ihre Namen konnte er sich nicht erinnern. Die Todesanzeigen auf Gostišas Tisch verschwammen vor seinen Augen und wurden unleserlich. Gostiša stand auf und lud Safet ein, mit ihm zur philosophischen Fakultät zu gehen. Radenko rief, er solle zum Tisch zurückkommen, aber da waren er und Gostiša schon draußen, auf der Straße. Sie bemerkten die Kellner, wie sie mit den Tabletts über die Straße liefen. Auf der Straße ging der Schauspieler Polde Bibič an ihnen vorüber, hielt einen von ihnen an und nahm ein Stück Fleisch vom Tablett. Der Kellner fragte ihn, ob er Radenko Cvijić kenne, Polde schüttelte den Kopf und setzte, den Mund voll Fleisch, seinen Weg fort. Rok Petrovič, Jure Gostiša und Safet wollten auf den *Nebotičnik* hinauf. Safet wollte nicht in den Fahrstuhl und nahm die Treppe. Gordana und Vesna Benedejčič kamen ihm entgegen. Sie sagten, sie hätten geglaubt, dass er noch lebe. Er sah Vesna an und fragte sie, ob sie auch tot sei. Vesna nickte. Ja, ich bin bei einem Verkehrsunfall gestorben, sagte sie.

Und weckte Safet aus dem Traum. Schwitzend, zitternd, erschrocken. Aufgebläht. Er hatte das Gefühl, als würde ihn etwas aufpumpen und ihn jeden Moment zerplatzen lassen, dass es aus ihm herausfließt. In der Dunkelheit sah er ihr Gesicht vor sich, spürte ihren Atem auf seinen Lippen. Es war sie, vor der er so lange fortgelaufen war, die Tochter der Cousine zweiten Grades von Stane Dolanc. Sie waren wieder in diesem Büro, und ihm war, als hörte er das Geräusch des Druckers, der die Flecken vom rissigen Linoleum abscheuert, und als röche er die Auslegware voller Zigarettenrauch.

Sein großes Puzzle begann sich schließlich zusammenzufügen.

Majda Vrečko war Vesnas erste Chefin im SCT gewesen. Die dicke Maja, wie sie sie nannten, hatte sie tagtäglich malträtiert, sie war ein frustrierter Drache, der sich an den Untergebenen austobte. Einmal hatte Safet sie in der Stadt gesehen und war ihr nachgegangen und hatte überlegt, wie er sich an ihr rächen könnte, alles Mögliche war ihm durch den Kopf gegangen, und sie war in das Kraš-Geschäft in der Čopova eingekehrt und mit einer großen Schachtel Bajadera-Pralinen herausgekommen. Gleich auf der Straße hatte sie sie geöffnet. Die dicke Majda, die mit einer Schachtel Bajadera die Čopova hinuntergeht und sich vor allen Leuten mit Schokolade vollstopft, hatte Safet leidgetan. Sie ist traurig, hatte er abends zu Vesna gesagt, worauf sie ihn einen Weichling geheißen hatte, dem dicke böse Menschen leidtun.

Peter Drganc hatte ihnen ihre erste gemeinsame Wohnung vermietet. In einem alten, zerfallenden Haus, in dem alles knarrte, zerbrach und abfiel. Ihr erstes gemeinsames Bett war völlig ausgeleiert und machte solchen Krach, dass sie nachts wach wurden, wenn sich einer von ihnen im Schlaf umdrehte. Als sie die Matratze auf den Boden legten, stellten sie fest, dass der nicht weniger knarrte als das Bett. Selbst die Wände knarrten in dieser Wohnung, und die beiden waren doch so jung und so wenig zurückhaltend. Sie hatten Nachbarn, die sie freundlich grüßten, aber wenn sie einem von ihnen begegneten, wandten sie den Blick wegen der Geräusche, die sie produzierten und die mit Sicherheit durch die Holzfußböden des Hauses drangen. Schließlich kontrollierten sie, ob jemand vor dem Eingang oder Treppenhaus war, bevor sie aus dem Haus sprinteten.

Miloš Janković hatte sie auf Safets und Vesnas Hochzeitsparty unterm Rožnik bedient. Die ganze Nacht und noch bis zum nächsten Mittag, als die Hochzeitsgäste endlich Anstalten machten auseinanderzugehen. Ein Kellner der alten Schule war dieser Serbe, den niemand auch nur einmal ein serbisches Wort hatte sprechen hören. Miloš Janković war eben ein slowenischer Kellner und sprach Slowenisch. Nur Slowenisch. Die Hochzeitsgäste waren bis Mitternacht schon so betrunken, dass sie auf den Stühlen hüpften, Tische umwarfen, Weinpokale zerschlugen, aber er stand still daneben wie ein Soldat in seiner gebügelten Uniform, sammelte unauffällig die Scherben ein und trug sie weg und nahm neue Bestellungen auf. Als wären die Rüpel, die im Gebüsch hinter dem Gasthaus kotzten und pissten, durch die Bank Marschälle. Jeder Gast war für ihn ein Josip Broz Tito, während sie, betrunkene Tiere, ihn den ganzen Abend provozierten, er solle mit ihnen eines von *unseren* Liedern singen.

Radenko Cvijić hatte Vesna in die Geburtsklinik gebracht. Als wäre es heute, sah Safet ihn vor sich, wie er in seinem vor dem Eingang der Geburtsklinik geparkten *bolhca* sitzt, wartet und raucht, dass Vesna niederkommt. *Lass mich nur,* sagt er zu Safet, der zu ihm sagt, er solle nach Hause fahren, die Geburt könne dauern. *Für alle Fälle,* sagt Radenko, obwohl das keinen Sinn hat, denn Vesna liegt schon im Kreißsaal und ihr Sohn kriecht schon aus ihr heraus, und niemand wird ihn und sein Auto brauchen, das einzige in ihrer Straße.

Auf den Namen Radenko Cvijić folgte der Name Jožica Jamnik, das war genau jene Jožica Jamnik, die Vesnas unter das T-Shirt gestopftem

Kopfkissen und dem gefälschten ärztlichen Befund aufgesessen war und uns die Wohnung in Fužine zugeteilt hatte. Nach ihr kam Viljem Begovič, Techniklehrer in meiner Grundschule, dann Željko Drobnič, der gute alte Clochard aus der Jamova, und dann noch Vito Obrenović, der Polizist, der den Fahrraddiebstahl in unserem Block untersuchte und betrunken auf unserer Couch geschlafen hat.

Von einem Samstag zum anderen fügte sich Safets einstiges Leben mehr zusammen. Alles, wovon er geglaubt hatte, dass es unwiederbringlich ausgelöscht sei, fand jetzt Bild für Bild erneut zum Leben. Und auch er fand zum Leben. Mit jedem bekannten Namen auf einer Todesanzeige erwachten in ihm einzelne Szenen und Schauplätze aus seinem Laibacher Leben. Wieder sah er die vergessenen Gesichter vor sich, die verwahrlosten Laibacher Gassen, die Lokale mit den Aluminiumhockern und die überfüllten Zimmerchen der Mietwohnungen, in denen sich die studentischen Freunde drängten. Wieder waren sie jung und unbekümmert, hatten sich abgefunden mit dem Überlebenskampf in einer Welt, die nicht viel bot außer stets vollen Zimmern und Tischen, bedeckt mit Aufschnitt, billigem Schnaps und Zigarettenkippen. Irgendwo im Hintergrund war dieses bisschen gute Musik und dieses bisschen Lachen der letzten Generation zu hören, die aufrichtig daran glaubte, nichts zu verlieren zu haben.

Mit jedem neuen Bild fand Safet mehr zurück ins Leben. Jeden Samstag brachte es ihn zurück. Als er aus Ljubljana weggegangen war, hatte er ein ganzes Leben in sich verdrängt. Um seinen Weggang überleben zu können, musste alles in ihm absterben. Vor allem seine Liebe.

Und jetzt weckte er sie aufs Neue, Stück für Stück fügte er sie zusammen wie ein Mosaik, das mit jedem Teilchen stärker und schöner wurde. Es war nur eine Ahnung der Liebe, die ihn anzog und zugleich unerreichbar blieb, aber er fügte sie immer mehr zusammen, im Glauben, er werde sie dereinst wieder spüren, so gewaltig wie damals. Jetzt nahm er die Zeitungen nicht mehr vom Tisch. Ganze Nachmittage und Abende konnte er bei ihnen sitzen. Er las die Namen in den Todesanzeigen und fügte seine Geschichte zusammen. Er fügte sich selbst zusammen.

Als Mahir in Rente ging und nach Otoka zurückkehrte, blieb Safet für mehrere Wochen ohne Zeitungen und Todesanzeigen. Anfangs dachte er abergläubisch, das sei ein Zeichen, das ihm mitteilt, dass er mit dieser Narretei aufhören muss, aber schon bald begann er den Ort verzweifelt zu durchkämmen auf der Suche nach jemandem, der nach Zagreb oder Slowenien fuhr. Er hielt Unbekannte auf der Straße an, klopfte bei Leuten an der Tür, aber ohne Erfolg. Es gab solche, die fuhren, aber niemand fuhr regelmäßig, und niemanden gab es, auf den sich Safet hätte verlassen können. Die ganze Zeit versuchte er vergeblich, sich darauf einzustellen, seine Suche aufzugeben und sein Leben ohne die Toten zu leben. Seine Sucht besiegte ihn jedes Mal aufs Neue. Er war erst halb wiederhergestellt, erst halb wieder lebendig. Einen Weg zurück gab es nicht mehr.

Zu seinem Glück erbarmte sich Zijad, seines ewigen Fragens überdrüssig geworden, und versprach ihm, sich danach zu erkundigen, wie viel das Senden eines Exemplars des *Delo* nach Bosanska Otoka kosten würde.

Es gibt keine billigen Drogen, sagte Zijad, als er ihm seinen Preis nannte, dreimal höher als jener, den Safet an Mahir gezahlt hatte. Safet zögerte nicht einen Moment. Dank Zijad spazierte er von nun an jeden Morgen zu dessen kleinem Laden und kaufte dort sein Exemplar des *Delo*.

Wozu die Eile, ich kann das niemandem sonst verkaufen, sagte er, wenn Safet schon im Morgengrauen in der Ladentür stand.

Lange wurde Zijad nicht müde zu fragen, warum ihn, den Janez, nie interessiere, was sich hier ereignet, in Bosnien. Mit der Zeit hörte er aber damit auf und nahm nur noch schweigend Safets Geld entgegen und reichte ihm die Zeitung.

So wurden die Todesanzeigen wieder zu Safets Alltag. Die Tage teilten sich in schönere, wenn die Verstorbenen kleine Teile seiner Vergangenheit zum Leben erweckten, und schlechte, wenn die Namen der Toten genauso tot waren wie sie selbst.

Böse und verkehrt, böse und verkehrt, sagte sich Safet oft Nanas Worte vor, wenn er die Zeitungen durchblätterte. Aber je mehr Tod es in den Zeitungen gab, desto lebendiger fühlte sich Safet.

Und dann wollte es ihm eines Tages im Frühherbst, als er in meinem Zimmer in der Mansarde von Nanas Haus saß und aus dem Fenster zum Fluss sah, scheinen, dass er sie wieder fühlte. Die Liebe.

Sie war scheu und leise, aber es war die Liebe. Sofort wusste er, dass sie zurückgekehrt war, und dass er nach fast zwanzig Jahren wieder Mensch war. Ein Mensch, der Liebe und Leid empfinden konnte, Trauer und Sehnsucht.

Von nun an gab Safet jedes Mal, wenn man ihn fragte, wann er geboren sei, zur Antwort, am 25. September, und erinnerte sich an diesen Tag. Die Jahreszahl führte er nie an. Jahre vergingen für ihn schon lange nicht mehr.

3.

Eva Terčon, so war ihr Name. Safet sah ihr direkt in die Augen und fragte sie, warum sie das getan habe, und sie sagte nur, dass die Dokumente keine Gültigkeit mehr hätten. Er sagte ihr, dass er keine anderen habe, und fragte, ob sie ihm neue ausstellen könne. Sie sagte, dazu benötige sie seine Geburtsurkunde. Er fragte, ob sie Witze mache, entweder verfolge sie nicht die Nachrichten, oder sie wisse nicht, was da unten vor sich geht, dass er jedenfalls nicht verrückt sei, wegen einer beschissenen Geburtsurkunde dort hinunterzufahren. Sie sagte, dass sie ihm in diesem Falle offensichtlich nicht helfen könne.

Offensichtlich?! Und was soll ich jetzt offensichtlich tun?

Sie war still. Eva Terčon.

Ich habe Ihnen schon gesagt, was Sie tun müssen, sagte sie, als er das Büro nicht verlassen wollte.

Vom Schalter der Eva Terčon ging Safet zur Post und rief Dane an.

Ich hab's dir ja gesagt, sagte Dane.

Was hast du mir gesagt? Dass sie mir die Papiere ungültig lochen? Hast du mir das gesagt? Oder?, schrie Safet, aber Dane gab keine Antwort.

Safet blieb in der Telefonzelle der Laibacher Hauptpost stehen. Zum ersten Mal im Leben war er ausgetrickst worden. Ihn, der immer das System ausgetrickst hatte, hatte am Ende Eva Terčon ausgetrickst.

Er schämte sich, nach Hause zu gehen, er schämte sich zu erzählen, was ihm passiert war. Er stand an der Bushaltestelle beim Magistrat, die Busse fuhren an ihm vorüber, aber er stieg nicht ein.

Er passierte Plečniks Tromostovje, ging die Miklošičeva hinauf bis zur Polizeistation in der Trdinova. Er lief fast, als könnte er es nicht erwarten, dass man ihn festnimmt und einsperrt. Er marschierte in die Polizeistation, entschlossen, mit allen abzurechnen.

Ich scheiß auf euren Staat, auf den scheiß ich, brüllte er und warf seine durchlöcherten Papiere dem ersten Polizisten an den Kopf, der näher kam. Dessen Kollegen sprangen ihn sofort an und drückten ihn an die Wand. Brachten ihn aber nicht zum Schweigen.

Ihr wolltet euren selbstständigen Staat und musstet dafür meinen kaputtschlagen, ihr Separatistenärsche. Gott gebe, dass ihr jetzt auch selbstständig krepiert, ihr und eure Scheißunabhängigkeit.

Die Polizisten hatten von seinem Geschrei bald genug. Im Gegensatz zu Safets Erwartung sperrten sie ihn aber nicht ein. Sie setzten ihn in ein Auto und brachten ihn bis an die Staatsgrenze.

Der kroatische Grenzbeamte wollte Safets Frau anrufen, aber der wollte ihm nicht die Telefonnummer von daheim geben. Er wollte nicht zurück. Nie im Leben wollte er zurück. Er war entschlossen, vor niemandem und um keinen Preis jemals zuzugeben, was ihm passiert war. Am wenigsten noch vor ihr.

Am 17. November letzten Jahres stand im *Delo* die Todesanzeige von Eva Terčon.

4.

„Eine seltsame Sache sind diese Todesanzeigen", wiederholte Safet, und mein Gedanke war, dass der richtige Ort für seine Geschichte genau hier war, auf dem Friedhof.

Sein verklemmtes Gesicht lockerte sich, seine Mundwinkel verzogen sich nach oben. Aber noch war es weit bis zu einem Lächeln.

Zum ersten Mal, seit wir uns zu Dražens Grab aufgemacht hatten, hob er den Blick, um sich umzusehen. Er machte einen Schritt auf die nächststehende Zypresse zu, zog laut den Rotz auf und spuckte den angesammelten Schleim aus. Noch einmal sah er zum Himmel auf, an dem ein Schwarm Vögel seine Kreise zog, um dann hinter den Baumkronen zu verschwinden. Die wiegten sich im leichten Wind und schüttelten ein paar dürre Blätter von sich, die sich wiegend zu Boden ließen. Danach blieb über uns nur noch ein regungsloses gepolstertes Grau. Aber Safets Blick war noch immer nach oben gerichtet, als wollte er versuchen, zum Blau darüber durchzudringen.

Dann, das Gesicht noch immer nach oben gewandt, marschierte er den Weg weiter, blieb für einen Augenblick stehen, prüfte, ob ich ihm folgte, und ging wieder weiter. Als ich ihn eingeholt hatte und wir wieder nebeneinander gingen, kam es mir vor, als sähe ich in seinem linken Augenwinkel eine tränende Röte. Ich beschleunigte meinen Schritt und überholte ihn, und als ich mich zu ihm umdrehte, war die Röte bereits verschwunden. Safets Augen waren trocken und abwesend. Wieder blieb er stehen.

„Ich weiß, dass es nicht schön klingt, aber ich habe lange auf Aleksandars Tod gewartet. Und auf seine Todesanzeige. Ich wusste, dass ihr ihn einäschern werdet. Ich wusste, dass die Beisetzung hier sein wird. Einige Dinge weiß der Mensch einfach."

Schweigend sahen wir einander in die Augen. Vor mir stand ein Mensch, dem sich die Geschichte gerade zusammengefügt hatte. Safet war mit Aleksandars Tod jener Mensch geworden, der einst von uns gegangen war. Vor mir stand Safet aus dem Jahr 1992. Ein Mensch als Erinnerung.

Wir kehrten auf den Parkplatz zurück, wo Mutter und ich am Morgen das Auto abgestellt hatten. Mutter und Maja warteten schon auf uns.

„Jadran, ich muss dringend nach Ljubljana", sagte Mutter, noch während Safet und ich auf sie zuschritten. Ich nickte und spürte, wie sie aufatmete.

„Es tut mir leid, Safet, aber ich muss wirklich", sagte sie und verwirrte ihn mit ihrer gespielten Freundlichkeit. Er wurde rot wie ein Knabe vor einem Mädchen. Er blieb stehen, mitten auf dem Parkplatz, und für einen Moment war nicht klar, ob er verstanden hatte, dass sich Mutter verabschiedete.

„Bist du mit dem Auto da?", fragte sie ihn.

„Jaja", würgte er hervor. „Dort."

Safet zeigte auf einen grünen VW Jetta, der gut zehn Meter weiter weg geparkt war.

„Er wird mich nach Hause bringen, keine Sorge", sagte er auf Slowenisch und lächelte.

„Wir müssen", sagte ich und reichte ihm die Hand, und er zog mich an sich, drückte mich kräftig und flüsterte: „Pass auf dich auf."

Dann ließ er mich los, fasste mich aber mit beiden Händen an den Schultern und hielt mich fest, um mich noch ein wenig, so aus der Nähe, anzusehen. Als würde er mich nach langer Zeit erst jetzt wiedersehen.

„Alles Gute, mein Sohn", sagte er, diesmal mit Bitterkeit in der Stimme, aber noch immer mit einem Lächeln.

Mutter streckte ihre Hand weit von sich, um ihm nicht allzu nah zu kommen. Safet ergriff sie, und als Mutter sie zurückziehen wollte, ließ er sie nicht los. Er starrte sie an mit dem verschwommenen Blick, mit dem Betrunkene blicken. Und Verliebte.

„Schön, dass du gekommen bist", sagte Mutter, und Safet nickte. Noch immer hielt er ihre Hand.

„Wer hätte gedacht, dass ich euch wiedersehen werde. Aber das Internet ist ein Wahnsinn. Dort steht einfach alles."

Als Safet Mutters Hand losließ und seine Finger noch ein letztes Mal ihre sich zurückziehende Handfläche streichelten, dachte ich, das ist vielleicht der Abschied, den er ihr schuldig war. Er sah in ihr gealtertes, aber noch immer schönes Gesicht und entfernte sich langsam von uns. Dann blieb er noch einmal stehen und lächelte uns ein letztes Mal zu.

Wieder war er uns begegnet, aber nicht hier, auf dem Parkplatz vor dem Zagreber Krematorium, nicht in diesem Augenblick, wo wir Trauernden uns von ihm verabschiedeten. Er war uns dort begegnet, wo wir einmal zusammen gewesen waren, Mutter, er und ich. Unsere Begegnung spielte sich irgendwo in ihm ab, und diese Begegnung war viel schöner als jene, deren Zeugen wir gewesen waren.

„Gute Fahrt", sagte er, wieder auf Slowenisch, und ging zu seinem grünen Jetta. Noch einmal drehte er sich zu uns um, dann setzte er sich ans Steuer.

Kann es dir um einen glücklichen Menschen leidtun, fragte ich mich, als ich ihm zum Abschied winkte.

„Ein Glück, dass Dane nicht mitgekommen ist", sagte Maja, als er losfuhr. Weder Mutter noch ich reagierten.

IX

1.

Als Anja zum ersten Mal fortlief, befanden sich die Sachen in unserer Wohnung noch immer in Schachteln. Es war Ende März, mehr als ein halbes Jahr nach unserem Einzug. Das Gästezimmer, das einmal Markos Zimmer sein würde, war noch immer voll mit ihren und auch meinen nicht ausgepackten Schachteln, Taschen und Plastikbeuteln. Zwischen Bücherstapeln, Kleidern, Strandhandtüchern und Fotoalben lagen überall in der Wohnung noch viele andere Sachen, die später in den Keller gebracht werden würden, aus dem Keller in die Garage und aus der Garage auf den Müll oder zum Schrott, dann, wenn wir beide uns langwierig und mühsam vom bisherigen Leben und vom einstigen Zuhause trennen, Verbindung um Verbindung mit unseren Kindheiten kappen würden.

Vor allem für Anja war das ein langer und anstrengender Übergang, während dem sie unsere neue Freiheit genoss und zugleich fürchtete. Unsere Wohnung war in ihren Augen klein, ein kleiner schwankender Kahn, weit weg vom Ufer. Dieses Bild war abwechselnd romantisch und schrecklich, und Anja wehrte sich unbewusst gegen das endgültige Einnisten. Das Stöbern in den Schachteln nach dem Unterteil eines Trainingsanzugs oder den Lockenwicklern beruhigte sie, sie mochte dieses trügerische Gefühl der Vorläufigkeit.

Monate nachdem wir offiziell in unser eigenes Reich gezogen waren und unsere erste Nacht in der neuen Wohnung verbracht hatten, konnte Anja sich noch immer nicht entscheiden, was für Deckenleuchten oder was für ein Kaffeetischchen sie haben wollte. Von unseren Decken hingen noch immer die nackten Glühbirnen, und vor der Couch stand ein weißer Plastikhocker, auf dem wir die Gläser absetzten und die Fernbedienung ablegten. Meine Nerven wurden vor allem durch das Nachtschränkchen gereizt. Das lag verpackt in einer Schachtel unter unserem Bett, weil sich Anja inzwischen etwas Schwarzes als Kontrast wünschte, der das Weiß des Bettes zerschlagen würde. Meine Bücher, Brille, Telefon und alles, was auf ihm liegen müsste, lag so auf dem Boden und rollte unters Bett und staubte ein und wartete geduldig darauf, dass Anja ihre schwarz-weißen Ideen aufgäbe.

Darüber haben wir nie reden können. Gespräche über die Schachteln waren nur Überleitungen zu ganz anderen Problemen und schlugen rasch um in die Fortsetzung anderer Gespräche über ganz andere Themen. Und wenn ich Anja vorwarf, sich absichtlich dem Einnisten zu entziehen, antwortete sie mit einem Angriff auf mich, der ich nie zu Hause sei und deshalb nicht wisse, wie unangenehm es sei, in so einem großen Raum allein zu sein. Sie wiederholte, dass ich doch wenigstens etwas Verständnis für sie aufbringen könnte, die man zu Hause nie allein gelassen habe.

An diesem Punkt hörten wir gewöhnlich auf, weil wir uns bewusst waren, dass die Grenze erreicht war, hinter der sich ganze Felder unserer Nichtübereinstimmungen auftaten, die aus den Diskrepanzen zwischen dem Aufwachsen des einen und des anderen entsprangen. An dieser Grenze schwiegen wir und warteten, dass die aus unseren Erinnerungen geweckten Bilder erlöschten.

Anja erzählte zwar gern Geschichten aus ihrer Kindheit, während ich seltener über meine sprach, aber beide vermieden wir es, übereinander zu sprechen und vor allen Dingen, übereinander zu urteilen. Wir hatten einen ungeschriebenen Nichtangriffspakt hinsichtlich sensibler Punkte, wobei ihre sensibel waren in ihrer Vollständigkeit, von der Anja nicht erlaubte, dass sie jemand trübte, meine hingegen in ihrer Unvollständigkeit. Meine Beeinträchtigung war heilig und genauso unantastbar. Weil diese Beeinträchtigung ich selbst war.

Schließlich ergab ich mich und ließ es geschehen, dass die Zeit an uns vorüberkroch. Ich sah kein Zimmer voller Schachtel mehr und kein fehlendes Nachtschränkchen. Alles das nahm ich als gegeben hin, als einzig mögliche Form unserer Koexistenz, und bemühte mich, sie liebzugewinnen als etwas Eigenes. Jeden Abend, wenn ich die Füße auf den Hocker vor der Couch legte und ich Anjas Kommentar hörte, dass ich mir das, wenn wir einen richtigen Tisch haben werden, abgewöhnen müsse, fühlte ich mich mit diesem halb abgeschlossenen Einzug wohler und wünschte mir im Stillen, dass er niemals wirklich abgeschlossen sein möge. Als würde ich, ebenso wie Anja, das Provisorium erhalten wollen und mich, ebenso wie sie, fürchten, vollends einzuziehen.

Ich wollte glauben, dass das alles normal ist. Nie zuvor hatte ich in einer eigenen Wohnung gelebt, weder allein noch mit jemand anders, alles war für mich neu und alles war zum ersten Mal und ich dachte, dass unsere Ängste unvermeidlich seien. Alles geht vorüber, sagte ich mir und versuchte die Ruhe zu bewahren, nach der ich, Spross einer unruhigen Kindheit, lange Zeit Sehnsucht hatte. Und die Ruhe stellte ich mir so vor, dass Anja und ich abends auf der Couch sitzen und sie sich an mich lehnt und alles still ist und niemand da ist außer uns beiden und die Nacht vor uns. Ich wusste noch nicht, wie viel Unruhe gerade eine so scheinbare Ruhe in sich bergen kann.

Bis Anja fortlief. Ich erinnere mich, wie ich ihr Telefon an der Wohnungstür auf dem Boden liegen sah und wie ich die Tage und Monate zurückspulte, die wir in der Wohnung verlebt hatten. Sie hat es mit der Angst gekriegt, redete ich mir ein, sie hat vor uns beiden Angst gekriegt. Ich hatte nur den einen Wunsch, dass sie so schnell wie möglich zurückkommt, damit ich sie in die Arme nehmen, sie trösten, sie zur Fortsetzung unseres Lebens ermutigen kann.

Ich ging durch die leere Wohnung und sah die ungeöffneten Schachteln, in denen ihre Sachen darauf warteten, dass jemand sie auf die Regale und in die Schubladen legt, dass sie ihren neuen Platz finden, wo wir sie dann suchen werden. Ich begann sie zu öffnen, zuerst, damit die Zeit verging, dann, weil es mich beruhigte, wenn ich in Anjas Sachen kramte. Ich nahm ihre Arbeitshefte und Lehrbücher in die Hand, Andenken vom Arbeitstisch in ihrem Kinderzimmer, die nie mehr den Weg aus der gelben Kassettenspielerschachtel finden würden, ihre alten Kleider, die sie nie mehr anziehen würde. Ich berührte diese Dinge, als würde ich versuchen, ihr auf diese Weise nahezukommen, einen Weg zu ihr zu finden.

Dann öffnete ich die Schachtel mit den Kinderbüchern. Eines nach dem anderen schlug ich die Bücher aus der *Fünf-Freunde*-Reihe auf, diese seltenen Bücher, die wir beide gelesen hatten, und stellte mir uns beide vor, wie wir jeder an seinem Ende der Stadt auf *Schmugglerjagd* sind und wie wir bei den genauen Beschreibungen des Essens gleichzeitig hungrig werden. Ich legte die Bücher zuerst neben die Schachtel auf den Boden, dann stellte ich sie auf den leeren Regalen auf. Ich öffnete die Schachteln und leerte sie, in jedem Buch blätterte ich und stellte mir die kleine Anja vor, wie sie zum ersten Mal seine Buchdeckel aufschlägt, wie sie zum ersten Mal in die Zauberwelt von Roald Dahl oder William Saroyan eintritt und wie sie die Rufe zum Mittagessen nicht hört, wie sie das Klopfen an der Tür nicht hört, wie sie sagt, *Ich komme gleich,* und nicht den Blick von den Büchern hebt.

Diese Bücher kommen nicht aufs Regal, diese Bücher kommen in den Keller.

Das waren Anjas erste Worte, nachdem sie wieder nach Hause zurückgekommen war. Ich schwieg und wartete, dass sie mir erklärte, wo sie gewesen sei, ich richtete meinen beleidigten Blick auf sie, ich glaubte, dazu alles Recht zu haben. Ich, der ich Todesangst um sie gehabt hatte. Und sie sagte, *Genau das ist das Problem,* schritt an mir vorüber und begann die Bücher in die Schachteln zurückzulegen.

Etwas stimmte nicht in diesem Bild, und ich fasste sie am Arm und zog sie grob vom Bücherschrank weg. Wütend entwand sie ihren Arm meinem festen Griff, rührte sich aber nicht von der Stelle.

Du weißt doch, welche Bücher auf die Regale kommen und welche in den Keller wandern.

Ich erinnerte mich an Anja, die mir erklärt hatte, dass sie ihre Kinderbücher in den Keller bringen werde, damit sie in der Wohnung keinen Platz wegnehmen, bis dahin habe niemand in ihnen zu lesen. Ich erinnerte mich auch an das Kopfnicken, mit dem ich ihr signalisiert hatte, dass es mir egal sei, dass sie tun könne, wie sie es wolle.

Dir ist alles egal.

Das war es. Mir war egal, welche Bücher auf den Regalen stehen würden und von welcher Farbe mein Nachtschränkchen sein würde. Mir war egal, auf welchem Küchenbord der Kaffee und die Tees stehen und auf welchem das Brot liegen würde, mir war egal, welche Bilder im Wohnzimmer und welche im Schlafzimmer hängen würden, mir war egal, wie unsere Schuhe im Schrank verteilt sein würden, mir waren so viele Dinge egal, die ihr nicht egal waren. Aber das bedeute

nicht, dass sie und *wir beide* mir egal seien, versuchte ich ihr klarzumachen, dass mir egal sei, dass wir zusammenleben, dass wir endlich
nur sie und ich sind, dass wir endlich *wir beide* sind.

Aber Anja war das nicht genug. Ihr tat meine Gleichgültigkeit
weh, denn für sie bedeutete dieses *wir beide* nicht nur unsere Körper,
die sich in unserem neuen Bett umfingen, für sie waren *wir beide* auch
unsere in den Schrank geräumten Schuhe, für sie waren *wir beide*
auch das Tischtuch, das sie extra für unsere Wohnung gekauft hatte,
und die farblich abgestimmten Decken, Vorhänge und Handtücher.
Für sie waren *wir beide* auch der Korb, in den wir gemeinsam die Post
legen sollten.

Diesen ovalen Flechtkorb hatte Anja im alten Ljubljana gekauft, in
einem Fair-Trade-Laden, vor Jahren, als wir noch nicht darüber nach-
dachten, irgendwo gemeinsam einzuziehen, aber schon damals mit
dem Gedanken an *unser beider* gemeinsame Wohnung, an *uns beide.*

Aber das würde Anja an diesem Tag noch nicht sagen. Sie würde
vor mir noch nicht zugeben, dass gerade mein Widerstand gegen das
Ablegen der Umschläge und Reklamezettel in diesen Korb, mein Widerstand gegen *uns beide,* sie von mir wegtrieb. Erst viel später sollte
ich erfahren, dass es der Haufen Post, die paar Rechnungen und Reklamezettel, die sie achtlos auf dem Tisch neben dem Flechtkorb ab-
gelegt fand, gewesen war, was sie hatte fortgehen lassen. Die Strom-
rechnungen hatten ihr gesagt, dass es mir egal ist, und vom Gegenteil
hätte ich sie vergeblich zu überzeugen versucht.

Bin zu Hause, stand in der Nachricht, die mir Anja gegen Mittag
schickte. Mutter, Maja und ich verließen gerade das Zagreber Krematorium.

Okay, schrieb ich zurück.

Ich wollte schreiben, dass wir gerade Großvater einäschern und
dass ich sie anrufe, wenn ich fertig bin, aber ich hielt mich zurück.
Zum Glück war mein Wunsch nach Erwiderung der Schläge rasch
verflogen. Ich bin drüber weg, dachte ich und war für einen Moment
zufrieden mit mir. Aber mein *Okay* war so offenkundig passiv aggres-
siv, dass es nur ein Spielen von Anjas Spiel mit anderen Mitteln war.
Von einem Spiel, das wir nie aufhören zu spielen.

Als ich am Abend in die Tür trat, stand Anja am Ende des Flurs.

„Hej."

„Hej."

Ich erkannte ihre Erstarrung. Aber auch Reue wäre nur Spiel gewesen. Ihr Blick war übertrieben bekennend, ihre Augen zu weit offen.

„Wie geht es dir?"

„In Ordnung."

Wir betasteten uns, vorsichtig wie zwei unreife Kinder, die Angst haben, einen Schritt zu weit zu gehen.

„Mutter hat es mir gesagt."

„Ja."

„Mein Beileid."

„Danke."

Ich trat an ihr vorbei, ging mit ihrem Blick auf meinem Rücken auf Markos Zimmer zu und horchte, wann ich hinter mir ihre Schritte hören würde, ihr Näherkommen. Vor der Tür blieb ich stehen.

„Vor gut einer halben Stunde ist er eingeschlafen."

Ich öffnete die Tür und trat an Markos Bett, beugte mich über ihn und berührte mit meinen Lippen zärtlich seine warme Wange. Dann setzte ich mich, auf jedes Geräusch achtend, neben dem Bett auf den Boden.

Ich sah sein schlafendes Gesichtchen und hatte das Gefühl, dass, zumindest für diesen Abend, das Spiel beendet war. Ich saß und horchte auf Markos kaum hörbares Atmen, ich sah seine Lippen, die sich beim Ausatmen öffneten und die Luft hinausließen, die nicht durch seine verstopften erkälteten Nasenlöcher hinauskonnte, die Speicheltropfen, die auf dem Kissen unter seinem Kopf einen immer größeren Kreis beschrieben.

Ich sah ihn an und wurde immer leichter, fast federleicht. Ich wusste, heute Abend will ich nicht Anjas Erklärungen und Rechtfertigungen hören, noch weniger will ich Großvaters Tod und Safets Auferstehung aus dem Ärmel ziehen und damit vor ihr herumjonglieren. Ich wollte ihr nicht auf diese Weise Worte des Bedauerns entlocken.

Ich war mir bewusst, dass alles, was sie von hier fortgetrieben hatte, geduldig auf mich lauerte und dass ich dem nicht entfliehen konnte.

Aber gleichzeitig wusste ich, dass wir mit dem Hervorlocken auch morgen beginnen konnten. Oder übermorgen.

Ich stand auf und trat zu ihr. Sie verstand. Sie lehnte ihren Kopf an meine Brust. Das Spiel war für heute Abend unwiderruflich zu Ende.

Während ich schlief, brachte Anja Marko in den Kindergarten, dann kehrte sie zurück und machte uns Frühstück. Frisches französisches Weißbrot, schräg geschnitten, sodass die einzelnen Stücke mehr länglich waren, Tomaten mit Basilikum und Käseaufstrich.

Ich beobachtete sie, während sie den Joghurt in die Gläser füllte, und dachte, dass wir uns auch heute nicht über ihr Fortgehen unterhalten werden, dass wir auch heute so tun werden, als wäre nichts geschehen. Es war etwas in ihren Bewegungen, etwas Leichtes, fast Hüpfendes. Als würde nichts sie belasten, als wäre es ein ganz gewöhnlicher Freitagmorgen.

Wieder hatte ich sie nicht verstanden.

„Gehst du nicht zur Arbeit?", fragte sie mich.

„Nein, heute habe ich Urlaub", entgegnete ich.

Ich könnte sie dazu bringen zu reden, dachte ich. Es würde genügen, ihr fest in die Augen zu sehen und den Blick nicht abzuwenden. Es würde genügen, ihr zu sagen, dass ich eine Erklärung möchte. Aber auch ich selbst war dazu noch nicht bereit. Ich setzte mich an den Tisch und begann zu essen.

„Ich war kurz auf dem Markt", sagte sie. „Ich dachte, dass ich uns heute Gemüse-Lasagne machen könnte."

Anjas Gemüse-Lasagne war meine Lieblingsspeise, und ich lächelte ihr, den Mund voll frischer Tomate, zu.

„Und wie war es in Zagreb?"

„Interessant."

„Ja? Wie meinst du das?"

„Safet war da."

„Wirklich? Wie? Wie hat er es gewusst?"

„Eine lange Geschichte."

Anja nickte. Sie mochte keine lange Geschichte über Safet hören. Nicht jetzt. Etwas wollte sie mir sagen. Alles das, die Lasagne, ihre scheinbare Leichtigkeit, alles das war nur die Ouvertüre.

„Was ist?"

„In deinem Telefon, wenn du SMS schickst, hast du auch die Funktion *Recently used*, ein Verzeichnis von Nummern, an die du unlängst Nachrichten geschickt hast."

Mich fröstelte bei dem Gedanken an eine Fortsetzung dieses Gesprächs. Aber ich tat so, als wüsste ich nicht, wovon sie spricht. Ich widmete mich dem Frühstück und versuchte den Eindruck zu erwecken, dass ich ihrer unverständlichen Geschichte nur halb zuhöre.

„Ja, und?"

Anja hielt inne. Sie wartete, dass ich mich ergebe. Es schien ihr dumm, weitere Züge nur deshalb zu machen, weil ich nicht zugeben wollte, dass ich mattgesetzt war.

Die Korrespondenz mit Tadeja hatte ich gelöscht, aber die Spur unserer Korrespondenz war geblieben. Als Anja letztens eine Nachricht von meinem Telefon an Jure geschickt hatte, hatte ich sie selbst darauf gebracht. Ich hörte mich selbst, wie ich zu ihr sage: Sieh unter *Recently used* nach. Dort, wo auch Tadejas Nummer zurückgeblieben war.

„Du bist ja klug genug …"

„Und bist du deshalb fort?"

„Nein."

„Warum dann?"

„Du willst mir nicht erklären, warum du die Korrespondenz mit Tadeja M. von deinem Telefon gelöscht hast?"

„Mir schien, dass du sie falsch verstehen würdest."

„Und hast sie gelöscht?"

„Ja."

„Und wie soll ich das jetzt richtig verstehen?"

„Das kannst du nicht."

„Das kann ich nicht?"

„Jetzt ist die Sache nun mal passiert. Jetzt kannst du mir nur aufs Wort glauben."

„Einem, der seine Korrespondenzen mit seinen Ehemaligen löscht?"

„Sie ist nicht meine Ehemalige."

„Was ist sie dann?"

„Sie war nur eine Schülerliebe. In der Grundschule."

„Ja."

„Ich kann dir sagen, was da stand."

„Würdest du wollen, dass ich es weiß, hättest du sie nicht gelöscht."

„Da gab es nichts Besonderes."

„Das werde ich nie wissen, nicht wahr?"

Am Sonntagabend, als wir zerstritten vom Mittagessen bei Miro und Stanka zurückkamen, lagen wir im Bett, jeder in sein ungesagtes Bedauern gehüllt. Unsere Gedanken waren wach, und die Dunkelheit um uns wollte nicht verstummen. Vor dem Schlafen hatte ich sie nicht zur Nacht geküsst und mein Gutenachtkuss nächtigte auf meinen Lippen. Neben ihr liegend sehnte ich mich nach *uns beiden*. Je näher das Unerreichbare, desto schmerzender die Unerreichbarkeit, stellte ich fest. Anja und ich waren füreinander schon lange unerreichbar, jeder war aufgesaugt von seinen Verpflichtungen und Routinen, von kleinen Übelnahmen und nicht beendeten Streitereien, sie von ihrer Arbeitslosigkeit, ich von meiner Ohnmacht, sie daraus zurückzurufen. Ich sah, wie es uns auseinanderzog, ich sah es hier, in unserem Schlafzimmer, in unserem Badezimmer, im Geruch unseres Atems.

Dann raschelte die Dunkelheit. Ihr Arm bewegte sich unter der Decke und berührte meinen, mit dem Finger glitt sie über meinen Oberarm, über den Ellbogen und zum Handgelenk, dann hielt sie auf meinen Fingern inne, betastete ihre Kuppen, als wollte sie prüfen, ob sie zurücktasten, oder ob sie noch da sind. Dann raschelte es wieder, und der Arm reckte sich noch mehr, kam näher und hielt wieder inne. Ich spürte ihre reglosen Finger, fünf kleine heiße Berührungen an meiner Hüfte, die Wärme ihrer Hand zerfloss auf ihr, sie wanderte zum Bauch und über das Bein nach unten. Dann wurden die Finger lebendig. Es kitzelte mich, und sie wusste, dass es mich kitzelt. Sie kannte die Reaktionen meines Körpers auf ihre Berührungen, sie erriet sie im Voraus. Sie hatte es nicht eilig. Es war Nacht, anders als andere Nächte, ohne Schlaf und ohne die Drohung des heraufziehenden Morgens. Ihre Hand konnte langsam zur Innenseite meiner Oberschenkel wandern und bewirken, dass mich der Gedanke an eine Fortsetzung erregt. Sie glitt über meinen Bauch hinauf, zur Brust, und dann wieder hinunter, jetzt ein wenig tiefer als vorher, etwas näher. Sie spielte. Wie lange schon haben wir nicht so gespielt, dachte ich, wie lange schon war die Sehnsucht nicht nur ein unschuldiges Spiel. Sehr lange, zu lange. Ich wartete auf ihre Berührung, ich war schon auf sie vorbereitet, ich war nur noch Wunsch nach ihrer Berührung, aber ich wartete. Ich spielte ein Spiel, das Spiel, das mich zu ihr lockte und sich gegen die Lockung zugleich wehrte. Ich fühlte die Begierde nach ihrem warmen, bebenden Körper, nach Küssen, die sich auf meinen Lippen häuften. Aber ich blieb reglos. Nur meine Atemzüge wurden tiefer, lauter, nur sie verrieten, was sich unter meiner Reglosigkeit abspielte, die aber offensichtlich nicht durchzuhalten war. Aber da zog sich ihre Hand zurück, und unter der Decke begann es lauter zu rascheln. Anja zog sich aus. Ich sah ihren nackten Körper vor mir, wie er sich unter der Decke verbarg. In der Dunkelheit ahnte ich das Lächeln in ihren Augen. Ich folgte ihr und zog mich auch aus, und dann blieb ich wie sie regungslos liegen. Wie zuvor lagen wir einer neben dem anderen, aber wir waren uns näher als je zuvor. Als wären wir einer in den anderen eingeprägt. Ich spürte die Nähe unserer nackten Körper, die sich nur in Gedanken berührten, in flammenden und verspielten Gedanken. Aber auch vorsichtigen, weil unsere Hände vielleicht den Weg zu unseren Hüften und Schenkeln vergessen hatten und weil unsere Finger vielleicht vergessen hatten, wo die Tasten liegen, auf denen man die zärtlichsten Melodien des Genusses spielt. Wieder werden wir ein wenig ungeschickt und ungeduldig sein, wieder werden wir uns gegenseitig überholen und in die Irre gehen, uns verlieren.

Deshalb warteten wir. Wir lagen nur da, nackt und regungslos. Das war der schönste Teil der Nacht, der schönste Teil aller unserer Nächte. Wir lagen nur da und warteten, dass sich einer dem anderen ergibt. Auf dem Körper fühlte ich unsere Berührungen, die Brust, die über die Brust gleitet, unsere ineinander verschlungenen Beine, die Weichheit ihres Halses unter meinen Lippen, das Beben ihrer Haut unter den Fingern, ich hörte ihre Atemzüge, wir küssten uns, und ich war in ihr, und alles um uns verschwand, nur wir zwei lagen da in der Dunkelheit, unter der Decke entflammten unser beider Körper, die sich in dieser Nacht zu einem einzigen vereinigten.

Ich erwachte kurz nach dem Hellwerden. Anja schlief noch, und auch aus Markos Zimmer war nichts zu hören. Ich tastete nach dem Telefon auf dem Boden unterm Bett. Es war halb sieben. Ich drehte mich um zu Anja. Sie war so schön, wenn sie schlief. Die vergangene Nacht hatte sie mir aufs Neue entdeckt, sie noch schöner gemacht. Ich beugte mich zu ihr, hielt mit den Lippen unmittelbar über ihren Wangen inne und verweilte dort, ließ mich von ihrem warmen Atem kosen. Nichts durfte mehr zwischen uns kommen. Keine Arbeit, keine Kündigung, keine Mutter und kein Vater, so nahe müssen wir uns sein, dass zwischen uns kein Platz für nichts und niemand ist. Wieder nahm ich das Telefon in die Hand. Ich öffnete das Verzeichnis der empfangenen Nachrichten. Ich öffnete die Nachrichten, die Tadeja und ich ausgetauscht hatten. Ich las nur die letzte, die sie mir geschickt hatte. *Ich hoffe, dass wir uns bald wiedersehen,* stand dort. Ich löschte sie alle. Es gab nichts in ihnen, was hätte versteckt werden müssen. Aber Tadeja wollte ich nicht mehr in unserem Leben. An diesem Morgen wollte ich alles auslöschen, was nicht Anja und ich waren. Alles außer uns beiden war überflüssig.

„Aber ich bin nicht deshalb fortgelaufen", sagte Anja und beendete das Gespräch über die gelöschten SMS.

2.

Am Samstag, am Tag der Beisetzung, brachte Anja Marko in die Pleteršnikova, dann kehrte sie zurück, um mich abzuholen. Geduldig saß sie im Wohnzimmer, blätterte in den Zeitschriften und wartete darauf, dass ich mich fertig machte. Gewöhnlich trieb sie mich zur Eile an, aber nicht dieses Mal. Etwas Beruhigendes war an ihr, als hätte Aleksandars Tod auch sie beruhigt, das Bewusstsein, dass vor ihr ein bereits vergebener Tag lag, dessen Verstreichen sie nur geduldig abwarten musste.

Wir setzten uns ins Auto und fuhren los. Ich bestand darauf, selbst zu fahren, und Anja widersetzte sich nicht. Als sie sagte, *Ich dachte, dir wär nicht danach,* war ihre Stimme leise, als würde sie ein Gebet sprechen. Ich wollte sie nicht übertönen und antwortete ebenso gedämpft. Als hätte die Beisetzung schon begonnen, sprachen wir sanft und vorsichtig, um mit der Schärfe der Stimme nicht die brüchige Ruhe zu zerstören, die sich auf uns gesenkt hatte.

Irgendwo zwischen Unec und Postojna begann ich Anja davon zu erzählen, wie wir Großvater erwartet hatten, als er aus Ägypten zurückkehrte. Wie in einem vergessenen Lied weckte jedes in der Erinnerung geweckte Bild das folgende, als würde sich eines mit dem anderen reimen.

Ich war neun und zum ersten Mal auf einem Flughafen. Zum ersten Mal sah ich Flugzeuge, wie sie starteten und landeten, zum ersten Mal hörte ich die ohrenbetäubenden Geräusche ihrer Motoren, und zum ersten Mal sah ich, wie sie sie mit sich in den Himmel tragen, wie die Motoren dort oben rasch verstummen und wie sie langsam hinter den Wolken verschwinden.

„Du hast zum ersten Mal ein Flugzeug gesehen? Wann bist du denn zum ersten Mal geflogen?", unterbrach mich Anja.

„Als wir beide nach Berlin geflogen sind", antwortete ich.

„Vorher nie?"

„Nein. Wieso?"

„Nur so. Erzähl weiter."

Der Flughafen war für mich eine Art Lunapark. Ich rannte herum und suchte einen Platz, von dem aus ich ein Flugzeug ganz aus der Nähe sehen, es berühren könnte.

Safet kam mir nach. Wortlos zog er mich mit sich ins Flughafenbuffet. So zog er mich hinter sich her, dass meine Füße über den Boden schleiften. Mutter bestellte mir eine Coca-Cola. Sie sagte, dass ich mit ihnen ruhig am Tisch sitzen müsse. Beleidigt sah ich zur Decke hinauf, zu einem alten Holzflugzeug.

Das ist Eda, das Flugzeug der Gebrüder Rusjan, der beiden ersten Flieger in Slowenien, sagte Safet.

Safet und Mutter unterhielten sich darüber, ob es vernünftiger sei, Großvater den Umstand, dass sich Großmutter im Krankenhaus befindet, schon auf dem Flughafen zu sagen, oder ob man lieber warten solle, bis wir nach Haus kommen, und ich starrte beleidigt zu Eda hinauf.

Ihretwegen würde ich nie ein richtiges Flugzeug sehen. Ihretwegen würde ich nie im Leben fliegen. Aus Trotz. Ich würde Flugzeuge hassen. Und ich würde nie jemanden vom Flughafen abholen.

Mutter und Safet ignorierten mich. Ich konnte ihr Gespräch mithören, obwohl sie sich über Erwachsenendinge unterhielten.

Er wird sofort nach Pula wollen. Bis Pula sind es viereinhalb Stunden Fahrt. Gott weiß, wann wir da ankämen. Die Besuchszeit wird schon längst vorbei sein, und er wird wollen, dass man ihn zu ihr lässt. Er wird den Arzt sehen wollen, sie werden sagen, dass er nicht da ist, du wirst aus der Haut fahren und sie alles heißen, und was dann? Auch wenn sie ihn zu ihr lassen, wird sie schon schlafen. Aber er wird sie nicht wecken wollen. Er wird sie drei Minuten ansehen und rausgehen. Soll er in Ljubljana übernachten, und ich werde ihn morgen früh nach Pula fahren. Wenn wir ihm sagen, dass Jana im Krankenhaus ist, wird er nicht in Ljubljana bleiben wollen. Wir können es hinauszögern. Er wird sie schon von hier aus anrufen wollen. Er hat hier sein eigenes Telefon. Bei einer gewissen Daša. Vielleicht arbeitet sie heute nicht. Wir werden ihm schon auf dem Flughafen alles sagen müssen.

Dann schickten sie mich auf dem großen Bildschirm nachsehen. Dort stand, dass das Flugzeug aus Belgrad gelandet sei. Erfreut waren sie darüber nicht.

„Vesna hatte Angst, dass Jana ihn nicht erkennt", erklärte ich Anja. „Wie sie auch sie nicht erkannt hat."

Dr. Milović hatte Mutter gesagt, dass das normal sei und dass sich Großmutters Zustand wahrscheinlich bessern werde, aber dass die Genesung von ihr selbst abhänge und dass er deshalb nichts versprechen könne.

Alles liegt in … hatte er gesagt und innegehalten. Gottes Hand war ihm nicht von der Zunge gegangen.

„Es liegt immer alles in Gottes Hand", sagte Anja.

„Auch wir beide jetzt?"

„Alles."

Alles liegt in Gottes Hand. Mutter hatte gerade diese unausgesprochenen Worte des Arztes unaufhörlich wiederholt. Es hatte wie eine Diagnose von Großmutters Krankheit geklungen, und alle hatten besorgt genickt und geseufzt.

Das bedeutet, dass sie nichts wissen, hatte sie mir erklärt.

Das bedeutet, dass Großmutter aus den Händen des einen Ignoranten in die Hände eines anderen geraten ist, hatte Safet gesagt.

Wir standen vor der Tür, durch die Leute mit Koffern kamen. Wir warteten auf Großvater, den braungebrannten und lächelnden, den glücklichen, wieder zu Hause zu sein, bereit, ihn unglücklich zu machen. Ich sah ihn als Erster, aber ich lief nicht auf ihn zu. Ich glaubte mich erwachsen benehmen zu müssen.

Großvater wusste sofort, dass etwas nicht stimmte. Er blieb stehen, richtete seinen Blick auf Mutter und wartete.

Jetzt ist alles in Ordnung, sagte sie.

Dann strömte es aus ihr heraus.

Mutter ist gestürzt und hat sich den Arm gebrochen, aber jetzt ist es gut, die Ärzte haben gesagt, dass sie sich bald erholen wird, sie ist in Pula, im Krankenhaus, vorhin habe ich mit ihr telefoniert, sie grüßt dich, sie sagt, du sollst dich ausruhen und brauchst dich nicht zu beeilen, zu ihr zu kommen, dass alles in Ordnung ist, dass du dich ausruhen sollst.

„Damals habe ich Mutter zum ersten Mal lügen gehört", sagte ich zu Anja.

„Und?"

„Ich sah Großvater an und konnte nicht glauben, dass er ihr glaubt, so unglaublich schien mir, dass er ihr glauben könnte, wenn es doch so offensichtlich war, dass sie lügt. Aber er nickte. Er sagte, dass er gern im Krankenhaus anrufen würde, aber Mutter sagte, dass sich dort niemand melden werde, dass die offizielle Arbeitszeit vorbei sei, er wisse doch, wie unsere Krankenhäuser sind, dass niemand das Telefon abhebt, dass wir morgen früh alle zusammen nach Pula fahren werden, dass Safet schon Urlaub genommen habe."

„Ist es nicht interessant, mit welcher Leichtigkeit wir lügen, wenn wir glauben, dass es richtig ist?"

Ich drehte mich zu Anja um, damit sie mir ihre Worte erklärte.

„Erzähl weiter", sagte sie nur.

Großvater fragte nur, wie spät es sei. Es war vier Uhr fünfzehn.

Sie werden dich nicht zu ihr lassen, sagte Mutter. *Der Arzt hat gesagt, dass es für sie das Wichtigste ist, dass sie sich ausruht. Auch du musst dich ausruhen. Jana geht es gut, mach dir keine Sorgen.*

Großvater hörte überhaupt nicht zu.

Ich kann nach Pula fahren, kein Problem, sagte Safet.

Mutter war wie vom Schlag gerührt.

Und was machen wir da? Wir werden erst am Abend ankommen. Und dann werden wir mitten in der Nacht nach Ljubljana zurückfahren? Wir werden …

Safet stoppte sie. Es hatte keinen Sinn, mit Reden Zeit zu verlieren. Vor uns lag ein langer Weg bis Pula.

Wir können auch in ein Hotel gehen, damit ihr nicht zurückfahren müsst, sagte Großvater.

Wir waren noch nie in einem Hotel gewesen.

Das werden wir besprechen, sagte Safet, sammelte Großvaters Koffer ein und marschierte los zum Parkplatz.

„Wann warst du zum ersten Mal in einem Hotel?", unterbrach mich Anja.

„Ich weiß nicht. Auf der Maturareise."

Als wir uns ins Auto setzten, erzählte Mutter Großvater, was mit Großmutter passiert war. „Sie hat ihm nicht gesagt, dass sich Jana, erst zwei Tage, bevor er aus Ägypten zurückkommen sollte, entschlossen hatte, nach Momjan zu gehen. Sie hat ihm nicht gesagt, wie eilig sie es dorthin hatte, wie sie darauf bestand, sofort zu fahren, mit dem Zug, allein, wie sie sich nicht überreden ließ, in Ljubljana zu bleiben."

„Sie ist vor ihm geflüchtet", sagte Anja.

„Vielleicht wirklich."

Mutter sagte Großvater, dass sich Großmutter gewünscht habe, mit dem Zug zu fahren, dass sie im Zug ausgerutscht sei, dass sie sich beim Sturz den Arm gebrochen habe, dass man sie ins Krankenhaus gebracht und ein paar Tage zur Beobachtung dabehalten habe. Für alle Fälle.

Sie verschwieg, dass die Ärzte die Vermutung geäußert hatten, Großmutter könnte einen Gehirnschlag erlitten und im Zug das Bewusstsein verloren haben und gestürzt sein. Sie verschwieg, wie sie in Panik durch das Krankenhaus gerannt war und Dr. Milović gesucht hatte, weil ihre Mutter nicht mehr ihre Mutter war, weil ihr Gehirn nicht mehr arbeitete, weil sie nicht einmal die eigene Tochter mehr erkannte. Sie verschwieg, wie Dr. Milović vergeblich versucht hatte, sie zu beruhigen, dass alles das normal sei. Sie verschwieg, wie sie ihn angeschrien hatte, dass das nicht normal sein könne, dass sie wisse, wie ihre normale Mutter sei, dass ihre normale Mutter ihre Tochter kenne. Sie verschwieg, dass Maja sie aus dem Sprechzimmer ziehen musste, damit sie Dr. Milović nicht an die Gurgel sprang. Sie verschwieg, wie Maja und sie einander auf dem Krankenhausflur angeschrien hatten, *Begreif doch, Vesna, sie hatte einen Gehirnschlag, sei froh, dass sie überhaupt noch lebt! Hörst du dich überhaupt, was du sagst, Maja? Bist du auch durchgedreht? Seid ihr alle durchgedreht?*

„Haben sie sich damals zerstritten?", fragte Anja.

„Nein, das war später. Wegen Safet. Und Dane."

„Und das mit Großvater?"

„Das war nur das Tüpfelchen auf dem i."

Während der Fahrt erzählte mir Großvater ein ganzes Märchen von Ägypten, von den Pyramiden, von den Pharaonen und den Kamelen, von der schönsten Stadt auf der Welt, von der keiner das Ende kennt und durch die der größte Fluss der Welt fließt, von einer Stadt voll der herrlichsten Paläste und Moscheen, und von den Frauen darin, die lange schöne Kleider tragen, die ihre Füße verbergen, sodass es scheint, als schwebten sie durch die Straßen.

Als wir ins Krankenhaus kamen, war es draußen schon dunkel, und der Empfangsschalter war unbesetzt. *Komm, was wartest du, gehen wir zu ihr,* sagte Großvater zu Mutter und marschierte zum Treppenhaus. *Sie denken doch wohl nicht, dass ich warten werde, bis sie ihren Kaffee getrunken haben,* sagte er, worauf ich laut lachte. Aber drei empörte Blicke ließen mich sofort verstummen.

„Ich denke, dass ich in diesem Augenblick angefangen habe, Krankenhäuser zu hassen. Weil es ungehörig ist, in ihnen zu lachen. Seit damals frage ich mich, ob das Lachen die Menschen auch anderswo auf der Welt so sehr kränkt wie bei uns. Oder ob nur wir so argwöhnisch sind Menschen gegenüber, die lachen."

„Das kommt daher, weil wir öfter jemanden auslachen als anlachen", sagte Anja.

An uns gingen Krankenschwestern vorüber und drehten sich verwundert nach uns um, aber wir sagten nichts und setzten unseren Weg zu Großmutters Zimmer fort. Mutter hielt vor einer Tür, fasste an die Klinke und blieb stehen. Großvater fragte *Ist sie hier?* und ging, ohne die Antwort abzuwarten, schon hinein.

„Bis zu seinem Tod hat er geglaubt, dass alles das nur deshalb passiert ist, weil er nach Ägypten gegangen ist."

Mutter kam als Erste aus dem Zimmer heraus. Als sie die Tür hinter sich schloss, bemerkte ich, dass ihre Hände nicht mehr zitterten.

Sie hat ihn erkannt, flüsterte sie uns zu.

Großvater kam kurz nach ihr heraus. Verändert. Er blickte zu uns, drehte sich aber sofort um und marschierte weg, zum Ende des Flurs. Mutter wollte ihm nachgehen, aber Safet hielt sie zurück.

Lass ihn.

Großvater blieb unweit von uns stehen. Sein Gesicht hatte er zur Wand gekehrt, als wollte er jeden Moment gegen sie anrennen. Ich hatte Angst, dass etwas Schreckliches passieren werde.

„Bis dahin hatte ich ihn nie weinen sehen. Niemand hatte ihn weinen sehen. Vielleicht hat er an diesem Abend zum ersten Mal im Leben geweint."

Großvater hat nie wieder aufgehört zu weinen. Nur an Tränen hat es ihm gemangelt.

Zwanzig, vielleicht dreißig Kilometer fuhren wir in völliger Stille. Die Tourismussaison ging dem Ende entgegen, die Straße zum Meer war leer, und rasch näherten wir uns Momjan. Als ich in Koper von der Autobahn abbog, kramte Anja in ihrer Handtasche und suchte ihren Reisepass, als wollte sie sich ablenken. Dann blieb sie mit dem Reisepass in den Händen und der Tasche im Schoß sitzen, obwohl uns bis zur Grenze noch mindestens fünfzehn Minuten Fahrt erwarteten.

„Erinnerst du dich, als wir das erste Mal nach Momjan gefahren sind? Als du mich deiner Großmutter und deinem Großvater vorstellen wolltest?"

Ich nickte. Das ließ sich nicht vergessen. Ich brachte Anja nach Momjan, um sie in der Rolle des liebevollen Enkels zu bezaubern. Ich sah schon, wie sie bewundernd Großvaters aufopfernde Sorge um seine Frau beobachtet, die nicht mehr bei ihm ist, obwohl sie neben ihm sitzt und den Kaffee trinkt, den er ihr gekocht hat. Ich sah Anja, wie sie gerührt ihre Rituale beobachtet und verschämt ein oder zwei Worte sagt, ich sah sie, wie sie etwas so sehr mir Gehörendes liebgewinnt, wie sie mein zweites Heim liebgewinnt und die beiden herzigen Alten darin.

„Es war nicht der richtige Moment", sagte Anja.

Das war es wirklich nicht. Obwohl sich Großvater über unser Kommen gefreut hatte. Er hatte sich erlaubt, neugierig zu sein, als er nach Anja fragte, und es kaum erwarten können, sie kennenzulernen. Jadrans erste ernsthafte Freundin, sagte er zu ihr, und betonte das Wort *ernsthaft*, als wäre es selbstverständlich, dass ich vor Anja einen Haufen nicht ernsthafter Mädchen hatte. Als er mich nach Anja fragte, hatte er kindisch gekichert. Ihn amüsierte, dass der Rotzbengel, der durch seinen Garten gestrolcht war, eine Freundin hatte.

Aber dieser kichernde und neugierige Großvater Aleksandar war nicht der Großvater Aleksandar, der Anja und mich in Momjan erwartete. Nein, dort öffnete uns ein alter Mann mit finsterem Blick die Tür, der uns ungeduldig die Hand gab, als wären wir gekommen, den Stromzähler abzulesen, und uns gleich an der Tür sagte, wir sollten uns setzen. Dann sammelte er sich für einen Augenblick und fragte Anja, ob sie nach der langen Fahrt müde sei. Aber dann verschwand er und ließ uns im Flur allein zurück.

„Alle diese Wegweiser", sagte Anja.

Das Haus war voll mit ihnen. Im Flur klebte einer am Stromkasten, ein zweiter an der Tür. Das waren weiße A4-Blätter mit einem gezeichneten Pfeil und der Aufschrift „WC". Jemandem wiesen sie offensichtlich den Weg zur Toilette, aber mir ging nicht sofort auf, wer dieser Unbekannte sein könnte.

„Weißt du, dass ich dachte, die seien für mich?"

„Vermutlich warst du auf alles vorbereitet."

Im Wohnzimmer sahen wir Großvater, wie er mit Klebeband einen Wegweiser an den Garderobenschrank klebte. Sein Blick fing meine Verwunderung auf, und er lächelte uns zu, dann widmete er sich weiter dem Wegweiser. Erst als der auf der Holzfläche fixiert war, drehte er sich wieder zu uns um.

Sie irrt wie eine Mondsüchtige herum, so als wäre sie nicht im eigenen Haus. Sie hat in die Speisekammer gepinkelt, sie hat sich verlaufen und ... Scheiße!

Er hatte Anja und die Sprache vergessen, die auch sie verstand. Aber auch mir schien es nicht für mich gedacht, was er sagte. Er warf die Worte durch den Raum, zornig oder beleidigt oder was immer er war, und ich lächelte ihm zu, Anja zuliebe wollte ich, dass es wie ein Scherz aussah.

Aber Großvater verriet das alles, und Anja wollte mein Lächeln nicht teilen, sondern starrte erschrocken auf diesen unfreundlichen Alten, der offenbar glaubte, dass sein Haus ein Flughafen voller Passagiere mit vollen Blasen ist.

Setzt euch doch bitte. Jadran, gib Anja etwas zu trinken, sie ist sicher durstig, ich werde sofort Kaffee kochen, sammelte sich Großvater für einen Moment.

„Vielleicht war das der Tag, als sie von ihm fortging", sagte Anja.

„Ich würde sagen, dass sie jeden Tag aufs Neue von ihm fortging."

Großmutter erkannte mich nicht. Sie wartete, dass wir uns vorstellten und ihr sagten, was wir von ihr wollen. Ich wollte sie umarmen, aber ich erschreckte sie nur. Anja bot ihr die Hand, und Großmutter ergriff sie, ließ sie aber nicht los. Sie hielt sie fest, und ihr Blick fragte stumm. Anja sagte zu ihr, dass sie meine Freundin sei, dass es sie freue, dass sie sich kennengelernt haben, dass sie die Großmutter ihres Freundes habe kennenlernen wollen, aber Großmutters Augen hörten nicht auf zu fragen. Sie saugten Anja und ihre Worte ein, aber sie blieben leer, und Anja verstummte schließlich. Sie hatte Angst vor der Frau, die irgendwo hinter ihren Augen versteckt war, vor dem Körper, der sie immer näher an sich heranzog. Zum ersten Mal war sie in der Nähe einer senilen Person, und ich stand nur daneben und wartete, dass Großmutter etwas sagt, dass sie sich wieder ähnlich wird.

Das ist dein Enkel! Und seine Freundin! Begrüße sie, sie sind aus Ljubljana zu dir gekommen, sag ihnen etwas, Himmel, Arsch und Zwirn!, hörte ich hinter meinem Rücken Großvaters beleidigte Stimme.

Will nicht!

Es kam aus ihr, aber es war nicht ihre Stimme. Jemand anderer sprach da, jemand Schroffer und Grimmiger. Großmutters Augen füllten sich wieder, aber nicht mit ihr. Ein tödlich beleidigtes kleines Mädchen starrte Großvater wütend an, und er erwiderte ihren Blick ebenso kühl.

Dass du nur nicht zufällig ..., fauchte er zurück.

Will nicht!

So scharf und schneidend, als sollte das Wort ihn beißen. Und er zu ihr *Nicht doch!,* und sie zu ihm *Will nicht!,* und er zu ihr *Nicht doch!,* und sie zu ihm *Will nicht!,* und *Nicht doch!* und *Will nicht!,* und da erst durchfuhr es mich, dass ihre Sprache ja doch das Slowenische gewesen war. Miteinander hatten sie nie *naški* gesprochen, die Sprache, die sie jetzt als Mauer zwischen sich errichtet hatten und über die sie hinwegschrien.

Schließlich drehte sich Großvater doch zu uns um. Er flüsterte, damit ihn Großmutter nicht hörte.

Sie hat uns alle vergessen, die Ärmste, sagte er mit einer Stimme voller Erbarmen.

„Das ganze Haus hatte er mit Wegweisern beklebt, sogar auf die Tiefkühltruhe in der Speisekammer hatte er einen geklebt, erinnerst du dich?"

Ich lächelte ihr zu, obwohl es nicht komisch war.

X

Ich bin okay, sagte sie.

Das wiederholte sie mehrmals, bevor sie ihn fragte, wie die Reise gewesen sei. Er sagte, dass er einen ruhigen Flug nach Belgrad gehabt habe, aber dass er auf dem Belgrader Flughafen lange habe warten müssen und sich dort zu Tode gelangweilt habe, weil er keine Dinar hatte, um sich eine Zeitung zu kaufen, und auf Gespräche mit Unbekannten konnte und mochte er sich nicht einlassen.

Du bist alt geworden, sagte sie zu ihm.

Mein kleines Meislein, erwiderte er.

Sie wollte noch etwas sagen, aber er legte den Finger auf den Mund.

Schlaf jetzt. Wir reden morgen, sagte er, beugte sich zu ihr und küsste sie auf die Stirn.

Er küsste sie nicht auf den Mund. Als er aus dem Zimmer trat, dachte er, dass das wohl etwas zu bedeuten habe. Und dann übermannte es ihn. Draußen auf dem Flur war er eingekreist, und zu Jana konnte er nicht zurück. Mit ihr durfte er die Tränen nicht teilen, mit uns konnte er es nicht, und so ging er den Flur hinunter, wo nichts war, nur ein Fenster, und sah hinaus auf den Parkplatz. Dort weinte er, und wir sahen ihm zu. Aber wenigstens nicht sie.

Aus dem Krankenhaus wollte Jana nicht zurück nach Ljubljana. Sie bestand darauf, nach Momjan gebracht zu werden, obwohl das keinen Sinn hatte, denn sowohl Mutter als auch Maja waren in Ljubljana und konnten nur am Wochenende nach Momjan kommen. In Ljubljana waren auch die Ärzte näher, und Safet oder Dane konnten sie zu den Untersuchungen fahren. Vor allem aber musste Aleksandar nach Ljubljana zurück, denn nach seiner Rückkehr aus Ägypten hatte er nur vierzehn Tage Urlaub bekommen und wurde bereits an seinem neuen Arbeitsplatz erwartet.

Aber Jana hatte sich entschieden. Den Krankenstand wolle sie weit weg von allen verbringen, sagte sie. Vesna war drauf und dran, sie mit Gewalt nach Ljubljana zu bringen, und warnte auch Safet, ihr bloß nicht zu widersprechen. Aber das brauchte er nicht, denn das tat Aleksandar. Sein Wort war das letzte, und sein Wort brachte ihn und Jana nach Momjan, wo sie die letzten zwölf Jahre geduldig auf ihr Ende warten sollte.

Aleksandar zog am Ende seines Urlaubs zurück in ihre gemeinsame Laibacher Wohnung und blieb wieder allein. Nach Momjan fuhr er anfangs jedes Wochenende, oft schon donnerstagsabends, dann aber seltener, manchmal nur einmal im Monat.

In dem Jahr, bevor er in Pension ging und endgültig in seinen kleinen istrischen Ort zu Jana zog, sahen wir ihn eher selten, als würde er uns aus dem Weg gehen. Er erschien auf Geburtstagsfeiern, setzte sich unhörbar dazu und ging unbemerkt. Uns Kindern lächelte er zu und streichelte uns über das Haar, obwohl wir dafür schon zu alt waren.

Er war wieder schlecht gelaunt, sagte Safet am nächsten Tag gewöhnlich.

Er spielt den Beleidigten, sagte Vesna, *er ist beleidigt wegen Ägypten, er ist beleidigt wegen Jana, er ist beleidigt, weil er hier ist und sie dort, will aber nicht darüber sprechen, er will gar nichts.*

Mein Gott, ich scheiß auf sein Beleidigtsein, sagte Safet.

Ich weiß nicht, ob jemand sein Beleidigtsein verstanden hat, dieses Gefühl des Besiegtseins, dem er sich überlassen hatte und das sogar stärker war als seine Sehnsucht nach Jana, mit der er aus Kairo zurückgekehrt war. Er war als ihr Brautwerber nach Hause gekommen, und Jana hatte ihn abgewiesen, sie hatte ihn zurückgestoßen.

In Ljubljana war er deshalb ebenso einsam, wie er es in Ägypten gewesen war. Er fuhr zu ihr, kehrte aber noch bedrückter zurück. Das Unvermögen dieser kurzen Tage, seine großen Erwartungen zu erfüllen und den Raum, den das Jahr in Kairo zwischen ihnen aufgerissen hatte, zu füllen, machte ihn jedes Mal aufs Neue fertig, und wenn er sonntagabends auf dem Weg nach Ljubljana war, quoll es in ihm über. Zum ersten Mal im Leben war er voller Zorn. Zornig wachte er auf und zornig legte er sich schlafen. Er geriet mit allen in Streit, mit den Verkäuferinnen im Geschäft, mit den Sekretärinnen, die für ihn die Telefone abnahmen, mit den Angestellten hinter den Schaltern, mit uns.

Warum verfolgt der Mann die Frau?, fragte Jana, als sie eines Sonntagvormittags vor dem Fernseher saßen.

Er machte den Fernseher aus, stand auf und ging ins Freie. Er ging und ging, aber der Zorn ließ nicht nach, er dachte an den Mann, der die Frau verfolgt hatte, und versuchte einen Grund zu finden, aus dem jemand seine einfachen Motive nicht verstehen sollte. Aber er fand nur den, den er nicht mochte. Er ging und ging und fühlte in den Händen das Bedürfnis, auf etwas oder auf jemanden einzuschlagen, er überlegte, ob er jetzt, wenn er ihm begegnete, Mihelčič schlagen oder ob er ihn umbringen würde, er erschrak vor den eigenen Gedanken und sagte sich, dass das nur das Leben ist, nur das Alter, dass es einfach so kommt, dass jemand plötzlich nicht weiß, warum der Mann in dem Film, den man gerade sieht, die Frau verfolgt, dass das nichts zu bedeuten hat, dass sie beide nur Zeit brauchen, aus den Augen, aus dem Sinn, murmelte er und ging weiter, sie müssen sich nur aneinander gewöhnen, denn sie sind der eigenen Nähe entwöhnt, nur das ist es.

Am nächsten Wochenende wagte er sich nicht nach Momjan. Er blieb in Ljubljana und dachte an den Mann, der die Frau verfolgt hatte. Er erinnerte sich, wie er sie neulich beobachtet hatte, wie sie ein Buch las, und wie er gewartet hatte, dass sie die Seite umblätterte. Ihre Augen waren zum Stillstand gekommen, als hätte sich ihr Blick zwischen den Buchstaben verloren. Es vergingen Minuten und noch mehr Minuten, aber sie blätterte die Seite nicht um. Dann schloss sie das Buch, strich zärtlich über den Einband und sah zu ihm. Sie schien überrascht, ihn zu sehen.

Am Tag zuvor waren sie in der Stadt gewesen. Sie hatte nicht selbst fahren wollen und darauf bestanden, dass er fuhr.

Was ist?, fragte sie ihn, als sie sein enttäuschtes Gesicht sah.
Nichts.
Ich habe keine Angst. Nur mag ich heute nicht.
Was machst du, wenn ich nicht da bin?
Es geht schon.

Er wusste, dass sie sich nie mehr ans Steuer setzen würde.

Sie fuhren in völliger Stille. Er begann keine Gespräche mehr, sie sollte das Thema und den Zeitpunkt wählen, wann sie reden, wann sie ihm sagen würde, wie sie sich fühlt oder was sie beschäftigt. So viel Ungesagtes gab es, aber sie schwiegen, als hätten sie Angst vor dem, was sie nicht voneinander wussten.

Wolltest du in der Stadt spazieren gehen?, fragte er sie, als er vor dem Geschäft parkte, aber sie schüttelte den Kopf.

Sie wollte keinen Menschen begegnen. Auch ins Geschäft wollte sie nicht, aber er stimmte sie um, er bat sie mitzukommen, er sagte, dass er es leid sei, allein herumzulaufen. Er versuchte sich einzuschmeicheln, aber so viel Mitgefühl brachte sie nicht auf.

Brauchst du keine Suppenwürfel?, fragte er sie.

Sie nickte. Sie stand vor dem Regal.

Warum nimmst du sie dann nicht?

Sie nahm die Suppenwürfel und warf sie in den Einkaufswagen. Willenlos ließ sie geschehen, dass sie ihr aus der Hand fielen. Er gab es auf und begann die Sachen aus den Regalen zu nehmen, sie fragte er nur, ob es die richtigen waren. Sie nickte oder schüttelte den Kopf, und so bewegten sie sich, zwei stumme alte Menschen, schweigend durch das Geschäft.

Haben wir etwas vergessen?, fragte er, als sich der Wagen gefüllt hatte. Sie zuckte mit den Achseln, und er schob den Wagen zur Kasse.

Nevena breitete die Arme aus, und Aleksandar und sie umarmten und küssten sich. Lange haben sie sich nicht gesehen, ja, er ist zurück, einen guten Monat ist es her, ein Jahr ist er dort gewesen, es war heiß, schön, aber heiß, und vor allem zu lange. Zum ersten Mal hörte ihn Jana über Ägypten reden, das Reden schien ihm gutzutun. Mit den Ägyptern kommt man gut klar, sagte er. Man braucht nur Zeit, manchmal sehr viel Zeit, denn sie vertrauen nur der Zeit, nicht den Menschen, nein, erklärte Aleksandar Nevena und musste sogar selber lachen.

Und du hast ihn allein zu den Pyramiden fahren lassen?, drehte sich Nevena zu Jana um.

Glaubst du, dass ich da mitbestimmen durfte?, entgegnete Jana. Nevena lud sie auf einen Kaffee ein, aber sie sagten, sie müssten nach Hause.

Wie heißt sie?, fragte Aleksandar, als sie nach Hause fuhren.

Wer?

Die Frau an der Kasse, wie heißt sie? Ich kann mich nicht erinnern.

Er wusste ihren Namen, Nevena Šergo, die Zahnärztin, ihre alte Freundin. Aber er dachte, dass Jana leichter zugeben würde, sie nicht erkannt zu haben, wenn er so täte, als könnte er sich an ihren Namen nicht erinnern. Aber Jana gab keine Antwort. Sie drehte sich nur zur Seite und ließ es geschehen, dass seine Frage langsam im Motorenlärm verhallte.

Und dann saß er wieder allein in der Wohnung an der Bratovševa ploščad und sah Mihelčič vor sich, wie er Wort für Wort wiederholte, dass sich jemand für die Benedejčičs interessieren könnte, dass einen Journalisten die Geschichte über den alten Benedejčič bestimmt interessieren würde. Vielleicht könnte es jemanden interessieren, warum seine Tochter den Nachnamen ihres Vaters so gernhat, setzte Mihelčič noch nach, wegen solcher Geschichten kann einer plötzlich ohne Pension und noch anderes dastehen, sagte er mit einem Grinsen, und in Aleksandar wuchs der Wunsch, sich auf ihn zu stürzen, über den Tisch, ihn am Hals zu packen und seinen qualligen Kürbis gegen die Wand zu schleudern, ihn zu Boden zu schlagen und mit Fußtritten zu traktieren, bis er sich nicht mehr rührt und aus seinem dreckigen Mund das dreckige Blut fließt, wie es das in den Filmen tut. Dann sah Aleksandar sich selbst, wie er Mihelčič regungslos gegenübersitzt und fleißig nickt und in Gedanken schon nach Kairo übersiedelt, er sah sich, wie er sich einredet, dass es so besser sei und es keinen Sinn habe, sich zu widersetzen, denn im Kampf mit der Niedertracht kannst du nicht gewinnen, solche gewissenlosen Kerle lässt man besser vor, sagte er sich, sollen sie gehen, sollen sie erniedrigen, sollen sie mit Schmutz bewerfen, sollen sie Angst einjagen, sollen sie vernichten. Dann richtete er sich in Gedanken wieder auf und stürzte vor, in diese verpestete Nichtigkeit, er presste die Fäuste und fühlte, wie er sie in das Gesicht dieses rohen Menschen schlägt, wie er ihn verunstaltet und wie er den unkenntlich Gewordenen in einer roten Pfütze liegen lässt. Aber dann ging die Tür des Büros auf und andere Mihelčičs kamen herein, alle gleich tückisch, alle mit den gleichen farblosen Augen,

Aleksandar prügelte auch auf sie ein, einen nach dem anderen schlug er zu Boden, aber durch die Tür kamen immer neue und wieder neue, alle voll des gleichen Hasses, in ihm uniformiert wie eine Armee, zu viele waren es, und ihm fehlte es an Kraft, seine Schläge wurden immer schwächer, immer mehr Mihelčičs blieben auf den Beinen.

Jana blieb in der Küche stehen, als hätte sie mitten in ihrem Auftritt auf Pause gedrückt. Sie sah zum Küchenbord, zum Herd, sie bat das Geschirr auf den Regalen, ihr zu sagen, was sie hier sucht, aber alles in der Küche hüllte sich in Schweigen.

Was suchst du?, fragte er sie.

Ich habe es gefunden, antwortete sie.

Aus der Küche kam sie mit leeren Händen, und er dachte, dass ihn noch nie eine kleinere Lüge so geschmerzt habe.

Dann kam sie mit dem Wäschekorb ins Schlafzimmer.

Was willst du damit?, fragte er sie.

Was glaubst du wohl?, sagte sie und blieb stehen.

Er ging hinter ihr her in den Hof und half ihr die Wäsche aufhängen. Er ließ es zu, dass sie über seine Ungeschicklichkeit lachte, über seine Finger, die das zum Knäuel verknautschte Hemd nicht zu glätten wussten.

Ihr Lachen tröstete ihn, ihn tröstete, dass sie beide so taten, als wäre alles normal. Dass es normal ist, dass sie die Wäsche im Schlafzimmer aufhängen möchte, dass das jedem passieren kann.

Er hielt es nicht länger aus. Er wusste nicht mehr, wie er ihr aus dem Weg gehen sollte. Von überall her sah er sie, wie sie regungslos an ihrem Bett steht, in den Händen den Korb mit der Wäsche, und ihn ansieht.

Er rief Vesna an und bat sie, sich mit ihm zu treffen. Wir kamen zusammen in den Maximarket, Mutter und ich, auf ein Stück Torte, mit Großvater, der mich zur Begrüßung viel zu stark in die Backe kniff. Er konnte schlecht verhehlen, dass ich für ihn überflüssig war. Ich war für ihn nicht alt genug, um das zu hören, was er zu sagen hatte. Mit einem Blick versuchte er Vesna zu sagen, sie solle mich irgendwohin schicken. Aber sie wollte ihn nicht verstehen.

Was haben dir die Ärzte in Pula gesagt?

Noch bevor sie ihm antworten konnte, fuhr er fort.

Mich interessiert nicht, was sie über ihren Arm gesagt haben, mich interessiert, was sie über ihren Kopf gesagt haben.

Jetzt sah Mutter mich an, und ich Großvater, und er wusste nicht mehr, wohin er schauen sollte. Er konnte weder Mutter noch mich mehr ansehen.

Was ist mit ihr noch passiert, als ich nicht da war?

Nichts ist mit ihr passiert. Nur das.

Was?

Der Arm.

Und der Kopf?

Wieso Kopf?

Was ist mit ihrem Kopf passiert?

Wie meinst du das?

Vesna!

Was ist?

Bitte, antworte auf meine Frage.

Der Arzt hat nichts gesagt.

Und wer hat was gesagt?

Die Schwestern haben etwas gesagt. Aber der Arzt hat das nicht bestätigt.

Was haben die Schwestern gesagt, Vesna?

Dass sie vielleicht gestürzt ist, weil sie einen kleineren Gehirnschlag hatte und deshalb das Bewusstsein verloren hat. Aber die Ärzte haben das nicht bestätigt.

Da brauchen sie doch nichts zu bestätigen.

Wir saßen schweigend da. Als die Kellnerin meine Torte brachte, nahm Aleksandar die Weichselkirsche auf dem Sahnehäufchen und steckte sie sich in den Mund, wie er es immer getan hatte, als ich noch klein war. Er hatte vergessen zu fragen, ob ich inzwischen vielleicht doch schon Obst esse. Dann griff er nach meiner Hand und zog mich zu sich.

Ich werde in Pension gehen, sagte er.

Ich muss bei ihr sein. Jemand muss es. Nächsten Monat gehe ich.

Noch immer hielt er meine Hand. Er führte sie an sein Gesicht, küsste sie und ließ sie los.

Ich geh zahlen, sagte er.

Er stand auf und ging zur Theke. Aus der Innentasche seines Jacketts zog er seine längliche lederne Brieftasche, entnahm ihr einen fast gebügelt glatten Geldschein und legte ihn auf die Theke. Von weitem war er noch immer elegant anzusehen. Als er zum Tisch zurückkehrte, beugte er sich über mich und küsste mich aufs Haar.

Komm nach Momjan, Jadran. Großmutter wird sich über dich freuen und wird dir Pflaumenknödel machen.

Ich hatte einen vollen Mund und konnte ihm nur zunicken.

Als er einen Monat später nach Momjan fuhr, war er schon in Pension. Es war Herbst, und der Himmel war verhängt. Bleierne Wolken lasteten auf den Baumkronen, und nebliger Sprühregen nässte den Straßenbelag. Der Blick aus dem Auto war das Abbild seiner Gefühle. Alles um ihn herum war eingesunken, und er war in sich eingesunken. Die spätsommerliche Wehmut zog sich in den Herbst hinein und brachte eine Ahnung vom Ende. Ihm war, als würde er direkt in dieses Ende hineinfahren, mit jeder Kurve kam er ihm näher, blieb sein Leben weiter hinter ihm zurück. Sein Leben war gelebt. Er hatte an Luft eingesogen, was sich hatte einsaugen lassen, und jetzt blieb ihm nur noch ein langes, schmerzliches Ausatmen. Mit ihr, die nicht mehr sie war. Immer langsamer fuhr er und verlängerte so seinen Weg bis zum Ziel. Er wollte nirgends mehr ankommen. Er wollte niemandem mehr begegnen. Für einen Moment wünschte er sich, dass auch sie nicht da wäre und dass ihn in Momjan ein leeres Haus erwartete, in dem er verschwände. Wenn sie, seine Jana, dort wäre, wäre es vielleicht anders, aber die, zu der er fuhr, war nicht sie. Vor ihr hatte er Angst, weil sie nicht verstand, was er sagte, weil sie nie etwas sagte. Er konnte sich nicht an ihren Blick gewöhnen, den er nicht lesen konnte. Es war der Blick des Vergessens. Wie viel hatte sie ihn schon vergessen, wie viel wird sie es noch? Wie viel von ihnen beiden ist überhaupt noch hinter diesem Blick geblieben, jetzt wo es in ihrem Leben nichts mehr gab außer ihnen beiden. Nichts, nur noch sie beide, sie mit ihm und er mit ihr. Und jetzt verschwindet auch das irgendwo in ihr, bis es völlig verschwunden sein wird und sie und er nur noch für ihn existieren. Was für eine schöne, traurige Vorstellung.

Die ersten Monate in Momjan folgte er ihr häufig durch das Haus, zuerst heimlich, dann nicht mehr. Er beobachtete sie, wenn sie das Bettzeug wechselte, wenn sie Blumen umtopfte, wenn sie Radionachrichten hörte, wenn sie Staub wischte, wenn sie das Mittagessen zubereitete. Er ging ihr nach, sah sie an und vermisste sie. Er vermisste sie und sie beide, wie sie einmal gewesen waren. Er vermisste sie auch, wenn er unmittelbar neben ihr stand, wenn sie ihn ungewollt berührte. Und wenn sie ihn fragte, ob alles in Ordnung sei, antwortete er, dass ihm nur etwas langweilig sei, und sie tröstete ihn, dass er sich daran gewöhnen werde.

Wie in den heißen ägyptischen Nächten sehnte er sich wieder nach ihr, nach ihrem geträumten Bild, so anders als das Bild der Frau, die sich jetzt mit ihm ins Bett legt und zu ihm sagt, er solle sich sofort auf die Seite drehen, damit er nicht auf dem Rücken einschläft und schnarcht, so anders als das Bild der Frau, die vor ihm aufsteht und ihn mit ihrem Hüsteln weckt, so anders als das Bild der Frau, die, anstatt ihm einen *Guten Morgen* zu wünschen, sagt, dass der Spülkasten in der Toilette nicht funktioniert.

Er sehnte sich nach ihr, die es nicht mehr gab, und folgte ihr vergeblich. Vergeblich hoffte er, dass sie sich endlich doch so zu ihm umdreht, wie er sie auf seinem schweißgetränkten Lager geträumt hat, die sandige Kairoer Luft einatmend. Er sehnte sich nach der Selbsttäuschung, die er hier vergeblich suchte, in seinem Haus in Momjan.

Die Sehnsucht erschöpfte Aleksandar und ließ auch seine Wut ermüden. Jetzt vergingen die Tage, ohne dass er an Mihelčič dachte. Sein Blutdurst wurde hohl und gestaltlos, der Wunsch nach Rache verging, es blieb nur noch der Gedanke, der kam und verging. Aber zugleich mit der befriedenden Gleichgültigkeit meldete sich die Angst abzustumpfen, dass ihn nichts mehr aufregt, nichts mehr betrübt und nichts mehr freut, dass er nie mehr wirklich lebendig sein wird.

Auch deshalb klammerte sich Aleksandar an die glimmende Sehnsucht, pflegte und schürte sie, obwohl er sich manchmal kindisch vorkam, wenn er ihr so nachschlich, als wollte er ihr heimlich den Rock lüpfen.

Er sah ihr gerne zu, wenn sie Kaffee kochte. Jeden Morgen kochte sie Kaffee, nie zuvor hatte er sie so aufmerksam betrachtet, und ihm kam der Gedanke, dass er überhaupt nicht beschreiben könnte, wie sie Kaffee kocht. Er wusste nicht, wie viel Löffel Kaffee sie in die *džezva* tut oder wie oft sie den Kaffee in der *džezva* aufwallen lässt. Fünfzig Jahre haben sie zusammen verbracht, und jetzt hat er ihr zum ersten Mal zugesehen, wie sie die Kaffeedose vom Küchenbord nimmt, wie sie mit dem bereitgehaltenen Löffel wartet, dass sich im Wasser die kleinen Bläschen zeigen, wie sie die *džezva* vom Feuer nimmt und Wasser in ein Kaffeeschälchen abgießt, wie sie in das Wasser zwei gehäufte kleine Löffel Kaffee einrührt, wie sie die *džezva* wieder aufsetzt, wie sie das Gas rechtzeitig abdreht, bevor der Kaffee überschäumt, wie sie vom Rand der *džezva* die Reste der Kaffeebohnen abstreift, damit die in die dicke schwarze Flüssigkeit fallen und sie noch dickflüssiger machen.

Was machst du hier?, fragte sie.

Ich sehe dir zu, antwortete er.

Du siehst mir zu, wie ich Kaffee koche?

Ja.

Du hast Angst, dass ich nicht mehr weiß, wie man Kaffee kocht? Dass ich auch das vergessen habe?

Auch. Das. Vergessen. Die drei Wörter schlugen in den Raum ein, als wären sie drei große Steinkugeln, die abgeschriebene Mauern einreißen. Zum ersten Mal hatte sie über ihr Vergessen gesprochen. Zum ersten Mal hatte sie es eingestanden. Auch das, hatte sie gesagt, und er hatte den Abgrund gesehen. Aber er wagte nicht, sich über ihn zu beugen und in die Tiefe zu schauen.

Sie nahm die *džezva* und ging mit ihr ins Wohnzimmer. Er nahm das Tablett mit den Kaffeeschälchen und dem Würfelzucker und ging ihr nach. Aber dieses Mal folgte er ihr anders, dieses Mal gingen sie zusammen, als wäre es ihm endlich doch gelungen, sich ihr bei ihrer Wanderung durch das Haus anzuschließen, im Ertragen der Last ihres Verlöschens.

Als er ihr zusah, während sie das Wasser aus dem Schälchen in die *džezva* zurückgoss und darauf achtete, dass der Kaffee nicht über den Rand floss, dachte er, dass er seine Selbsttäuschung aufgeben müsse. Seine Jana war hier vor ihm. Noch einmal rührte sie den Kaffee in der *džezva* um, mit dem Löffel schöpfte sie die cremige Schicht von der

Oberfläche ab und verteilte sie zwischen ihnen, ein Löffelchen in jedes Schälchen, und noch ein wenig in das eine und noch ein wenig in das andere, für beide gleich viel. Das war sie, und das waren sie beide, hier, in diesem Zimmer. Sie tranken Kaffee, bis zur letzten kleinen Bohne gleich.

Du hast mir gar nichts von Ägypten erzählt, wie es dir ergangen ist, sagte sie.

Er war nicht bereit, über Ägypten zu sprechen. Nach einem Jahr wusste er noch immer nicht, was er ihr sagen sollte. Er nahm sein Schälchen in die Hand, näherte die Lippen der heißen schwarzen Oberfläche und berührte sie leicht. Er ließ den Duft zu sich aufsteigen und ein paar Tröpfchen seine Zungenspitze benetzen.

Noch niemandem hatte er bisher von Ägypten erzählt. Er hatte nur Märchen von Pyramiden und Kamelen erzählt. Auch ihr könnte er heute Abend seine erfundenen Geschichten erzählen, aber heute war alles anders. *Auch das vergessen,* hatte sie gesagt, und alles hatte sich verändert. Deshalb schlürfte er einen Schluck Kaffee und sagte *Schrecklich.*

Sie war nicht überrascht. Sie tunkte einen Zuckerwürfel in den Kaffee und führte ihn an die Lippen, als wollte sie ihn küssen. Sie ließ den in den Kaffee getauchten Zucker in ihrem Mund schmelzen und sich verteilen, dann schlürfte sie durch ihn hindurch das noch bittere Schwarz.

Ich habe es ja gewusst, sagte sie. *Du und Ägypten, ach komm! Ich weiß ja nicht, was du dir dabei gedacht hast. Und in diesem Alter. Du gewöhnst dich kaum an neue Unterhosen, und da hast du gedacht, du wirst dich an Ägypten gewöhnen. Aber recht geschieht dir, du hast dich selbst dazu gedrängt.*

Wieder war sie da, und wieder kannte sie ihn besser als er sich selbst. Und wieder war er ohne das Geheimnis, das nie ein Geheimnis gewesen war. Wenn jemand anders diese Worte gesagt hätte, hätte es ihn getroffen, aber über ihre Worte war er froh, sie beruhigten ihn.

Er wollte ihr etwas Lustiges erzählen und erinnerte sich an eine Geschichte, von der er geglaubt hatte, dass er sie nie jemandem erzählen würde.

In Kairo wohnte ich neben einer kleineren Moschee, alle in Kairo wohnen nahe bei einer Moschee, aber ich bin an meiner jeden Morgen auf dem Weg zur Arbeit vorbeigekommen und habe hineingeschaut, so heimlich, mir schien, dass es sich nicht gehört, die Menschen in der Moschee anzustarren, aber ich konnte nicht anders als hinsehen, alle diese Männer, die auf den Knien beten, anders als bei uns, anders als in Bosnien, ähnlich, aber anders. Und jeden Tag ging ich langsamer an ihr vorüber, und allmählich verlockte es mich hineinzugehen, ich wusste nicht, ob ich es darf, es war mir unangenehm zu fragen, mir schien, dass ich es hätte wissen müssen, dass ich als Trottel dastehe, wenn ich frage, ob ich die Moschee betreten darf, es verlockte mich hineinzugehen, aber ich hatte Angst, weil ich kein Muslim bin, ich dachte, dass sie mich böse ansehen werden, aber dann wiederum, bei uns kann jeder in eine Kirche gehen, als Tourist wollte ich hinein, mich ein bisschen umsehen, sonst nichts. Eines Morgens schien niemand da zu sein, der Innenhof sah von der Straße her leer aus, und ich ging hinein, ich mache nur ein paar Schritte, sagte ich mir, um zu sehen, wie sie von innen aussieht, wenn ich schon um die Ecke wohne und jeden Morgen den ezan höre, und bin hineingegangen, aber es war mir unangenehm, dort zu sein, wo ich nicht sein dürfte, und da höre ich jemanden hinter meinem Rücken, ich drehe mich um und sehe einen Mann näher kommen, er sprach Arabisch, er sprach zu mir, und ich wich vor Angst zurück, und weil ich nicht wusste, was ich zu ihm sagen sollte, sagte ich ein paar Mal „Tito, Jugoslavija, Tito, Jugoslavija", kannst du dir mich vorstellen? – Ich und Tito? Aber das hatte mich so erschreckt, ich fürchtete, dass er denkt, ich sei ein amerikanischer Agent, er hatte mich überrascht, aber er sprach einfach weiter und deutete mir, ich solle hinter ihm hergehen, und ich in einem fort „Tito, Jugoslavija", mir schien, als wäre er wütend auf mich und dass ich jetzt bestraft werde, ich zitterte, ich folgte ihm, und er führte mich über den Hof, wo ein älterer Mann saß, und auch zu dem sagte ich „Tito, Jugoslavija", und er lächelt mich an, fragt mich, ob ich Englisch spreche, und ich sage ja, und er fragt mich, ob ich das Bethaus sehen möchte, und dann führte er mich zum Bethaus, wo mehrere Menschen waren, dann gab er mir die Hand und dankte mir für den Besuch, und ich ging hinaus und begegnete an der Tür dem ersten, jüngeren Mann, der mir zunickte und „Tito, Jugoslavija" sagte. Es war mir so unangenehm, dass ich nie mehr an dieser Moschee vorübergegangen bin, danach habe ich immer einen längeren Weg zur Arbeit genommen.

Nach diesem Morgen gab es Jana, die er nicht hatte, nicht mehr. Sein war jetzt jeder unbeendete Satz von ihr, sein war jeder unvollendete Gedanke von ihr, jede Frage, auf die er früher schon die Antwort gekannt hatte, jedes Wer und Was und Wo von ihr, jeder vergessene Name, jeder abirrende Blick, jedes Entdecken von Bekanntem, alles das war jetzt seine Jana.

Aber noch immer verstand er es nicht, sich ihr in diesem Verabschieden vom Leben anzuschließen, und blieb ihr stiller Bewunderer. Wenn sie morgens Kaffee kochte, stand er an der Küchentür. Wenn sie am Vormittag im Garten hantierte, wich er nicht vom Fenster, wenn sie nachmittags fernsah, saß er neben ihr und sah sie an. Nur wenn Jana ein Buch las, entfernte er sich. Gern ging er in die Bibliothek und brachte ihr dicke und dünne Romane, selbst hatte er allerdings keine Geduld dazu. Wenn sie las, zog er von einem Winkel des Hauses in einen anderen, um sie nicht zu stören.

Noch immer wusste er nicht, was er mit seiner Zeit anfangen sollte, und begann sie in kleine Abschnitte zu zerlegen. In eine Zeit fürs Kaffeetrinken, in eine Zeit fürs Zeitungsblättern, in eine Zeit für einen Spaziergang zum Ort, in eine Zeit fürs Nachrichtenhören. Aber die Zeit wollte nicht weniger werden, es blieben ihm ganze unverwendete Stunden.

Dann zog er im Hof seine Kreise. Er hinterließ seine Fußabdrücke in der feuchten Erde und trat dann in sie, vorsichtig, als würde der Weg voran nur über sie führen, er beobachtete, wie sich die niedergetretenen Halme wieder aufrichteten, und zählte, wie oft man sie niedertreten musste, bis sie liegen blieben, er beobachtete, wie die Feuchtigkeit in seine Schuhspitzen eindrang und wie der Wasserfleck auf ihnen größer wurde.

Manchmal setzte er sich unter den Feigenbaum und beobachtete, wie sich drunten im Tal die Nebelschwaden bildeten. Er konnte es nicht genießen, weder die Einsamkeit noch die Schönheiten der Natur, aber weil er Jana nicht beim Lesen stören wollte, saß er dort in der Stille und wartete, dass sie das Kapitel abgeschlossen hatte, zu ihm kam und die Geschichte mit ein paar Sätzen für ihn rekapitulierte, vereinfacht, weil er keine langen, verschlungenen Erzählungen mochte.

Janas Rekapitulationen der gelesenen Bücher wurden immer unzusammenhängender, die Helden verloren allmählich ihre Namen, nur noch die und die und der und der. Aber Aleksandar hörte ihr aufmerksam zu. Wenn sie sich neben ihn setzte, nahm er ihre Hand und lauschte dem Klang ihrer Stimme und hoffte, dass ihr niemals die Wörter ausgehen würden.

Einmal hielt sie mitten in der Geschichte inne und verschaute sich in die Krone des Baumes, unter dem sie saßen.

Du könntest den Feigenbaum einmal schneiden, sagte sie zu ihm.

Garten und Hof waren ihr Bereich. Er half nur hin und wieder, wenn ihr die Kräfte fehlten.

Jetzt hast du Zeit. Das Zurückschneiden der Feigen ist ganz einfach, jeder kann das, nur Zeit und Lust muss man haben.

Sie hatte es beschlossen, vielleicht in diesem Augenblick und ohne vorheriges Überlegen, jedenfalls aber war es beschlossen, dass sie ihm den Baum schenken würde.

Jetzt ist es schon zu spät, fang morgen früh damit an, sagte sie und deutete mit dem Finger auf die große Schere auf der Fensterbank.

Sie zeigte ihm auch, wie er damit in den Ast hineinschneiden muss.

Irgendwo müsstest du die graue Hose haben, die dir Maja in Pula gekauft hat und die du dir am Hintern zerrissen hast. Die habe ich dir gerade für solche Gelegenheiten aufbewahrt.

Er sagte ihr nicht, dass diese Hose zerrissen war, als er die Tür ihres alten Škoda nicht hatte aufsperren können und durchs Fenster hineingekrochen war. Er sagte ihr nicht, dass das vor fast zwanzig Jahren gewesen war.

Am Abend suchte er eine ganze Weile in allen Schränkchen und Schubladen, und dann sagte er, er habe sie nicht gefunden, werde es aber morgen noch einmal versuchen, wenn das Licht besser sei.

Er wurde vor ihr wach. Draußen wurde es gerade Tag, er duschte und zog die bereitgelegte Arbeitskleidung an.

Was tust du?, hörte er die Stimme aus dem Bett.

Ich gehe den Baum schneiden.

Warte, bis es etwas wärmer wird. Jetzt ist noch alles feucht.

Trockene Zweige lassen sich leichter schneiden, dachte er. Aber er konnte nicht länger warten.

Schlaf weiter, sagte er und ging in den Hof.

Er stand unter dem Baum, zählte die überflüssigen Spitzen der Äste und kennzeichnete sie in Gedanken. Im Schatten der Feigenblätter war es noch Nacht, und sein Zählen geriet in den dunklen Höhen, wo sich die Äste unsichtbar ineinander verflochten, ins Stocken.

Er holte die Leiter aus der Garage und lehnte sie an den Stamm. Er kam sich einigermaßen komisch vor. Ein alter Mann, der in einen Baum klettert. Das müsste er nicht tun, trotzdem stieg er auf die Leiter. Sie war wackelig, und als er mit den Händen die ersten dickeren Äste zu fassen bekam, atmete er auf, als wäre schon alles vorüber. Er nahm die Schere aus der Tasche und griff sich einen Zweig, der abgeschnitten werden sollte. Ihm ging es nicht so leicht von der Hand wie Jana am Abend zuvor. Das feuchte Holz wand und bog sich unter der Schneide. Wenn er sich vorbeugte, um den Zweig besser fassen zu können, fing die Leiter so sehr zu wackeln an, dass er fast in die Tiefe gestürzt wäre.

Er war zu alt dafür und zu ungeschickt, wütend auf sich selbst, dass er sich hatte überreden lassen. Aber er konnte nicht aufhören. Er sah ihre Enttäuschung und schnitt wieder in den Zweig, dieses Mal mit Jähzorn, stärker. Es knackte. Der erste Zweig war ab. Es ist gar nicht so schwer, sagte er sich und griff nach dem nächsten Zweig, und auch der ergab sich, und schon hatte er den dritten in der Hand und dann auch den vierten.

Es geht ja, es geht ja, sagte er sich, obwohl er schon außer Atem war und in den Armen ein schmerzhaftes Stechen verspürte. Noch einmal knackte es, dann stieg er höher.

Den Juckreiz spürte er anfangs in der Handfläche. Er dachte, dass ihn etwas gestochen habe, aber es breitete sich schnell über den ganzen Körper aus, es juckte ihn zwischen den Beinen, auf dem Rücken und am Bauch, sodass er nicht wusste, wo er sich zuerst kratzen sollte. Als wäre er ganz mit einem juckenden Stoff übergossen, den er nicht von der Haut schaben konnte.

Er versuchte noch einmal in einen Zweig hineinzuschneiden, aber er konnte nicht mehr. Behände wie ein junger Mann stieg er die Leiter hinunter, ohne auf das Schwanken zu achten. Es war höchste Not. Er lief über den Hof ins Haus, direkt ins Bad, riss sich die Kleider vom Leib und stürzte sich in die Wanne. Er übergoss sich mit kaltem Wasser und kratzte mit den Fingernägeln wie wild über die Haut, bis der Juckreiz nachzulassen begann.

Ich habe vergessen, dir zu sagen, dass du Handschuhe brauchst, sagte sie. Sie sammelte seine Kleidungsstücke vom Boden auf und steckte sie in die Waschmaschine.

Sie hatte es vergessen. Sie hatte vergessen, ihm zu sagen, dass sich das Zurückschneiden eines Feigenbaums gerade darin vom Zurückschneiden eines Apfelbaums oder eines Rebstocks unterscheidet. Sie hatte es vergessen. Und jetzt stand sie vor ihm und sah geradewegs auf seinen nackten Körper, seinen schlaffen Körper, den er nirgends verbergen konnte.

Und ich werde heute vergessen, in die Bibliothek zu gehen, sagte er.

Er wollte hinaus, konnte aber nicht an ihr vorbei, ohne eine Berührung mit seinem nackten Körper zu riskieren. Er blieb gut einen Meter vor ihr stehen. Seine Sachen lagen hinter ihrem Rücken zusammengelegt, und auf dem Garderobenständer gab es kein Handtuch, das er sich hätte umlegen können. Und Jana wandte den Blick nicht ab. Mit Interesse starrte sie auf seine gerötete Haut und die blutigen Spuren der wildgewordenen Finger.

Er fühlte sich entblößt, als würde er mitten auf dem Hauptplatz stehen. Dass vor ihm nur sie stand, seine Frau, half gar nicht. Jahre waren vergangen, seit sie ihn zum letzten Mal ausgezogen gesehen hatte, Jahre, in denen sich alles an ihm verändert hatte, Jahre, die sie beide verändert hatten, und es war, als würde er zum ersten Mal nackt vor ihr stehen.

Kannst du mich bitte vorbeilassen?, stotterte er schließlich mit sanfter Stimme. Mit der einen Hand bedeckte er seine Scham, mit der anderen fasste er sich an die Brust und lief an ihr vorbei ins Schlafzimmer.

Mit aller Kraft schlug er die Tür hinter sich zu. Er wollte sie abschließen, aber es gab keinen Schlüssel mehr. Noch immer war er nass, das Wasser tropfte von ihm auf den Boden des Schlafzimmers. Er schlang das Betttuch um sich und setzte sich aufs Bett.

Er fürchtete, dass sie ihm nachkommen werde. Er fühlte, wie seine nackte Haut durch das Betttuch sichtbar wurde, und ihm war leichter, als er sie aus dem Haus gehen hörte. Als er sie durchs Fenster sah, wie sie über den Hof ging, stand er auf und zog sich rasch etwas an, dann setzte er sich wieder aufs Bett. Es war gut, hier zu sein, hinter der geschlossenen Tür, im leeren Haus. Die Schichten des Gewebes, das er in der Eile übergestreift hatte, milderten seine Nacktheit.

Das mit der Bibliothek habe ich nicht ernst gemeint, sagte er zu ihr, als er im Hof zu ihr trat.

Ich gehe heute selbst. Ein Spaziergang wird mir guttun. Du hast mich auf die Idee gebracht.

Sie war bereit zum Gehen.

Wie du willst.

Als sie weg war, fuhr er mit dem Schneiden fort, mit Handschuhen und in einem Hemd mit langen Ärmeln. Es juckte nicht mehr, und als der Feigenbaum zurechtgestutzt war, blieb er auf dem dicken Ast hoch über dem Boden sitzen. Er saß auf ihm aus Trotz gegen die Welt, die glaubt, dass alte Leute nicht auf Bäumen sitzen dürfen, sondern nur unter ihnen.

Er wünschte sich, dass sie schon zu Hause wäre und ihn so sehen könnte, wie er mitten in der Baumkrone sitzt und mit den alten Beinen baumelt. Nie würde er so alt werden, dass er nicht den Wunsch verspürte, ihr zu gefallen, dachte er. Und er hielt aus auf dem Ast, obwohl ihn der in den knochigen Hintern drückte und sich seine abgenutzten Gelenke zu melden begannen.

Es wurde bereits dunkel, als er sich greisenhaft auf den Boden hinunterließ. Erst in diesem Moment schoss es ihm ein, dass Jana noch immer nicht aus der Bibliothek zurück war, dass schon mehrere Stunden vergangen sein mussten, seit sie weggegangen war. In seiner Erinnerung sah er sie von der hochstehenden Sonne beschienen weggehen, was vor mindestens drei Stunden gewesen sein musste.

Er rief in der Bibliothek an, aber niemand meldete sich. Es war schon acht, und die Bibliothek war geschlossen. Aber vielleicht ist eine Putzfrau da, die arbeiten doch, wenn die anderen nach Haus gehen, dachte er und rief noch einmal an. Dieses Mal ließ er es noch länger läuten, aber wieder vergeblich.

Er könnte die Polizei anrufen, aber die würden ihn vermutlich nicht ernst nehmen. *Wenn Ihre Frau gesund ist, machen Sie sich unnötige Sorgen, lieber Herr,* sagte er sich in Gedanken den Satz vor, den der Diensthabende zu ihm sagen würde.

Er trat aus dem Haus, ging über den Hof zum Tor und blickte die Straße hinunter in der Hoffnung, dass sich aus der Dunkelheit Janas näher kommende Gestalt herausschälen werde.

Die Abendluft ist frisch, ihr wird kalt werden, und sie wird nach Hause kommen, sie hat nur jemanden getroffen, hat sich verplaudert, sich auf einen Kaffee gesetzt, ihr fehlt das Zusammensein mit anderen Menschen, sie schließt sich zu sehr ins Haus ein, vielleicht war in der Bibliothek eine Lesung, und sie hat sich dort länger aufgehalten.

Alles war möglich, aber er sah nur Jana, wie sie den schmalen Pfad durch die Macchia geht, die alles ringsum überwachsen hat, Jana, deren Blick blind ist und die voller Angst durch das einförmige istrische Gestrüpp irrt und einen Ausweg sucht.

Noch immer sah er in Richtung Buje, aber sein Blick ging nur bis zu Ginas Haus. Er hörte nur das Hämmern seines Herzens. Er schloss das Tor und marschierte geradewegs in die Dunkelheit hinein.

In der Dunkelheit erschien ihm das Vorzimmer der Wohnung an der Bratovševa ploščad. In seinem grauen Trenchcoat schaute er durch die Tür ins Wohnzimmer, er sah sie und den kleinen Miha, die Großmutter und den ein paar Monate alten Enkel. Sie hob seine Beinchen, öffnete ihren Mund, und die kleinen Fingerchen verschwanden in ihm.

Ich esse dich auf! Ja, ich esse dich auf! Auf dem Bett im Schlafzimmer lag Maja und blätterte in der *Burda*, sie genoss die kleine Erholung von den mütterlichen Pflichten. Ohne seine Schuhe auszuziehen ging er zu ihr und setzte sich auf den Bettrand. Die Aktentasche stellte er zwischen seine Füße auf den Boden. Maja hob nicht den Blick. Von dort, wo er saß, konnte er Jana und Miha nicht sehen, er hörte nur ihr Nachmachen seiner unverständlichen Laute.

Zwischen ihm und seiner Frau standen die Mitglieder des Verwaltungsausschusses, ein wenig für sich einnehmender Singkreis grauer

Stare, der morgen am Vormittag seinen Überstellungsbescheid nach Ägypten verlautbaren wird. Zwischen ihm und ihr steckten sie ihre kahlen Köpfe zusammen, flüsterten sich Anweisungen und Empfehlungen von oben zu, zitierten Namen, die nicht laut ausgesprochen wurden. Zwischen ihm und ihr erstreckten sich Monate voller Sitzungen, Tagungen und Konferenzen, Monate voller Telefonanrufe, Verhandlungen, Absprachen, Erpressungen und Drohungen, Monate voller verschwiegener Geschichten, die er jeden Abend aus dem Dienst mitbrachte und morgens wieder mit zurücknahm.

Alles war schon entschieden, und er konnte ihr nur noch sagen, dass er weggeht. Sie hatte nichts davon geahnt.

Wo ist Omas kleines Popochen, Mihec, ist das Omas kleines Popochen?

Was er ihr sagen wollte, war sinnlos, denn in Wirklichkeit wird niemand über Nacht nach Ägypten geschickt. Niemand lässt dass einfach mit sich geschehen. Niemand ist ohne Wahl, niemand kommt eines Abends nach Hause und sagt *Ich gehe fort.*

Er saß bei Maja, die in die Fotos schön gekleideter Mädchen vertieft war, und überlegte, ob es nicht vielleicht besser wäre, wenn er einfach ginge. Ohne Worte, ohne Entschuldigungen.

Schon lange war er den langen Weg von Momjan bis Buje nicht mehr zu Fuß gegangen und wusste nicht einzuschätzen, wie weit er schon gekommen war. In der Dunkelheit konnte er die Kurven und Kehren auf dem so viele Male durchmessenen Weg nicht bestimmen. Nichts erkannte er wieder.

Vielleicht hatte er sich auch selbst verirrt, aber das war ihm egal. Er empfand Scham, weil er sich hatte von ihr vertreiben lassen, Scham, weil er damals nicht nur Mihelčičs Drohungen nachgegeben hatte, sondern auch dem eigenen Wunsch nach Flucht, nach Freiheit.

Vor dieser Freiheit hatte er jetzt solche Angst, dass es ihn schmerzte. Es war ein geradezu physisch spürbarer Schmerz, in den Muskeln, in den Knochen, in der Haut. Sein Körper war ein unerträglicher Schmerz, der sich auf die Stadt zubewegte und sich auf der Suche nach dem bekannten Schatten verzweifelt durch die Dunkelheit tastete.

Er erkannte sie, obwohl er nichts sehen konnte. Aber er kannte das Geräusch ihrer Schritte und lief zu ihr, wie ein verlorenes Kind zu seiner Mutter läuft. Als hätte sie ihn verloren und nicht er sie. Mit beiden Händen begann er ihren Körper abzugreifen, um sich zu überzeugen, dass das wirklich sie war, nicht nur eine Einbildung, dass er wirklich gefunden wurde, dass er gerettet ist. Dass er gefunden wurde.

Am Abend, als sie im Bett lagen, zog es ihn zu ihr. Er legte seine Hand sanft auf ihren Rücken. Er hoffte, dass sie schlief und sich seines kindischen Wunsches nicht bewusst wurde, dass sie seine immer engere Umarmung nicht wahrnahm. Er näherte sich ihr und schmiegte sich mit seinem Körper an sie. Es waren Nachklänge des Begehrens. Er presste sein schlaffes Glied an ihren Schenkel. Er wollte sich wegbewegen, bevor sie sein Wollen entdeckte, aber etwas erlaubte es nicht. Seine Angst war noch nicht verstummt. Er war der Verräter, der sich an sie presste und ihre Vergebung suchte.

Ihre Hand bewegte sich und suchte den Saum seines Pyjamas, fuhr mit den Fingern darunter und berührte seine Haut. Langsam wanderte sie über seine behaarte Brust. Er schloss die Augen, öffnete sie aber sofort wieder. Er wollte ihre Falten sehen, ihr schütteres graues Haar und ihre Altersflecken. Er wollte sie nicht mit Bildern aus der Erinnerung verschönern. Er wollte die Rauheit ihrer zitternden Hand fühlen und geradewegs in ihr alt gewordenes Gesicht sehen, das ihm schöner vorkam als je zuvor.

Schlaf jetzt, sagte sie, und er schlief auf ihrer knöchernen Brust ein.

Die Angst brachte ihn näher zu ihr. Die Angst schlang ihn so eng um sie, dass er ganz verschwand und nur noch sie beide blieben. Seine Jana und seine Angst um sie. Ihre Augen hatten sich immer als Erste geöffnet, aber jetzt ließ ihn die Angst vor ihr aufwachen. Schon vorm Hellwerden stand er auf und kochte Kaffee, schlichtete Holz in den Ofen, ging in den Laden, kehrte mit frischem Brot und mit der Zeitung zurück, und dann beobachtete er sie über den Rand der Zeitung hinweg, wie sie schlaftrunken durch die Wohnung tappte.

Er bemühte sich herauszufinden, ob ihr Schritt heute hinfälliger war als gestern, als in der Zeitung stand, dass Mateja Svet ihre Karriere mit zweiundzwanzig Jahren beendet, oder gleich war wie heute, wo sie schreiben, dass Slowenien ein Referendum zur Selbstständigkeit ankündigt. Ihm bedeuteten die großen Schlagzeilen in den Zeitungen nichts mehr. Am ersten Tag des Golfkriegs war sie morgens seltsam verkrampft gewesen. Als sie Nelson Mandela aus dem Gefängnis entließen, hatte sie der rechte Oberschenkel gejuckt, und sie war stehen geblieben, um sich zu kratzen. Als Gorbatschow Präsident der Sowjetunion wurde, war ihr auf dem Weg ins Badezimmer dieser Furz entwischt.

Dann tranken sie Kaffee und übten. Er fragte, und sie antwortete. Auch das Gehirn braucht Bewegung, erklärte er ihr. In der Zeitung hatte er gelesen, dass alte Menschen mit regelmäßigem Trainieren des Gehirns, mit dem Lösen von mathematischen Aufgaben, mit genauem Erinnern oder mit Bücherlesen gegen das Vergessen ankämpfen müssen. Sie sagte, das sei Schwachsinn, wie die meisten Sachen in den Zeitungen, aber er erklärte, dass es ihr nicht schaden könne, und fuhr fort: Wie hieß Titos Hund? Lux. Wie heißt der Moderator der Sendung *Podarim Dobim*. Janez Hočevar Rifle. Wie bringst du einen Wolf, eine Ziege und einen Kohlkopf über den Fluss?

Während sie schwieg, wurde es Morgen, und jetzt wusste er nicht, ob sie die Antwort nicht wusste, oder ob sie alles zusammen als zu erniedrigend empfand. Vielleicht wies sie seine beschützerische väterliche Sorge zurück. Vielleicht empfand sie es so, dass ihre Beziehung dabei war, sich unwiderruflich zu verändern und dass sie einander nicht mehr gleichwertig waren. Er ahnte, dass das unausweichlich auf sie zukam, aber er wies den Gedanken von sich und tat so, als würde er alles, was er tat, auf ihren unausgesprochenen Wunsch hin tun.

Eines Morgens sagte sie zu ihm, dass er einen Pullover anziehen könnte, weil es nicht mehr Sommer sei. An diesem Morgen war er glücklich. Noch glücklicher war er, als sie ihn daran erinnerte, dass er vergessen hatte, den Elektriker anzurufen, damit er sich den Boiler ansehen kommt. Beider Sorge war wechselseitig, schien es. Sie waren zusammen in dem Alter, das sie beide langsam auslöschte. Vielleicht hatte sie ihn im Altwerden nur ein wenig überholt, und er würde morgen schon genauso hilflos sein, und alles würde wieder in Ordnung sein.

Aber dann war ihr Blick wieder blind, und sie konnte keine drei slowenischen Skirennläufer aufzählen. Sie konnte drei jugoslawische

Volkshelden aufzählen, Moša Pijade, Ivo Lola Ribar und Franc Rozman Stane waren noch immer präsent, aber Bojan Križaj, Rok Petrovič und Boris Strel waren verloren gegangen.

Dann hörte sie auf, die Gesichter in den Fernsehnachrichten zu erkennen. Abends war sie müde und hatte keine Lust, die beim Namen zu nennen, die Geschichte schrieben und Grenzlinien über Straßen und Plätze, durch Höfe und Schlafzimmer zogen.

Ich weiß doch, wer das ist, sagte sie und drehte sich weg. Es interessierte sie nicht, dass der Staat zerfiel, denn das konnte sie nicht verstehen. Und ihn interessierte nicht, was sie nicht verstand. Die Gegenwart wurde immer anspruchsvoller, und da stand sie eines Abends auf, sagte, dass sie das nicht mehr sehen könne, und machte mit ihr Schluss.

Ihre Welt reichte nicht mehr über die Mauern ihres Hauses hinaus, und Aleksandar blieb allein mit den heraufziehenden Zeiten, mit der Ahnung des Grauens, mit allem, was draußen vor sich ging.

Maja und Dane kamen unangemeldet. Sie kamen allein, ohne Kinder. Maja sagte, sie seien gekommen, um ihnen etwas zu sagen, und überließ Dane das Wort. Slowenien wird sich abspalten, und das wird Folgen haben, sagte er. Man muss auf das Schlimmste gefasst sein. Wenn ihr in Momjan bleibt, werdet ihr bald in einem anderen Staat leben.

Aleksandar ist in Novi Sad geboren, sagte er. Wenn es zum Schlimmsten kommt, kann das ein Problem sein. Alles kann ein Problem sein. Für die Entstehung eines neuen Staates gibt es kein Handbuch, und niemand weiß, wie das gehen wird. Am besten wäre, wenn sie für einige Zeit nach Ljubljana übersiedelten, dort ihren ständigen Wohnsitz nähmen und Aleksandar die slowenische Staatsbürgerschaft bekäme. Staaten zerfallen nicht jeden Tag, und man muss klug sein, sagte Dane.

Aleksandar hörte ihm nicht zu. Er sah Jana an.

Ich gehe nirgendwohin, sagte sie.

Wir beide gehen nirgendwohin. Sie kann nicht mehr fort. Und ich auch nicht.

Aleksandars einzige Pflicht war es, sie in diesem Haus zu halten, das ihre ganze Welt war. Aber weder jetzt noch später fühlte er das

Bedürfnis zu erklären, was ihnen beiden ihr Haus bedeutet, was ihnen diese Mauern bedeuten. Er fühlte nicht das Bedürfnis zu erklären, dass es außerhalb dieser Mauern für sie nichts mehr gab, dass die Welt nur noch der Ausblick aus ihrem Fenster war.

Wenn die Bomben fallen, werden wir kommen, sagte er.

Wenn die Bomben fallen, wird es zu spät sein, sagte Dane.

Die erste wird sicher nicht auf unser Haus fallen, sagte Aleksandar.

Als Maja und Dane weggefahren waren, schloss Aleksandar das Hoftor und kehrte zu Jana zurück. Alles war wieder ruhig und still wie vor dem Besuch.

Als ihn Vesna anrief und ihm sagte, dass Safet nach Bosnien gegangen sei, bat er sie nur, ihrer Mutter nichts davon zu sagen. Er klang wie ein Verrückter und war sich dessen bewusst, aber er musste Jana vor allem bewahren, vor dem zu bewahren ihm in ihrem früheren Leben nicht gelungen war und weshalb sie jetzt so verletzlich war.

Es war das schlechte Gewissen, und es war zugleich die völlige Hingabe an die geliebte Person. Aleksandar umgab sie wie eine Mauer und eignete sie sich an – nach den langen Jahren, in denen er sie mit allem und jedem hatte teilen müssen. Diese Aneignung war der finale Akt seiner Liebe, ihr Höhepunkt, der schon ein wenig an Verrücktheit grenzte.

Vesna konnte das natürlich nicht verstehen. Sie legte den Hörer auf und rief nicht mehr an.

So spitzte sich alles um sie herum zu bis zur Unkenntlichkeit. Sie blieben allein, als existierten sie nur füreinander. Das war eine Lüge, sein großer Selbstbetrug, aber sie war so attraktiv, dass er sich bemühte, sie aufrechtzuerhalten. Jeden Tag sagte er sich aufs Neue vor, dass ihre Augen, die nur noch ihn sehen, doch keine Täuschung sein können. Er glaubte, er wollte glauben, dass er das lebte, was er so lange vermisst hatte. Er redete sich ein, glücklich zu sein, und für einen Moment, für einen kurzen Moment, war er das vielleicht wirklich.

Aber als der Lärm der Außenwelt allmählich verstummte und nichts mehr Anstalten machte, sich zwischen sie zu drängen, als es schien, dass sich alle zurückgezogen hatten, begann sie ihn zu vergessen.

Wir waren nicht in Florenz, sagte sie überzeugt, ohne den geringsten Zweifel.

Er nickte ihr zu. Schweigend sah er sie an und fragte sich, wie viel von ihnen noch geblieben war, wie viel von ihm noch da war, hinter ihren leeren Augen, wenn es nicht einmal Florenz mehr gab. Florenz, wo sie ihn an der Hand gefasst hatte, ihren Graukopf, Florenz, wo sie für ein paar Tage wieder Junge und Mädchen gewesen waren. Diesen grauhaarigen Jungen und dieses Mädchen gab es jetzt nicht mehr, jene Trattoria gab es nicht mehr, jenes Tischchen nicht mehr, das sie sich mit dem amerikanischen Paar geteilt hatten, dabei Ellbogen und Knie eng anpressend, den Wein nicht mehr, der sie am helllichten Tag beschwipst gemacht hatte, die gesenkten Blicke nicht mehr, wenn sie morgens auf den Hotelkorridor hinaustraten, die Scham nicht mehr, weil sie sich in so respektgebietendem Alter wie verliebte Teenager benommen hatten, die in den Nachbarzimmern zu hören gewesen waren, ihr Florenz gab es nicht mehr.

Das Verlöschen gebar Eifersucht. Er war eifersüchtig auf jene, die noch in ihren Erinnerungen lebten, auf Verstorbene, Entfernte, Unbekannte. Wen immer sie erwähnte, wenngleich nicht mit Namen, wenngleich es nur die Spur eines Menschen war, es tat ihm weh. Auch der geringste Schatten ihrer Erinnerung brannte.

Wie war noch der Name unseres Nachbarn aus der Rozmanova, dieses Großen, der im Geodätischen Institut arbeitete und dessen Frau bei einem Verkehrsunfall ums Leben kam?, fragte sie, aber er wollte sich an keinen Nachbarn aus der Rozmanova erinnern. Er war eifersüchtig auf diesen baumlangen Geodäten, der geblieben war, während er ausgelöscht war, der er auf der Gitarre *Kuža Pazi* für sie spielte, ein Lied, das ihm seine Enkelin Špela beigebracht hatte.

Am Morgen fragte er sie, wer Stipe Šuvar sei und verlangte streng von ihr, ihm die Namen aller Beatles zu sagen, und am Abend wollte er ihr nicht helfen, sich zu erinnern, warum man Herrn Rožanc entlassen hatte, seinen ehemaligen Chef.

Die Menschen aus Janas Erinnerungen verfolgten ihn. Vesnas Klassenlehrer klopfte mit dem Finger auf den Herd und sagte, dass Vesna zu eigensinnig sei und dass ihr das den Weg zum Wissen erschwere,

Majas erster Freund Gašper stöberte mitten in der Nacht in Unterhosen in seinem Kühlschrank herum, im Badezimmer pinkelte Vasja, Janas Cousin aus Deutschland, ins Bidet, und im Hof ging in den Abendstunden der Hausmeister aus der Rozmanova, Herr Šarić, spazieren, zählte ihm erfundene Mängel auf und bestand darauf, ins Haus gelassen zu werden.

Dieser zauberhafte Augenblick ihrer Einsamkeit ging vorüber. Neben ihnen und zwischen ihnen war wieder alles voller Wahnvorstellungen, und Aleksandar war nur noch jemand, zu dem sie sich flüchtete, wenn sie hungrig war oder wenn es sie fror. In ihren Erinnerungen verlöschte er in einer Vielzahl von Verlöschenden.

Als Nächstes verlöschte ihr Škoda. Der alte hellblaue Škoda, den sie zweiundzwanzig Jahre gefahren hatten. Der Škoda, mit dem sie zum ersten Mal zusammen nach Pula zum Filmfestival gefahren waren und in dem sie übernachtet hatten, in einem Wäldchen am Lungomare. Der Škoda, in dessen Kofferraum meine Mutter mein erstes Fahrrad aus Triest geschmuggelt hat und mit dem sie mitten in der Nacht vor Postojna hängengeblieben ist, weil der Motor des Škoda seinen Geist aufgab.

Als Jana sagte, *Ich bin nie in einem Škoda gefahren,* waren zusammen mit ihm alle ihre Fahrten von Ljubljana nach Momjan, die Fahrten nach Plitvice, nach Brač, nach Ohrid und nach Budapest ausgelöscht. Ausgelöscht waren alle ihre Streitereien, die sie, damit ihre beiden Mädchen sie nicht hörten, im Auto erledigten, auf dem Weg zur Arbeit oder von der Arbeit. Ausgelöscht waren die sommerlichen Picknicks am Strand, mit dem Škoda voller Sonnenschirme, Liegestühle und Tomatensalat. Ausgelöscht waren der Geruch der aufgeheizten Lederbezüge und das Gesumme der gefangenen Hummeln, die gegen das Heckfenster anflogen.

Dann verlöschte ihr alter Fernseher, mit dem sie die letzten Sekunden bis zum neuen Jahr abgezählt hatten, vor dem Vesna und Maja ihre ersten Zeichentrickfilme gesehen hatten und mit dem sich Aleksandar an den Abenden so gern gestritten hatte. Einmal war er umgekippt und fast auf die kleine Maja gefallen, die unter ihm spielte. Aleksandar hatte ihn schon unzählige Male zur Reparatur gebracht, aber nach diesem Zwischenfall hatte er ihn, obwohl er noch funktionierte, direkt auf den Sperrmüll gebracht.

Auch der Kater, den Vesna nach Haus mitgebracht hatte und den sie hatten adoptieren müssen, verlöschte zusammen mit seinem bescheuerten Namen. Wenn er *Džegger* zu ihr sagte, weckte auch dieses Wort nichts in ihr. Sie hatte vergessen, wie er sich verlaufen hatte, wie sie durchs Dorf gelaufen war und *Džeegerr! Džeegerr!* gerufen hatte. Aleksandar war am Anfang hinter ihr hergegangen und hatte ihr klarzumachen versucht, dass das kein Hund ist, der angelaufen kommt, wenn man ihn ruft, und hatte am Ende mit ihr zusammen gerufen, bis der Polizist sie angehalten und ihnen eine Strafe aufgebrummt hatte, weil es schon halb drei Uhr morgens war und die beiden immer lauter geworden waren.

Noch immer kaufte er jeden Morgen die Zeitung, aber jetzt mit anderem Geld, mit kroatischen Kuna. Er las in ihr, dass man in Sarajevo auf Protestierende geschossen hatte, dass der Krieg nach Bosnien und Herzegowina übergriff.

Erinnerst du dich an unseren Besuch in Sarajevo, bei Muniba?, fragte er sie.

Sie schüttelte den Kopf, und Sarajevo gab es nicht mehr. Das kleine Zimmer in Munibas Wohnung auf Grbavica, der Ausflug auf die Jahorina, und Ekrem, der ihnen nach der Rückkehr nicht erlaubt hatte, hungrig schlafen zu gehen, sondern Bratwurst aufschnitt und ihnen Rakija einschenkte. *In meinem Haus geht keiner hungrig ins Bett*, hatte er ihnen bedeutet und weiter aufgeschnitten und eingeschenkt.

Als sie den Kopf schüttelte, war alles das ausgelöscht, zusammen mit der Baščaršija und der Miljacka und der Beg-Moschee, und in der Zeitung schrieben sie vergeblich über Sarajevo. Das existiert für sie nicht mehr, denn sie sind nie dort gewesen. Nie sind sie umarmt jene lange Allee hinunterspaziert bis zur Bosna-Quelle.

Jana sagt, dass sie wisse, dass sie in Dubrovnik war, aber er sieht, dass es in ihrem Kopf keine Bilder gibt. Für einen Augenblick kommt ihm der Gedanke, er könnte ihr Fotos zeigen, auf denen sie umarmt auf der Stadtmauer stehen, sie so elegant, mit schwarzem Hut und Sonnenbrille, und er komisch im taillierten Matrosenhemd. Dieses Foto konnte sie nicht vergessen haben.

Aber er fügte sich drein. Man muss sich damit abfinden, dass es Dubrovnik nicht mehr gibt. Auf die Stadt fallen jetzt Bomben, steht in der Zeitung, aber die Stadt gibt es nicht, weil Genosse Đorđević und seine Frau, sie unangemeldet im Hotel Lapad, nie dort gewesen sind. Weil auch Genosse Đorđević nie auf Dienstreise in Dubrovnik gewesen ist, weil er nie auf dem Stradun spazieren gegangen ist und mit seiner nicht angemeldeten Begleiterin nie gemeinsam im maiwarmen Meer gebadet hat.

Jana erinnert sich an Zadar. Sie erinnert sich an die Fähre und an das aufgewühlte Meer, an die erste Nacht auf der Insel Ugljan, als Maja und Vesna aus dem Zimmer geschlichen und zum nächtlichen Baden gegangen sind. Sie erinnert sich an ihr leeres Zimmer, und sie erinnert sich an die Panik und an ihn, der schreit, dass Zigeuner ihm die Kinder gestohlen haben.

Zadar ist noch immer da, und es tut ihnen leid, dass letzte Nacht mehr als dreißig Granaten auf die Stadt gefallen sind. Aleksandar liest ihr laut vor, was da über Zadar steht, und dann schweigen beide ein wenig. Sie sind besorgt um ihr Zadar, in dem sie heute auf die Fähre nach Ugljan warten.

Am nächsten Morgen gibt es kein Zadar mehr in der Zeitung, sondern da ist Gospić, das es nicht gibt, weil sie sich nicht erinnert, dass sie zusammen mit Vesna, Safet und Jadran auf dem Weg nach Plitvice in Gospić haltgemacht haben. Es wäre vergeblich, ihr erklären zu wollen, dass sie dort wegen Safet und wegen der Inflation angehalten haben, dass Safet in der Bank in Gospić Schecks eingelöst hat, die lange von Gospić nach Slowenien reisen werden und dort, endlich angekommen, nichts mehr wert sein werden, weil die Inflation zu hoch ist, als dass die Schecks die lange Reise überdauern könnten.

Erinnerst du dich an Safet, Jana?, fragt er sie.

Es fällt ihm schwer, Safet auszulöschen. Gospić auszulöschen war einfach, aber bei Safet geht das nicht. Safet ist kein Nachmittagshalt auf dem Weg nach Plitvice. Safet ist der Name für unzählige gemeinsame Erinnerungen, für die Geburt ihres Enkels, für die Hochzeit ihrer Tochter. Safet kann er nicht einfach so auslöschen. Es gibt ihn zu viel, zu viel.

Unmöglich ist es, die Mechanismen des Vergessens zu entwirren, denn es arbeitet ohne Regel und Reihe, es sucht sich seine Opfer zufällig aus, als würde es mit geschlossenen Augen eine Lottokugel aus einem großen Topf ziehen. Für das Vergessen sind alle Erinnerungen gleich viel wert, und während es manche unangetastet lässt, zersetzt es andere unnachsichtig. Alles das war Aleksandar bisher nur zu gut bewusst geworden, und er hatte sich schon mit allem abgefunden, aber Safet konnte er ihr nicht nachsehen.

Er rief Vesna an und fragte, was mit Safet sei. Und Vesna schwieg. Der Mann, der sie anrief, klang überhaupt nicht wie Aleksandar, den sie in Momjan zurückgelassen hatte. Da rief ihr Vater an, mit dem sie schon jahrelang nicht mehr gesprochen hatte.

Safet haben sie verjagt, in den Krieg haben sie ihn gejagt, wie einen streunenden Hund haben sie ihn über den Zaun geworfen, es interessierte sie nicht, dass er kein Wohin hatte, dass dort Krieg war, dass sie ihn vielleicht umbringen, wenn sie es nicht schon getan haben …

Es folgte ein von Tränen unterbrochener Schrei, den Aleksandar nicht zu unterbrechen wagte. Die Welt kehrte in sein Haus zurück. Vesnas Tränen öffneten alle Türen sperrangelweit und bewirkten einen orkanartigen Durchzug, der jetzt alles außerhalb und innerhalb des Hauses durcheinanderwirbelte. Safet war wieder sein Schwiegersohn und Vesna seine Tochter. Und überall rings ums Haus war Krieg.

Er sagte nur *Vesna,* und dann gab es ihn nicht mehr. Seine Arme versuchten die Stimme zu umarmen, die aus dem Telefonhörer kam. Es sah aus, als wäre er mit dem ganzen Körper in einem für immer angehaltenen Stückchen Zeit hängengeblieben.

Komm her. Komm zusammen mit Jadran, sagte er.

Ja, sagte sie. Unhörbar, wenig überzeugend. Und dann legte sie auf.

Noch immer hörte er ihr Weinen, das gegen ihn anschlug wie die Wellen gegen ein Felsengestade.

Er setzte sich zu Jana und begann ihr von Safet zu erzählen. Er sprach hastig und ohne Pause, in der Hoffnung, dass gerade das nächste Wort dasjenige sein werde, das in das Dunkel ihrer Erinnerung hineinleuchtete. Er sprach davon, wie er und Safet sich kennengelernt hatten, von dem Weiterverkauf der gestohlenen Betten, von dem durchtriebenen bosnischen Bengel, der etwas sympathisch Verrücktes an sich hatte. Die anderen waren kleine Diebe, Betrüger und Gauner gewesen, die anderen sahen im Wiederverkauf das Geld, er hingegen spielte nur. Deshalb habe ihm der Bengel so gefallen, sagte er zu ihr, deshalb habe er ihn nicht vertrieben wie die anderen Taugenichtse Vesnas, deshalb, weil ihm Vesna die angemessenste Strafe für ihn zu sein schien, deshalb, weil ihn das Schicksal amüsierte, das sie zusammengeführt hatte. *Das Schicksal ist der beste Possenreißer,* sagte er zu ihr.

Aleksandar beschrieb Jana bis ins letzte Detail ihre Hochzeit und die Hochzeitsreise, von der sie mit einem neuen Auto zurückkamen, von dem sie niemandem sagten, wo und wie sie es bekommen hatten. Er erzählte ihr, wie Safet vor Freude ganz verrückt gewesen war, als er einen Sohn bekommen hatte, wie er das Gegenteil von seinem strengen Vater sein wollte und wie ihn Vesna dahingehend belehrt hatte, dass Verwöhnen noch keine Erziehung sei, und wie er beleidigt zurückgefaucht hatte, *Sei nicht so eine Slowenin.* Er erzählte ihr, wie unreif die beiden ihm damals erschienen waren, als wäre die Elternschaft nur eines von ihren Spielen, bei dem sie auf jede erdenkliche Weise versucht hatte, eine Ordnung herzustellen, und er sie absichtlich zerstört hatte, er kaufte Jadran jeden Tag vor dem Mittagessen einen Lolli, er erlaubte ihm, bis spät in die Nacht fernzusehen, als sie mich damals, als ich nach Ägypten fuhr, zum Flughafen brachten, saß er schon auf dem Vordersitz.

Hier hörte Aleksandars Geschichte von Safet auf.

Erinnerst du dich, dass ich nach Ägypten gegangen bin?

Für einen Augenblick verliebte er sich in ihre Fähigkeit des Vergessens. Für einen Augenblick war er ihr dankbar dafür. Was ihn all die

Jahre belastet hatte, war jetzt ausgelöscht. Jana schüttelte den Kopf, und sein Fortgehen nach Ägypten war vergessen. Ihnen blieben nur noch die schönen Erinnerungen. Nur noch viele schöne Erinnerungen. Das ist der Zauber ihrer beider Liebe, dachte er. So lange hat sie gedauert, dass das Verlöschen noch Jahre dauern wird, bevor sie schließlich ganz erloschen sein wird.

Und dann hörte er wieder Vesna. Er hörte sie, wie sie sagt, dass sie Safet vielleicht umbringen werden, wenn sie es nicht schon getan haben. Er war jetzt der Vater, und sie saß neben ihm, ohne zu wissen, was sie mit Safet und seiner schon halb zerfallenen, nicht mehr verbundenen, nicht mehr logischen Geschichte anfangen sollte.

Noch einmal rief er Vesna an. Noch einmal bat er sie, nach Momjan zu kommen, und noch einmal sagte sie *Ja*, genauso unhörbar und wenig überzeugend wie zuvor.

Dann bereitete er das Abendessen, und während sie aßen, erzählte er Jana von Vesna und von Jadran, davon, wie sehr sie ihr manchmal gleiche, wie sehr sie ihn an sie erinnere, als sie klein war.

Unversehens hielt er erschrocken inne.

Jana, erinnerst du dich an Jadran?

Sie blickte ihm direkt in die Augen.

Wie könnte ich meinen Enkel vergessen?

In ihrer Stimme las er Gekränktsein. Das Gekränktsein einer Großmutter.

Er küsste sie auf die Lider, wie ein Kind, das man schlafen legt.

XI

Auf dem Friedhof verstummten sogar die Gedanken. Wir waren stiller als die Stille und ohne Widerhall, als würde sich das Nachklingen unserer Schritte, das Hüsteln und Flüstern unter dem Rauschen der Baumkronen verstecken, wie ein Kind, das sich unter der Bettdecke verkriecht. Aufgereiht standen wir vor Aleksandars Urne, Mutter, Špela und ich, dann Dane und Anja. Mit leerem Blick starrten wir vor uns hin, und nur hin und wieder legte jemand die Hand auf die Schulter des Nachbarn oder berührte sanft den Nächststehenden am Rücken, um unhörbar auf die eigene Anwesenheit aufmerksam zu machen.

Ein paar Seelen traten heran, gaben uns die Hand und flüsterten *Mein Beileid.* Nachbarn und Bekannte aus der Stadt vermutlich, in Schwarz gehüllte unbekannte Gesichter, die ebenso rasch verschwanden, wie sie erschienen waren. Und wieder war alles still und unsere Blicke verstreuten sich über die reglose Landschaft. Es war so friedlich, als würde der Wind die Zweige der Bäume im Tal nicht berühren.

Schon lange standen wir auf unseren Plätzen, ohne den kleinsten Schritt zu machen oder nach dem Ausgang zu sehen, von wo noch jemand kommen könnte. Wir warteten geduldig, obwohl wir nicht wussten, worauf. Kein Beerdigungsritual erwartete uns. Großvater hatte uns nicht erlaubt, uns der Trauer orchestriert hinzugeben. Er hatte uns sogar die Musik verweigert und uns ohne Intonation für unsere zurückgehaltenen Tränen gelassen. Wir hatten nichts, was uns von ihm losreißen konnte, was ihn unseren Händen endgültig entrungen hätte.

Wir hatten das Gefühl, nicht sprechen zu dürfen, denn jedes ausgesprochene Wort wäre eine rituelle Handlung gewesen und hätte dem letzten Wunsch des Toten widersprochen. Einem Wunsch, dem unser Schweigen gehorsam folgte. Dieses Schweigen war vielleicht sinnlos, aber wem war es um Sinn zu tun, hier unter den Zypressen, hier, wo die Mutter aller Sinnlosigkeiten haust. In ihrer Gegenwart ist das Schweigen das einzig Sinnvolle.

Niemand wusste auch, wie lange wir in der duftenden istrischen Kälte zu stehen hätten, die sich immer enger an uns anlegte. Selbst der Herr in den Handschuhen, der die Urne zum Grab tragen sollte, wusste das offenbar nicht. Er wartete auf ein Zeichen von uns und sah unaufdringlich zu Mutter und Maja hin, in Erwartung der Erlaubnis, sich bewegen zu dürfen. Aber die beiden bemerkten ihn nicht. Die beiden waren überhaupt nicht da.

Ich bemühte mich, Großvater zu sehen, aber ich konnte es nicht. Ich wünschte mir, dass sich sein Bild in mich einzeichnete, mich durchbohrte, in mir eine kleine Öffnung aushöhlte, durch die der Schmerz abfließen würde. Aber vor meinen Augen war nur ein undeutlicher Fleck. In seiner gerahmten Fotografie, die an die Urne gelehnt war, sah ich nur den Widerschein, den die tiefstehende Frühherbstsonne warf. Und meine Gedanken waren blind. Großvater war nicht hier, und ich war nicht imstande, ihn herbeizurufen.

Enttäuscht ließ ich meinen Blick über den Friedhof wandern, zuerst über die Gräber und die Wege zwischen ihnen, dann über die Bäume. Ich senkte ihn zu den Nachbarn und Bekannten, die in angemessener Entfernung von mir und meiner Trauer standen, ließ ihn über ihre ältlichen Gesichter wandern, sich zum Himmel erheben und wieder senken, zu Dane, Špela und Maja. Und schließlich blickte ich in Mutters Augen.

So trockene Augen hatte ich noch nie gesehen. Wie gebannt sah ich zu ihr, wie sie sie weit öffnete und dem schwachen, aber schneidenden Wind aussetzte, als wollte sie sie absichtlich in ihm austrocknen. Als wollte sie ihre Tränen mithilfe des Windes trocknen, sie verwehen lassen.

So gern hätte ich ihrem Gesicht geglaubt, so gern hätte ich einem winzigen Glitzern in ihren Augenwinkeln geglaubt, den kleinen wässrigen Zeugen des Schmerzes, die in den unsichtbaren Schatten ihres Haars rinnen. So gern hätte ich geglaubt, dass in ihr noch etwas ist, was dem verstorbenen Vater nachweinen kann, obwohl Mutter ihn auf ihre Weise schon lange vor seinem Tod verschmerzt und begraben hat.

So wie sie Safet verschmerzt und begraben hatte. Mutter hatte ihre Verräter in der eigenen Gleichgültigkeit verscharrt. Sie hatte alles in sich begraben, was sie für sie gefühlt hatte, und ihr Mann war nicht mehr ihr Mann. Und ihr Vater war nicht mehr ihr Vater.

Safet wusste das vermutlich, er wusste es besser als alle anderen, und auch deshalb war er nie zurückgekehrt. Er hatte nie versucht, bei ihr um Verzeihung für sich und sein Fortgehen zu bitten. Er wusste genau, wie vergeblich jedes Bitten gewesen wäre.

Auch Großvater kannte seine ältere Tochter sehr gut, hatte sich aber im Gegensatz zu Safet nie damit abgefunden. Er hatte nach Großmutters Tod unermüdlich um ihre Verzeihung gebeten. Sein Bitten hatte den Geschmack der Feigenmarmelade, jener sorgfältig in Gläser gefüllten und beschrifteten, jener einzigen nach einem Rezept gekochten Speise, die jemals aus seiner Küche gekommen war. Aber sie war für seine Aufmerksamkeiten unempfindlich geblieben. Oder sie hatte zumindest den Anschein von Unempfindlichkeit zu wahren versucht.

Ihm war es nicht gegeben, ihre trockenen, dem Wind ausgesetzten Augen zu sehen. Ihm war es nicht gegeben zu sehen, wie die Trauer sie übermannte, der sie entsagt hatte, wie zum ersten Mal etwas in ihr stärker war als ihre Starrköpfigkeit. Ihm war es nicht gegeben, dieses unerwünschte, aber unleugbare Eingeständnis nie versiegter Liebe zu sehen. Obwohl Großvater lange Jahre für dieses Eingeständnis gelebt hatte, hatte er erst dafür sterben müssen.

Maja tupfte sich mit dem Taschentuch die roten Augen. Dane hatte sie wieder an sich gezogen, und sie überließ sich ihm. Sie hielt es nicht mehr aus in dieser unechten aufrechten Haltung, und ihr Schluchzen begann wie dicker bodennaher Qualm über den Friedhof zu wabern und uns einer nach dem anderen zu umfassen und zu umschließen. Jeder Laut Majas zwängte uns stärker zusammen, der Raum zwischen uns verengte sich, und bald hatte ich das Gefühl, dass mich etwas an Dane, Maja und Mutter presste und sie an mich.

Der Mann in den Handschuhen schritt endlich zur Urne, und die Augen aller auf dem Friedhof folgten ihm. Ein Wind kam auf, böig, als würde sich gemeinsam mit ihm alles in Bewegung setzen. Nur wir standen regungslos da und sahen ihm zu, wie seine Hände zärtlich das Porzellangefäß mit Großvaters Asche ergriffen, es von der Erde aufnahmen und zum Grab trugen, zu Großmutter, die auf ihren Mann wartete.

Dane rührte sich als Erster. Er legte seine Hand auf Majas Rücken und schob sie sanft voran, und sie suchte Mutters Hand und zog sie hinter sich her. Ihr vereinter Schritt weckte uns aus unserer Erstarrung, und wir setzten uns unwillig in Bewegung, mit schweren, verhaltenen Schritten. Bis zum Grab von Jana Benedejčič und Aleksandar Đorđević waren es höchstens fünfzig Meter, aber das war einer jener Wege, die sich nicht einfach nur abschreiten ließen. Diesen Weg galt es zu durchreisen.

Für Mutter war dies eine Reise ins Herz des Schmerzes. Ich ging unmittelbar hinter ihr und fühlte das Nachgeben ihres Körpers. Ihre Arme hingen unkontrolliert herunter, ihre Schritte wurden immer kürzer und schwächer. Ihre kraftlosen Füße lösten sich nicht mehr vom Boden, sondern rutschten über den sandigen Untergrund, bis Mutter gut zehn Meter vor dem Grab stehen blieb.

Ich fasste sie unterm Arm und zog sie weiter. Dane übernahm Maja und ließ uns beide vorgehen, aber Mutter blieb nach wenigen Schritten erneut stehen. Ihr Körper war am Erlöschen. Sie zitterte und packte mich panisch mit den Händen und umklammerte mich, als fürchtete sie, ins Dunkel zu sinken. Ihre eben noch weit geöffneten Augen schlossen sich, und als sich ihre Wimpern berührten, gab alles in ihr nach.

Für einen Augenblick ächzte sie leise, fast unhörbar, dann aber stöhnte aus ihr etwas Animalisches auf. Der Schmerz schrie aus ihr mit unmenschlicher Stimme, verunstaltete ihr Gesicht und verkrampfte ihre Glieder, als würde er ganz von ihr Besitz ergreifen.

Špela und Dane sprangen zu ihr, versuchten sie auf den Beinen zu halten, aber sie entwand sich ihnen und stützte sich oder vielmehr stürzte auf mich. Sie hängte sich mir um den Hals und bohrte ihren Kopf in meine Brust. Mit aller Kraft presste ich sie an mich, damit sie nicht zu Boden glitt. Ihre Beine hingen schlaff vom zitternden Körper, aus dem nicht nachlassende Schreie kamen, die über die erstarrte Landschaft schrillten.

Ich machte Dane ein Zeichen, er solle mit Maja vorangehen, und der kleine Trauerzug eilte ihm nach. Jetzt beschleunigten alle den

Schritt, als hätten sie es eilig, von hier wegzukommen. Sie verteilten sich rings um das Grab und warteten auf uns. Mutters Schluchzen wurde leiser, aber ihr unfolgsamer Körper lehnte noch immer kraftlos an mir, deshalb nickte ich Dane zu.

Er nahm die Schaufel und stieß sie in den Haufen ausgehobener Erde an Großvaters offenem Grab. Dann hob er sie in die Luft und reichte sie vorsichtig seiner Frau. Maja fuhr mit den Fingern langsam durch die feuchte rote Erde. Sie reckte die Hand, voller Erde, über das Grab und hielt so einen Augenblick inne. Sie betet, dachte ich, aber ihre Lippen bewegten sich nicht. Dann öffnete sie die Faust.

Auf Maja folgte Špela, nach ihr kam Anja, und dann alle Übrigen. Der Klang der Erde, die auf die Urne fiel, vermischte sich mit den sich entfernenden Schritten und dem Flüstern, und dann war wieder alles still.

Da griff Mutters Hand nach meiner, sie stemmte sich mit den Beinen wieder gegen den Boden und richtete sich auf. Nur der Mann in den Handschuhen stand noch an der steinernen Einfassung, aber auch er sah zum Meer hin.

Mutter kniete am Grab nieder. Sie schob die Schaufel weg und begann mit beiden Händen die Erde ins Grab zu schieben. Die verklebten Klumpen der *terra rossa* fielen auf Großvaters Urne, aber Mutter hörte nicht auf, bevor sie sie nicht zugeschüttet hatte. Dann schüttelte sie die Hände ab und stand auf.

Mit den verschmierten Fingerspitzen öffnete sie ihre Handtasche, zog ein Paket Papiertaschentücher heraus und schob es mir in die Hände.

„Wischst du mir die Schminke ab, bitte?"

Ich nahm ein Taschentuch und versuchte vorsichtig, das Schwarz unter ihren Augen abzureiben, aber die getrocknete Mischung aus Tränen und Mascara haftete auf ihrem Gesicht.

„Mach es feucht."

Ich führte das Taschentuch an die Lippen, befeuchtete es mit Spucke und näherte es wieder ihren Augenringen. Sie schloss die Augen und überließ sich mir. Sanft fuhr ich mit dem angefeuchteten Tuch über ihr Gesicht und spürte, dass sie mich näher an sich heranließ als jemals zuvor.

Ich hatte das Gefühl, dass ich sie jetzt alles fragen könnte und dass sie mir auf alle meine Fragen antworten würde, dass sie mir sogar gestehen würde, dass sie Großvater gesagt hatte, dass sich Großmutter von ihm scheiden lassen wollte, und dass sie ihn vor seinem Tod nur deshalb aufgesucht hatte, um ihm das zu sagen. Wir waren einander zu nahe, als dass sie sich mir hätte entziehen können.

Sie öffnete die Augen, und meine Hand hielt inne. Ihre traurigen Augen sahen mich an, als hätten sie meine unausgesprochenen Fragen gehört.

Ich drehte mich um und suchte Dane mit dem Blick. Er stand am Friedhofseingang und sprach mit dem Menschen in den Handschuhen. Die anderen waren schon zum Parkplatz gegangen. Mutter fasste mich an der Hand und versuchte mich zurückzuhalten. Sie spürte, was sich in mir angesammelt hatte, und zog mich voller Angst zu sich. Aber ich hatte mich schon freigemacht und ging raschen Schrittes auf die Männer am Eingang zu.

XII

Die beiden am Tisch, das ist eines der immer wiederkehrenden Bilder meiner Kindheit. In ihm stehe ich im Flur von Majas und Danes Wohnung, angezogen und in Schuhen, manchmal auch mit einer Mütze auf dem Kopf und einem Schal um den Hals, schon halb schlafend lehne ich mich an Mutter und sehe zum Küchentisch, wo sich Safet und Dane wie gebannt im Gespräch befinden, und zwischen ihnen die Flasche. Dane hält sie in der Hand und füllt zwei kleine Gläschen, die das Einzige sind, was neben dem vollen Aschenbecher noch auf dem Tisch steht. Safet dreht sich in den kurzen Pausen in der abendfüllenden Debatte zu Mutter um, sagt aber nichts. Denn alles ist schon gesagt, wir wissen schon alles, Mutter sagt *Safet,* nur das sagt sie, und alle hören, dass sie schon eine Stunde, vielleicht auch mehr, mit mir auf der Schwelle steht, wir wissen, dass das Kind müde ist, dass es morgen früh aufstehen muss, dass auch Majas Kinder schon schlafen müssten, alles das ist in Mutters *Safet.* Und auch Safet versteht sie, steht aber nicht auf, nur dass er das eben noch austrinkt, nur dass er das noch zu Dane sagt, und dann sagt Maja *Dane,* und das bedeutet dasselbe wie *Safet,* und wieder passiert nichts. Dane zieht nur die Flasche zu sich heran und schaut, wie viel Schnaps noch drin ist. Dann dreht er sich mit ihr zu Maja um, und alle wissen, dass es nicht mehr um Stunden und Minuten geht, dass die Zeit jetzt mit der brennenden Flüssigkeit gemessen wird und dass die noch nicht endgültig ausgeflossen ist. Und Maja seufzt und setzt sich auf den Boden, und Mutter sagt *Ich rufe jetzt ein Taxi.* Das ist ihr letzter, verzweifelter Versuch, denn wir wissen alle, dass sie nicht mit dem Taxi nach Hause fahren wird. Keine Frau tut das neben einem lebenden Ehemann. Jetzt steht Safet auf, rührt sich aber nicht vom Tisch weg, er kommt ja schon, nur noch einen Moment, und Dane schenkt ein. Der Schnaps fließt nur langsam, aber für sie beide verfliegt die Zeit zu schnell, sie haben sich noch so viel zu sagen. Keiner sagt es, keiner denkt daran, dass Safet in solchem Zustand nicht fahren kann, alle hoffen, dass er sich bald ans Steuer setzt. Wieder hört man *Safet,* und jetzt hat Safet endgültig genug. Er hört mitten im Satz auf, dreht sich zu uns um und breitet die Arme aus. *Jetzt ist es aber gut,* sagt er, er ist betrunken und ist nicht mehr er selbst. Und auch als Mutter auf mich zeigt und sagt, *Sieh ihn an, er schläft im Stehen,* lächelt Safet mir nur zu, als würde er nicht verstehen, was ihm seine Frau sagen will, als würde er mich überhaupt nicht sehen. Er scheint sich sogar wieder hinsetzen zu wollen, Dane füllt ihm das Glas, Dane schenkt ihm ihre letzten Augenblicke ein, und Mutter ergibt sich, setzt sich neben Maja auf den Boden und schließt die Augen. Ich hasse es, wenn Mutter die Augen schließt. Das bedeutet, dass es zuerst einmal schlimmer wird, viel schlimmer, bevor es besser wird. Deshalb beuge ich mich über sie und versuche sie zu trösten, sie soll doch bitte die Augen aufmachen, aber sie umarmt mich nur und presst mich an sich. Das mag ich nicht, ich will nicht, dass sie mich mit geschlossenen Augen umarmt, denn das bedeutet, dass sie sehr traurig ist. Wenn sie sehr traurig ist, dann ist sie lange traurig und alles ist traurig. Jetzt will ich nicht nach Hause, denn ich will nicht mit ihr und Safet allein bleiben, jetzt möchte ich, dass wir hierbleiben, bei Dane und Maja, mit Miha und Špela, alle zusammen. Ich will nicht, dass die Flasche in Danes Hand leer wird, aber als Safet Mutters geschlossene Augen sieht, sind die stärker als seine Trunkenheit. Ihm wird klar, dass man wirklich nach Hause muss. Auch Dane weiß es, und schon kommen sie auf uns zu, jetzt sagen sie etwas zu uns und lachen, Safet streicht mir über den Kopf, ohne Gefühl, sodass es wehtut. *Was hast du?,* fragt er Mutter. *Wir gehen doch schon,* sagt er, und sie kommt hoch, sieht ihn aber nicht an, als er sich die Schuhe anzieht, sieht ihn nicht an, als er sich von Maja und Dane verabschiedet, sieht ihn nicht an, als er an der Tür noch den letzten Witz erzählt, sieht ihn nicht an, als er mich hinter sich her aus der Tür zieht und den Aufzug ruft. Safet sagt vor dem Aufzug *Ist doch gar nicht so spät* und sieht erst dann auf die Uhr und schweigt. Schweigend wartet er und tastet in den Taschen nach dem Autoschlüssel, und Mutter sieht noch immer zur Seite. Ich weiß nicht, wohin sie sieht, aber ich weiß, was ihr Blick bedeutet, ich weiß, dass dieser Blick uns noch lange begleiten wird. Als der Aufzug kommt, treten wir ein, und Safet und Mutter drehen sich zur Tür um und winken Dane und Maja ein letztes Mal. Maja schickt mir Küsschen, dann schließt sie die Tür, und auch die Tür des Aufzugs schließt sich, und wir drei bleiben allein, schweigend, denn Safet weiß genau, dass er kein Wort sagen darf. Weil schon alles gesagt wurde, als Vesna *Safet* sagte.

Safet und Dane. Dane und Safet. Safet, Dane. Dane, Safet. Ein *und* zwischen ihren Namen wäre nicht angemessen. Es würde sie mehr verbinden, als sie in Wirklichkeit verbunden waren. Die beiden waren nicht Safet und Dane. Das klingt für sie nicht zutreffend. Sie waren niemals wirklich zusammen, sie waren niemals ein Paar, immer blieben sie nur einer neben dem anderen. Die Verbindung zwischen ihnen war und blieb unbestimmt. Namenlos. Deshalb suche ich vergeblich nach einem angemessenen Wort. Safet. Dane.

Sie waren keine Freunde. Sie tranken gerne zusammen, sie stritten sich gern über Banalitäten. Aber zu einer Freundschaft fehlte ihnen die Aufrichtigkeit. Dafür waren sie nicht mutig genug, hartnäckig verbargen sie ihre Gedanken und Gefühle oder kleideten sie in dumme Witze. Gern stichelten sie gegeneinander und entdeckten beim anderen immer neue Empfindlichkeiten, an denen sie sich fröhlich delektierten. Geradezu pervers genossen sie das Animositäten-Kammerspiel, bei dem sie Slowene und Bosnier waren, oder Dane Dick war und Safet Doof, oder einfach nur der Idiot und der Kretin. Stets mit einem zweideutigen unaufrichtigen Lächeln, mit einem Quäntchen unverhohlener Bosheit und Schadenfreude. Aber auch mit einer gewissen unerfindlichen Zuneigung. Die keine freundschaftliche war. Für eine Freundschaft sahen sich Dane und Safet zu selten in die Augen. Sie waren zu große Feiglinge, als dass sie gewagt hätten, mit dem abzurechnen, was sie trennte.

Maja und Mutter versuchten ihnen immer klarzumachen, dass ihre Sticheleien zu grob seien, um komisch zu sein, aber sie kehrten sich nicht daran, und auch wir Kinder waren rasch groß genug für ihre ganzen Schimpfwörter.

Aber es bestand ein wesentlicher Unterschied darin, wie sie ihr Spiel spielten. Dane bereitete sich tage- und wochenlang auf die Plänkeleien mit Safet vor, häufte fleißig Ideen an, sammelte Witze über dumme Bosnier mit einer Leidenschaft, mit der andere Briefmarken oder Abzeichen sammeln, arbeitete eine Angriffstaktik aus und legte im Voraus den Augenblick fest, in dem er zuschlagen würde. Manchmal hatte er gleich ganze Sätze bereit, mit denen er Safet angriff.

Safet, hast du den schon gehört, wo ein Bosnier ein goldenes Fischlein fängt? Und sich wünscht, dass die Slowenen endlich Sinn für Humor kriegen?

Safet improvisierte und schlug spontan auf Dane ein, triebhaft. Sobald er ihn sah, wurde etwas in ihm ausgelöst, und er vergaß, dass er seiner Frau noch kurz zuvor versprochen hatte, heute einmal nichts zu sagen. Dane brauchte nur den Kopf hinter der Tür hervorzustrecken, und schon brüllte Safet *Đezbadomobranac*!

Safet sprach mit Dane in einer eigenen, nur für ihn gedachten Sprache. Schon der Umstand, dass er mit ihm *naški* sprach, war ein Teil des Spiels, Safets kleine Provokation. Aber das war nicht das *naški*, wie er es mit mir und Mutter oder mit seinen bosnischen Freunden sprach. Das war eine besondere Variante dieses Idioms, Dane zu Ehren geschaffen.

Đezbasankašrdečatiličkajebemslatkajanezovskadatijebemtomoradati- ještoskodijetejeovrelugovejujuhicupateparaspržilajeldearecinemojdatesra- motaipakboljebitslovenacnegogladan.

Wenn er sich mit Dane unterhielt, kam aus Safet nur ein einziges ununterbrochenes Wort, das kein Ende finden wollte. Aber Dane wartete geduldig sein Ende ab und war schon zum Gegenschlag bereit.

Neulich erzählt mir ein Kollege, dass er in einem Lokal ein Schild gesehen hat: „Für Hunde und Bosnier verboten". Leck mich, Alter, mir ist echt nicht klar, was die Menschen gegen Hunde haben.

Und wenn die Frauen, die schon genug davon hatten, sie darauf aufmerksam machten, dass sie zu weit gegangen seien, verwandelten sie sich im Nu in zwei zahme Plüschfiguren.

Paznadunedasejasamozajebavam, sagte Safet.

Er weiß doch, dass es nicht ernst gemeint ist, der Arsch, sagte Dane.

Aber so war es nicht von Anfang an zwischen ihnen.

Safet war ein Punker vor dem Punk, ein Kind vieler Städte, den Vaters allzu früher Tod noch rechtzeitig von der kurzen Leine gelassen hatte, sodass er sich austoben und seine Unangepasstheit fröhlich ausleben konnte. Deshalb hatte er auch überhaupt keinen Spaß daran gefunden, sich mit Dane zusammenzutun, geschweige denn anzufreunden, mit diesem jovialen Dickerchen aus Jodel-Tungusien, wie Safet ganz Slowenien außerhalb Ljubljanas bezeichnete. Maja hatte er es sogar ein bisschen übelgenommen, dass sie sich des schüchternstummen armen Kerls erbarmt hatte und dass er, der Freund ihrer Schwester, deshalb freundlich zu ihm zu sein hatte.

Wenn sie zusammensaßen, war Safet nicht Safet. Er gab Dane offiziell die Hand, begrüßte ihn noch offizieller und stellte ihm ein paar Höflichkeitsfragen nach seinem Befinden, nach den schulischen Erfolgen der Kinder und nach Mutters Gesundheit. Als er diese Routine auf Majas Geburtstagsfeier im *Evropa* schon zum dritten oder vierten Mal wiederholte, trat ihm Vesna unterm Tisch wütend mit dem spitzen Absatz auf den Fuß. Als Dane das nächste Mal das Wort ergriff, hörte ihm Safet mit übertriebener Aufmerksamkeit zu und nickte zu seinen Worten wie eine hoffnungsvolle Fernsehmoderatorin.

Vesna stand auf und bat ihn mitzukommen. Er folgte ihr auf die Toilette, und weil auf dem Damenklo Andrang herrschte, ging Vesna in die Herrentoilette, zog Safet hinter sich her und schloss die Tür ab.

Weißt du, was das ganze Lokal jetzt denkt …, lachte Safet, aber sein Lachen wurde von Vesnas Handtasche unterbrochen, die in sein Gesicht klatschte, sodass unter seinem Ohr das Blut hervorfloss.

Safet erzählte diese Geschichte immer mit dem Rest des damals unterbrochenen Lachens. Nie hatte das Bild Vesnas aufgehört, ihn zu amüsieren, wie sie laut schreit, dass er ein Kretin ist und dass sie genug hat von seiner bosnischen Großmäuligkeit, während sie ihm mit dem Taschentuch das Blut aus der offenen Wunde abtupft und ihn fragt, ob ihm vielleicht schwindlig ist.

Mutter brachte es bei dieser Geschichte nie fertig zu lachen und merkte gewöhnlich nur an, dass sie Safet hätte verprügeln und dort stehen lassen sollen, anstatt sich ein halbes Jahr später mit ihm zu verheiraten.

Die Beziehung zwischen Safet und Dane änderte sich schließlich nach ein paar von Dane derart hingesagten Worten, dass Safet sie erst verstand, nachdem er ihnen mehrere Male im Kopf nachgehorcht hatte. Dann beugte er sich zu ihm über den Tisch, dass er fast auf ihm zu liegen kam.

Was hast du gesagt?, flüsterte er Dane ins Gesicht.

Es war auf Safets heimischem Terrain, dem Gastgarten des *Čad*, und beim Blick auf den über den Tisch gestreckten Safet blieben alle, die sich in der Nähe des Tisches befanden, stehen und warteten besorgt auf den Fortgang der Szene. Sie kannten Safet als Spaßvogel, aber auch als jemand, der schon mal eine Nase zertrümmert und im Vorbeigehen einen Tisch oder zwei umgeworfen hatte. Außerdem hatte Safet mit Dane bis dahin noch nie *naški* gesprochen.

Dane wurde blass. Er sah, dass es mit Safet kritisch zu werden drohte.

Ich habe gesagt, dass wir ja wissen, wie die sind, stotterte er.

Wie die Bosnier sind, hast du gesagt, stimmt das? Wir wissen ja, wie die Bosnier sind. Stimmt das?

Dane nickte und lächelte gezwungen, dabei seine Angst verhehlend.

Safet, sagte Vesna und zog Safet zurück auf den Stuhl, aber der ließ sich nicht beirren.

Und? Wie sind die Bosnier?

Aber das weißt du doch, sagte Dane.

Ich habe keinen blassen Schimmer. Aber du, das sehe ich, du weißt es, dann sag es mir.

Hör auf, Safet, mischte sich jetzt lauter und entschiedener Vesna ein. Aber Safet hatte erst angefangen.

Du weißt es, gelang es Dane hervorzustoßen, aber Safet schüttelte den Kopf.

Nein, ich weiß es nicht. Wie sind sie?

Das Geschehen im Garten kam zum Stillstand, die Gespräche verstummten, die Bestecke verharrten in der Luft. Alle sahen nur noch zu Safet.

Kannst du ihn endlich in Ruhe lassen, du Nervensäge, schrie Vesna und stieß Safet mit beiden Händen weg, sodass er fast vom Tisch kippte. Als Antwort grinste er nur.

Mich interessiert doch nur, wie die Bosnier sind, sagte er unschuldig, als versuchte er sich zu entschuldigen.

Du weißt doch, was er gemeint hat!

Das Einzige, was ich weiß, ist, dass an diesem Tisch jemand sitzt, der weiß, wie die Bosnier sind, obwohl ich vermutlich der einzige Bosnier bin, den er im Leben jemals kennengelernt hat.

Maja, Dane und Vesna drehten sich zur anderen Seite um. Der Gastgarten des *Čad* verharrte gemeinsam mit ihnen in ungeduldiger Erwartung. Safet winkte dem nächststehenden Kellner.

Dragan, wir führen hier ernste Gespräche über ernste Dinge. Tu uns den Gefallen, Mann Gottes, und bring uns einen Liter Slibo.

Dragan nickte, und die Leute begannen sich abzuwenden, ihre Messer schnitten wieder ins Fleisch auf den Tellern, die Gespräche gingen weiter.

Du bist nicht normal. Was ist mit dir los?, sagte Vesna, jetzt mit gedämpfter Stimme.

Nichts ist mit mir. Weshalb? Ich und mein Freund Dane werden jetzt einen kleinen Schnaps trinken, damit er etwas lockerer wird, und dann werden wir diesen Bosniern mal auf den Zahn fühlen.

Wir gehen, sagte Maja und stand auf. Aber Dane rührte sich nicht.

Wir gehen, wiederholte sie, aber Dane blieb sitzen.

In Ordnung, sagte er und streifte Safet mit einem kurzen Blick.

Es ist in Ordnung, Maja, du hast ihn gehört. Setz dich und amüsier dich, sagte Safet.

Vesna schlug mit aller Kraft auf den Tisch, und im Garten herrschte wieder Stille.

Idiot. Wenn dich interessiert, wie die Bosnier sind, sie sind genau so, wie du jetzt bist. Das ganze Restaurant belästigen sie mit ihren Spinnereien, verarschen die Leute und kennen kein Maß. Genau so sind sie. Primitivlinge.

Vesna hätte vermutlich so weitergemacht, aber sie wurde von Dragan unterbrochen, der die Flasche Sliwowitz und vier Gläser brachte.

Schenk allen ein, sagte Safet, und Dragan schenkte die vier Gläser voll. Safet erhob seines sofort.

Ich trinke auf die primitiven Bosnier und die kultivierten Slowenen!

Vesna schloss enttäuscht die Augen, Maja drehte den Kopf zur Seite, und Dane erhob sein Glas, stieß mit Safet an und trank den Slibo auf ex.

Das war die erste Flasche, der Safet und Dane auf den Grund gingen, aber Safet bekam keine Antwort, wie nach Danes Meinung die

Bosnier seien. In den wenigen Stunden ihres ersten gemeinsamen Besäufnisses stellten sie nur fest, dass Dane einen gewissen Mehmed kannte, der auf der Post in Ribnica arbeitete, von dem er aber nicht mit Überzeugung sagen konnte, ob er wirklich aus Bosnien oder vielleicht aus Serbien oder gar aus dem Kosovo stammte. Irgendwann zwischendurch gingen Maja und Vesna beleidigt, und gegen drei Uhr morgens lud sich Safet mit Dragans Hilfe den schlafenden Dane auf den Rücken und schleppte ihn zum Parkplatz, setzte ihn in ein Taxi und gab dem Taxifahrer Geld, damit der ihn nach Šiška fuhr und in sein Zimmer trug. Anschließend beglich er die gesamte Zeche und ging nach Hause.

Vesna fuhr früh am Morgen nach Momjan und hob drei Tage lang das Telefon nicht ab, Maja wollte mehrere Wochen lang nicht mit ihm sprechen, nur Dane rief ihn am folgenden Abend an und bedankte sich, dass er ihn nach Hause transportiert hatte. Und sagte, nächstes Mal werde er einen ausgeben.

Du? Der Janez gibt einen aus? Dass ich das noch erlebe! Dass ich das noch erlebe!, wiederholte Safet und lachte, und auch Dane musste lachen, sagte dann aber, dass ihm schlecht sei, und legte ohne Gruß auf.

Trinken kann bei Menschen den Anschein von Nähe erwecken, kann sie in seltenen Fällen sogar einander näherbringen, bei anderen hingegen, so wie bei Safet und Dane, half das Trinken trotz der Nähe, einen Sicherheitsabstand zu wahren. Ihr Betrunkensein führte nie zu irgendeiner Aussage, in ihm gab es nicht die geringste Wahrhaftigkeit. Nichts lockten all diese Bäche von Sliwowitz aus ihnen hervor, was sie nüchtern nicht miteinander hatten teilen wollen. Beide versteckten sich beim Trinken voreinander. Ihre endlosen gegenseitigen Sticheleien füllten nur die Leere zwischen ihnen, verdeckten ihr grundsätzliches Nichtverstehen. Safet entdeckte in jener Nacht im *Čad* die Art und Weise, wie er mit Dane umgehen konnte, und Dane akzeptierte diese Art und Weise. Und vielleicht fanden daran auch beide Gefallen. Aber auch wenn sie Jahre später umarmt aus dem *Ježek* durch die halbe Stadt nach Hause zogen, waren sie einander keinen Deut näher als damals, als Safet Dane höflich nach Mutters Gesundheit gefragt hatte.

Vielleicht funktionierten sie ja gerade wegen dieser Distanz so ausgezeichnet. Ohne falsche Scham drehten sie die Wählscheiben ihrer Telefone und baten einander um Gefälligkeiten, wie man sie in jenen

Zeiten einfach brauchte, um sich das Leben zu erleichtern und zu verschönern. Weil sie keine Freunde waren, hatten sie nicht dieses schreckliche Gefühl, sich gegenseitig wirklich etwas schuldig zu sein. Es war nur ein *quid pro quo.* Oder übersetzt in Danes Sprache, wie ich dir, so du mir. Safet war ein Doktor der Schattenwirtschaft, er deckte nachmittägliche Handwerker, Amateurschmuggler und schwachsichtige Lagerverwalter ab, er brachte Hausmeister und Verkäufer, Automechaniker und Postboten zusammen. Keine Krise und keine Mangelerscheinung konnte ihm ans Leder. In Jugoslawien mochte es von Zeit zu Zeit an Kaffee oder Bananen fehlen, bei Safet nie. Er kannte die richtigen Leute und die eine Telefonnummer, die man zur Lösung von Danes Problem wählen musste.

Du schaust egal wohin, sitzt schon ein Bosnier drin, sagte nach jeder erfolgreichen Aktion Dane, der sich über die Verzweigtheit von Safets Netz nicht genug wundern konnte.

Der Staat Jugoslawien, erklärte er ihm, *ist nur eine Schimäre. Alle diese Beamten mit ihren Stempeln und Uniformen, alle Gesetze und Vorschriften, alles das ist nur Kulisse, der wahre Staat, das seid ihr, du und deine Bosnier. Ihr seid das Unterbewusstsein dieses bewusstlosen Staates.*

Und ihr?, fragte ihn Safet.

Auch Dane hatte natürlich sein Netz, in den Vorzimmern der Laibacher Ämter, bei den Finanz- und Verwaltungsbehörden, überall hatte er seine Leute, überall kannte er jemanden, und Unmögliches wurde möglich.

Worin seid ihr, du und deine Slowenen, anders als ich?

Dane spürte einfach, dass er anders war, dass er und seine Slowenen anders waren, aber er sagte nur *Alles geht den Bach runter,* und darauf stießen er und Safet an. Und bestellten eine neue Runde.

Sie tranken jeder auf seine Art. Safets Glas durfte nie zu voll sein. Zuerst sah er es an und fuhr mit dem Finger über den feuchten Rand. Dann nahm er es und führte es zum Mund, roch daran wie an Wein und hielt es für einen Moment dicht an die Unterlippe, bevor er es schließlich kippte. Safets erster Schluck war kurz, er leckte den Schnaps nur an, nur so viel, dass es brannte, dann machte er einen zweiten Schluck, einen längeren, der das Getränk im Glas halbierte. Jetzt nahm er das Glas ein wenig zurück, hielt es aber noch immer in der Luft und besah es. Noch einmal roch er daran, dann stellte er es auf den Tisch und schob es mit den Fingern sanft hin und her, bis er es wieder hob und ohne Zögern bis zum letzten Tropfen austrank.

Dane hatte sein Glas gern bis zum Rand gefüllt und ertrug keine leeren Gläser. Ein bis oben gefülltes Glas konnte eine ganze Ewigkeit vor ihm stehen, unberührt. Und wenn er sich entschlossen hatte, sich seiner anzunehmen, lenkte er den Blick auf das Glas, fasste es mit allen fünf Fingern, hob es vorsichtig zu sich, hielt es für einen Augenblick vor den Mund, damit sich die schwankende Flüssigkeit beruhigte, und goss sie dann in einem einzigen Schwung in sich hinein. Manchmal blieb vielleicht auch ein Tropfen am Boden zurück, aber zu dem kehrte Dane nicht mehr zurück. Er verwarf das Glas nach der Verwendung, schob es von sich, was die Kellner als neue Bestellung verstanden und ihm ohne zu fragen ein neues füllten.

Wenn sich Safet und Dane im *Ježek* trafen, der Bar gegenüber Danes Büro, tranken sie Sliwowitz. Zu Hause leerten sie *viljamovka* aus einer Flasche, in der meine ganze Kindheit hindurch eine große gelbe Birne faulte. Wenn es allerdings etwas zu feiern gab, holte Safet vom höchsten Regal in der Speisekammer die Radenska-Flasche mit dem kleinen weißen Aufkleber, wie Mutter sie auf die Marmeladen klebte.

Dunja, las er, öffnete sie und roch mit besonderem Genuss an ihr. *Weich wie die Seele.*

Jetzt schenkte er vorsichtiger ein und trank langsamer, denn *dunja* hatte sein Vater getrunken, der Ingenieur Fuad Dizdar.

Ein halbes Gläschen nach dem Essen, zur Zigarette.

Das war eine der wenigen Erinnerungen Safets an seinen Vater, und wann immer ich an meinen Großvater dachte, der lang vor meiner Geburt gestorben war, sah ich ihn, wie er am Tisch sitzt, die Wolljacke über die Schultern gehängt, die Zigarette zwischen die Finger gesteckt, und mit zitternder Hand, die das Gläschen *dunja* zum Mund führt.

Mit den Jahren wurden Safets und Danes Plänkeleien schärfer, Scherze und Lächeln verschwanden, und ihre Gespräche beim Sliwowitz verwandelten sich in Streiterei. Der Staat zerfiel, und mit ihm zerfielen Safet und Dane. Dane wurde nüchtern, er bekam sein eigenes Büro und ein Telefon ohne Vermittlung, und seine Nüchternheit weckte in Safet die alte Verachtung für das joviale rundliche Bäuerlein aus Jodel-Tungusien.

Ich will nur meinen eigenen Staat, schrie Dane.

Und deshalb fährst du meinen gegen die Wand, schrie Safet.

Mutter und Maja zogen sich von ihnen zurück, verzogen sich zu uns, in die Kinderzimmer, oder machten während der Besuche lange Spaziergänge durch die Siedlung, während die beiden nicht aufhörten herumzubrüllen.

Deiner fährt sich selbst gegen die Wand.

Nein, meinen Staat fahrt ihr gegen die Wand.

Wer wir?

Ihr Nationalisten.

Was für Nationalisten, du Arsch!

Was seid ihr denn, wenn ihr keine Nationalisten seid?

Nimm das zurück!

Weshalb?

Deshalb!

Los, schenk ein, verdammt noch mal, sei kein Weichei!

Nicht jeder ist ein Nationalist, der sieht, dass alles in den Arsch geht!

Red doch keinen Scheiß.

Was heißt, keinen Scheiß!

Hör doch auf! Ihr wisst doch genau, dass alles in den Arsch geht, und da wollen wir uns doch schnell abseilen.

Genau so, ja!

Und wegen wem geht alles in den Arsch? Das hat nichts zu tun mit euch?

Was hat das mit uns zu tun?

Ach, geh mir doch vom Acker. Am leichtesten ist es, sich blöd zu stellen.

Wer stellt sich blöd?

Ach, hör auf, lass mich in Ruhe. Ich kann eure ewigen Lügen nicht mehr hören.

Was für Lügen?

Los, gieß ein. Soll doch alles in Dreiteufelsnamen in den Arsch gehen. Auch ihr und eure Selbstständigkeit. Einen Scheiß verkündet ihr eure Selbstständigkeit.

Fick dich doch ins Knie.

Eines Tages läutete in Danes Büro das Telefon.

He, Landsmann, überprüf doch mal für Jadran, welche Republiks-angehörigkeit er hat.

Die jugoslawischen Säuglinge erbten die Republiksangehörigkeit bei der Geburt von ihren Eltern beziehungsweise nach den Geburtsorten ihrer Eltern. Das war nur einer der zahllosen jugoslawischen bürokrati-schen Idiotismen, scheinbar banal, wie scheinbar alle bürokratischen Idiotismen banal sind, solange sie nicht das Leben der Menschen be-stimmen.

Slowenien hatte sich abgespalten, und Safet, der sich auf den Un-tergang seiner Welt vorbereitete, hatte gehört, dass alle, die die slowe-nische Republiksangehörigkeit hatten, automatisch die Staatsbürger-schaft des neu entstandenen Staates Slowenien bekämen.

Dane rief nach einer halben Stunde zurück.

Jadran hat die slowenische Staatsbürgerschaft.

Erst jetzt erinnerte sich Safet, wie er an jenem Septembernachmittag seinen neugeborenen Sohn in das Formular eingetragen, wie er ihn in Buchstaben und Zahlen übersetzt hatte, er erinnerte sich an die bleichwangige Beamtin in der Mačkova, die ihm zu erklären versuch-te, dass sein Sohn die kroatische oder die serbische Republiksangehö-rigkeit haben könne, weil seine Frau in Kroatien geboren sei und er in Serbien; er erinnerte sich, wie unendlich idiotisch ihm das vorgekom-men und wie ihm ihre bürokratische Arroganz auf die Nerven gegan-gen war und wie er geschrien hatte, *Was zum Teufel soll mein Kind mit der serbischen oder kroatischen Republiksangehörigkeit, wenn es in Slowe-nien geboren ist und in Slowenien leben wird;* er erinnerte sich, wie sich die Beamtinnen von den anderen Schaltern auf sein Schreien hin ge-gen ihn in Bewegung gesetzt und sich hinter der Bleichwangigen auf-gebaut und zu ihm gesagt hatten, er solle sich beruhigen, und so sei es nun einmal, dass sie nur ihre Arbeit täten, dass so die Gesetze seien; er erinnerte sich an seine Entschlossenheit, ihnen nicht nachzugeben, weil es dieses Mal um seinen Sohn ging und weil sie seinen Sohn nicht mit diesen Gesetzen verarschen werden und weil weder Gott noch der Staat, noch die Tante hinter dem Schalter in der Mačkova bestimmen wird, wer und was sein Sohn ist; er erinnerte sich, wie sie alle zu ihm hingesehen hatten, wie sie nicht glauben konnten, dass jemand so etwas sagt, und wie sie zum Eingang gespäht hatten, überzeugt, dass jeden Moment ein Trupp Polizisten auftauchen und ihn abführen werde, weil er den Staat beleidigt; er erinnerte sich, wie er sie in diesem Augenblick hasste, weil sie aus einer idiotischen Angst heraus zuließen, dass der Staat sie verarscht, dass er ihre eigenen Kinder verarscht; er erinnerte sich, dass sie am Ende, als die Tanten eingesehen hatten, dass er sich nicht würde einreden lassen, dass das, was sie ihm erklärten, sinnvoll war, einen Paragrafen der Durchführungsverordnung auskramten, in dem es hieß, dass im Falle, dass sich Mutter und Vater nicht einigen können, das Kind die Staatsbürgerschaft der Republik bekommt, in der es geboren wurde; er erinnerte sich, wie die Tanten seine unermessliche Dankbarkeit erwartet hatten und er nur gesagt hatte, *Na also, verdammte Bürostuten,* und weggegangen war.

Mir war so, als hätte er sie, nur, ich habe mir gesagt, prüf das mal nach, für alle Fälle, sagte Safet.

Und du?, fragte Dane.

Das war eine Frage, die Safet hätte erwarten müssen, auf die er aber nicht vorbereitet war.

Was ich?

Wenn du willst, kann ich das auch für dich in Ordnung bringen, dass du auch die slowenische hast. Für Vesna mache ich das bereits.

Was du nicht sagst.

Maja hat mich gebeten. Aber von dir hat sie nicht gewusst, ob du sie willst.

Was soll ich damit?

Wie, was sollst du damit? Dass du automatisch die Staatsbürgerschaft Sloweniens kriegst. Damit du keine Probleme kriegst.

Was für Probleme? Warum sollte ich Probleme kriegen? Wovon redest du?

Safet wurde immer nervöser, und Danes Stimme klang immer ruhiger, wie betäubt.

Dass ich das für dich in Ordnung bringen kann, wenn du willst, sagte er.

Ich will nicht.

Was?

Ich will nicht. Ich brauche die slowenische Staatsbürgerschaft nicht.

Safet wollte noch etwas sagen, aber Dane hatte den Hörer schon aufgelegt. Danach tranken sie nie wieder zusammen.

XIII

Anja und ich fuhren in völliger Stille zurück. In Koper nahm ich die Autobahn, und es schien, als wäre auch die Landschaft ringsum verstummt. Der monotone Klang des Motors, die Markierungen, die die Fahrstreifen trennten, die Leitplanken und Anja, die auf meine Erklärungen wartete. So schnell hatten wir uns auf dem Friedhof ins Auto gesetzt, so schnell war ich weggefahren, dass es ihr nicht gelungen war, auch nur eine Frage zu stellen. Aber das brauchte sie auch nicht. Es war nicht an ihr, Fragen zu stellen, es war an mir, Antworten zu geben.

„Aleksandar hat sich umgebracht.“

„Was?“

Vielleicht hatte ich nur wissen wollen, ob sie mich hört. Vielleicht hatte ich sie wecken wollen, sie zu sich zurückrufen. Vielleicht musste ich aber doch jemandem von dem leeren braunen Fläschchen und Mutters Besuch erzählen.

„Wovon sprichst du? Wie meinst du das, er hat sich umgebracht?“

„Selbstmord. Aleksandar hat Selbstmord verübt.“

„Woher hast du denn das?“

„Vesna hat ihm ein paar Tage vor seinem Tod gesagt, dass sich Jana von ihm scheiden lassen wollte, während er in Ägypten war.“

„Und du denkst, dass er sich deswegen umgebracht hat? In seinem Alter?“

„Dass er damals nach Ägypten gegangen ist, hat er sich nie verziehen. Er hat geahnt, wie sehr sein Weggang Jana getroffen hat, und Vesna hat ihm diese Ahnung bestätigt. Sie hat seine größten Ängste noch geschürt. Davor hatte er sich trösten können, dass es vielleicht nicht so schlimm war. Danach hat er in sich nur noch den Schuldigen an ihrer Krankheit gesehen. Der Tod war eine ziemlich logische Konsequenz, wenn du es genau nimmst, denn er hatte keinen Trost mehr.“

Ich sprach ganz ruhig, als würde ich über Menschen sprechen, von denen ich in einem Buch gelesen hatte, und auch Anja hörte mir zu, als würde sie einer erfundenen Geschichte lauschen. Traurig, aber erfunden. Für sie waren die Worte, die ich aussprach, viel zu grauenvoll, als dass sie ihnen hätte glauben können.

„Warum hat Vesna ihm das gesagt?"

„Ich weiß es nicht. Aber sie hat es getan. Ich würde sagen, dass sie sich an ihm gerächt hat."

„Gerächt? Wofür?"

„Für Safet."

„Was hatte Aleksandar mit Safet zu tun?"

„Aleksandar hat nichts unternommen, um zu verhindern, was ihm passiert ist."

„Aber dann hätte sie sich auch an Dane gerächt, oder nicht?"

„Uns verletzen jene, die uns am meisten enttäuschen. Und am meisten enttäuschen uns Menschen, von denen wir am meisten erwarten."

„Aber du hast dich nicht an dem Menschen gerächt, der dich am meisten enttäuscht hat."

„Ich habe ihm nur eine gescheuert. Es war höchste Zeit, dass ihm mal jemand eins auf die Nuss gibt."

Erst jetzt wurde ich mir der Blutgerinnsel an meinen Knöcheln bewusst und der grauenvollen Szene, deren Zeuge Anja gewesen war. Deren Zeugen alle gewesen waren. Erst jetzt wurde ich mir der Angst in Špelas und Majas Gesicht bewusst, und Mutters und Anjas Entsetzen. Und Danes Schicksalsergebenheit, mit der er es mit sich geschehen ließ. Als hätte er gewusst, dass ich über ihn kommen werde. Es schien sogar, dass er erleichtert war, als endlich passiert war, was hatte passieren müssen.

„Aber Vesna konnte nicht wissen, dass sich Aleksandar umbringen würde, nicht wahr?"

„Nein. Aber auch sie glaubt, dass er es getan hat. Deshalb hat sein Tod sie so getroffen. Sie fühlt sich schuldig."

„Aber hast du nicht gesagt, dass Vesna Safet schon längst verschmerzt hat?"

„Das habe ich geglaubt. Jetzt denke ich, dass es unmöglich ist, Menschen, die man einmal geliebt hat, zu verschmerzen."

„Und hast du mit ihr darüber gesprochen? Ich meine, von wegen Rache. Oder hast du dir das allein ausgedacht?"

„Ich habe sie nicht direkt gefragt. Und sie würde es mir auch nicht zugeben. Aber sie war bei ihm und hat ihm von der Scheidung erzählt. Das weiß ich. Und ich weiß, dass sich Aleksandar umgebracht hat."

„Wie?"

„Mit Großmutters Blutdrucktabletten."

„Schrecklich."

„Ich habe das leere Fläschchen unter dem Bett gefunden."

„Und du hast nicht …"

„Nein. Das geht niemanden etwas an."

„Aber dass sie sich nach all den Jahren noch immer rächen wollte? Das kann ich schwer glauben."

„Ihre Rache geschah aus Liebe. Davon bin ich überzeugt. Einen anderen Grund gibt es nicht und kann es nicht geben. Ihre Liebe musste sprechen. Zu lange hatte sie geschwiegen. Auch Aleksandar hat sich aus Liebe umgebracht. Er ertrug den Gedanken nicht, dass er die Person, die er am meisten liebte, so sehr getroffen hat, dass sie ihn verlassen wollte. Er liebte Großmutter zu sehr, um mit diesem Bewusstsein leben zu können."

„Es geschah also alles aus Liebe."

„Es geschieht immer alles aus Liebe. Nur die Liebe geschieht nicht aus Liebe."

XIV

Vesna war unangemeldet gekommen. Nachdem sie sie fast zwei Jahre nicht besucht hatte, hatte sie sich nach dem Dienst ins Auto gesetzt und war nach Momjan gefahren.

Ihr beide seid auf der anderen Seite der Grenze, waren ihre ersten Worte, als sie in die Tür trat. *Als hätte jemand eine Grenze mitten durch mich hindurchgezogen. Sie haben uns voneinander abgegrenzt, sie haben uns alle voneinander abgegrenzt. Zwischen mir und meiner Mutter und meinem Vater haben sie einen Strich gezogen. Jetzt entscheidet jemand darüber, ob ich meine Eltern sehen darf.*

Jana und Aleksandar hörten ihr zu, als wäre sie wieder ein Teenager und würde ihnen irgendwas von Punk, *Otroci socializma* und *Via Ofenziva* erzählen, über eine Welt, für die sie schon lange zu alt waren, um sie verstehen zu können. Sie konnten sich einen Grenzübergang dort, wo nie einer gewesen war, nicht vorstellen, sie konnten sich im Kopf nicht das Bild kroatischer und slowenischer Zöllner ausmalen, wie sie jeder an seinem Ufer der Dragonja die Autos anhalten.

Vesna redete wie jemand, der Angst hat, stumm zu bleiben, und es war unmöglich festzustellen, wann ihre Geschichte über die Grenzübergänge zur Geschichte über ihren verlorenen Mann wurde. Sie sprach über Safet, aber zu hastig und zu unzusammenhängend, als dass Aleksandar und Jana ihr hätten folgen können. Sie warf mit Wörtern und Namen um sich, Orte und Zeiten flatterten ungreifbar durch den Raum.

Aleksandar und Jana hörten deshalb immer weniger und sahen immer mehr zu, überzeugt, dass das eine jener Geschichten war, die sich nur verstehen lassen, wenn es gelingt, die gesagten Worte zu überhören. Jana stand unvermittelt auf, setzte sich zu ihr und nahm ihre Hand. Da unterbrach Vesna ihre Erzählung. Tränen liefen ihr über die Wangen.

Man ist nie zu alt, um ein Kind zu sein, und Vesna hatte sich die ganze Zeit seit Safets Weggang gewünscht, wenigstens für einen kurzen Augenblick ganz hilflos zu sein, sich an jemanden anzuschmiegen und Trost zu finden. Aber als Vesna Jana aus der Nähe anblickte, sah sie ein ebenso hilfloses kleines Mädchen.

Mit weit offenen grünbraunen Fragezeichen anstatt Pupillen drehte sie sich zu Aleksandar um, in der Hoffnung, dass ihr Vater ihr erklären werde, wer dieses kleine Kind in Mutters Körper ist. Aber er hörte die Frage nicht.

Vesna hielt es nicht lange aus in der Nähe der Fremden, die sie hätte Mutter nennen müssen. Als sie aus der Haustür trat, überkam es sie, dass sie nur gehen wollte, sie wollte sobald wie möglich weg, sie wollte nur gehen, aber der Gedanke an die Zöllner, die sie unweit von hier erwarten würden, ließ sie innehalten. Sie ließen sie mitten im Hof des Hauses in Momjan innehalten und sich auf den nächsten Sitzplatz setzen. Unter den Feigenbaum.

Sie schmiegte die Hand an den Stamm des Baumes und glitt mit den Fingern über die Dellen und Buckel, als wollte sie prüfen, ob die Welt ringsum noch immer wirklich war. Sie war diesem buschigen Baum dankbar, dass er sein Aussehen und seinen Geruch bewahrt und sich der Narrheit widersetzt hatte, die in wenigen Jahren alles verändert hatte, von der Landschaft bis zu den Menschen. Vor allem die Menschen.

Als Aleksandar sich zu ihr setzte, verschwanden die Fragen aus ihrem Gesicht. Die Zeiten hatten sie gelehrt, dass man sich mit dem Leben abfinden muss. Aber ihre Worte sagten etwas anderes.

Ich werde dir nie verzeihen.

Aleksandar antwortete nicht. Er kannte seine Tochter, und diese Worte hätte er an ihrer Stelle noch vor ihrem Kommen sagen können. Aber trotzdem bohrten sie sich in ihn wie lange, scharfe Stacheln, die unsichtbar in seine Brust dringen und aus seinem Rücken wieder herauskommen.

Er hob den Blick zum Feigenbaum und zählte die Fruchttriebe zwischen den Zweigen, wo er sich vor dem Schmerz verbarg. Er kannte seine Tochter und wusste, dass ihre Vorwürfe nicht sterben und dass sie ihn vermutlich überleben werden, dass sie vielleicht sogar sie selbst überleben und in Jadran weiterleben werden, wie die Vorwürfe seiner Mutter in ihm gelebt hatten und noch immer lebten. Er kannte seine Tochter, und deshalb schwieg er, sich der Ohnmacht der Worte bewusst.

Unten, unbekümmert um die zwei, glitzerte in der untergehenden Sonne die Bucht von Piran, auch sie von einer unsichtbaren und noch unbestimmten Linie zergrenzt, von einer Linie, die Berge zweiteilte, Täler, Flüsse und Meere, von einer Linie, die zwischen Geliebten und Freunden einschnitt, die Familien zerschnitt und häufig sogar einen einzigen Menschen entzweischneiden konnte. Gewaltsam abgeschnitten von einem Teil ihres Lebens, saßen sie zusammen unter dem Feigenbaum und dachten an ihn, den aus ihrer beider Bild Gelöschten.

Wenn sich die Situation dort unten beruhigt hat und Safet zurückkehrt …, begann Aleksandar, aber Vesna unterbrach ihn.

Im Guten wie im Bösen, so hatten wir gelobt. Im Guten wie im Bösen. Er selbst hat entschieden, im Bösen ohne mich zu sein. Und er weiß genau, dass ich ihm das nie verzeihen werde. Auch er kennt mich gut genug.

Aleksandar kehrte ins Haus zurück. Durch die angelehnten Fensterläden horchte er auf das Starten des Motors ihres Auto und das Geräusch der sich drehenden Räder, die unter sich den Makadam zermalmten.

Am nächsten Abend kehrte er unter den Feigenbaum zurück. Er saß da und wartete, dass ihn Vesna anruft und ihm von Safets Weggang erzählt, ihn bittet, ob sie mit ihrer Mutter sprechen könne. In den Händen hielt er den Telefonhörer und erklärte ihr, dass Mutter krank sei und dass diese Nachricht sie niederwerfen würde. Er sah Jana und sah auch Vesna, er sah jetzt beide vor sich, und auch Safet sah er, wie er diesem Gespräch in irgendeinem dreckigen Laufgraben zuhört.

Nur er hat doch mit ihr gelebt, sagte er zu ihnen. Nur er ist doch Zeuge ihres Verlöschens; nur er ist doch an ihrer Seite gewesen, als für sie die Wörter aufhörten, sich zu Sinn zusammenzufügen, als die Wörter ihre Bedeutung verloren; nur er hat doch dreimal am Tag hinter ihr in der Toilette das Wasser gezogen; nur er ist ihr doch auf den Hof nachgelaufen, um ihr den Mantel umzuhängen, wenn sie mitten im Winter barfuß aus dem Haus gegangen ist; nur er hat ihr doch jeden Morgen sagen müssen, dass er Aleksandar ist, ihr Mann; nur er hat doch verstehen müssen, dass sie nicht neben einem Unbekannten im Bett liegen wollte; nur er hat ihr doch geholfen, nachts die Toilette zu finden, nur er war doch der Fremde in der Nacht, vor dem sie in Angst zurückgewichen ist; nur er hat sie doch überzeugen müssen, dass er ihren nackten Körper schon gesehen hat und dass sie niemanden rufen wird außer ihm. Nur er.

Abend für Abend kehrte er unter den Feigenbaum zurück und wiederholte seine Geschichte. Er setzte sich unter den Baum, lehnte sich an ihn wie ein müdes, getriebenes Tier, das sich schließlich der Verzweiflung und den Verfolgern ergibt. Er ließ es geschehen, dass ihn alle ihre Vorwürfe jagen, sich wie blutrünstige Bestien in ihn verbeißen und seine alten Knochen nagen.

Manchmal sah er unter dem Baum die Zerstückelung der Landschaft. Er sah hinunter zum Meer und fragte sich, wie viel von der Bucht noch sein war. Als er hinter das Haus sah, nach Norden, fühlte er, wie jemand in der Ferne seinen Blick aufhielt und ihm erklärte, dass er nicht weiterkönne, dass ihm nur bis zu den Föhren auf dem Hügelkamm zu sehen erlaubt sei. Er war ein Schmuggler von Blicken und Sehnsüchten, die unkontrolliert über die errichteten Grenzen gingen, die er selbst niemals überschreiten würde.

Er saß unter dem Feigenbaum und sah ihre greisenhaft zittrigen, geäderten Hände, wie sie vorsichtig die Klinke an der Tür betasten, als hätten sie sie noch nie zuvor geöffnet; er sah ihre weit offenen Augen, wie sie über die Wände im Badezimmer schweifen und das Handtuch suchen, mit dem sie sich abtrocknen kann; er sah sie, wie sie den Kopf hebt und zu der fleckigen Zeichnung an der Decke hinaufsieht, als hätte die Feuchtigkeit sie nicht schon vor Jahren dort hingemalt; er sah sie, wie sie ihn überrascht erforscht, wie sie in seinem Gesicht nach Spuren sucht, die ihn ihr entdecken würden.

Er tat so, als hörte er ihr *He, du!* nicht. Er saß neben ihr und wartete, dass sie ihn beim Namen rief. Aber er war dieser He-du. Er stand auf, nahm das Tablett mit den Kaffeetässchen und trug es in die Küche. Er hielt es schräg über das Spülbecken und ließ die Tassen und Teller hineinrutschen. He-du war es egal, ob etwas kaputtging. Er drehte das Wasser auf, damit es über alles wegfloss, sodass der gelöste Kaffeesatz die Wände bespritzte. Er sah, wie die kleinen Schmutzpünktchen trockneten, um für immer dortzubleiben.

He-du ließ es zu, dass sich der Schmutz überall sammelte, dass das Öl aus der nicht abgetrockneten Pfanne spritzte. Achtlos warf er das ungeschälte und ungesäuberte Gemüse in die Töpfe, sodass die siedenden Flüssigkeiten über die Ränder wallten und in die Fugen flossen und Holz und Eisen zerfraßen.

Die Kakerlaken, die in ihre Nähe gekrochen kamen, erschreckten sie, sagten ihr aber nicht mehr, dass ihr Heim einer Reinigung bedürfe, und He-du waren diese kleinen Ungeheuer nie abstoßend vorgekommen, wie auch die Motten nicht, die Würmer, Spinnen und sonstigen Mitbewohner, die leise durch das Haus wimmelten. Es gibt genug Platz für alle, sagte He-du.

Der Garten hinter dem Haus wuchs immer mehr zu, bis es kein Durchkommen mehr gab. Es wurde sinnlos, Pflanzen zu pflegen, die ihm zu nichts dienten, He-du war ihre Schönheit egal, alles wuchs aus der Erde und alles war lebendig, und wer war er, dass er die Natur zähmen und lenken würde. He-du kümmerte es nicht, wenn andere seine Himbeeren am östlichen Rand des Gartens pflückten. Vermutlich waren es Kinder, sagte er.

He-du kochte nach Gefühl. Alles wurde in Wasser gekocht, bis es weich war, und alles wurde auf Öl gebraten, bis es braun war, lieber noch schwarz. Und alles ging mit allem, weil sich im Magen sowieso alles mit allem mischte und es keinen Sinn hatte, wegen zweier alter Leute mit ausgedienten Papillen Probleme zu machen.

Langsam bewegte sie sich durch den Flur, weil sie den Lichtschalter nicht gefunden hatte und nicht sah, wohin sie trat. He-du sah sie, wie sie vom schwachen Licht der Gasflammen beschienen wurde, die blau unter dem Geschirr aufblitzten, und wie sie dort stehen blieb, am Übergang in der Tür. Sie sah zum Gasherd, es kam ihr seltsam vor, dass etwas im Dunkeln kocht, im leeren Haus. Nirgendwo war jemand, und sie hatte nichts zum Kochen aufgesetzt. Sie sah He-du nicht, der zu ihr trat, unmittelbar hinter ihrem Rücken stehen blieb und ihn sanft berührte.

Buh!

Sie sprang weg. Sie wollte schreien, aber sie brachte keinen Laut hervor. Sie brach die Luft aus sich heraus und atmete sie schnappend ein, als würde sie ersticken. Sie drängte von ihm weg, und fast hätte es sie zu Boden geworfen. Sie wollte flüchten, sie verstand sein Lachen nicht, sie schüttelte sich und griff mit beiden Händen nach den Wänden. Noch immer konnte sie nicht schreien. Es würgte sie, und sie öffnete den Mund, aber sie konnte nicht einatmen.

Jana! Ich bin es, Jana! Verzeih mir! Aleksandar! Dein Mann!

Es war zu spät. Sie flüchtete regungslos. Unfähig, sich von der Stelle zu bewegen, suchte sie das Gleichgewicht und starrte ihn an wie ein Gespenst, nur aus ihrer Kehle dröhnte es endlich heraus.

Aaahrharaaaa!

Aleksandar hob die Arme.

Ich will dir nichts tun, Jana, ich bin es, Jana.

Weg! Weg! Husch! Husch! Da! Daaaa!

Sie drehte sich um sich selbst, und ihre Hand drehte sich mit ihr und zeigte in alle Richtungen.

Jana, ich bin es, siehst du mich, alles ist in Ordnung, ich bin es, dein Aleksandar.

Ihre linke Hand wies ihn noch immer weg von sich, aber ihre Stimme verlor sich wieder. Jetzt atmete sie schnell und flach. Er versuchte sich ihr zu nähern, aber als er sah, wie sie mit der rechten Hand leicht ihre Brust berührte, wagte er nicht mehr, sich zu bewegen.

In dieser Nacht ging er nicht ins Bett. Es tagte, als er an die Tür des Schlafzimmers gelehnt, in das sie sich vor ihm zurückgezogen hatte, einschlief. Er hatte auf die Stille gehorcht, um aus ihr ihre Stimme zu vernehmen. Aber die Nacht war stumm geblieben.

Er erwachte voller Schmerzen. Sein Körper wehrte sich gegen jede Bewegung, und er kam kaum vom Fußboden hoch. Die Tür zum Schlafzimmer war noch immer geschlossen.

Vorsichtig öffnete er die Tür und sah sie, wie sie auf dem Bett lag. Auch sie ist angezogen eingeschlafen, dachte er. Aber von dort, wo er stand, konnte er nicht beurteilen, ob sie wirklich nur schlief. Sie lag auf dem Rücken, mit offenem Mund, aber ihr Atmen hörte er nicht.

Als er sich ihr näherte, hämmerte sein Herz schon gefährlich. Er legte seine Hand auf ihren Mund und sein Körper erstarrte. Er wartete, dass ihr warmer Atem seine zitternde Handfläche berührte, er wartete, dass ihm das Blut wieder durch die Adern floss. Er wartete, dass ihn der Tod dem Leben wieder zurückgab.

Sie lebt, atmete er schließlich erleichtert aus.

Sie lebt, wiederholte er.

Er versuchte die Hand über ihrem Gesicht wegzunehmen, aber sie gehorchte nicht.

Der Geruch nach eingetrocknetem Urin schlug ihm entgegen. Es war ein Gestank, den er bei Menschen verachtete, der ihm unter die Haut kroch. Als ob sie schon tagelang so angepisst daläge, dachte er. Auf dem Bett unter ihr ertastete er einen großen feuchten Fleck. Dann erblickte er ihre offenen vorstehenden Augen.

Sie erschreckten ihn so, dass er zurücksprang.

Du hast dich angepinkelt, sagte er. *Steh auf und wasch dich und zieh dich um, damit du nicht im Nassen liegst.*

Jana rührte sich nicht. Sie gab keinerlei Anzeichen von sich, dass sie seine Worte verstanden hatte. Aus ihr gähnte nur das Grauen vom Abend zuvor.

Es ist nicht gut, dass du im Nassen liegst. Du wirst dich erkälten.

Sie reagierte nicht. Ihre verkrampften Fäuste pressten die Decke unter sie, vermutlich mit der ganzen Kraft, derer sie noch fähig war. Aleksandar trat noch weiter zurück.

Fühl selbst, du wirst sehen, dass es feucht ist.

Jetzt war er mit einem Fuß schon aus dem Zimmer, und ihre linke Hand ließ die Decke los und bewegte sich langsam zwischen die Beine. Er sah, wie sie die Feuchte zwischen den Beinen ertastete.

Er stand nur zwei, vielleicht drei Meter weg von ihr, aber ihm schien, als sähe er auf etwas unendlich Entferntes. Dieser Körper, der sich betastete, gehörte schon niemandem mehr. Das war nur noch das Bild eines Körpers.

Zumachen! Mach die Tür zu!, schrie der Körper, und er machte sie zu.

Der Körper kam heraus, eingehüllt in das Betttuch.

Das Bad ist zweite Tür links, sagte er zu ihm.

Er zeigte mit der Hand Richtung Badezimmer, aber er bewegte sich nicht. Er drehte nur den Kopf im Raum.

Soll ich dir saubere Sachen bringen, damit du dich umziehen kannst?

Er antwortete nicht.

Eine Zeit lang stand er noch da, dann kehrte er ins Schlafzimmer zurück.

Nach einer Weile schob er die Tür auf. Jana saß auf dem Bett, noch immer in das Betttuch gehüllt.

Kommst du zum Frühstück?

Nein!, sagte sie. Kurz, abrupt.

Wenig später kam er mit einem Tablett, auf dem sich ein paar Schnitten Brot mit Marmelade und eine Tasse Kakao befanden. Er stellte es neben ihr auf dem Nachttisch ab.

Jana erhob sich vom Bett und setzte sich in seinen Sessel.

Er erinnerte sich nicht, dass sie das schon jemals getan hätte. Es war ungewöhnlich zu beobachten, wie sie versuchte, sich in ihm bequem hinzusetzen.

Du musst essen, sagte er.

Sie schüttelte den Kopf.

Du musst essen, damit du dein Medikament nehmen kannst. Hörst du? Du musst etwas essen, damit du dann die Medikamente nehmen kannst.

Wieder schüttelte sie den Kopf.

Gut. Ich gehe ja schon, aber iss das. Ich bitte dich, Jana, iss das.

Als er zurückkehrte, stellte er fest, dass sie das kleinere Stück Brot gegessen und einen großen Schluck Kakao genommen hatte. Weniger als gewöhnlich, aber an diesem Tag war das für sie eine üppige Mahlzeit. Er trug die Reste des Frühstücks in die Küche und brachte ihr die Tabletten für den Blutdruck und ein Glas Wasser. Auch dieses Mal schüttelte sie nur den Kopf.

Die Medikamente musst du nehmen. Jana, bitte! Das sind ernste Sachen, hör auf, Unsinn zu machen.

Nie zuvor hatte sie das Einnehmen der Medikamente verweigert. Aleksandar stand vor ihr, in der einen Hand die Tablette, in der anderen das Glas, und sie drehte sich immer weiter weg von ihm. Schließlich presste sie ihr Gesicht in den Lehnstuhl.

Verdammt noch mal, Jana, tu mir das nicht an, ich bitte dich inständig. Wir können mit den Medikamenten keine Spielchen spielen.

Sie schlug die Beine unter und setzte sich darauf. Wie ein Kind wand sie sich zu einem Knäuel zusammen, ihr Kopf war überhaupt nicht zu sehen.

Jana! Jana! Hör auf, Jana. Ich bitte dich, hör auf!

Hinaus!

Jana! Das sind die Medikamente, damit treibt man keine Spielchen.

Lass mich!

Jana!

Hinaus! Husch!

Jana!

Husch!

Jana!

Husch! Husch!

Er stellte das Glas ab, packte sie am Arm und zog sie zu sich. Er drückte ihre Wangen zusammen, zwängte ihre Lippen auf und schob ihr die Tablette auf die Zunge. Dann griff er nach dem Glas und goss ihr das Wasser in den Mund.

Schluck das runter! Schluck das, habe ich gesagt!

Sie schluckte es runter.

So! Brav.

Als er aus dem Zimmer ging, schloss er die Tür hinter sich. Als er aus dem Haus ging, schloss er die Tür hinter sich ab. Für alle Fälle, denn er wusste nicht, wie lange er nicht zurück sein würde. Weil er nicht wusste, wohin er ging.

Die Bücher lagen schon lange unberührt neben ihr auf dem Tisch. Lange Zeit hatte er sie ungelesen in die Bücherei zurückgebracht und neue für sie entliehen, aber die hatte sie nur noch aufgeschlagen und geschlossen. Manchmal nahm sie eines in die Hand, aber sie schien nicht zu wissen, was sie mit ihm anfangen sollte, wenn sich die Buchstaben nicht mehr zu Wörtern fügten. Manchmal legte sie nur die Hände auf den Einband und strich darüber. Als er an jenem Tag zurückkehrte, fuhr sie mit dem Finger über die Rillen eines Buches von Iwan Turgenjew. *Aufzeichnungen eines Jägers.*

Soll ich dir daraus vorlesen?, fragte er, um sie zurückzurufen und die Trübseligkeit zu verscheuchen, die er im Haus vorgefunden hatte.

Überraschenderweise nickte sie, und er nahm das Buch unter ihrer Hand hervor und begann zu lesen. Er dachte, er werde nur eine oder zwei Seiten lesen, aber als er es auf den Stapel zurücklegen wollte, sagte sie *Noch,* und er las weiter, und dann sagte sie wieder *Noch,* und er las, bis es dunkel wurde und er die Buchstaben nicht mehr sah und mitten auf der Seite aufhören musste. Mitten im Satz.

Am nächsten Morgen drückte sie ihm selbst ein Buch in die Hand. Ein anderes. Ein Buch von Somerset Maugham. *Der Menschen Hörigkeit.* Sie hat sich an den gestrigen Tag erinnert, dachte er, sie hat sich an ihn erinnert. Es rührte ihn, und seine Stimme zitterte während des Lesens.

Nach langer Zeit spürte er wieder, dass etwas zwischen ihnen überging, dass seine Stimme zu ihr drang. Vielleicht waren es nur einzelne Wörter, vielleicht war das Vorlesen für sie nur ein angenehmes Rauschen, eine etwas andere Stille, nach der sie sich sehnte. Aber etwas war wieder zwischen ihnen, was in ihrer Erinnerung übernachtet hatte und mit ihr erwacht war.

Deshalb las er weiter. Durch das Fenster schien die Sonne herein, und die Buchstaben stellten ihm immer wieder Fallen. Sie war wieder ruhig, und es schien, dass sie ihm zuhörte, dass sie hier war, dass sie wieder bei ihm war. Mehr hätte er sich nicht wünschen können, mehr wäre zu viel gewesen.

Ich möchte nach Hause, sagte sie.

Wieder hielt er mitten im Satz inne. Das halbe Wort blieb ihm im Mund stecken.

Aber du bist doch ...

Nein, er konnte den Satz nicht zu Ende sagen. Er konnte nicht mehr. Er konnte sie nicht mehr aus ihren eingebildeten Welten zurückrufen.

Sutra te vodim kući, sagte er zu ihr, zu dieser Fremden, die in seinem Haus wohnte.

Diese Frau war nicht Jana, und es war sinnlos, mit ihr in der Sprache zu sprechen, in der er mit Jana gesprochen hatte.

XV

In der ersten Nacht starb der große Dichter. Nie zuvor hatte ich seine Gedichte gelesen, aber mir schien, dass er sich mit seinem Tod an genau diesem Tag in unsere Familie eingeschmuggelt und sich zu uns gesellt hat. Er wurde ein Teil der Geschichte, und für einen Moment überlegte ich, zu seiner Beerdigung zu gehen. Marko war unsere große Geschichte, und der große Dichter wurde unverhofft, aber auch unwiderruflich ein Teil von ihr. Die Nacht, die wir beide für Marko ausgewählt hatten und die sein Tod für ihn gewählt hatte, verband uns und brachte mich dazu, einige von seinen Gedichten zu lesen. Sie waren ansprechend, vielleicht etwas ungewöhnlich, manche Verse gefielen mir sogar, viele verstand ich nicht. Aber seine Worte passten nicht zu jener Nacht, sie stimmten nicht mit ihr überein. Jene Nacht war anders als die Gedichte des großen Dichters. Sie klang anders. Sie reimte sich. Mir schien, dass die Wörter in seinem Gedicht nach dem Zufallsprinzip kamen, von irgendwo fielen sie auf sein Papier, schmolzen und saugten sich ein wie Schneeflocken, unsere Nacht hingegen war im Voraus geplant, durchdacht, berechnet, nichts Dichterisches war an ihr, mehr als einem Gedicht glich sie einer geschäftlichen Rechnung. Und trotzdem war sie unendlich schön, schöner als jedes Gedicht. Obwohl wir in jener Nacht überhaupt nicht Marko gezeugt haben. Aber trotzdem erinnere ich mich an sie besser als an jene Nacht, in der wir ihn gezeugt haben. Die habe ich längst vergessen. Und mit ihr all ihre Tode, auch solche großen und unvergesslichen, wenn es sie vielleicht gegeben hat, alle habe ich vergessen. So ist das. Manche Nächte und manche Tode bleiben, andere nicht. Die Nacht, in der der große Dichter starb, ist geblieben, und Anja liegt noch immer neben mir, sieht mich an und sagt *Wollen wir es wirklich tun?* Ich nicke und sie lacht, mit einem Lachen voller Angst. *Du willst nur Sex,* sagt sie, und ich *Ohne geht es nicht,* aber sie schüttelt den Kopf, ich frage sie *Bist du nervös?*, weil ich gern Fragen stelle, zu denen ich die Antwort kenne, und sie sagt *Ein bisschen schon,* und ich sage *Es ist ja schnell vorbei,* ein fertiger und schon gehörter Scherz, und sie umarmt mich, dankbar für meine Geduld, und so liegen wir lange umarmt und denken vielleicht darüber nach, ob diese Nacht wirklich die richtige ist und ob es richtige Nächte überhaupt gibt. Dann flüstert sie *Also gut* und beginnt sich auszuziehen, und meine Hand streichelt ihren Körper, es kitzelt sie, immer kitzelt es sie, wenn sie nervös ist, aber jetzt sage ich nichts, es ist keine Zeit mehr für meine Scherze, jetzt heißt es sich ausziehen und mit der Arbeit beginnen, noch im letzten Augenblick, bevor ihre Hand zwischen meine Beine greift und meine Gedanken schweigen lässt, denke ich, dass es komisch ist, wenn wir dazu Arbeit sagen.

Die zweite Nacht blieb Anja in ihren roten Schal gehüllt. Sie hatte ihn sich um den Hals geschlungen, bevor sie am späten Nachmittag das Büro verließ, und dort, an ihrem Hals, erwartete er den Morgen. In ihrem Büro hatten sie das erste große Projekt, an dem sie mitgearbeitet hatte, abgeschlossen, und ihre Stunden standen zur Disposition, sie stand zur Disposition. Jedenfalls stand Anja an jenem Abend nach elf Stunden Arbeit, es war gegen halb sieben, von ihrem Tisch auf, sagte zu Tina, die neben ihr saß, sie sei um sieben beim Zahnarzt bestellt, und ging. Sie hatte kein bestimmtes Ziel, wollte auch nicht nach Haus, sie ging nur zwischen den Glühweinständen hindurch, zwischen den Silvester vorfeiernden Gesellschaften, zwischen chinesischen Touristen, zwischen Weihnachtslieder spielenden bulgarischen Zigeunern, sie ging an diesem ganzen dezemberfröhlichen Tollhaus vorüber, und die ganze Zeit hatte sie das Gefühl, auf der Stelle zu stehen und alles das an ihr vorüberziehen zu sehen. Sie ging und sah die fröhlich beschwipsten Menschen und die Lichterketten an den Rändern der Fassaden, und ihr war, als wäre sie überhaupt nicht hier, als würde sich alles woanders abspielen, als wäre Ljubljana, durch das sie geht, nur eine große pulsierende Illusion. *Ich mag nicht nach Haus. Kommst du in die Stadt?*, sagte sie, als sie mich endlich zurückrief. Es war gegen halb zehn abends, und sie wartete am Prešernov trg auf mich, an unserem Platz, genau dort, wo wir aufeinander gewartet hatten, als wir noch *dates* hatten und Händchen hielten, aber die Tatsache, dass sie genau dort stand, war ihr überhaupt nicht bewusst. Sie war durchgefroren, aber sie wollte nirgends hin, sie wollte nur schlendern, egal wohin. *Wir können Richtung Tivoli gehen,* sagte sie. Sie hatte das Gefühl, dass sie, wenn sie nur einen Schritt in eines der Lokale setzte, umgehend ein Teil dieser alles einbeziehenden Vergnüglichkeit würde. *Ich kann nicht,* sagte sie, und so gingen wir, bis es um uns herum keine Stände und keine fröhlichen Menschen und keinen Lichterschmuck mehr gab, und gingen, wohin die Menschen nicht spazieren gehen, wir bogen ab, weg vom Tivoli, auf die Pre 韻ernova cesta und dann Richtung Ro žna dolina, und ich hatte Angst zu fragen, ob etwas nicht stimmt, und Anja wiederholte nur, wie ihr die frische Luft und die Stille des nächtlichen Ljubljana guttäten, wo sie vom Lärm der Tastaturen und Kaffeemaschinen schon genug habe, sie sagte, dass sie vergessen habe, wie schön und still es hier draußen ist, und ich blickte mich in dieser Straße um, sah den zusammengeschobenen Schneematsch an den Rändern der Gehwege, all die geparkten Autos, die unschönen Häuser mit den nicht renovierten Fassaden im hässlichen Neonlicht der Straßenbeleuchtung, ich drehte mich um und wusste nicht, von was für einer Schönheit sie spricht, und sie lachte leise. *Ich habe das Telefon ausgeschaltet,* sagte sie, als verkündete sie stolz einen großen Sieg über die Erreichbarkeit. Diese Nacht hatte sie schon um halb sieben ihren roten Schal um den Hals gebunden und sich ausgeschaltet. *Ich habe das Telefon ausgeschaltet,* wiederholte sie, und ich sagte *Gib mir fünf!,* hob die Hand und sie schlug dagegen, und dann gingen wir weiter, Anja, ich und ihr ausgeschaltetes Telefon, in der Stille kamen wir an der Studentensiedlung vorbei, und ich wollte nicht fragen, wohin wir gehen und ob es sie friert und ob alles in Ordnung mit ihr ist, weil ich wusste, dass sie mir nicht antworten würde.

Die dritte Nacht sah ich sie schlafend auf der Couch. Ich sah sie und sah die anderen, die sie so erschöpft hatten. Zuvor sah ich sie, wie sie durch die Tür kommt, ohne Kraft, den Mantel im Vorzimmer auf den Bügel zu hängen, wie sie die Schuhe mit den Füßen abstreift, wie sie die Handtasche loslässt, sodass sie ihr aus der Hand zu Boden rutscht, ich sah sie, wie sie das kalt gewordene Mittagessen herunterschlingt, ohne vorher davon zu probieren, wie sie abwesend auf den Bildschirm starrt, ohne dem Wechsel der Bilder zu folgen, und sich abwendet, wie sie auf die Couch kriecht, wie ihr Körper zur Ruhe kommt und wie ihre Lider die Augen bedecken, während sie sagt *Ich geh mich ja gleich umziehen.* Ich sah sie und sah die anderen, wie sie sich vor der Tür des Büros von ihr verabschieden, lachend, zufrieden, wenn es nicht so spät wäre, würden sie sie auf ein Bier einladen, das tut gut nach der Arbeit, überhaupt wenn ein langer, anstrengender Tag hinter einem liegt, wenn man ein Projekt abschließt, wenn alle dabei sind, wenn sie ein Team sind, das ist ihr Projekt, die Renovierung des Technischen Mittelschulzentrums Naklo bedeutet allen viel, und sie könnten stundenlang darüber reden, aber jetzt stehen sie nur am Ausgang, verabschieden sich und reden über Abflusssysteme und die Farbe der Kacheln in der Schulmensa, sie lachen, auch Anja lacht, sie ist voller Energie, die ihr auf dem Heimweg auf geheimnisvolle Weise abhandenkommen wird, aber dort, am Ausgang, höre ich sie reden, sie sagt Worte, die sie immer sagt, wenn sie über wichtige Dinge spricht, und die Renovierung des Technischen Mittelschulzentrums Naklo ist unendlich wichtig für sie alle, auch für sie, deshalb sehen sie den ganzen Tag aufmerksam nach der Uhr in der Ecke ihres Bildschirms, deshalb gehen sie eilig auf die Toilette, deshalb bestellen sie sich das Essen ins Büro, deshalb meiden sie die Vorgesetzten, die unter Druck grundlos schreien, deshalb kochen sie sich auch nachmittags Kaffee und trommelt jemand am Nachbartisch mit den Fingernägeln und stößt jemand anders die leere Tasse auf dem Tisch zurück. Ich sah sie vor mir und sah sie am Morgen im Dunkeln weggehen, sie hat es eilig, und anstatt mit einem Kuss geht sie mit der Ausrede, mich nicht wecken zu wollen, gern kommt sie morgens etwas früher ins Büro, wenn noch alles still ist, wenn niemand sie antreibt, wenn es vor dem Kaffeeautomaten noch keine Warteschlange gibt und wenn sie in der Küche am Fenster stehen und hinaussehen oder am Smartphone die Nachrichten aus der Welt der Celebritys und anderes Interessante lesen kann und das Gefühl sie locker macht, Zeit für dumme Sachen zu haben, und die Müdigkeit, mit der sie aufgewacht ist, leichter erträglich macht. Ich sah sie, wie sie erschöpft von fremden Träumen vor mir auf der Couch schläft. Gern hätte ich geschrien, sie geweckt und ihr gesagt, wie dumm ihre Müdigkeit ist, wie sinnlos dieser durchschlafene Abend ist, wie traurig es ist, dass ich ihr beim Schlafen zusehen muss, vielleicht hätte ich sie wirklich wecken und ihr alles das sagen müssen, aber ich ließ sie dort, löschte das Licht und ging ins Schlafzimmer. Sie schlief auf der Couch, und ich schlief in unserem Bett, in der Nacht, in der ich ihr ein Kind hätte machen müssen.

Die vierte Nacht schwieg ich. Sie war am Wort, und ich wartete. Ich wartete, dass sie die aufgewärmten Spaghetti mit geräuchertem Lachs und Porree fertig isst. *Koch du nur, ich mache es mir warm, wenn ich komme.* Ich wartete, dass die Waschmaschine zu Ende wäscht und dass sie die Wäsche aufhängt. *Du könntest auch mal die Wäsche waschen, wenn du siehst, dass ich keine Zeit habe.* Ich wartete, dass sie das Telefongespräch mit Stanka beendet. *Was?* Ich wartete, dass die Abendnachrichten vorübergehen. *Interessiert dich nicht, was in Syrien passiert?* Ich wartete, dass sie von der Toilette zurückkommt. *Was haben sie gesagt, wie das Wetter morgen wird?* Ich wartete, dass sie auf eine Mail antwortet. *Mein Gott, das hab ich dir doch schon alles erklärt.* Ich wartete, dass sie sich die Fotogalerie von zehn Städten ansieht, die einer besucht haben muss, bevor er stirbt. *Ich würde gern mal nach Luang Prabang.* Ich wartete, dass sie Facebook checkt. *Das ist ja nicht zu glauben.* Ich wartete, dass sie sich einen Tee macht. *Willst du auch einen Tee?* Ich wartete, dass sie durch die Fernsehkanäle zappt. *Nichts, was sich zu sehen lohnt.* Ich wartete, dass sie sich zu mir umdreht. *Geht es dir gut?* Ich wartete, dass sie aufhört zu fragen. *Warum sagst du nichts? Bist du beleidigt? Gehst du auch schlafen?* Ich wartete, dass sie sich fürs Schlafen fertig macht, dass sie sich ins Bett legt und das Licht ausmacht. *Du kommst nicht?* Ich wartete, dass sie sich auf ihre Seite dreht. *Gute Nacht.* Ich wartete, dass sie einschläft.

Die fünfte Nacht dachte ich an Flucht. Ich wartete nicht, bis sie kam, sondern machte den Fernseher aus und ging schlafen, enttäuscht über noch einen parallel verlaufenen Tag. Unser Defilee fand seine Fortsetzung, und als ich in die Stille unserer leeren Wohnung eintrat, fühlte ich mich nach langer Zeit wieder verlassen. Ich hatte schon vergessen, wie es ist, verraten zu sein, dieses Gefühl, das einem durch die Poren dringt und sich an die Knochen legt, das von einem Besitz ergreift und einsam macht. Wenn du allein bleibst, wirst du immer zum Kind und denkst die kindischsten Gedanken. Und deshalb dachte ich an Rache, an allem und jedem, an Fortlaufen, an Flucht. An diesem Abend dachte ich an Flucht, an diesem Abend verstand ich Safet. Ich war Safet. Verraten, betrogen und verlassen. Ich spielte mit dem Gedanken fortzugehen, so wie er fortgegangen war, weit weg, irgendwo ans Meer, wo die Menschen nicht meine Sprache sprechen, in eine Stadt, in der mir die Blicke folgen, mir, dem Fremdling, der die Tage am Strand verbringt und sich in die hohen Wellen wirft, der sich den Ozeanströmungen hingibt, als würde er sich jedes Mal, wenn er ins Wasser geht, von jemand verabschieden, mit ihm, den hier niemand kennt, aber alle erahnen, weil sie es an seinem Gesicht sehen, in seiner Haltung, in seinem Schweigen. Zuerst sehen sie mich an, dann werden ihre Blicke müde und wenden sich ab, tun so, als gäbe es mich nicht, nur die Kinder sprechen mich gelegentlich an, aber auch für sie bin ich bald uninteressant. Kinder werden einer Sache rasch überdrüssig. Ich bleibe allein mit den Wellen, denen ich mich immer übermütiger hingebe, als bäte ich das Wasser, mich zu nehmen, aber das Wasser umspült mich nur, fließt unter mich und schützt mich vor der Härte des sandigen Bodens, lehrt mich die Freiheit, ich gebe mich ihm hin und entdecke die unendliche Freiheit meines nackten Körpers, der mit dem Wasser unmittelbar am Ufer dahinströmt, niemand versteht, warum ich das tue, jeden Tag aufs Neue und mit einer derartigen Hartnäckigkeit, denn keine Welle schreckt mich genug, dass sie mich auf dem Trockenen zurückhalten könnte, denn ständig gehe ich aufs Neue weg, niemand begreift, dass eine Flucht immer unbeendet ist, dass ich nirgends angekommen bin, am wenigsten noch in diesem Küstenort, bei diesen unbekannten Menschen, bei diesen Wellen, dass ich überhaupt nicht hier bin, wie auch Safet nie in Otoka war, nie gehen mir die Wellen aus, weil ich nie ans Ufer getragen werde. Flucht bedeutet ein endgültiges Auslaufen, und deshalb reizte sie mich an diesem Abend so sehr, gerade das Endlose an ihr reizte mich, und dass nie jemand am Ufer steht, der mir die Hand reicht und mir aus dem Wasser hilft, und dass ich in dieser Stadt vielleicht jemandem begegne, wir uns aber nicht erkennen, einander nicht vertrauen, und dass es uns nicht in die gleiche Richtung weiterträgt. Ich hörte sie hereinkommen, ich hörte sie vorsichtig die Tür öffnen und sich vergewissern, ob ich schon schlafe, und sie noch vorsichtiger schließen und die Schuhe abstreifen, ich hörte den Strahl ihres Urins, ich hörte, wie sie sich umzieht und wie sie sich zu mir ins Bett legt. Ich spürte ihre Lippen, die sich an mein Gesicht schmiegten. Ich weiß nicht, wer von uns beiden als Erster einschlief.

Die sechste Nacht begann ich zu sprechen. *Was ist jetzt?*, sagte ich, und mein Blick sprach mir nach. Was ist jetzt? Ich war idiotisch anzusehen und anzuhören, dessen war ich mir bewusst. Das Gespräch, das ich anfangen wollte, hätte einen schöneren Eröffnungszug verdient, aber dazu war ich wieder einmal nicht fähig. Wenn es wirklich ernst wurde, verließen mich die Worte und blieben mir nur noch ein paar Buchstaben, mit denen ich kaum ein *ja* und *nein* und *ich weiß nicht* zusammenbrachte. Am Höhepunkt der Gespräche über die ernstesten Dinge brachte ich nur noch ein Grunzen und Heulen und Gurgeln zustande, und wenn ich einen guten Tag hatte, murmelte ich Unverständliches. Dann verzweifelte Anja und verschob die Fortsetzung des Gesprächs auf unbestimmte Zeit. *Was – was ist jetzt? Womit? Was willst du?* Ich wusste, dass sie sehr gut weiß, was ich sie frage, und dass es keiner anderen, keiner andersartigen Worte bedarf, dass ich nur den falschen Moment gewählt habe, um in sie zu dringen. Mit den Füßen stemmte sie sich gegen den Boden und stieß sich kräftig ab und ihr Drehstuhl schwamm weg vom Tisch und machte mitten im Zimmer halt, sie drehte sich zu mir um und starrte mich an. *Nichts.* Alles war klar, beiden, aber Anja schaukelte jetzt links-rechts und wandte den Blick ab. Sie wehrte sich mit Schweigen. *Willst du nichts sagen?* Sie drehte sich zurück zum Bildschirm und sah auf ihre Pläne, sie stellte beide Füße auf den Boden und beendete so das Schaukeln des Stuhls. Alles kam zur Ruhe, und ich konnte das Wasser hören, das in der Heizung gluckerte. Anjas verkrampfter Körper sagte mir, dass ich auch diese Nacht hätte schweigen sollen. Es war ihr Gespräch, sie müsste es beginnen, wenn sie dazu bereit war. Sie fuhr wieder an den Tisch, ihre Hand griff nach der Maus, und bald tönte ihr Klicken durch den Raum. Nichts hätte ich zu ihr sagen dürfen, und jetzt müsste ich mich umdrehen, mich zurückziehen, aber so, dass mein Rückzug nicht wie ein Protest gegen ihr Schweigen aussähe, vielleicht müsste ich etwas sagen, um diese Stille zu mildern, die für sie unerträglich war, jetzt hätte ich etwas sagen müssen, aber es war schon zu spät, ihre Hand glitt von der Maus und fiel auf den Tisch. *Also wirklich, Jadran, siehst du nicht, dass ich arbeite! Du weißt doch, wie viel Arbeit ich habe. Und trotzdem nervst du!* Sie brachte nicht die Kraft auf, sich zu mir umzudrehen, sondern sprach in den Rechner. Und ich ertrug den Blick auf ihren Rücken nicht und stand auf und ging in die Küche, öffnete den Kühlschrank, goss mir ein Glas Apfelsaft ein. Dann setzte ich mich wieder auf die Couch und machte den Fernseher an. Anja hatte währenddessen den Rechner ausgeschaltet. *Ich gehe schlafen,* sagte sie und ging ins Schlafzimmer. Als sie an mir vorüberging, stieg sie vorsichtig über meine ausgestreckten Beine, sah mich aber nicht an.

Die siebente Nacht redete Anja. *Ich trau mich nicht. Ich trau mich nicht, ein Kind zu haben,* sagte sie.

XVI

Du siehst ja, dass ich nicht in dein Schweigen eindringe, das sich zwischen uns nach der Rückkehr aus Momjan aufgebaut hat, Anja, ich betrachte dich von weitem, auch wenn du direkt neben mir bist, und dann muss ich an Großvaters Worte denken. *Du musst nicht allein sein, um einsam zu sein,* hat er gesagt, wenn du dich erinnerst, und jetzt sind seine Worte das Einzige, was durch unser Schweigen hallt. Ich nähere mich dir nicht, ich bleibe auf meiner Seite des unsichtbaren Zauns und warte, dass du zu mir kommst, dass du sagst, was ich schon weiß, und dann auch alles andere, weshalb du schweigst und weshalb ich schweige. Safet hat gesagt, *Es gibt Tage, wo selbst die Jahre schneller verfliegen,* und mir scheint, dass sich nur solche Tage vor uns erstreckt haben und dass die Morgen noch nie so weit entfernt waren von den Abenden, an jedem beginnt ein neues Verstummen und jedes von ihnen schmerzt, denn noch immer weiß ich nicht, weshalb du fortgegangen bist. Du sagtest nur, du seist nicht wegen Tadeja fortgegangen, und seitdem habe ich noch mehr Angst, und wegen dem, was ich nicht weiß, schweige auch ich, wegen dem dringe ich nicht in unser Schweigen ein, sondern sehe dir lieber nur zu, wenn du Markos Kleidungsstücke neben seinem Bett zurechtlegst, damit er sich am Morgen anziehen kann, und du vermutlich überlegst, ob es ihm gelingen wird, das T-Shirt in die Hose zu stecken anstatt die Hosenbeine in die Strümpfe, und höre dich, wie du mich am Morgen rufst, damit ich ihm zusehe, du spielst die strenge Mutter und sagst zu mir, ich solle ihm sagen, dass das T-Shirt in die Hose gehört, und drehst dich zur Seite und verbirgst vor ihm, dass du lachen musst, weil er genau so ist wie du, als du klein warst. Jetzt betrachte ich dich und denke über dich in jenem Hotelzimmer nach, siehst du, Anja, ich weiß, welches Zimmer es war, ich habe es dir nicht gesagt, aber ich weiß, wohin du gegangen bist, ich weiß, dass du dorthin gegangen bist, in das Zimmer, aus dem man, auf dem Bett liegend, durch das Fenster nur Meer und Himmel sieht. Nur das ist mir von diesem Zimmer in Erinnerung geblieben, die anderen Erinnerungen an jene lange Nacht und an jenes bisschen Morgen hat dein nackter Körper überdeckt, der auf dem Bett lag, als ich aus dem Badezimmer kam. Auf ihm nächtigten und feierten unsere Körper, und wenn ich diesen Raum in Gedanken erneut betrete, verspüre ich in mir nur Begehren. Es war unser erster Jahrestag, ja, auch daran erinnere ich mich, Anja, obwohl ich mich oft nicht an Dinge erinnere, an die ich mich erinnern müsste, und wir haben uns einander selbst geschenkt, ich weiß, wir haben es anders genannt, aber das war es, weil wir damals nur zwei einander anziehende Körper waren, weil zwischen uns die unsichtbaren Fäden der Liebe noch nicht gewebt waren und weil wir uns noch mit den Händen aneinander festhalten mussten, damit uns die Strömungen nicht abtrugen, jeden auf seine Seite, wir mussten einander unaufhörlich berühren, anfassen, streicheln, und wenn es dich vielleicht interessiert, ich vermisse diese leise Unsicherheit und das fehlende Vertrauen in uns, die wir es unaufhörlich trieben, ich vermisse unsere unersättlichen Nächte, ich vermisse, dass wieder alles ganz einfach ist und ich in dir nur den nackten Körper sehe, der mich auf dem Bett erwartet, ja, Anja, ich vermisse diese Naivität, die glaubt, dass es genügt, wenn wir zusammen im Bett sind. Ich vermisse auch dieses Zimmer, in dem du, wenn du auf dem Bett liegst, durch das Fenster nur Meer und Himmel siehst, ich vermisse sogar den verkaterten Morgengeruch nach Liebe, der sich gegen das frische, blanke Bild jenseits des Fensterglases wehrt. Aber nein, ich wollte nie dorthin zurück, in das Zimmer, wo wir noch unsicher und misstrauisch waren, wo wir noch so vieles nicht wussten, wo wir noch so vieles nicht waren, wo alles noch so unkompliziert war und wo von uns noch so vieles fehlte, weil das überhaupt nicht wir beide waren. Wir beide kamen später, Anja, weil wir beide nicht in Hotelzimmern im verkaterten Morgengeruch nach Liebe aufwachen, wir beide tragen diesen Geruch hinaus, wenn du mich zum Arzt fährst und im Wartezimmer darauf wartest, dass ich aus der Ordination komme, wütend auf mich, weil ich an jenem Abend, als ich zu dem Lokal an der Ljubljanica gegangen bin, nicht auf dich gehört und meine Winterjacke angezogen habe, aber es mir geglückt ist, deine Gedanken zu erraten und die Einladung zu der Geburtstagsfeier auszuschlagen, damit wir allein bleiben und uns an dem Abend auf der Couch vorm Fernseher räkeln können. Das sind wir beide, Anja, und wenn ich mich an dieses Zimmer erinnere, sehe ich uns beide überhaupt nicht dort, sondern sehe nur dich, deine jungen, ragenden Brüste, spüre unter den Fingern den Weg vom Bauchnabel hinunter bis zu den ersten Härchen, sehe auf deinem Gesicht die schlecht verhohlene Verschämtheit, deine Koketterie, von der ich damals noch nicht wusste, dass sie gespielt ist und du nichts Kokettes an dir hast. Damals haben wir uns noch gegenseitig verführt, Anja, in diesem Zimmer war alles nur ein einziges Verführen, jetzt dagegen sind wir schon lange verführt. Schön war es zu verführen, ich gebe es zu, schön war es, bei den Berührungen zu erbeben, schön war es, neckisch zu sein, und ja, das vermisse ich, wer würde es nicht vermissen, wer kennt die Versuchung nicht, dorthin zurückzukehren, aber ich würde nicht dorthin zurückkehren, und mich verwirrt, weshalb du dorthin zurückgekehrt bist, es verwirrt mich, es frisst an mir, aber ich kann dich nicht fragen, denn unser brüchiges, sprödes Schweigen würde eine solch polternde Frage nicht vertragen. Und deshalb sitze ich hier neben dir am Tisch und sehe dir zu, wie du isst, du hast dem Essen nie übertrieben viel Aufmerksamkeit geschenkt, und auch jetzt tust du es nicht, du warst es gewohnt, deinem Vater zuzuhören, der dir am Tisch Geschichten erzählte, jetzt sind diese Geschichten in dir und du versuchst sie so zu verdecken, dass du zu Marko siehst, ihn mit dem Blick kontrollierst, auf ihn aufpasst, aber ich weiß, dass es nicht das ist, was du jetzt tust, dass es nur eine Maske ist, damit du mich nicht ansehen musst. Früher habe ich nicht zu schweigen verstanden, aber du hast es mich gelehrt, und ich habe das Schweigen liebgewonnen, weil es so schön meine Hilflosigkeit verborgen hat, und auch jetzt verbirgt es, dass ich in Wirklichkeit nicht weiß, was ich dir sagen soll, und dass ich deshalb warte, dass du als Erste etwas sagst, weil ich wieder keine eigenen Worte habe und weil ich weiß, dass alles, was ich fühle, wenn wir nebeneinandersitzen, unausgesprochen bleibt, wie schon so vieles andere in meinem unausgesprochenen Leben.

„Jadran, du weißt nicht, warum ich fortgegangen bin. Vielleicht scheint es dir, dass du es weißt, vielleicht vermutest du es, aber du weißt es nicht. Ich bin fortgegangen, um den Mut aufzubringen, dir zu sagen, dass ich einen Job habe. Dass Miro einen Job für mich gefunden hat. Einen guten Job. In der Abteilung für Stadtplanung. Bei der Stadtverwaltung. Ja, ich habe einen Job bekommen, und Miro hat ihn mir besorgt. Mein Papa hat ihn mir besorgt, und das konnte ich dir nicht sagen. Als ich vom Gespräch zurückkam … siehst du, auch dass ich zum Gespräch gegangen bin, habe ich dir nicht gesagt, weil ich hingegangen bin als die Tochter des Herrn Černjak … Von dem Gespräch bin ich wirklich fröhlich nach Hause gekommen, und ich wollte diese Fröhlichkeit mit dir teilen, ich habe ungeduldig auf dich gewartet, dass du von der Arbeit nach Hause kommst, aber dann habe ich gedacht, dass du dich meinetwegen nicht freuen wirst, ich sah dich vor mir, wie du dich verstellst, ich sah dein falsches Lächeln, ich sah, wie du mich ansiehst, enttäuscht, fast verächtlich, und meine Fröhlichkeit war verschwunden, ich war traurig, ich fühlte mich so einsam, weil ich die Freude nicht mit dir teilen konnte, und dann konnte ich nicht mehr nur dasitzen und auf dich warten, ich wusste, dass ich es dir nicht würde sagen können, ich würde deine unausgesprochene Verurteilung nicht ertragen, deine Verachtung, die hätte ich nicht ertragen, nicht jetzt, nicht an diesem schönen Tag, ich musste weg, ich musste die Enttäuschung verarbeiten, dass ich nicht alles mit dir teilen kann, ich brauchte Zeit und Ruhe, weil es wehtat, es tat wirklich weh, auch die Vorausahnung deiner Reaktionen, die Vorausahnung deiner Worte kann mich verletzen, weil ich dich so gut kenne, dass ich keine Zweifel mehr an dem habe, was du sagen wirst, weil die Vorausahnung nicht wirklich Vorausahnung ist. Ich habe gewusst, was mich erwartet, und wollte es nicht wissen, wie ich auch gewusst habe, dass du jetzt schweigen wirst, wenn ich dir das alles sagen werde, weil du immer schweigst, wenn du reden müsstest, du bleibst stumm, wenn du schreien müsstest. Und dann rede ich und rede und weiß nicht, rede ich mit mir allein, hörst du mir überhaupt noch zu, oder bist du schon in deiner eigenen Welt. Wie du schon gesagt hast, dass du ein Problem hast, weil es in deiner Welt, in der, die wirklich die deine ist, überhaupt nicht deine Fußstapfen gibt, es sind nur die Fußstapfen anderer, in die du trittst. Vielleicht tust du das gerade jetzt, auf einer weiteren deiner Fluchten vom Hier und Jetzt, weil du nicht den Mut aufbringst, hier und jetzt zu sein, wo nicht deine Welt ist. All dein Zurückkehren ist nur eine Flucht von hier, du hast Angst zu vergessen, weil dir dann nur das bliebe, wovor du dich am meisten fürchtest. Und am meisten fürchtest du die Gegenwart, die macht dir Angst, in ihr verstehst du nicht zu leben, weil du nie auch nur den Versuch gemacht hast, in ihr zu leben, mit mir. Ewig abwesend. Zur Anwesenheit braucht es Mut, den du nicht hast. Männer in deinem Alter bringen den Mut nicht auf, Männer in deiner Welt flüchten. Ich glaube, dass auch du schon an Flucht gedacht hast, dass du das in dir fühlst, und ich weiß nicht, was dich zurückhält, was dich hier an meiner Seite hält. Marko? Vielleicht. Vielleicht ein wenig auch ich, vielleicht nur die Angst, das Wissen, nirgendwohin flüchten zu können. Dass du vor gar nichts flüchten kannst, auch vor mir nicht. Und deshalb harrst du aus und flüchtest in dich selbst. Wohin flüchtest du, Jadran?"

Ich kehre ins alte Haus zurück, öffne die quietschende Tür, behalte die kalte Klinke in der Hand, um sie zu spüren, drehe sie und drücke dagegen und sehe den Flur hinunter zum Wohnzimmer, hinter der Tür ist der Rand des Sessels zu sehen, die abgewetzte Holzlehne, ich lasse meinen Blick über die leeren Wände wandern, die vom Rauch von Großvaters Zigaretten vergilbt sind, dann senke ich den Blick auf den Boden, auf den Teppich, der ein wenig zu breit ist und sich an den Rändern aufwölbt, sich an die Wände anschmiegt, auf ihm stehen Schuhe, Großvaters Schuhe für den Hof, mit Resten noch feuchten Lehms, und Großmutters schwarze Schuhe mit dem flachen Absatz, als ich wieder den Blick hebe, verspüre ich Wärme, die aus dem Küchenofen kommt, dort hinter der Tür ist jemand, ich höre Wasser, das im Topf brodelt, vielleicht sind es Zwetschgenknödel, Großmutter in der roten Schürze kehrt mir den Rücken zu, die Haare hat sie aufgesteckt, wenn sie kocht, ich höre sie, wie sie mich begrüßt, aber sie dreht sich nicht von den Töpfen um, dann schnuppere ich, ich warte auf den Geruch der Feuchtigkeit und den Geruch des Holzes, das in Großmutters altem Herd herunterbrennt, so duftet meine Kindheit, so duften die ersten Erinnerungen, aus dem Wohnzimmer ist der Klang des Fernsehers zu hören, der Klang ist nicht rein, man muss die Zimmerantenne verstellen, zwischendurch hört man Großvaters Husten,

ich höre ihn, niemand hustet so wie er, und jetzt sehe ich ihn, Großvater sitzt auf seinem Platz, durch das Fenster hinter seinem Rücken
dringt helles Tageslicht, und sein Gesicht ist dunkel, schwer erkennbar, er legt die Zeitung auf einen Stapel neben dem Lehnstuhl, er
wechselt die Brille, die Lesebrille legt er auf die Fensterbank, ich bin
da, ich spüre das Knarren des Fußbodens unter den Füßen, in Momjan bin ich, wo alles friedlich und freundlich ist, ich spüre, dass mir
jemand über den Kopf streicht, und von draußen durch das Fenster
höre ich eine Stimme, die mich ruft, auf der Wiese vor dem Haus be-
zeichnen meine und Safets Jacke die Torstangen, so klein bin ich wieder, so warm ist es, als würde mich jemand an sich drücken, und ich
öffne die Tür des Golf, es ist Danes Golf, er ist an der Straße geparkt,
um ihn herum ist es dunkel, er ist weiß, ein Golf II, ein Auto für reiche Leute haben wir dazu gesagt, ich versuche mit den damaligen Augen zu sehen, ihn zu bewundern, wie wir ihn damals bewundert haben, er ist schön gerundet, so leicht gehen die Türen auf, anders als bei
unserem R4, anders als bei Großvaters Škoda, anders als beim Fiat 101
von Tante Katarina, auf dem Rücksitz sehe ich Mutters blauen Pullover, meine Decke für die kommende Nacht, ich spüre die frische
Nachtluft, ich höre die Grillen, ich lausche ihnen, von ferne kommt
Motorengeräusch näher, ich rate, ist es ein Lastwagen, oder eine Ves-
pa, oder ein Fiat, es ist noch zu weit weg, vor ihm werde ich mich ins
Auto einschließen, vor dem lauter werdenden Rauschen der Baumkronen und Büsche an unserem kleinen Parkplatz, der Parkplatzherberge,
vor allem, was im Gebüsch ist, es ist voller Geräusche, aber als ich
mich auf den Rücksitz des Golf lege, schließt sich hinter mir die Tür
und alles wird still, Mutter beugt sich über mich und deckt mir mit
ihrem Pullover die Beine und mit meiner Jacke den Bauch zu, ich
streife die Turnschuhe von den Füßen, sie sind weiß-schwarz, auf ihnen steht L.A. und noch etwas, ich ziehe die Beine an, damit ich die
Tür nicht berühre, ich sehe, wie Safet die Tür öffnet und sich auf den
Vordersitz setzt, auch seine Tür schließt sich, jetzt sind wir alle drinnen, es ist still, man hört nur das Atmen, ich kann Safets Atmen heraushören, der Sitz neigt sich zurück, über meine Füße, auch Mutters
Sitz neigt sich zurück, beide sind jetzt unmittelbar über mir, Mutters
Kopf ist nur einen oder zwei Zentimeter über meinem Kopf, ich spüre

sie, ich höre auch ihr Atmen, so still und friedlich, Safet dreht sich zu mir um und sieht mich an, es ist dunkel, und ich sehe seine Augen nicht, ich ahne sie nur, mir scheint, dass wir nach langer Zeit wieder alle drei im selben Zimmer schlafen, dass sie neben mir sind, dass sie mich jeder von seiner Seite umarmen, keiner kann an mich heran, und ich kann die Augen zumachen, die beiden sind hier, so nahe, so ruhig bin ich, noch einmal öffne ich die Augen, das Licht der Autoscheinwerfer erhellt das Innere des Golf, Safet hat die Augen geschlossen, und ich mache sie wieder zu, es ist schön, so friedlich wie in einem Schutzraum, ich höre das Schlagen eines Hammers, Eisen schlägt an Eisen und an Stahl, unverständlich sind die Stimmen, die die Schläge zu übertönen versuchen, Arbeiter laufen über ein Baugerüst, die einen höher, die anderen tiefer, sie schleifen, schweißen, und dann schreit wieder jemand, für einen Augenblick ist alles still, man hört nur lautes Lachen, dann wieder die Schläge, ich bin in einer großen leeren Wohnung, nur nackte Wände und staubige Fenster, durch die die Geräusche von der Baustelle hereindringen, auf dem Boden hat sich das Parkett an manchen Stellen gehoben, in den Fugen sammelt sich der Staub, die Eingangstür fällt von selbst zu, so laut, dass es durchs Treppenhaus hallt, die Tür zum Badezimmer ist angelehnt, ich betrete den größten Raum und sehe aus dem Fenster, ich sehe die Miklošičeva voller Menschen und Autos, um die Pražakova zu sehen, müsste ich näher ans Fenster heran, aber ich will nicht, jemand könnte mich am Fenster lehnen sehen, deshalb trete ich zurück, ich spüre den Staub in den Nasenlöchern und eine Unruhe, angenehm aufreizend, es tut so gut, dass mich niemand sieht, wenn ich vom Fenster zurücktrete, werde ich für alle unsichtbar, für die Arbeiter und die Menschen auf der Straße, und die Unruhe wächst, ich spüre, dass ich unten herum anwachse, noch sieht man es nicht, wegen der Hose, ich habe sie halb über den Hintern herabgelassen, der Gürtel geht mir über die Leisten, ich lehne mich an die Wand, ich spüre ihre Kühle im Rücken, sie erregt mich, die Nacktheit des Körpers erregt mich, weil ich dort bin, in der leeren Wohnung in der Pražakova, ich sehe zwei Fenster auf der anderen Seite des Zimmers und die Heizkörper unter ihnen, und das Blut wandert hinunter, die Hände wollen die nackte Haut greifen, ich spüre, dass du da bist, ich sehe deine braunen

Airwalks, aufgeschnürt, alles übertönt von der Bohrmaschine, und es scheint, als zitterten die Wände, oder als zitterte ich selbst, ich bin zu erregt, unmäßig, unbeherrscht, ich wandere von deinen Füßen hinauf, über deine an den Knien zerrissene Hose, ich gehe bis zur Mitte, zwischen T-Shirt und Hose ist ein schmaler Streifen deiner Haut zu sehen, wenn du die Arme hebst, ist es so süß, ich kann nicht mehr, ich zittere und wage nicht, den Blick zu deinen Brüsten zu heben, oder deine Haut unter den Händen zu spüren, von der Mitte unter deinem T-Shirt nach oben zu gleiten, das würde ich nicht aushalten, ich bin schon zu erregt, lieber horche ich auf die Arbeiter, die schreien, versuche einzelne Wörter zu verstehen, sie sprechen *naški*, jemand beginnt zu singen, jemand, der sehr nahe ist, uns aber nicht sieht, weil wir verborgen sind, verborgen vor allen, allein, endlich allein ...

... und dann bin ich wieder zurück, ich bin hier und ich bin jetzt, wo es nicht das Haus in Momjan gibt, wo nicht der Golf an der Straße steht und wo es keine leere Wohnung in der Pražakova gibt, weit weg bin ich von all dem, was ich bin, als hätte mich etwas aus diesen Räumen vertrieben, die ich sind, als hätte sich die Tür geschlossen und könnte ich nicht mehr hinein, und es scheint, dass ich nicht mehr zu mir selbst kommen kann und dass ich nicht mehr ich bin, dass alles vorbei ist, dass ich hier und jetzt sitze und nicht mehr weiß, wer ich bin, weil ich nichts mehr habe, wohin ich zurückkehren kann, weil ich nicht mehr weiß, wer ich bin, der ich neben dir sitze und warte, dass du wieder etwas sagst.

„Erinnerst du dich an deine Antwort, als ich dir gestand, dass ich Angst davor habe, ein Kind zu haben. Du erinnerst dich, natürlich erinnerst du dich. Dass ich verwöhnt bin, hast du gesagt. Dass ich gewohnt bin zu haben und dass ich vom Leben erwarte, dass es mich hätschelt. Das hast du gesagt. Du hast mir vorgeworfen, ich sei eine konformistische Laibacher Tussi, mit Wochenendhäusern, reprivatisierten Wohnungen und Familienvermögen, sicher geparkt in Obligationen und Fonds, dass ich gewohnt bin zu haben, hast du gesagt. Jetzt schämst du dich vielleicht dieser Worte, aber du warst wenigstens ehrlich. Vielleicht warst du beleidigt, weil ich es mir mit der Schwangerschaft überlegt hatte, aber gesagt hast du nur, was du gedacht hast.

Damals habe ich zum ersten Mal deine Feindschaft gespürt, obwohl mir das damals überhaupt nicht bewusst wurde, weil ich mich schuldig fühlte, ich wusste, dass ich dich getroffen hatte, und mir schien, dass du das Recht hattest, mich zu beleidigen. Du hattest das Recht, wütend auf mich zu sein, ich musste verstehen, dass es dich schmerzt, weil ich zu dir gesagt habe, ich hätte Angst, ein Kind mit dir zu haben. Deshalb habe ich damals geschwiegen. Deshalb habe ich dir nicht geantwortet. Ich glaubte deinen Schmerz zu verstehen und hatte ein schlechtes Gewissen, weil ich ihn dir zugefügt hatte. Jadran, alles würde ich geben, dass es nicht so wäre, aber Marko, unser Marko, ist nicht die Frucht unserer Liebe, sondern nur die Folge meines schlechten Gewissens. Nach diesem Abend habe ich nicht weiter nachgedacht, ich habe die Angst nicht vertrieben, mein Leben ist um nichts weniger unsicher geworden, ich habe mich nicht beruhigt und damit abgefunden, ich konnte dich nur nicht noch einmal so verletzen, ich wollte in deinen Augen nie mehr diese hässliche verzogene Göre sein, die ich an jenem Abend gewesen bin. Ja, Jadran, wegen meines schlechten Gewissens haben wir Marko. Keine Erleuchtung, keine Verwandlung habe ich erlebt, ich habe mich nicht bewusst von meinen Träumen und Sehnsüchten losgesagt. Und noch immer bin ich erschrocken. Nur die Kraft hat mir gefehlt, dir noch einmal zu sagen, dass ich es für keine gute Idee halte, ein Kind zu haben. Damals habe ich geglaubt, du würdest mich nur wegen dieser Worte hassen, nur an jenem Abend, dieser Hass wäre nur Wut, geboren aus dem Schmerz, den ich dir zugefügt hatte. Was für ein Irrtum war das, Jadran, wie naiv, wie blind. Ich habe nicht gesehen, dass du voller Hass bist, der in Wirklichkeit nichts mit mir zu tun hat, mit meinen Worten oder damit, wer ich bin und wer meine Eltern sind. Du warst schon beleidigt, als ich dich kennenlernte, Jadran, so unendlich und tief beleidigt, dass du dir dessen selbst nicht bewusst warst. Du hast mir die Geschichte von Safet erzählt, du hast sie mir so unberührt erzählt und mir weiszumachen versucht, das wäre nur deine traurige Vergangenheit. Aber für dich war das nie Vergangenheit, Jadran, jetzt weiß ich es. An jenem Abend habe ich sie ganz lebendig gesehen. Jetzt scheint mir, dass ich damals nur nicht bereit war, dem zu glauben, was ich in deinen Augen gesehen habe, dass es zu unheimlich war und dass ich alles zusammen lieber verdrängt, umbenannt, verkleinert und weit von mir geschoben habe. Ich war zu erschrocken, als dass ich mich damit hätte konfrontieren können, dass du mich hasst. Ich brauchte Zeit, um mir das einzugestehen, um mir einzugestehen, was ich an jenem Abend gesehen und gehört habe, ich brauchte Zeit, um mir einzugestehen, das du mich hasst und dass du mich immer hassen wirst, dass du mich gleichzeitig hassen und lieben wirst, weil das du bist, Jadran, der Vater meines Sohnes. Und jetzt schweigst du und hasst mich wahrscheinlich auch deshalb, weil ich dir alles das sage, weil ich dich durchschaut habe, vielleicht hasst du mich in diesem Augenblick mehr, als du mich jemals gehasst hast, aber das musste ich dir sagen."

Am achten Tag nach Vaters Verschwinden kam ich aus der Schule und fand sie auf dem Fußboden des Wohnzimmers, an die Wand gelehnt. Sie sagte nur *Ich habe mit ihm gesprochen.* Sie war in ihren Bademantel gehüllt, der ihre nackten Brüste nicht verbarg. Ich drehte mich zur Seite, ich dachte, dass sie sie jetzt, wo ich gekommen war, bedecken würde, aber sie saß nur da, und ich stand an der Tür und sah zu Boden, ich traute mich nicht mehr, sie anzusehen, ihre Nacktheit, ich traute mich nicht, sie zu fragen, was Safet gesagt hatte, sie hatten miteinander gesprochen, zum ersten Mal hatten sie miteinander gesprochen, seit Safet verschwunden war, deshalb stand ich dort wie angewurzelt und sah zu Boden, wartete, dass sie selbst sprechen würde, dass sie den Satz fortsetzt, wartete, dass sie sich die Brust bedeckt, aber sie tat nichts dergleichen, sie saß nur da, und auch wenn ich nicht zu ihr hinsah, wenn ich auch noch so sehr auf den Fußboden glotzte, sah ich doch noch immer ihre nackten Brüste, als würde sie sie mir absichtlich präsentieren, ich wollte ihr sagen, sie solle sich anziehen, aber das wäre das Eingeständnis gewesen, dass ich sie sehe, ich schämte mich, ich schämte mich so sehr, ihretwegen und meinetwegen, ich dachte, ich müsste mich ergeben, ihr Bademantel schien sich noch weiter zu öffnen, sie schien schon völlig entblößt zu sein, langsam hob ich den Blick, über ihre ausgestreckten Beine hinauf, ich musste mich davon überzeugen, dass der Bademantel noch immer ihre Schenkel und ihren Schritt bedeckte, ich musste, weil ich sonst vermutlich zusammengebrochen wäre, wer hat ihr das angetan, dachte ich, wer hat sie vor mir ausgezogen, wer, ich wollte sie rächen, noch heute möchte ich das, Rache nehmen dafür, dass man sie entblößt hat, meine Mutter, dass sie so sehr nackt war, dass sie nicht ihre nackten Brüste bedeckte, dass sie sie nicht verbarg, dass sie so hilflos war wie ein verlassenes Kind. Diese nackte Frau blieb in mir, dieses Bild hat mich nie verlassen, nie verlassen hat mich dieses Gefühl der Beschämung. Das ist mein Hass, Anja, das ist der Augenblick, von dem du sprichst. Mein Hass sind die nackten Brüste meiner Mutter, die unter ihrem Bademantel hervorsehen, ihr regloser Körper, der sagt, *Ich habe mit ihm gesprochen,* und den Satz nicht fortführt. Das ist das Bild meines Hasses, das mit den Jahren nicht verblasst, sondern immer stärker wird und ihre Brüste immer mehr entblößt. Dieses Bild ist immer in mir, sie wird immer nackt sein, und ich werde immer zu Boden sehen. Auch wenn ich geradeaus in deine Augen sehen, Anja. *Du brauchst nicht allein zu sein, um einsam zu sein,* hat mein Großvater zu mir gesagt. Endlich verstehe ich ihn.

„Lange habe ich geglaubt, dass dein Hass von Schmerz herrührt. Ich wusste, dass sie Safet gelöscht hatten und dass er dich verlassen hat und dass dich das schmerzte und dich noch heute schmerzt, und ich glaubte, dass dieser Schmerz den Hass in dir geboren hat, aber jetzt bin ich davon nicht mehr überzeugt. Jetzt denke ich, dass du im Kopf eine große Geschichte aus deinem Leben geknüpft hast, einen großen dicken Roman, dass du dir einen roten Faden in deinem Chaos geschaffen hast, du hast uns alle mit dir verknüpft, auch mich und meine Familie, nur um deiner Sinnlosigkeit Sinn zu verleihen, um dir zu beweisen, dass alles, was Aleksandar und Jana widerfahren ist, mit dem verknüpft ist, was Safet und Vesna widerfahren ist, und dass alles zusammen mit uns und mit dir und mit dem verknüpft ist, was du empfindest. Ich denke, dass du dir eingeredet hast, dass du nur die logische Folge von all dem bist, was in Momjan, in Otoka, in Ljubljana in der Mačkova, in Buje und wo auch immer geschehen ist, dass sich alle diese Leben in dir vereint haben, alles Trauern, Sehnen, Bereuen, alle Verzweiflung, alle Enttäuschungen, dass alles das jetzt in dir ist und dass du sie weiterlebst, als wäre keiner dieser Menschen gestorben, als wären alle diese Menschen in dir eingeschlossen wie in einem Bernstein, eingefroren in der Zeit. Und du bist hier, du sitzt neben mir und siehst mich an wie gewöhnlich, wenn ich dir sage, was du nicht hören willst, und schweigst wie gewöhnlich, weil du weißt, dass ich recht habe, du sitzt hier voll aller ihrer Schmerzen, die dich schmerzen, als wären es deine eigenen, als wäre dir widerfahren, was ihnen widerfahren ist. Siehst du, ich glaube, dass dich das wirklich schmerzt, ich glaube, dass du ihre Schmerzen wirklich nacherlebst und dass du alles das zu einer Geschichte verknüpfen musstest, damit es nicht verstreut in den Ecken deiner Erinnerungen herumliegt, damit du selbst nicht voller kleiner Sinnlosigkeiten dastehst, musstest du all dem einen höheren Zweck geben, mit Einleitung, Hauptteil und Schlussfolgerung, eine Geschichte, aus der sich dein Hass nähren kann, mit deren Hilfe du dich überzeugt hast, dass sich alles gegen dich verschworen hat, und zwar nur deshalb, damit du dich als Opfer fühlen und deine Henker zu Recht hassen kannst. Ist es nicht so? Du hast die große Geschichte deines Hasses geschaffen. Du hast deinen eigenen Hass geschaffen. In deiner Welt kann deshalb nichts mehr getrennt bestehen, zwischen allem bestehen Verknüpfungen. Aber das ist kindisch, Jadran, kindisch ist das, was du tust, wir Erwachsenen akzeptieren, dass die Welt keinen Sinn kennt, dass sie nur Zufälle kennt und dass sich die Dinge unabhängig von uns ereignen und dass es vergeblich ist, ihre Ursachen zu suchen, die Welt ist ein Chaos, und es ist kindisch, sie mit Gewalt in eine Geschichte zwängen zu wollen, ich weiß nicht, Jadran, wie du das nicht verstehen kannst. Nein, in Wirklichkeit weiß ich, dass du es verstehst, du willst es nur nicht akzeptieren, weil du diese Geschichte brauchst, weil du deinem Hass weder abschwören kannst noch willst, er ist ein Teil von dir, und du liebst ihn, aber du hast zugleich Angst, mit ihm allein und ohne Grund für ihn zu bleiben, es ist schrecklich, ohne Grund zu hassen, voller Hass zu sein, aber keine Rechtfertigung für ihn zu haben, es ist schrecklich, es ist schrecklich, so zu sein, und ich verstehe, dass du Angst hast und dass du dir die Geschichten nur deshalb erzählst, um dich vor dir und vielleicht auch vor mir zu rechtfertigen, weil du eine einzige große Angst bist, Jadran. Eine einzige große Angst bist du."

Ich gebe es zu, Anja. Meine Geschichte ist erfunden, meine Erinnerungen, diese ungeordnete Sammlung von Bildern und Stimmen, habe ich mithilfe der Fantasie untereinander verbunden, sie in eine logische, mir zusagende Reihenfolge gebracht. Alle Lücken in Aleksandars und Safets Geschichte, die aufzuspüren mir nicht gegeben war, habe ich mit Erfundenem gefüllt, und zwar so, dass das Ganze möglichst für mich gesprochen hat. Ich gebe es zu, Anja. Die ganze Geschichte habe ich so zusammengefügt, dass ich in ihr finden konnte, was ich suchte. Rechtfertigungen für meine Handlungen, für meine Ängste, Enttäuschungen und Sehnsüchte, Gründe für mein Beleidigtsein, für meinen Zorn. Diese Geschichte ist, ja, du hast recht, meine Verschwörungstheorie, geschaffen, um mich vor mir selbst und vor anderen zu rechtfertigen, vor allem vor dir, Anja. Sie erklärt mich, sie überträgt die Verantwortung für mich auf äußere, von mir unabhängige Umstände. In ihr bin ich nur die Folge von allem, was Aleksandar und Jana, Vesna und Safet widerfahren ist. Ich bin nur die Folge, die Ursachen sind erfunden, Anja, ich gebe es zu, aber so ist die Natur autobiografischer Geschichten. Am Ende kommen wir zu uns selbst, zu uns als solchen, wie wir sind, den endgültigen Ausgang der Geschichte können wir nicht ändern, wir können ihn nicht schönen, denn wir sind hier, allen vor Augen, mit all unseren Fehlern, deshalb müssen wir das zurechtschneidern, was nicht mehr ist und was von unseren Lügen kein Zeugnis mehr ablegen kann, wir können uns unsere Vergangenheit ausdenken, ihr ist es egal, sie wird uns das nicht übelnehmen. Ich gebe es zu, Anja, aber versteh mich. Es sind zu viele Dinge, die ich von Aleksandar, Jana, Safet und Vesna nicht weiß. Ich weiß nicht, wie Safets Ankunft in Otoka aussah, noch weniger die Aleksandars in Buje, ich kenne nicht das Leben und den Tod von Branislava Đorđević, ich weiß nicht, warum sie sich in Ester Aljehin umbenannt hat, nie hat mir jemand davon erzählt, wie sich Vesna und Safet kennengelernt haben, und auch Aleksandar hat mir nie von Ägypten erzählt. Auch die Geschichte von Safet und den Todesanzeigen ist die Frucht meiner Fantasie. Er hat nur gesagt, *Eine seltsame Sache sind diese Todesanzeigen.* Fast gar nichts weiß ich darüber, wie Aleksandar Janas Verlöschen erlebt hat, ich bezweifle, dass ihn jemand einmal danach gefragt hat, auch Vesna hat mit mir nie über ihre Auseinandersetzungen gesprochen oder über die Zeit, nachdem Safet verschwunden war. Ich gebe zu, Anja, meine Geschichte ist eine große Lüge, ein gewöhnliches Gutenachtmärchen, das mein Gewissen einschläfert, denn in ihr ist so viel Logisches und Verständliches, in ihr ist alles miteinander verknüpft und folgt eines aus dem anderen, in ihr ist die Gegenwart nur eine Folge der Vergangenheit. In dieser Geschichte, Anja, in dieser schönen geordneten Welt, verstehe ich mich, verstehe ich das, was ich fühle, und verstehe, was ich tue. Diese Geschichte macht es mir möglich, das zu sein, was ich bin, macht es mir möglich, ich zu sein. Sie ist wirklich die Theorie einer Verschwörung, der Verschwörung des Lebens gegen mich, Jadran Dizdar. Ich gebe es zu, Anja, alles gebe ich zu, aber was bleibt mir, wenn ich ohne meine Geschichte bleibe, Anja? Was bleibt mir, wenn ich mir eingestehe, dass ich sie erfunden habe, die Geschichte über mich, mit der ich das versucht habe zu verstehen, was ich fühle, wenn ich allein bleibe mit mir? Was bleibt mir, wenn ich meine Geschichte jetzt verwerfe und mit Gefühlen allein bleibe, die ich nicht verstehe? Was wird mit mir und was wird mit uns, wenn ich allein bleibe mit einer Liebe, die nicht nur Liebe ist? Was wird mit mir und was wird mit uns, wenn ich allein bleibe mit meinem Zorn? Wenn ich meine erfundene Geschichte verwerfe, bleiben wir allein, Anja, du und ich, mit all dem, was in mir weint, wenn es lachen müsste, was meine Fäuste ballt, wenn sie dich zärtlich streicheln müssten, was schweigt, wenn du auf meine Worte wartest, mit all dem bleiben wir allein und können nur sagen, dass das, was ich empfinde, ich bin, dass das, was wir empfinden, wir sind, und dass alles zusammen unsere Liebe ist. Zu allem können wir Liebe sagen, und alles können wir hinter ihr verbergen, auch meinen Hass können wir in ihr verbergen, sie ist groß genug, dass sie all meinen Zorn und all meine Ängste schlucken kann. Aber würdest du wirklich gern allein bleiben wollen, Anja, mit mir und mit einer Liebe, die nicht nur Liebe ist? Wenn du das wirklich möchtest, dann gestehe ich dir, dass meine Geschichte nicht existiert. Vielleicht hat sich Aleksandar in Wirklichkeit nicht selbst umgebracht, und jenes braune Fläschchen auf dem Boden war nur ein Zufall, vielleicht war auch Vesnas letzter Besuch nur ein Zufall und sie hat ihm nie von Janas Scheidungswunsch erzählt. Und vielleicht, ja, Anja, auch das ist möglich, hat Safet sich selbst vertrieben, weil er sich vertreiben wollte, weil er genug hatte davon, wie er gelebt hat, vielleicht hat er sich selbst aus dem eigenen Leben gelöscht, das ihn eingeengt hat, vielleicht hat er sich nach Freiheit gesehnt und nur die Gelegenheit genutzt, alles das ist möglich, denn ich weiß nichts darüber. Alles, was ich weiß, ist erfunden, und wenn du willst, gebe ich das alles zu, hier und jetzt, Anja. Ich gebe zu, dass Safet vielleicht nie wirklich gelöscht wurde, dass er vielleicht von allein dorthin gegangen ist, wo es weder Vesna noch mich gab. Und dass Aleksandar vielleicht auch nur von der Freiheit Ägyptens angezogen wurde, vielleicht war es überhaupt nicht Mihelčič, der ihn von hier vertrieben hat, von seiner Jana. Vielleicht werden wir wirklich alle schicksalhaft von der Freiheit angezogen und fliehen deshalb unaufhörlich vor den Menschen, die wir lieben, und vielleicht ist deshalb die Liebe auch niemals nur Liebe, weil Liebe schön ist, aber unfrei, weil sie uns an unsere geliebten Menschen bindet und wir uns deshalb in der Liebe manchmal wie an den Boden gekettet fühlen und spüren, wie uns die Flügel absterben. Möchtest du, dass ich dir das gestehe, Anja? Dass ich dir gestehe, dass auch ich mich, geradeso wie Aleksandar und Safet, nach der Freiheit sehne, dort irgendwo draußen, wo es weder dich noch Marko gibt, dass ich mich nach Flucht sehne, dass auch Tadeja nur die Sehnsucht nach Flucht war? Möchtest du, dass ich dir gestehe, dass meine Geschichten nur Landkarten meiner Ängste sind, die mich von dir zu vertreiben versuchen. Alles gestehe ich dir, aber nur, wenn du, Anja, jemanden lieben kannst, der voller Zorn ist, der keinen Namen hat, voller Zorn, der keine Geschichte hat, voller Zorn, den du nie verstehen wirst, weil auch ich selbst ihn nie verstehen werde. Vielleicht hast du recht, Anja, vielleicht ist meine Vergangenheit wirklich nicht ich, vielleicht ist sie wirklich nur mein kindliches Bedürfnis, mir auf Ungereimtes einen Reim zu machen, vielleicht ist mein Geschichtenerfinden ein naiver Spleen, weil nichts so einfach ist und weil wir nicht so einfach sind, und vielleicht dürfte es auf dieser Welt überhaupt keine Geschichten geben, weil alle Geschichten nur deshalb da sind, damit sie uns erklären, was sich nicht erklären lässt. Vielleicht ist dein Blick, Anja, der Blick, den du in diesem Augenblick auf mich richtest, hassend und liebend zugleich, vielleicht ist er stärker als die Geschichte von Safets Leben, vielleicht wird, wenn ich dich jetzt an die Hand nehme, deine Berührung stärker auf mich einwirken als alle Worte Aleksandars, und vielleicht fürchte ich mich wirklich nur, nicht zu wissen, wer ich bin, vielleicht fürchte ich mich wirklich, nur jemand zu sein, der liebt und hasst, jemand zu sein, der sich an dich klammert, Anja, als würde er sich an den letzten Pulsschlag des Lebens klammern, jemand, der nicht allein sein möchte, ohne dich. Vielleicht fürchte ich mich wirklich nur, ein Namenloser zu sein, der abends neben dir im Bett liegt und morgens, bevor er zur Arbeit geht, seinen schlafenden Sohn küsst. Aber gib zu, Anja, auch du fürchtest dich davor, auch du fürchtest dich, nur jemand zu sein, der mich unendlich liebt, gib es zu, dass auch du dich vor der Liebe fürchtest, die nicht nur Liebe ist, gib es zu, dass du auch deshalb vor mir geflüchtet bist. Gestehen wir einander, Anja, dass wir alle Angst vor der Liebe haben, weil die Liebe so unfrei ist, so schrecklich. So schön und so schrecklich. So schön und so schrecklich. So schön und so schrecklich. So schön.

XVII

Großvater hatte mit seinem Testament versucht zu vereinfachen, was das Leben so kompliziert gemacht hatte. Die Wohnung in Ljubljana und das Haus in Momjan hatte er Mutter und Maja hinterlassen und ihnen vorgeschlagen, sie sollten die Wohnung verkaufen und sich das Geld teilen, das Haus aber behalten und sich in ihm ein Feriendomizil für ihre Familien einrichten. Hinzugesetzt hatte er, dass er es an ihrer Stelle so machen würde, aber wisse, dass sie beide sich anders entscheiden werden, und nur hoffe, dass sie sich nicht streiten. Dass er in dem Testament so offensichtlich übersehen hatte, dass seine beiden Töchter schon ohne seinen Nachlass zerstritten genug waren, war die letzte Spur, die er hinter sich zurückließ, eine Spur des Bedürfnisses, die Welt schöner zu sehen, als sie ist. In diesem Satz des Testaments trat er mir so deutlich vor Augen, als würde er im Unterhemd neben mir stehen und zu mir sagen, dass seine Tomaten wieder keinen Regen abgekriegt haben.

Mutter und Maja stimmten zum Glück darin überein, dass sie seine Vorschläge übergehen und das Problem des gemeinsamen Eigentums auf ihre Art lösen würden. Maja brauchte die Laibacher Wohnung für Špela und schlug vor, Mutter solle im Austausch für ihre Hälfte der Wohnung die zweite Hälfte des Hauses in Momjan nehmen. Das klang logisch, nur stand Mutter nicht der Sinn nach dem Haus. Dort wollte sie nie mehr hin. Deshalb übertrug sie die Entscheidung mir.

Geht es für dich in Ordnung, wenn Maja die Wohnung nimmt und du das Haus kriegst?, fragte sie mich nebenbei, als würde sie fragen, ob ich zum Mittagessen ein Glas Wein möchte.

Für sie war das Erbe eine Last. Sie wollte gar nichts. Selbst die siebenhundert Euro, die auf Großvaters Sparbuch waren, mochte sie nicht auf ihr Konto übertragen.

Ich sagte ihr, dass es richtig wäre, noch bevor wir Großvaters Immobilien tauschten, nach Momjan zu fahren und festzustellen, in welchem Zustand sich das Haus befindet. Ich zögerte es hinaus, in der Hoffnung, sie werde es sich überlegen. Ich konnte mir nicht Anja, Marko und mich vorstellen, wie wir in Momjan den Sommer verbringen, es war surreal, ein Haus in Istrien zu haben mit dieser atemberaubenden Aussicht. Ich hörte Anja, wie sie mich fragt: *Was sollen wir dort?*

Das Haus war zu weit vom Meer, zu weit von der Stadt, zu weit von unseren Gewohnheiten. Ich hörte Anja, wie sie zu mir sagt, dass wir nicht einmal zu Miros Hütte am Zirknitzer See fahren, wo wir auch allein sein könnten mitten in der wunderschönen Natur. Mir bedeutete das Haus in Momjan etwas, aber für sie war es nur ein Haus, das erhalten, vielleicht sogar renoviert werden musste, ein Haus, das Geld erforderte, das wir nicht hatten. Verkaufen hätte ich es auch nicht können.

Marko würde vom Laufen im Garten bald genug haben, hörte ich sie sagen, und deshalb erklärte ich, dass ich nach Momjan fahren werde wegen Mutter, um mitzuhelfen zu entscheiden, was mit dem Haus geschehen solle. Ich verschwieg, dass Mutter es schon an mich abgetreten hatte.

Ich sehe Vesna nicht in diesem Haus, sagte Anja, als ich losfuhr.

Ich auch nicht, gab ich zur Antwort.

Mutter und ich wechselten während der Fahrt nur wenige Worte, aber aus denen konnte ich leicht heraushören, dass sie ihren Entschluss nicht ändern würde und dass sie zum letzten Mal nach Momjan fuhr. Als ich vor dem Haus hielt, fingerte sie die Schlüssel aus der Tasche und drückte sie mir in die Hand. Ich glaubte zuerst, sie würde gleich im Auto bleiben, aber während ich die Hoftür aufsperrte, überquerte sie die Straße und stapfte hinaus ins feuchte Gras. Kindlich sorglos ging sie durch das Gestrüpp zu der kleinen Lichtung, von der aus sich der schönste Blick auf die Bucht eröffnet.

Ich habe die Schönheit von Sonnenuntergängen nie begriffen. Als ich noch ein Kind war, war das nur der Tag, der verging und mich mit der Nacht allein ließ, und noch als Erwachsener empfand ich vor dem Abendwerden oft dieselbe Traurigkeit. Aber jetzt, wo ich Mutter sah, wie sie sich von den Buchten ihrer Kindheit verabschiedete, fühlte ich keine Trauer. Weder ihre noch meine.

Ich verspürte nur Erleichterung. Sie würde wegfahren, und ich würde bleiben, zusammen mit dem warmen Wind, dem welken Laub der Rebstöcke und den überreifen Feigen. Als hätte sich Mutters Weggang schon abgespielt, sah ich die Gestalt mitten auf der Lichtung, als betrachtete ich eine längst verblasste Erinnerung. Ihr Geburtshaus war jetzt nur noch ein Haus über der Bucht und sie nur eine Frau, die vor vielen Jahren einmal darin gelebt hatte.

Wir gingen durch das Haus wie durch eine Galerie, als wollten wir nur hindurchspazieren. Beide bemühten wir uns, so zu tun, als gäbe es rings um uns nur noch die leere Hülle, von der alle Abdrücke der Vergangenheit abgerieben wären.

„Maja kommt wieder zu spät."

„Genau wie Vater."

Als ich klein war, hatte sie zu ihm *Großvater* gesagt, später war er *Aleksandar* geworden. Nie war er *Vater* gewesen.

„Soll ich Kaffee kochen?"

„Ich habe heute Morgen schon einen getrunken. Trink du einen, wenn du willst."

Froh verzog ich mich in die Küche. Großvater hatte uns nur wenige Löffel Kaffee dagelassen. Es war ungewöhnlich, Wasser in seine *džezva* zu füllen, jetzt, wo alles das mir gehörte, wo seine verklumpten Zuckerreste in der kleinen Plastikschachtel meine verklumpten Zuckerreste waren. Ich würde die Gasflasche auswechseln müssen, wenn das Gas ausging. So wie ich den Boiler überm Waschbecken austauschen müsste, er funktionierte schon jahrelang nicht mehr, und es kam nur noch kaltes Wasser aus dem Hahn. Kaltes Wasser, das jetzt in Großvaters *džezva* zum Kochen gebracht wurde. Die jetzt meine *džezva* war.

„Willst du wirklich keinen Kaffee?"

Es kam keine Antwort. Mutter war nicht mehr im Wohnzimmer, und ich wollte nicht vom Herd weg. Es tat mir gut, auf das Wasser zu schauen und auf die Bläschen zu warten. Allein zu sein in dem Haus.

In ihm nahm ich jetzt die Umrisse eines Schlupfwinkels wahr. Nichts würde hier ungebeten eindringen. Hier würde immer die Stille herrschen, in der ich mich verbergen könnte.

Als Mutter und Maja ins Haus traten, saß ich am Tisch im Esszimmer. Auf Großvaters Platz.

„Ist noch Milch im Kühlschrank?", fragte Mutter.

„Nicht nötig, ich vertrage keinen Kaffee in letzter Zeit", sagte Maja.

Sie blieben an der Tür stehen, als warteten sie darauf, dass ich sie hereinbitte.

„Du bist ihm so ähnlich. Überhaupt wenn du dort sitzt. Du brauchtest nur noch Patience zu legen."

„Wann hat er denn Patiencen gelegt?"

„Früher hat er es getan."

„Früher haben wir es alle getan."

Maja war nachdenklich und verschwieg ihre Antwort. Sie trat ein und setzte sich neben mich.

„Eigentlich weiß ich nicht einmal, weshalb wir hier sind. Was mich betrifft, ist schon alles besprochen. Dieses Haus gehört dir, Jadran. Ich meine, es gehört euch."

„Jadran hat vorgeschlagen, dass wir es uns gemeinsam ansehen, um zu sehen, in welchem Zustand es ist."

„Ich meinte, bevor ihr euch endgültig entscheidet …"

„Ich habe mich entschieden."

Mutter und ich waren nach Momjan gekommen, um diese Worte zu hören, aber jetzt, wo Maja sie ausgesprochen hatte, war mir, als hätte ich sie schon vor Monaten gehört, vielleicht sogar vor Jahren. Unsere Fahrt hierher war überflüssig gewesen. Sowohl Maja als auch Mutter hatten sich von ihrem Geburtshaus schon längst verabschiedet.

„Ich … ich habe mich auch entschieden."

„Und wenn ich das Haus verkaufe?"

„Mir ist es egal, was du damit anfängst. Das ist deine Entscheidung."

„Genau."

„Ihr werdet es euch nicht anders überlegen?"

„Keine Sorge, Jadran."

Jetzt setzte sich auch Mutter, während ich den starken Wunsch verspürte, die beiden möchten so bald wie möglich von hier wegfahren. Ich ertrug ihre Anwesenheit nicht mehr, die scheinheilige Bürokratie, die wir hier abzogen.

„Maja, kannst du Mutter nach Ljubljana mitnehmen?"

Es war ein Gedanke, geboren aus der Unerträglichkeit des Augenblicks.

„Ja, natürlich."

Ich wollte mich nicht rechtfertigen und mir Ausreden ausdenken. Ich fühlte keine Notwendigkeit, Rücksicht zu nehmen. Es war mir egal.

Zum ersten Mal im Leben waren mir die Meinungen anderer völlig egal, und ich hatte beschlossen, es zu genießen. Mutter und Maja waren deshalb für mich schon abgefahren. Ich brauchte auf niemanden mehr Rücksicht zu nehmen.

Ich saß unter dem Feigenbaum und sah zu, wie sie in Majas Clio stiegen. Maja räumte die Sachen vom Beifahrersitz auf den Rücksitz, damit sich Mutter nicht auf ihre Sonnenbrille oder die abgelaufenen Parkscheine setzte. Ich ging nicht zum Tor, um Maja beim Herausfahren vom Hof zu helfen oder ihnen, bevor sie losfuhren, eine gute Fahrt zu wünschen und ihnen zum Abschied zu winken. Nur von weitem sah ich zu, wie der violette Clio hinter der Anhöhe verschwand.

Ich lehnte meinen Kopf an die Rinde des Baumes. Auf der feuchten Erde unter mir moderten die Feigen, dieselben ungepflückten Feigen, die mich vor wenigen Tagen zum Weinen gebracht hatten, aber jene Nacht schien mir jetzt so weit weg wie eine Kindheitserinnerung, so als wäre Großvater in einem früheren, längst abgeschlossenen Leben gestorben. Alles, was noch kurz zuvor mein gewesen war, schien jetzt irgendwohin weggerückt, weit von mir. Ich, Jadran Dizdar, war ein Vertriebener aus dem eigenen Leben.

Wenn ich in diesem Gefühl eingefroren bleiben könnte, wäre ich frei, dachte ich. Wenn ich keine Angst vor den Erinnerungen verspürte, könnte ich hierher übersiedeln und allein sein. Ohne die, die es schon nicht mehr gibt, und ohne die, die noch immer auf mich warten.

Nachmittags würde ich im Hof sitzen und warten, dass noch ein Tag aus der Bucht ausläuft und in der Ferne verschwindet, so wie die Tanker aus dem Hafen von Koper am Horizont verschwinden. Ich würde früh aufstehen, zu den Salinen hinabsteigen und über die weiche, aufgesprungene Erde gehen. Ich würde meinen Füßen zusehen, wie sie über die Schlangenlinien im Boden treten, und mich fragen, was alles schon in dieses schmale Schwarz abgeflossen ist.

Wenn es niemanden mehr gäbe, der mich erkennen könnte, würde ich durch Buje spazieren und in der Trafik eine Zeitung kaufen, im Lokal am Platz einen Espresso trinken, ich, der Fremde, den man ohne Gruß gehen lassen würde. Im Laden würden die Verkäuferinnen keine Vermutungen anstellen, wegen was ich gekommen bin, sie würden meine Gewohnheiten nicht im Gedächtnis behalten. Ich wäre ein Fremder und dürfte unsichtbar sein, verborgen vor allwissenden Flüstereien.

Abends würde ich mich ins Haus einschließen und Spiele sehen, eines nach dem anderen, und jedes wäre entscheidend und spannend wie damals, als ich noch trainierte und als Basketball meine ganze Welt war. Das würde ich nicht mehr nur für Geld tun, sondern ich würde am Spiel wieder Freude haben. Ich würde die Mannschaften anfeuern und stehend auf den letzten Angriff warten, und nichts anderes würde es mehr geben, nur noch den Ball, der zum Ring fliegt, und mich, der ich ihm zusehe, allein vor dem Fernseher, in stiller Nacht.

Es gäbe keine Stunden und keine Minuten mehr, Winter und Frühlinge kämen unbemerkt. Nichts würde mehr heruntergezählt, weil es nichts gäbe, von dem es heruntergezählt werden könnte. Es wäre schon nach dem Ende, alle Abschiede und alle Trennungen lägen schon hinter mir.

Aber auch dann wäre ich nicht frei, ich weiß. Freiheit ist die Illusion aller Illusionen, nur ein anderer Name für Einsamkeit. Auch jetzt, wo ich unter dem Feigenbaum sitze, den Kopf an seinen Stamm lehne und die Last des Lebens nicht spüre, bin ich nicht frei. Ich bin nur verlassen. Ich bin nur allein.

Ich bückte mich und nahm eine Feige, die neben meinem linken Fuß lag, vom Boden auf. Sie musste heute oder gestern vom Zweig gefallen sein, denn sie hatte noch nicht angefangen zu faulen. Vielleicht gibt es oben auf dem Baum noch immer welche, dachte ich. Noch ein paar Feigen, die ich pflücken und Anja bringen könnte.

Ich erinnerte mich nicht, wann ich das letzte Mal eine Feige gegessen hatte, aber Feigen waren meine Lieblingsfrucht. Vielleicht deshalb, weil ich Feigen niemals für mich selbst gepflückt habe, sondern immer für andere. Als Kind habe ich sie für Mutter gepflückt, später für Anja. Sie liebte Feigen, und dieser Baum verkörperte für mich den Genuss, mit dem Anja in die frische, gerade gepflückte Frucht hineinbiss. Dieser Baum war in meinem Kopf ihre kleine große Freude. Deshalb liebte ich ihn. Er half mir, sie fröhlich zu stimmen, er half mir, meine Liebe zu ihr zu fühlen.

Selten, zu selten habe ich sie gefühlt. Seltener, als ich Zorn gefühlt habe, Beleidigtsein und sogar Hass. Deshalb war ich Großvaters Feigenbaum dankbar. Unter ihm war ich so, wie ich anderswo nur gern gewesen wäre. Wenn ich mich zu seinen Zweigen hinaufreckte oder auf ihn hinaufkletterte, liebte ich Anja.

Ich stand auf, um mich in den Zweigen umzusehen, in der Hoffnung, dort noch die letzten Feigen dieses Sommers zu finden, aber die Dämmerung hatte sich schon in der Krone festgesetzt und verbarg die oberen Zweige vor mir.

Ich begriff, dass ich aufs Geratewohl klettern musste. Ich würde klettern und im Dunkeln tasten, ich würde nach den Früchten tasten, die noch oben hängen. Noch waren nicht alle abgefallen, einige mussten sich noch an den Zweigen halten. Einige Feigen mussten noch auf mich warten. Auf Anja.

Ich hatte schon vergessen, wo ich mich mit dem Fuß abstemmen musste, wenn ich auf den dicken Ast in Kopfhöhe klettern wollte. In der Dunkelheit waren die Auswölbungen und Vertiefungen im Stamm nicht zu sehen, deshalb fuhr ich mit den Händen über ihn hin und suchte nach einer geeigneten Stelle für den Einstieg. Beim letzten Mal war ich mindestens zehn Kilo leichter und viel beweglicher gewesen. Es war auch hell genug gewesen, dass ich die Entfernung der einzelnen Äste und ihre Dicke ohne weiteres hatte einschätzen können. Aber ich konnte nicht mehr zurück. Etwas zog mich auf den Baum, es ließ mir keine Wahl.

Nach mehreren erfolglosen Versuchen gelang es mir endlich, mich mit dem Fuß auf einer kleinen Auswölbung abzustützen. Mit einer Hand fasste ich den Ast über dem Kopf und zog mich mit aller Kraft hinauf, mit der anderen suchte ich in der Dunkelheit einen neuen, höheren Griffpunkt, der mir helfen sollte, das Gleichgewicht zu halten. Aber ich griff ins Leere und kriegte nur Blätter zu fassen, die mir in der Hand blieben, als es mich zur Seite schaukelte.

Voller Panik griff ich in die Luft, mir darüber im Klaren, dass mein Fuß jeden Moment von der Auswölbung abrutschen konnte, aber zum Glück gelang es mir, im Stamm ein Loch und damit festen Halt zu finden. Mit dem freien Fuß trat ich rasch auf einen dicken Ast und verlagerte mein Gewicht.

Als Kind hatte ich mich in ihm so frei bewegt, als würde ich auf einem breiten Waldweg gehen, jetzt musste ich mich mit beiden Händen an anderen Ästen festhalten, um nicht abzustürzen. Das Heben meines langen und nicht mehr so schlanken Körpers hatte mich ermüdet, und ich lehnte mich an den Stamm, um erst einmal durchzuatmen.

Jetzt war ich zwischen den Ästen eingeklemmt und hatte keine Angst mehr zu fallen. Einen der Äste, an denen ich mich festhielt, ließ ich los und begann mit der freien Hand nach Feigen zu tasten. Aber ich berührte nur raue Blätter. Auch als ich mehr Mut gefasst hatte und mich auf die Zehen stellte und mit der Hand hinaufgriff, so hoch ich konnte, fand ich keine einzige Frucht. Ich musste noch höher kommen.

Mit der Brust berührte ich einen Ast, der erheblich dünner war als der, auf dem ich stand, aber mir schien, dass er mein Gewicht aushalten müsste, wenn ich auf ihn hinaufkletterte. Tagsüber wäre das vermutlich eine leichte Aufgabe gewesen, in der Dunkelheit war es allerdings ein gewagtes Unternehmen. Aber ich konnte nicht mehr vom Baum herunter ohne Anjas Feige. Zweifel hatte ich keine, und auch meine Angst hatte sich gelegt. Ich wusste nur, dass ich ganz hinauf musste, weil dort oben die Feige war, die ich mitnehmen würde nach Ljubljana. Die Feige, die sie glücklich machen würde.

Ich hob den rechten Fuß. Mit der Hand maß ich die Dicke des Astes, auf den ich treten wollte. Ich konnte mir nicht sicher sein, dass er mich tragen würde, aber darüber wollte ich nicht länger nachdenken. Soll geschehen, was geschehen muss, dachte ich, trat mit dem Fuß auf und zog mich hoch.

Der Ast bog sich unter meinem Gewicht stark durch und schien brechen zu wollen, der ganze Baum begann zu schwanken, aber auch in diesem Augenblick empfand ich keine Angst, nur die Entschlossenheit, dorthin zu kommen, wohin ich kommen musste. Mit dem anderen Fuß suchte ich einen benachbarten Ast und verteilte das Gewicht, dann wartete ich, bis sich das Wiegen der Baumkrone gelegt hatte.

Ich war zu hoch. Jede meiner Bewegungen brachte die Krone ins Schwanken, und jeden Augenblick konnte ich in die Tiefe donnern, aber ich reckte mich unbekümmert in alle Richtungen, wie damals, als ich noch ein Kind war und glaubte, dass mir nichts passieren könne. Ich beugte mich bald zur einen, bald zur anderen Seite und tastete die Zweige ab, die in Reichweite waren.

Ich war entschlossen, alle Blätter am Baum umzudrehen. Ich wusste, dass sich meine Feige unter einem von ihnen verbarg und dass ich sie erreichen würde, wenn ich mich nur ein wenig mehr reckte, wenn ich nur noch ein wenig vorrückte, wenn es mir gelänge, noch den buschigen Zweig dort am Ende zu packen und heranzuziehen. Ich steige nur noch ein bisschen höher. Dort oben an jenem schmalen Zweig hängt mit Sicherheit die Feige, die ich suche. Die Feige, die ich heute Nacht pflücken werde.

Anmerkungen

S. 7   *Užice:* (1947–1992 Titovo Užice), serbische Mittelstadt an der Grenze
         zu Bosnien, berühmt für einen besonders wohlschmeckenden Kaimak
         (Schichtrahm aus gekochter Kuhmilch).

S. 22   *džezva:* bosnisches (türkisch-arabisches) Kupfer- oder Messingkänn-
         chen zum Aufbrühen von Kaffee.

S. 41   *Vegeta:* gelbliches Gewürzpulver des kroatischen Nahrungsmittelkon-
         zerns Podravka.
         Robba-Brunnen: die drei Krainer Flüsse Ljubljanica, Save und Krka
         personifizierender Brunnen des venezianischen Bildhauers und
         Architekten Francesco Robba (1698–1757).
         Evropa: Restaurant im Zentrum Ljubljanas.

S. 43   *Bila je tako lijepa:* in Jugoslawien populäre Fassung von *Elle était si
         jolie,* dem französischen Beitrag zum Eurovision Song Contest 1963.

S. 45   *Sutjeska:* 1973 gedrehter jugoslawischer Film über die Schlacht an der
         Sutjeska (1943), mit internationaler Besetzung, u. a. Richard Burton
         als Marschall Tito. Natürlich wird Bata Živojinović in diesem Film
         nicht gespielt, sondern spielt in einer Hauptrolle als Partisan selbst
         mit.

S. 74   *Fužine:* Stadtteil von Ljubljana mit hohem Gastarbeiter-Anteil.

S. 81   *Ponterosso:* Piazza del Ponterosso in Triest; ein bei Jugoslawen belieb-
         ter Markt für den günstigen Einkauf von Bekleidung (Jeans), Wasch-
         mitteln, Kaffee etc.

S. 84   *Guns:* Guns n' Roses.

S. 85   *viljamovka:* Williamsbirnenschnaps.

S. 90   *Pita:* Obstkuchen.

S. 94   *Nana:* regional: familiäre Anrede für eine ältere Frau („Muttchen",
         „Oma").
         Bajram: Im islamischen Bosnien werden sowohl das Opferfest am
         Höhepunkt des Hadsch als auch das Fest des Fastenbrechens zum
         Abschluss des Ramadan als *Bajram* bezeichnet.
         dženaza: Beisetzung bei den Muslimen.

S. 102 *dass deren Nachbarin Dragana die ganze Woche nicht auf einen Kaffee
         gekommen sei:* Indiz für die einsetzende Feindseligkeit unter den
         bosnischen Völkern: Mersiha ist ein muslimischer, Dragana ein
         serbischer Name.

S. 108 *Pička vam materina pokvarena:* bosnischer Fluch, etwa „bei eurer
         verdorbenen Mutterfotze".
         Iz pizde materine: „Aus der Mutterfotze".

S. 168   *A dej nooo:* ein eigentlich unübersetzbares „Ach, hör doch auf".

S. 170   *Bavarec:* eigentlich „Bavarski dvor" (benannt nach dem einstigen Hotel Bayerischer Hof), zentraler Busknotenpunkt in Ljubljana.

S. 171   *Tolar:* slowenische Währung 1991–2007.

S. 177   *Mutters altes Rog-Rad:* Rog, Fahrradmanufaktur in Velenje, Slowenien.

S. 183   *faaak, modeeel, kuajdej, hudooo:* gedehnter Laibacher Pennäler-Slang: „*fuck*", „*man*", „was denn jetzt", „*bad*".

S. 184   *SCT:* seinerzeit führender Baukonzern in Slowenien.

S. 191   *Mirogoj:* Friedhof in Zagreb.

S. 192   *Vjesnik:* kroatische Tageszeitung, die von 1940 bis 2012 erschien.
               manirlih: Agramer-Deutsch für „manierlich".
               Unije: Insel in der Kvarner-Bucht, Kroatien.
               Mladina: „Jugend", 1943 gegründete slowenische Illustrierte, die vor allem in der Folge des 11. Kongresses des Sozialistischen Jugendverbands Sloweniens (1982) zum trendigen Jugendmagazin und zum Sprachrohr der demokratischen Opposition avancierte.

S. 198   *Janez:* „Johann", „Hans"; im übrigen Jugoslawien gängige metonymische Bezeichnung für die Slowenen, ähnlich dem deutschen „Michel".

S. 202   *Kolinska:* slowenischer Lebensmittelkonzern.

S. 206   *Nebotičnik:* „Wolkenkratzer", markantes Wohn- und Geschäftshaus in der Innenstadt von Ljubljana (erbaut 1933); Café im obersten Stockwerk.

S. 207   *bolhca:* „Flöhchen", Fiat 126.

S. 233   *naški:* Das auf die Sprache bezogene Kunstwort „unsrisch" ermöglicht unter Umgehung der mittlerweile obsolet gewordenen Bezeichnungen „Serbokroatisch" oder „Kroatoserbisch" zwischen verschiedensprachigen Angehörigen des ehemaligen Vielvölkerstaates Jugoslawien die augenzwinkernde Übereinkunft, keinen Übersetzer zu benötigen.

S. 253   *Mateja Svet:* für Jugoslawien startende slowenische Skirennläuferin, Slalom-Weltmeisterin 1989.

S. 254   *Podarim Dobim:* beliebte Wohltätigkeitsaktion im RTV Slovenija.

S. 257   *Kuža Pazi:* „Hündchen Pazi", slowenisches Kinderlied von Janez Bitenc.
               Stipe Šuvar: kroatischer Soziologe und Politiker (1936–2004), Vorsitzender des Bundes der Kommunisten Jugoslawiens 1988–1989.

S. 259   *Džegger:* Mick Jagger.

S. 273   *Đezbadomobranac:* Hybridbildung mit bosnisiertem „domobranec" (= slowen. Heimwehrmann im Zweiten Weltkrieg).
               Đezbasankašrdečatiličkajebemslatkajanezovskadatijebemtomoradatiještoskodijetejeovrelugovejujuhicupateparaspržilajeldearecinemojdatesramotaipakboljebitslovenacnegogladan: aufgelöst: Đezba-sankaš-rdeča-ti-lička-jebem-slatka-janezovska-da-ti-jebem-to-mora-da-ti-je-što-skodi-je-te-jeo-vrelu-goveju-juhicu-pa-te-para-spržila-jelde-a-reci-nemoj-da-te-sramota-ipak-bolje-bit-slovenac-nego-gladan. –

Näherungsversuch: „Wo steckst du, rotbackiger Arsch, denn die süßen Janez-Wangen, das muss ja richtig wehtun, wer hat denn da das heiße Rindssüppchen gegessen, dass dich der Dampf versengt hat, brauchst dich nicht zu schämen, besser doch ein Slowene sein als hungrig."

Paznadanedasejasamozajebavam: aufgelöst: Pa-zna-da-ne-da-se-ja-sa-mo-zajebavam. – „Er weiß doch, dass ich mir nur einen Spaß mache."

Die Originalausgabe erschien 2016 unter dem Titel
»Figa« bei Beletrina Academic Press, Ljubljana

Penguin Random House Verlagsgruppe FSC® N001967

2. Auflage
Genehmigte Lizenzausgabe Januar 2023
btb Verlag in der Penguin Random House Verlagsgruppe GmbH
Neumarkter Straße 28, 81673 München
produktsicherheit@penguinrandomhouse.de
(Vorstehende Angaben sind zugleich Pflichtinformationen nach GPSR.)

www.btb-verlag.de
www.facebook.com/ penguinbuecher